绿 宝 石
Fall into your light

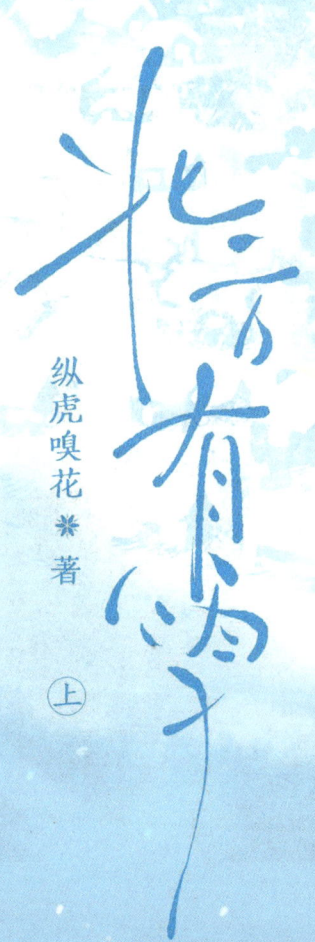

纵虎嗅花 著

上

江苏凤凰文艺出版社

# contents 目录

第 一 章
1998　　001

第 二 章
花谢了　　015

第 三 章
春天的信　　030

第 四 章
家　　044

第 五 章
哥哥　　056

第 六 章
偏爱　　078

第 七 章
第十八名　　093

第 八 章
伤心1999　　108

| 第 九 章 千禧年 | 126 | 第 十 章 公主加油 | 143 |
| --- | --- | --- | --- |
| 第十一章 千纸鹤 | 161 | 第十二章 凤仙花 | 178 |
| 第十三章 秘密 | 196 | 第十四章 一家人 | 214 |
| 第十五章 天塌了 | 228 | 第十六章 高考 | 246 |
| 第十七章 相依为命 | 262 | | |
| 第十八章 女朋友 | 275 | 第十九章 一颗心 | 291 |
| 第二十章 北京·南京 | 307 | 第二十一章 出狱 | 326 |
| 第二十二章 决裂 | 348 | 第二十三章 死心 | 364 |
| 第二十四章 人的遗忘 | 379 | 第二十五章 好久不见 | 396 |
| 第二十六章 爱的永恒消逝 | 415 | 第二十七章 过时的人 | 434 |
| 第二十八章 久违 | 449 | 第二十九章 请求 | 463 |
| 第三十章 新世界 | 478 | 第三十一章 伤心事 | 496 |
| 第三十二章 岁岁年年 | 515 | | |

番外
今事　　　528

出版番外　　　538

真正地活着,就得有一份很纯粹、很深刻的爱,必须有爱。

## 第一章
## 1998

※ 一出生，眼前就是这么个世界，有人，有牲口，日升日落，春天种，秋天收。

"转院吧。"展有庆说这话时，碧清的月亮正往影影绰绰的云层里躲，天暗下来，蓝幽幽的。

"还朝哪儿转？"奶奶尖厉的声音响起。

展有庆闷声说："市里头。"

"天老爷哩，我怎么这么命苦？生个儿子就不管老娘的死活了！"奶奶顺势往地上一坐，支开两条腿，开始干号，"为了这个婆娘，你是要把家底子掏空，把你爹妈都逼死了才能完事哟！有庆啊有庆，你活被婆娘眯了眼啦！"

奶奶飞了口痰，又摔碗，那碗正巧砸在门口的石窝子上，碎瓷跳起来，月亮也露出了头，清光一泄，被瓷片反射，竟刺得眼睛疼。

展颜按着眉骨，这才知道不是月光刺眼，是那瓷片崩到脸上来了。

爸爸一声不吭，由着奶奶骂，她见他蹲在石窝子旁，黑魆魆的一团，明明平日里看着很高的一个人，这会儿渺小得很。她没哭，也没说话，门口过来看热闹的人越来越多，最后，连月光都挤不进来了。

家里羊被人偷了，半夜的事，当时爸在矿上上夜班，妈去追，骑着那辆破摩托车，贼没追着，把自己摔坏了。她伤得很重，又在底下医院耽误了一段时间，挨过了秋天农忙，妈已经生了褥疮。

"啧，腚上烂了那么一大块，可不是快那啥了，他花婶儿，有合适的，你给我们有庆留意着！这回可不要俊的，就要能干活儿的，力气够的！"

"小点儿声，有庆他娘，回头媳妇儿该听见喽！"花婶儿朝东屋努嘴。

"啧，再金贵的腚，这不也生这么大的疮，白瞎了有庆惯着她，这么些年，擦腚都是用的卫生纸，要上天哩，我就说，作狠了，天都得收人！"

奶奶的嗓子像被玉米叶剐过，尖辣辣的，一扬声，东屋里头床上的妈妈听得一清二楚。展颜也听见了,脸上唰地热了下,紧跟着,突然扑簌簌地落下两行眼泪,跌在细弱的手腕上——她正在给妈翻身。

1998年北方的乡村,小卖部卖散称的卫生纸,不够洁净,也不够细腻,但依旧是好人家才能用的东西。

展有庆家里,只有媳妇儿明秀用卫生纸。用他娘的话说,就是腚比别人长得嫩。

妈摸了摸展颜的头发,说:"颜颜,去吧,念书去吧。"

"我不——"展颜哭起来。她扎着马尾,黑油油的一把头发,又亮又柔顺。

妈就不停地摸她的头发。

这一年,日子难过得很。哪儿哪儿都难过,夏天发大水,冬天就得死人。那么,城里呢?听书记说,城里人都下岗啦,没了工作,还不如庄稼人哩,庄稼人有地,有地就有口饭吃。

月亮冷了,风刮起来,院子里的塑料盆、捡来的瓶瓶罐罐,全都哗啦啦地响个不停。风猛撞窗户,玻璃就跟着发抖。展颜睡在小木床上,隐约听见老鼠在大梁上跑,一趟又一趟。

天蒙蒙亮时,风把天地都给刮了个干干净净,鸡啊猪啊都还缩在窝里,没人催着起。

院墙上挂着飘萧的干丝瓜藤,一荡一荡,锅是冷的,里头什么都没有。只有爷爷坐在大门口抽旱烟袋,他往鞋头磕了几下,瞧见展颜,说:"你爸去县医院了,这往市里头转院不知道啥时候能回来,你这,"他脸黑,说着说着就咳嗽起来了,连皱纹都跟着荡,"等明年小麦一收,就该中考了,是不是?"

展颜点点头,她一夜没怎么睡好,脸色有点儿苍白,两片薄嘴唇倒鲜鲜的,天干物燥,她舔得又红又疼,快要裂了。

"该念书念书去,家里的事,不要问。"爷爷说完,又把泛黄的烟嘴塞嘴里去了。

锅里没饭,展颜兜里有张五毛的票子,她攥了攥,跑厨房摸了个凉馍馍,馍馍比她的嘴严重——皮全裂了。

"吃吃吃,就知道吃,看往后连个馍都没的吃!"奶奶不知是从哪儿回来的,一把夺过馍,往笼布上一丢,拽着展颜就往堂屋去。

她才十四岁,没什么力气,奶奶跟提溜小鸡崽似的,轻而易举就把她给钳制住了。

展颜手腕疼,她细着嗓子叫:"奶奶,奶奶!"

奶奶一张嘴,不仅喜欢飞浓痰,也飞碎的唾沫星子:"想吃馍是不是?钱都被你妈那个短命鬼败完了!你还想吃馍?你往鸡圈、猪圈里看看,哪个不长嘴?哪个不等着吃饲料?就你长嘴了,要吃馍?"

展颜被搡了一把,肩头那只手是出了一辈子力气的手,干枯、遒劲,仿佛有着上千年的力道，比古树还古，全都压在此刻了。

她身后的抽屉被拉开，奶奶拿出了一把剪刀。

展颜的脸瞬间白透了，她想站起来，被奶奶一把又摁下去："上学留这么长的头发干什么？除了生虱子，就是费洗头膏！"

奶奶说着就上了手，展颜带着哭腔去抓头顶那只手："奶奶，我不想剪头发，让我留着吧——"

"你妈是个喝钱的无底洞，你这把头发卖了换钱治病还不愿意？"奶奶有点儿吊梢眼，居高临下地斜睨着她。

展颜一愣，顿时安静下来。

她觉得自己似乎该淌点儿眼泪，但眼泪这东西是有数的，之前因为妈的事总哭，现在，眼泪跟钱似的，总是不够。

奶奶为了剪下得更长些，贴着脑袋剪，乍一看，人像癞皮狗，生了癣，一块一块的。

展颜看着镜子里自己的模样，很陌生，她眉毛乌黑，眼睛显得更大了，好似之前没长五官，此刻全都露了出来，一眼全看完了。

爷爷在院子里叹气，说："铰她头发干啥？能值几个钱？"

"你知道个屁，值几个钱？一分钱也是钱，家里看以后怎么过吧，全都长着嘴等着吃，人得吃，畜生得吃，粮食从天上掉下来？你想护着她，那你别吃！"奶奶边骂边拿细绳绑头发。

爷爷年轻时干石匠活儿，砸伤了腿，成了瘸子，从那以后便不能负重。家里的农活儿都是奶奶的，她要喂牛、喂猪、喂鸡鸭鹅，一睁眼就全是活儿等着她，她每天都想骂人。

天冷，空着肚子更冷，展颜找了顶旧绒线帽，戴着去上学。

初中在镇上，得骑自行车去，她的自行车有些年头了，凤凰牌，爸妈结婚时买的，当时是大物件，差点儿被舅舅讹去。

"展颜，你怎么上课也不摘帽子？"孙晚秋一下课就跑过来问她。

展颜想了想，把帽子拿掉，说："看，我剪头了。"

孙晚秋惊呼，同学们也都看过来。

展颜脸通红，但跟没事人似的："剪短头发也挺好。"

"那也不能剪成这样啊，谁给你剪的？"

"我奶奶。"

孙晚秋闭了嘴，展颜有个厉害的奶奶，和孙晚秋她妈还吵过架，两家土地相邻，展颜奶奶偷挪了界石，孙晚秋她妈也厉害，立刻上门去骂，全村的人都来看，等着她们打起来。可惜，骂得两人都累了，坐在板凳上骂，也没打起来。

可展颜和孙晚秋打小就是好朋友，学习成绩不分上下，不是你第一，就是我第一。

孙晚秋她妈不让孙晚秋跟展颜玩了，两人偷偷地玩，大人不知道。

同学们没凑上来问，展颜是老师最喜欢的学生，她成绩好，又漂亮，就是剪个癞皮狗似的头发，也好看。

"你肚子怎么老叫？"孙晚秋悄悄问展颜，她听见了，特别明显。

展颜笑笑："饿的，早上没吃饭。"

"怎么不吃饭就来上学？"

"我妈要转院了，家里缺钱，奶奶她不高兴就没让我吃饭。"展颜的黑眼睛闪了闪，她别过脸，去看窗外操场上的梧桐树。梧桐树可真粗，叶子落了许多。

孙晚秋什么都不敢问，她听说展颜的妈妈快死了，熬不过这个冬天，就算熬过了，也许开春还得死。

真是奇怪了，熬过了冬天，春天百花开，蜂子嗡嗡叫，怎么反倒还得死呢？

"那我下午给你带馍馍，热乎的，我揣书包里，拿笼布包着。"孙晚秋不敢领展颜去自己家吃饭，她妈会骂人，丢死人了。

展颜摇摇头："不用，午饭应该会让我吃。"她心里并不确定，只是不想让孙晚秋为难。

孙晚秋坚持要带，两人骑着车，到了村头，回家的方向不一样，便摆了摆手。

"展颜！展颜！"村头马路那儿，王静在喊展颜。王静矮矮的，初三了，不到一米五，骑自行车永远够不着脚踏板，因此，总是左扭一下，右扭一下，去镇上念书真是难为她了。

青天泛着白，日头底下，村子荒凉、萧条，王静的袄上却是一片玫瑰紫，成为天地间最醒目的色彩。

除了孙晚秋，展颜最喜欢王静了。

"今天我生日，你来我家吃饭吧，我谁都没喊。"王静说话憨憨的，冲着展颜笑。

展颜有些吃惊，不好意思地说："我刚知道，都没准备礼物呢。"

印象中，王静从没过过生日，事实是，她们很少有人过生日。

"你作文摘抄本给我抄抄吧，我不要礼物。"王静笑嘻嘻的。她推着自行车，玫瑰紫的袄一闪一闪的，同龄人中几乎没人穿这个颜色，太老气了。

王静家在村子里是数一数二的穷。

展颜看着王静咧嘴在那儿笑，想起她家里的事，说了个"好"字。

王静家住山脚，村里只有一条主路，是柏油路，往她家里去，坑坑洼洼，车不好骑，两人都推着，白色的山羊从眼前跑过去，她们就要停一停。

"奶奶？奶奶？展颜来啦！"王静冲堂屋喊人。她家没院子，只有三间堂屋，东边另搭了简易的厨房，没有门，拿半截篱笆挡着，不过是为了防止鸡啊羊啊夜里跑进去作践东西。

"是颜颜啊，快来快来，我这就做饭！"王静的奶奶没名字，被称作王赵氏，佝偻着腰，门牙很大，中间漏了条宽宽的缝，她爱笑，见谁都笑。

"奶奶，我跟王静给您烧锅吧。"展颜什么都会，她挽起袖子，就要往灶台前坐，被王赵氏一把拉住。

"可不敢，"王赵氏的手硬硬的，抓着人是微痛的感觉，好像村子里的老妇人都有着无穷的力气，"好孩子，怎么能叫你烧锅？你是念书的料，以后要考大学的，这手是写字用的，可不敢弄柴火，静静给我搭把手就行了。"

这种话，许多人都对她说过——你是要上大学的，会有出息的。

"上大学也能烧锅。"她坚定地回了句。

王赵氏就笑，说："颜颜就是最齐全的孩子，十里八村都没你这么齐全的好孩子，又俊，念书又行，还懂事。"

王静在旁边也跟着笑，不停地点头："我就说展颜是最好的。"

最好的什么，她说不上来，但在她心里展颜就是最好的。

炊烟袅袅地升起来了，从烟囱出来，往天上去。展颜跟王静轮流拉着风箱，锅底的火把两人的脸烤得发烫，再也不冷了。

粥有点儿清，馍馍有点儿黑，碗却刷洗得雪白，王赵氏剁了细细的葱、细细的红辣椒，满满一大碗，加了盐巴，滴了几滴芝麻油。

"颜颜，你俩吃，我去给静静她爸送碗饭。"王赵氏手指往围裙上间或点着，把馍拾出来，又盛了碗饭。

王静抢着要去："我给爸送去。"

王赵氏不让她去，祖孙争执时，厨房后头有人大喊大叫。邻居跑过来，说："静儿她奶，快去看看，静儿她爸马上就挣开跑了。"

祖孙俩一起往外跑，展颜也跟着。

屋后头搭着半个草棚子，草棚子旁，石头围起一小片地，种着辣椒，初冬时节，辣椒早被摘光了，只剩死去的秆儿。

石头外边，牛筋草和猪殃殃遍地都是，枯了，黄了。它们不像辣椒，有人照料着，它们春天时发芽，长得郁郁青青，没人管，到了秋冬，凋零下去，也没人管，就这么自顾自地在日头底下，在风雨里头，过了一年又一年。

草棚子前，有个男人被粗麻绳绑着，脸黑黑的，个子矮矮的，像牛筋草一样，很有力气，旁边的木桩被扯歪了。

王赵氏和邻居上前，要重新把木桩再弄稳当些，老人不来，邻居不敢擅自行动，村里人都说被疯人咬一口，会得疯狗病，没的治。

"这是我爸，"王静难为情地看了看展颜，"吓着你没？"

展颜没被吓到，这片土地上，无论发生什么样的事，似乎都不会让人惊奇，好的，坏的，寻常的，出格的。

"你肯定听说过，我妈生完我小妹后带着小妹就走了，找不着人，我爸就疯了，"王静脚底下踢着土块，"我奶我爷得干活儿，只能把他绑家里，他有时好点儿，有时犯病，反正我习惯了。"

风吹得草棚子作响。

展颜低声问："你心里难受吗？"

"不咋难受，小学就这样了。"王静冲她笑笑，"我奶说，事在人为，我要是能念好书，以后就能离开咱们村，就不用过这种日子了。展颜，你知道城里是什么样吗？我以后想去城里。"

城里？展颜也不知道，她和王静一样，一出生，眼前就是这么个世界，有人，有牲口，日升日落，春天种，秋天收，物理没什么用，化学没什么用，历史也没什么用，大家都这么过日子，谁也没想过城里。

可总有一天，某些人会开始想。

"我们都能到城里去，一定能，还有孙晚秋。"展颜戴绒线帽有点儿热，她摘掉帽子，大大方方地把脑袋露出来，忽然觉得这点儿小事根本不值得害怕。

\* \* \*

这个冬天很漫长，飘了几场雪，树啊，房子啊，白了几次头，又都露出本来的模样。

妈隔三岔五得去市里的医院，她没什么劲头说话，怏怏的。人走了，屋里的药气不散，像要把房子腌了才作罢。

院子里石榴树的叶子都掉光了。

家家户户开始往地窖里存白菜，展有庆在矿上下井，没人帮忙，奶奶又开始骂人，说自己命苦。

她让展颜站在地窖口递白菜，眼看上学要迟到了，不准展颜走。

"有庆娘，我给你搭把手，让孩子上学去。"说话的是西门的石头大爷，石头大爷个子高，七十岁的人了，还有一身力气，他没了婆娘，婆娘死得早，留下个傻儿子，不曾娶妻，就爷俩守着三间破房子过。

可石头大爷是个热心肠的人，谁家里有事，一找他，准能找来。

什么婚丧嫁娶要起灶啦，洗盘子啦，上菜啦，石头大爷手脚麻利，不输年轻人。展颜喜欢石头大爷，妈也总夸石头大爷最仁义。

"颜颜，快去上学吧，你看日头都往西走了。"石头大爷一开口，劲儿可真足。

展颜冲他笑笑，扭头就往院子里跑。

爷爷正守着炉子烤馍，听见动静，赶紧出来："颜颜，夜里冷，得再拿床被子。"

初三功课紧，学校开了晚自习，又弄了几间空教室当寝室，不是镇上的学生可以住校。展颜住了，铺的还是秋天的被褥，她冷，就把衣裳全盖被子上，还是冷，辗转反侧一夜夜，衣裳总掉。

奶奶说，小孩子有火气，哪就冷了。

腊月的风像远古蛮荒时代刮来的，吹得骨头缝都疼，这个爷爷怎么会不知道？他给展颜自行车后头绑了被子，用的麻绳，捆得死死的。

"爷爷，你说，我妈过了年天暖和了能好吗？"展颜站在风里，头发参差，已经长长了。

爷爷还在勒绳子，低着头："能吧，你爸说能。"

展有庆不爱说话，展颜一年到头跟爸说不了几句话，他只知道下井，下井挣钱，挣了钱就给妈买肉，买衣裳，还买书。书买得太多了，放不下，他给妈打了个书架，自己动手，书架是槐木的，笨拙，但扎实。

展颜推着自行车出了家门，等上了路，风灌过来，简直能把人噎死。路边有小孩子在滚铁环，瞎跑一气，她没躲得及，连人带车栽沟里去了。

小孩子立刻作鸟兽散。

她晕了一瞬，很快爬起来。车轮子径自转着，她呆呆地看了片刻，忽然就哭了。

风吹着死了的野草，也吹着她的脸。

四周全都是死了的东西，死了的植被，死了的土地，不远处就有坟，稀稀疏疏，散在田间，埋着死了的人。

"妈——"她呜咽着喊了声。

无人应答，只有西风紧了一阵又一阵。

"天哪，展颜？"孙晚秋今天也得迟到，她蹬得急，本来都骑过去了，觉得沟里人眼熟，又折回来。

果然是展颜。

"你怎么搞的？大白天就往沟里骑。"

展颜手背往眼睛上抹了几下，说："技术不好。"

孙晚秋扑哧笑了："摔哭啦？"

展颜扯扯嘴角，跟她一起把车子推上去："你怎么也去这么晚？"

"我妈非让我把羊牵出去，她闪了腰，我说让我弟牵，他离小学近，我妈不愿意。"孙晚秋啪啪地给展颜屁股拍土。

展颜转过去，把被子拍了几下："奶奶让我帮忙窖白菜，石头大爷来了，我才走的。"

"我现在就想考大学,我真是受够了天天跟我家的鸡屎、羊屎球打交道!"孙晚秋黑黑的,肉很结实,一说话牙齿显得特别白,"城里肯定没鸡屎。"说完,她哈哈大笑。

展颜跟着笑,问起最重要的事:"苏老师昨天发的卷子,你做完了吗?"

初三要做卷子,多多地做,可学生们大都没钱买,老师们有办法,买一本,自己手抄下来,再用油墨印,不要大家的钱。缺点当然就是一张卷子做下来,袖口黢黑,都是油墨染的。

展颜跟大家一样,戴着套袖,一个冬天都不摘。

"做完了,苏老师这都攒三张没讲了,印那么多,倒是讲啊。不对答案,我也不知道自己做错了没。"

两人就在风里说话,并排骑着。

"最后一题没做出来,你先给我讲讲吧。"展颜数学学不过孙晚秋,小学去镇上参加竞赛,整个学校就选了她俩,孙晚秋拿了名次,展颜没有。

孙晚秋爽利地答应。

到学校门口,孙晚秋从书包里掏出一本《辽宁青年》,旧旧的,卷了边,不知被多少人借阅过。对身处乡村的青春期学生来说,这些杂志是为数不多的精神慰藉,当然,还有物理老师家的小卖部,那里卖很多明星贴纸。

孙晚秋的每个笔记本上都贴着最红的电视剧角色,有杨过,有小龙女,还有最时髦的还珠格格。她暑假上山挖药材,摘酸枣,攒了点儿小钱,全投资给她的精神生活了。

展颜对这些不感兴趣,她的日记本上只有错题。

"你要看吗?"孙晚秋把杂志递给她,"我从三班借的,你看封面上这个人的红围巾多好看,谁戴谁漂亮。"

如果妈戴这个,肯定是最漂亮的,展颜怔怔地看着红围巾,她想,等她长大挣钱了就给妈买红围巾,去市里买。

去市里要到镇上坐车,早班车是五点,市里发往镇上的末班车也是五点,每次爸带着妈去市里买书,就是坐那趟车,奶奶每次都要骂人,连带着那车的司机也跟着遭殃。

反正人家听不到,奶奶想怎么骂就怎么骂。

临近阳历年,又下雪了,展颜妈再次住院。

元旦放假前,展颜发现头上长了虱子,这没办法,寝室里头一个人头上长了虱子,就能传一群。

"让你奶蘸了芝麻油拿篦子一梳就掉了。"王静给她传授经验,又有点儿不敢

信，谁都能长虱子，可展颜不能，她干干净净的，又好看，从来不长虱子。

展颜有点儿臊，不为长虱子，是觉得回头见了妈不好意思，妈在时，她从没有过这样的事。

这么一来，她又剪了头发。

展有庆把展颜作文得的奖状糊到墙上，满满一墙，全是展颜的。年代久远得落了层灰，可荣誉不会蒙尘，展颜一直都争气。

"奖状能吃还是能喝？学校就是抠，年年一张破纸就打发了，好歹发点儿东西，也作点儿数儿，就唬你们这样的傻子！"奶奶重重地点了下展颜的额头，说完就走，她得忙着看有人杀猪没。

"爸，谁在那儿看着妈？"展颜等奶奶走了，往地上看，小声问。

展有庆看看她："你姥姥，我休班就去替换。"

"我也想去看看。"展颜知道，多一个人就多一份路费，可她有很多话还没跟妈说呢，她害怕。如果年三十，家里没妈，她觉得倒不如不过年的好。

展有庆答应了。

元旦当日，天寒地冻，屋檐下结了很长的冰溜子，天没亮呢，就有人烧了滚烫的水，喊上几个劳力，开始杀猪。

展颜四点不是被闹钟吵醒的，是被猪的惨叫惊醒的。

那么一摊血，血是那样红，红得发稠，红得失真。但大家都高高兴兴的，天冷了，杀了猪就能把猪肉挂起来，不怕坏了。

展有庆对杀猪似乎没什么兴趣，他骑着破摩托车，用油腻腻的军大衣裹住展颜，他们要先到镇上，再换乘汽车。

路可真黑，曲曲折折的，唯有摩托车的一点儿亮光。

"颜颜，怕不怕？"展有庆问她。这条路上治安不太好，经常有半道截路的，得给钱。

展颜人藏在军大衣里头，戴着帽子，只留两只眼睛，她哈着白气："爸，你怕吗？"话一说完，嘴唇边就一片冰冷，湿乎乎的，很难受。

"你怕是不是？"展有庆答非所问，"唱歌就不怕了，就唱个《好汉歌》。"

这年村里还时常停电，供电不稳，但电视是要看的，央视放《水浒传》，小孩子都能唱《好汉歌》。

冷森森的空气里，展有庆开始唱了，嘴被冻得发麻，还要坚持唱："说走咱就走哇。"

东山的星在闪，缀在深邃的夜幕。

借着摩托车的光，展颜瞧见了一头驴，赶车的是个老汉。展有庆似乎认出了他，停车跟他打招呼："三矿大爷，这么早去赶集？"

叫三矿的老汉戴着旧雷锋帽，两只手揣在一块儿，先是眯了眯眼，然后很快说道:"是有庆啊,我趁早把萝卜卖了,你们爷俩这是干吗呢?"

展颜歪着头瞅三矿爷爷,他个头儿矮,毛驴拉着平板车,他悠悠地荡在前头,脚离地还远着呢。

毛驴鼻孔可真大,一翕一张,白气就团团地往外散。

"我带颜颜去市里看她妈,你这能卖上价吗?"

"嘻,烂萝卜不值钱,能卖上什么价?种得多,能换一个钱是一个。"三矿大爷抬抬下巴,"颜颜妈怎么样了?"

"在市里治着。"

"先走先走,我这晃得慢。"

展有庆又启动了摩托车。风重新大起来,展颜扭头,三矿大爷像纸剪的影,光远了,他就没在黑暗里头了。

萝卜是贱菜,三矿爷爷什么时候能走到镇上的集市?爸的摩托车也就是恰巧碰上了,才给他照这一段路。

按公历算,1998年这年到头了,什么法国世界杯、美国总统性丑闻、印尼暴乱,通通跟北方的这个小村子没任何关系,跟这里的人们也没任何关系。

展颜在这一年的尾巴上,第一次进城,并且在这里第一次见到一个叫贺以诚的男人。以致后来,她每每想起这个元旦假,都会记得三矿爷爷的毛驴车是怎样渐渐消失在群山的静默之中的。

* * *

元旦前一晚,教学楼的每间教室都灯火通明。

女生们笑嘻嘻地挤成一团唱《我是女生》,男生们就起哄,勾着手指:"对面的女孩看过来,看过来,看过来。"

"不要脸!"

"哎,你们怎么还骂人呢,这叫打擂台,懂不懂啊?"

"反正你们男生就是不要脸。"

"那我可要伤心太平洋了,班长,班长?换歌!我要唱《伤心太平洋》!"

几乎每间教室都会传出任贤齐《伤心太平洋》的大合唱。

高中生们在办元旦联欢会,雾蒙蒙的玻璃,热腾腾的脸,教室里挂满了彩纸和气球,酣绿交错腾红。

六班的教室里只有贺图南一个人在角落嗑瓜子,幽深的眼像两口深井,有点儿笑模样浮在上头。

同学们让他也唱一首,他没推辞,将羽绒服脱了,只穿一件黑色毛衣,身形单薄。

1998 年的夏天，这座北方城市大街小巷的店铺最爱放两首曲子，一首是电影《泰坦尼克号》的主题曲，一首是法国世界杯的主题曲 The Cup Of Life（《生命之杯》）。

贺图南把全班的气氛都带起来了。

地上线铺得很长，绊了脚，贺图南踢了两下，又继续唱。

教室的灯似乎没那么明亮，亮光都在贺图南身上，他这人看着闷闷的，可一点儿都不扭捏，恰如此时此刻，好像全世界都没什么事会比唱好这首歌重要，他学习时很投入，玩乐时也很投入。

他有个很有钱的爸爸，所以，联欢会上的瓜子、花生、糖果都是贺图南买的，好似举手之劳，这让近两年家中父母下岗的同窗们内心五味杂陈，也许，其中包括同样优秀的徐牧远。

是班长先发现他出去上厕所一直就没回来的。

"贺图南，老徐八成掉厕所了，我去看看。"班长开了句玩笑，便往外走。

贺图南放下话筒："我去吧。"他捞过羽绒服，边走边往身上套。

寒风刺骨，教室里的温暖与喧嚣仿佛是另一个世界的事。

他没找到徐牧远，问了老师，才知道徐牧远已经请假回家。

元旦当天，贺图南回校拿两本复习资料，途经附近的劳务市场，意外见到了徐牧远的爸爸。

说是劳务市场，不够正式，离学校就五六百米，天不亮就黑压压站了一群人，揣着手，等工头挑人。很多工厂倒闭，活儿难找。

徐牧远的爸爸在 1998 年年初正式下岗。

再后来，位于城市北部的工厂区里，整条产线的机器被领导悄无声息地卖了。徐牧远的爸爸靠领保障金带着全家过日子，他炸过油条，腌过咸菜，听说什么挣钱就做什么，无一例外全部失败。

贺图南所在的市一中有许多来自"工北区"的孩子，现在，工北区衰败了，可书还没念完呢。

自行车驶过人前，贺图南和徐叔叔四目一对，认出彼此，徐叔叔似乎想别过脸去，可为时已晚，只能堆起个尴尬的笑，脸皮干，扯得紧绷绷地疼，这个中年男人连雪花膏都不舍得抹了。

"徐叔好。"贺图南倒比他镇定，很是自然，说完就走。

中年男人呆呆地目送他远去，脸像纸折的，风稍微再吹动一下就会断掉。

日历上变成 1999 年 1 月 1 日。

展有庆带着展颜到市里时已经是八点半，他们站在包子店前，想进去喝碗热乎乎的汤，但不知价。

展有庆刚想凑上前问问，就被拎着小保温桶、烫花头的女人尖声吼道："哎呀，你怎么插队呢？排队呀，真没素质。"

"排，排，我们排，就是想问问包子是怎么卖的。"展有庆讪讪地退了回去。

女人双手抱臂，眼尾扫了他一眼。

展颜默默地看着，拉了拉爸的衣角："我不饿。"

"怎么不饿？不吃饭冷。"展有庆坚持要买。等排到他们，他领着展颜，找了个位子坐下，铁皮凳子又冷又硬，但包子的热气又暖和又香喷喷的，真不赖。

这家生意好，人多，给父女俩端汤端碟子的是个高瘦的少年，也许是这家的儿子，假期来帮忙的。

展颜依旧只有两只眼露着，等包子上来，她把围巾往下拽了拽，军大衣太厚了，袖子不好卷，便脱了在怀里抱着。

"我帮你先放后头吧。"少年跟她说话，他眉毛浓浓的，一开口，却轻轻柔柔的。

展颜不怎么跟男生说话，她也不认识这人，就摇了摇头。

少年笑了："你抱着怎么吃？拿给我吧，等你们吃好了再拿去。"

店面不大，人却很多，都在大声说话。

展有庆把大衣抱到自己怀里，示意少年没事了。少年又笑笑，转头继续忙活去了。

吃完早点，要坐公交去附院，展颜跟爸挤在站台，公交车脑袋大，身子也大，像个巨人，眼瞅着近了，人们一窝蜂地往前跑。

车里头，售票员啪的一声拽开窗户，从那儿探出半个身子，大嗓门一扯："花鸟市场到了啊，到了啊，先下后上，先下后上，注意安全，注意安全！来，来！"

展颜发现她什么话都爱讲两遍。刚想到这点，展颜就被挤上去了，好像四面八方全是手，全是脚，她脸歪了，展有庆死死地护着她。

"往后走，往后走啊，上车的先买票，买票！"

哪儿哪儿都是人，别说坐着，站着也挤死了，展颜被踩掉了一只鞋，透过人缝，她瞧见了那只鞋，它孤零零地落在地上，越来越远。

她本想喊的，可喊了也没用。

车里乱哄哄的，有人在剔牙，有人拿着新手机在打电话，这年头，手机是稀罕物，簇新簇新的诺基亚，一车人都盯着。

这人嗓门比售票员还大："什么叫龙头股，这就叫龙头股，翻了二十倍，是不是？我早就说嘛，听我的，再吃进五千股！"

车里静下来，人人都巴不得贴到那手机上听听说了啥。

哪只股票？

有人忍不住开口："老兄，嘿，老兄，能不能问一下你这——"

"附院到了啊，附院到了啊，后门下车，后门下车！"售票员平地炸雷。

车里的人又开始动了。

展颜被挤下了车。

"鞋呢，颜颜？"展有庆问她。

展颜穿了双起毛球的灰袜子，她很愧疚："上车时被挤掉了。"

展有庆叹口气："先去买双鞋吧。"

展颜不肯，奶奶常骂她是头不吭声的倔驴，展有庆拗不过她，只好先带她去病房。

医院很大，比镇上的卫生所大多了。来来往往的人很多，瞧见一个十四五岁的小姑娘只穿着一只鞋，难免要多看几眼她爸爸——这人是怎么当爹的呢？

展颜抬头瞧见了大大的"住院部"三个字，爬到五楼，脚底已经脏透了。

过道里有股怪味儿，家属扶着病人在慢慢地挪步，有人拿着保温桶行色匆匆地从他们身边走过。

病房门掩着，展有庆在前头，透过玻璃往里瞧了瞧。

这是间单人病房，床被独立卫生间的墙挡住了一半，因此，展有庆一眼就瞧见了那只脚——穿皮鞋的脚。

翘起来的黑色皮鞋，擦得油光锃亮，再往上，是线条工整的裤脚。

展有庆知道里头坐着贺以诚。

他知道贺以诚来得勤，没想到，阳历年这天，贺以诚也在这儿。

没有贺以诚，别说单人病房，就是住两天普通病房，也住不起了。

"爸，妈是在这屋里吗？"展颜奇怪爸怎么不进去。

她想上前，被展有庆拉了一把："你妈的朋友在里头，咱们待会儿进。"

妈有什么朋友住在市里？

展颜更奇怪了。

父女俩在外头只闹了这么点儿动静，里头的人就知道了。

贺以诚体贴地把被角掖了掖，说："我去看看。"

床上的明秀硬撑着起来，她憔悴得很，手背雪白，布着一片乌青。

门开了，展颜先看见的是贺以诚。他很高，是非常匀称的那种高，穿着羊毛衫、西裤，斯斯文文的。

贺以诚也先看到展颜，只一眼，他就知道这是明秀的女儿，除了她，没人配拥有这样的女儿。

他见过很多这个年龄段的女孩，大街上的，学校里的，同学、朋友、生意伙伴家的孩子，没有一个比得上眼前小姑娘的容貌。

可是再多看两眼，他就莫名地生起气来了。

展颜就一只鞋，穿着又厚又笨的暗红袄，头发也乱乱的，半长不短，也许是因为静电，贴在头皮上夿着毛。她和展有庆站在一起，父女俩像刚挤完春运下了绿皮火车。

他不配。贺以诚脑子里恶狠狠地冒出这么个想法，展有庆不配娶明秀，也不配有这样的女儿，他什么都不配。

于是，他冲展有庆点了下头，转而对展颜微笑，非常友好地弯了弯腰："你一定就是颜颜，对吧？"

 第二章
**花谢了**

❄ 没什么预兆，好像一棵树轰然坍塌于荒原。

贺以诚跟明秀重逢是在医院。

那天，秋雨萧瑟，天一下就冷了。他来医院探望朋友的父亲，碰到一对夫妻，男人正张皇失措地跑来跑去，科室也找不到，挂号费劲，一看就是乡下来就医的，嘴巴半张，眼睛里写着茫然、拘谨。

这样的情景在大医院里并不罕见。这座城市里最好的医院涵盖着周边地区近亿人的医疗，向来人满为患。贺以诚本来也未在意，但他认出了后头的女人——一别二十余载，没有音信的一个女人。

贺以诚经商这些年名声非常好。他有钱，样貌又英俊，就算不招惹女人，也有女人贴上来。但他是个讲究格调的人，谈生意有时难免要应酬，他从不像别的男人那样搞出点儿什么来。

贺以诚怀疑自己看错了，他驻足，这人的模样没怎么变，那双灵透的眼还是老样子，四十岁的人了，风吹日晒，生活一遍又一遍地压榨着、捶打着，竟然不老。贺以诚有一瞬觉得自己回到了青春年少时，十八九岁，浑身都是烫的血。

唯一不一样的是明秀生病了。

短短一分钟里，贺以诚当年对她的爱怜、眷念、痴心一下通通回来了。青春早已死亡，可青春的感觉又活过来，又新鲜，又强烈，多么难得。

人就得认自己的命。

他毕竟是个成熟的男人，等稍微清醒点儿，不过略作思考，就上去搭了话，得体、客气，一点儿也不唐突。

明秀甚至没多余的力气诧异，情绪在长睫毛上凝了一瞬，倏忽而逝。

倒是展有庆手脚都不知道往哪儿放，在贺以诚跟前，他觉得自己一下变矮了，矮到最下头，成了垫脚的泥土，但又有种男人的本能提醒自己，贺以诚是冲明秀来的。

那又怎么样？展有庆是没资格顾及本能的。

贺以诚帮他们找了最好的大夫，住单人病房，所有检查、用药全是他开销。之前县医院那是什么条件？一个走廊里躺满了人，一股尿臊味儿、皮肉半坏的味儿。

展有庆一跟他说话就结巴："贺老板，这怎么……这怎么好意思……你看你忙前忙后，我们……"

贺以诚听他说话心里已经是顶天的不耐烦，脸上却微笑："当借我的，看病要紧，明秀是我的老朋友，这点儿忙是应该帮的。"

他懒得跟有庆说话，跟展有庆也没什么可说的，这个男人翻来覆去就是感激不尽的几句话，一点儿用处也没有。

本来明秀是拒绝的，可贺以诚几句话就让她接受了："你得为孩子想，她还小，你好了，她才能有依靠。"

明秀把脸偏过去，枕头湿了。

他坐在床边，非常温柔地告诉她："别害怕，实在不行，我带你去北京看病。"

好一会儿，明秀才转过脸，她的眼睛像孔雀河的水："我欠你这么多，还不清了。"

贺以诚摇头："你不欠我的。"

"怎么不欠？我知道，钱花得多了去了。"

"我自己愿意。"贺以诚说完，把随身的包打开，掏出几份陈旧的油印蜡纸，他笑笑，"你看，我大二那年有几个诗人跑学校里贴的诗歌，赶在保安撕下来前我们先揭了到宿舍里念。"

"大二？"明秀接过油印蜡纸，她看了许久，算出来了，"是1979年的事，快二十年了。"

贺以诚眼睛很酸："你知道是1979年的事？"

她虚弱地点头："知道。"他哪年上大学、哪年毕业，她都知道，再后来就什么也不知道了。

"真好，那会儿大家都读诗。"她想告诉他，她其实也买过舒婷的《双桅船》，可有一次被展有庆他妈点柴用了。

"我记得你以前不爱读这些。"她了解他，有点儿疑惑地看着他。

贺以诚没解释什么，说："绝版了，你收起来吧，我确实不爱这些。"

明秀定定地看他几秒，沉默片刻，轻轻地开口："我那个孩子也爱读书。"

说起孩子，贺以诚似乎没有要聊的，却一副很有兴趣听她说自己孩子的样子，好像光是听她说，他就看到了一个又漂亮又乖巧又上进的小姑娘。

他还没见到展颜，就觉得很喜欢这个小姑娘了。

这天，贺以诚没什么心理准备，就见到了展颜。他果然一眼就爱得跟什么似的，

明秀的女儿嘛，自然是最好的。

展颜没见过贺以诚这号人物，他讲究、样貌不凡，跟天神似的戳到跟前，好像是从不知名的世界里冒出来的。他知道自己的名字，可自己不认识他。

"贺老板好——"展有庆没想到贺以诚会过来，觉得太难堪了，尤其展颜在，他更觉得无地自容，好了，男人的自尊彻底一点儿都不剩了，在明秀跟前，他展有庆是窝囊的、没本事的；在展颜面前，他这样的爸爸怎么跟贺以诚这样的城里人比？

展颜察觉到爸的慌张，抬眼微笑了下："叔叔好。"这种怪异的氛围对青春期的少女来说是那么容易捕捉。

"是来探望妈妈的？快进来。"贺以诚打开门，让父女两人进来。

奇怪的是，他让他们进去后自己倒走了。

他这一走，展有庆更慌了，下意识地看了看床上的明秀："贺老板人走了。"

明秀的目光却在展颜身上，她像没听到，从被子里伸出白瓷似的一截手臂，颤巍巍的，像要离枝的叶子："颜颜，来，来让我看看。"

展颜脑子很空，仿佛刚被一场暴雨给洗干净了，明秀来之前她有那么多话要跟妈说，千言万语到嘴边，最终只变成了带哭腔的一个"妈"字。

单人病房干净、温暖，床头竟放着一个花瓶，插了几朵暗红的菊花。这令人有种说不清的迷惘，展颜觉得哭不太好，不能让妈伤心，就忍着。

"吃饭了没？"

"吃了。"

"你爸带你吃什么了？"

"包子，还喝了汤。"

"吃饱没有？"

"饱了。"

"颜颜，你头发怎么又剪短了，不是想留着吗？"明秀望着她笑。

展颜怪难为情的，但还是说了实话："头上长虱子了，住寝室住的。"

"你过来让我看看。"明秀要坐起来。

展颜就蹲在了床沿跟前，明秀有点儿喘，扒拉起她的头发。

展颜眼睛里噙着泪，让它们在心里汩汩地流，那双手如此真实。

"等出院再弄吧，费眼。"展有庆想去拉展颜，明秀不让，她半弯着腰，声音虚弱："颜颜没长过虱子，你看，我这不能管着她，让她长虱子了，都大姑娘了，反倒长了虱子。"

展颜却走神，心想，等开春杏花开的时候，她就搬个高凳子给妈，再搬个小马扎给自己，坐妈跟前，让妈好好地给自己逮虱子，阳光照在身上暖乎乎的，人也懒洋洋的，不知多快活。

哎，长虱子兴许是件好事。

"颜颜,快起来,你妈累了,回去让奶奶给你篦。"展有庆还是拉起了她,

展颜坐到床边,这时,明秀才留意到她只穿了一只鞋,刚进来时,光盯着孩子的脸,竟然没发现这件事:"颜颜,那只鞋呢?"

展颜想起那一幕,竟然想笑:"坐公交车被挤掉了,人多得很。"

"被挤掉的?"明秀就跟着笑了,"那人可真不少。"说着,看了展有庆一眼,这一眼自然是质疑他为什么不给孩子再买双鞋。

展有庆低着头,一边扯开被子给明秀按摩腿,一边说:"颜颜你又不是不知道,她不愿意,我弄不动她。"

卧床时间长了,腿上的肌肉跟着萎缩,明秀的腿细了许多,肉皮子松松的,像皱了的脸。展颜见状,也要按,展有庆不让:"你哪有劲儿,坐着跟你妈说说话。"

明秀说的无非是冷不冷,跟同学相处得如何,什么时候期末考……

他们说着话时,贺以诚拎着一个包装袋进来了,那是给展颜买的皮棉鞋,还有新袜子。

"我看孩子就穿了一只鞋,"贺以诚笑笑,特别随和的模样,"颜颜,来试试,叔叔不知道你穿多大码,估计着买的。"

展有庆瞬间憋红了脸。

"怎么好让你又破费?"明秀几乎是无可奈何的声音,她看看展颜,知道以贺以诚的脾气,这鞋退是不可能了,他这人,不管你要不要,花了钱,哪怕你扔了,他也还要那样做。

"颜颜,试试吧。"

那种怪异的氛围立刻回来了,是跟着贺以诚回来的。

展颜有些不自在,她没说话,只是听妈的话,绕到床里边,把袜子和鞋脱了,换上新的。

嗬,从没穿过这么软和、这么舒服的鞋,脚一伸进去,像踩到一个毛茸茸的世界,展颜为这种新奇的体验感到惊讶。

鞋居然正正好。

贺以诚的眼睛一向毒,他最懂给别人挑东西。

展颜没看贺以诚,只是腼腆地对明秀点了点头,意思是不大不小。

"暖和吗?"贺以诚笑吟吟地问她。

展颜"嗯"了声,还是明秀提醒她:"要谢谢贺叔叔。"

展颜终于有了点儿笑意,浅浅的:"谢谢贺叔叔。"

"不客气,穿着吧,天冷。"

贺以诚说着走向了窗边,往外看,自顾自地说:"我订了饭店,你们吃了再走。"

他转头,冬阳透过窗子在他的睫毛上凝成一道白光,再往下就是他那张从容的

018

脸，展颜看着他，耳边又响起爸磕磕巴巴的道谢声，还有妈向来温和、淡然的嗓音。

她觉得贺以诚很陌生，跟他们一家三口不在一个时空之中，当然，窗子外头也全然是片陌生的天地。

1998年取消福利分房，房改启动，这座城市和这片土地上的其他很多城市一样，像沉睡的某种昆虫，在慢慢地伸展着触角和翅膀，尚且不知最终界限在何方。

展颜看着待建的高楼，就在不远处。

晌午仿佛是一下就到跟前的，她不舍得走，明秀把她往外推："去吧，颜颜，贺叔叔带你们去吃饭，妈过几天就出院，去吧。"

展颜又想哭，她用新鞋的包装袋装了旧鞋、旧袜，松开妈的手："妈，我们吃完饭就走了，我在家等你。"

明秀笑着点头。

展颜关了房门，她紧紧抱着袋子，跟在两个男人身后，出来可真冷，城市的街道在这样的寒冬灰蒙蒙的，风刮起塑料袋，起起落落。路边有老人在冷风中守着小摊卖核桃，展颜静静地看向他，不料换回一个期待的眼神，她有些心虚，连忙快步朝前，一脚踩到坑洼，弄脏了鞋。

她懊恼地跺了跺脚，觉得罪过。

"颜颜，冷吗？"贺以诚步子放慢，转过身，他戴着皮手套，穿呢子大衣，像港城人，来内地做生意的那种。

展颜不知道他为什么能这样自然地喊一声"颜颜"，她想像爸那样冲贺以诚笑笑，但风一刮，笑好似就被吹跑了，留下个尴尬的样子，真难受。

贺以诚不以为意，伸手轻拍两下她的旧绒线帽，只是说："饭店不远，很快就到了，坚持一下。"

医院对面是公交站台，一辆车来，人们嗡的一下拥上去，等车过去，一个少年从自行车上下来，似乎想往医院这边来。

贺图南看见的，便是贺以诚亲昵地拍了拍一个半大孩子的脑袋。

那孩子看不清模样，裹了件旧旧的军大衣，活像只企鹅，贺图南远远地看着他们，最终掉转了车头。

他骑上车，不忘回头又瞥了两眼。

\*　\*　\*

元旦假结束，学校里几个不学习的男生不知怎么了，纷纷把牛仔裤给剪了洞。这么冷的天，他们里头连秋裤都没穿。

穿牛仔裤的同学不多，大部分人还是家里买布找裁缝做。穿牛仔裤的基本是镇上家里有门面房的孩子，他们有种优越感，班主任统计什么事情时总要说句"镇上的举手"。

展颜骑车从镇上的长街经过时,看到那些镇上的少年、青年,有人甚至染了黄毛,缀在脑门前头。他们叼着烟,眯眼看着路人,一有年轻的女孩子过去,口哨声便此起彼伏。

"滚一边去,馋了是不是?馋了趴我怀里,我也给你两口吃!"烟酒店的老板娘坐在太阳地儿里奶孩子,领口扯下去,怀里窝着个毛乎乎的脑袋,她正跟一个年轻男人玩笑,"再乱放屁,看我不把你裤头子拽下来。"说着,她真上了手。

男人也不躲,只是笑:"我又不吃亏。"

展颜看见这幕,赶紧扭头。

不知怎的,她忽然就想到了贺以诚,他的皮手套、呢大衣,还有干净的黑皮鞋,以及饭店里的服务员笑容满面地鞠躬,说"欢迎光临"……

因为走神,车把猛地一歪,她差点儿撞上出来倒泔水的。

街上垃圾乱丢,到处是坑,柏油路被拉煤的大车轧坏了。展颜每次从街上过,都把车子骑得飞快。

到了学校,她把孙晚秋和王静喊到小操场分点心,几个女孩子在梧桐树下的双杠那儿说话。

点心是贺以诚硬塞过来的,同时,还送了展颜一个随身听,说有助于她学英语。

展颜见过镇上的同学用随身听,杂牌子的,但已经很高级了。贺以诚送她的是索尼随身听。

"真好吃,我从来没吃过这么好吃的点心。"王静把渣都吃了,是和冷风一起咽下去的。

展颜又给她拿了两块:"你给你爸,还有你爷你奶也尝尝。"

孙晚秋好奇:"你们在城里有亲戚?"

展颜含糊其词:"不是,是我妈的一个老朋友。"

"展颜,今天的卷子借我抄抄!"不远处,几个男生溜溜达达地过来,为首的穿破牛仔裤的在喊她。

孙晚秋跟王静皱眉看着他们,这些男生一个个都是色狼,展颜只要从哪儿走过,他们就哄笑一声,也不知道笑什么。展颜要是在哪儿待着,他们保准会喊一声她的名字,不是抄作业,就是抄试卷。

展颜没吭声,"破牛仔裤"走到她跟前,笑着问:"展颜,当我马子吧?"

几个男生笑成一团,开始起哄:"哟,展颜要当杰哥的马子了!"

展颜没听懂这话的意思,不过,从他们的神情看出这绝对不是什么好话,她也不想知道什么,淡淡的,像从没听见:"我们回教室。"

她说完,就和孙晚秋、王静回去了,男生还在后头冲着她们吹口哨。

很快,她们就知道了,镇上不爱学习的男生们,不知从哪里搞来的 VCD 光盘,

放《古惑仔》，女朋友就叫马子，电影里头的人满嘴脏话，打打杀杀，横尸街头。

期末考试前的晚自习，班里缺了些人，都是男生，据说去打群架了。

班主任在讲台上发飙："一群蠢货，就知道跟人打架，别以为我不知道，你们心野得很，净跟人学坏！学那有啥用？打死了人得坐牢的，知道不？把人打残了得赔钱的，知道不！你也不看看你们爹妈一年到头在地里刨坷垃头能挣几个钱，蠢货！"

骂到最后，班主任嗓子都像被劈开了。

可教室里的人很委屈，留下的都是听话的，一没骂人，二没打架。老师，你对着我们骂有什么用呀？同学们心想。

再后来，到底出事了，"破牛仔裤"被人用榔头砸到脑袋，整个脑袋跟熟透的西瓜瓤似的，一下就散了。同学们再也没见过"破牛仔裤"，小镇少年的荷尔蒙无处安放，就拿整条命殉了。

他妈来学校门口号，坐地上不起来，一群人看着，老师赶紧把同学们轰走，不让瞧。展颜她们也挤在人群里，孙晚秋攥着她的手，喉头微动："颜颜，你说我们要是男生，成绩也不好，是不是就会是这样？"

是啊，她们如果是他们，学习又差，会是什么样？

展颜沉默地透过缝隙看"破牛仔裤"的妈，把鼻涕擤在地上后，她开始发疯，乱蹬着腿，鞋都掉了："我的儿啊，我的儿啊……你让妈可怎么活哟！"

"孙晚秋，展颜，你们过来。"身后的数学老师苏老师把她们叫到了办公室。

办公室里没人，老师们都在外头。

"你们俩在看什么？"苏老师推推他的大框眼镜，神情严肃。

展颜瞬间就明白了苏老师的意思，她们在老师眼里是好学生，好学生不该凑这样的热闹，哪怕死了人，死的是他们的同学，可那样的同学是不值得一看的。生没什么可贵，死没什么可惜。

"苏老师，我们就是看看。"孙晚秋嗫嚅着。

展颜没说话。

"过了年，离中考就没多少日子了，快放假了，班里浮躁得很，看到没？这就是不学无术、不学好的下场，怪谁？"苏老师呷了口茶，他的玻璃杯里头常年泡着大浓茶，半杯茶叶，厚厚的茶渍把杯子浸得泛黄，他长长地叹口气，"上不好学是没出路的，咱们农村人要想有出息就只有上学这一条路，没别的路。"

孙晚秋不知在想什么，竟然问："苏老师，那你为什么来这儿教书，不去城里？"

苏老师愣了下，倒没生气："为什么？中专毕业分到这里了，还是得考大学，我就后悔当时没考大学。所以，你们要考大学，人家浮躁、松劲儿，你们不能，尤其是你,"苏老师的目光落在孙晚秋身上,"孙晚秋,你是我教过的最聪明的学生,你记住,学好数理化,走遍天下都不怕,这是你的强项,一个人,老天爷给了天赋,浪费就是罪过,懂不?"

孙晚秋说她知道。

苏老师这才看看展颜,他想说,这孩子长得太好了,姑娘家长得好,就是个麻烦事,自己图清净,可别人不见得能让她清净。

他是个男人,展颜才十几岁,他不好开这个口,只能说:"展颜,你也是聪明孩子,我知道你妈病了,难免影响你学习。你撑住,等考上高中,你妈一高兴病也就好了。"

展颜总是很沉默,苏老师猜不透她在想什么。孙晚秋更明朗,擅长数理化的天分让她也更自信。

"老师教这么多年书,女学生中没你们这么出众的,你们爸妈都是农民,你们的家庭要想改变命运,就得从你们开始改变。你们看看外头,"苏老师站起来了,指着窗外,"那都是什么人?祖祖辈辈都在这儿的人,走不掉的人,你们要是不想当农民,就得好好念书。"

窗外的那些人面目模糊,展颜不想当那些人,但一想到妈,又觉得家乡也不是那么糟糕。

这一年,随着期末考试,随着大雪纷飞,年关一到,彻底过去了。

明秀信守承诺,过年前出了院,她是坐车回来的,贺叔叔开着小轿车,停在她家门口,村里人知道了,都来看。

贺叔叔没久留,甚至没露面,送完人就离开,马路边,村里的父老乡亲们又目送他的车子远去。

等他一走,奶奶就靠在门口骂人:"你个窝囊废哟,这病歪歪的都能找男人,展有庆,你是死了吗?"

展颜听见了,心口一噎,眼泪差点儿出来。

等骂完了,奶奶转头把贺叔叔送的牛肉、排骨炖上,她忙前忙后,找了秤在那儿称肉。

一个年关,妈精神都很好,她给展颜织完毛衣织毛裤,又织手套:"颜颜,你看你要哪个色儿?"

"要蓝的白的。"展颜紧挨着妈,妈挨着小煤炉,烟筒从门上头的玻璃窗伸出去,一股股地冒黑烟,奶奶把爸骂得狗血淋头,可爸还是给妈屋里生了炉火。

展颜晚上跟妈睡,展有庆卷了铺盖去了西屋,外头风大,窗子有缝,北风硬想往里头挤,呜咽不停,吹得旧窗帘微微动。展颜把手放窗户那儿,扭头跟妈说:"妈,这儿有风。"

明秀笑着拍拍被窝："快进来。"

展颜就披着小袄，噌噌地跑过来，把拖鞋一甩，钻进了被窝："妈，你听，风可真大啊。"

明秀笑着点头，风大着呢，她这辈子不知道经历了多少场风，这次恐怕是最后一场冬风了。

"妈，你身上还难受吗？"展颜悄悄问她。

明秀搂了搂她："不难受。颜颜，妈给你讲讲你小时候的事吧？"

展颜的脸贴着她热热的秋衣："那从几岁说？"

"就从……就从生你那天说吧，你不知道，我生你那天一个人在地里干活儿，还是石头大爷送我去的卫生所，他拉了辆平板车，铺上凉席，凉席上又铺了褥子，我就坐在上头，疼得受不了，刚到卫生所就把你生下来了。"

"爸呢？爷爷跟奶奶呢？"

"你爸跟你奶奶去山上刨草药去了，我在割芝麻，石头大爷是个好人，你以后念书有出息了，别忘了他。"

展颜"哎"了一声，她记不得妈那天说了多久的话，只知道自己越听越困，眼皮打架，后来就睡着了。

明秀低头，嘴唇埋在展颜的发丝间，眼泪凉凉的，后来，她也睡着了。

在梦中，她见着十七八岁时的自己，梳着两条辫子，鞋上绣了两朵石榴花，石榴花红艳艳的，转眼花谢了。

1999年过了春节，没几天就是雨水，早在腊月里头就立了春。

墙外头有一株杏树，天气骤暖，雨水当夜就催得花苞全开。爷爷忧心忡忡，说："未必是好事，保不齐哪天又冷了，花苞都得掉，这一年，挂不住杏了哟。"

展颜掐了一枝，给妈插到玻璃瓶里，杏花气味儿淡，颜色也淡，但屋里头有这么一枝春，有生机。

初三开学早，初八就得上课。

开学前一天，明秀难得给展颜做了次饭，炒的土豆丝，是展颜最爱吃的小炒。

这顿饭刚放下筷子，明秀就倒下了，没什么预兆，好像一棵树轰然坍塌于荒原。

家里一下乱掉，展有庆塞给展颜一张皱巴巴的纸，让她快去小卖部给贺以诚打电话，他把明秀一抱，抱上了三轮车，发动着了就往镇上开。

展颜跟在车后头跑，风暖得出奇，她跑到小卖部跟前就不跑了，嘴唇直抖，跟人说："婶子，我得打个电话。"

家里固定电话欠费了，奶奶按着爸，死活不愿意让他去续费，只能停机。

纸上是个手机号，展颜手抖，她咬着牙，按下那一串数字。

手机响时，贺以诚在卫生间刮胡子，他昨晚有饭局，破天荒地喝醉了，今天起得迟，什么东西都没吃。

"贺图南，帮我拿一下手机。"他喊了一声儿子。

贺图南从沙发上起身，瞄了一眼，把手机递给贺以诚。

卫生间的门又关上了，贺图南回头，若有所思地盯着那扇门，听到里面隐约有声音。

没多久，贺以诚忽地拉开门，顶着半腮泡沫，手往茶几上一扫，人就冲向了门口，也许是因为太慌，他一个趔趄，险些摔倒。

贺图南从没见他这么失态过。

他一下就想起元旦那天，在医院附近看见的那个身影——裹着军大衣的身影。

此刻，他非常想知道打来电话的是什么人，又到底是什么事，让一向淡漠、没什么温度的贺以诚突然像被火灼。

\* \* \*

医院里，贺以诚到最后才跟昏迷中的明秀低声说了句："这些年，我心里从没有过另一个人。"

有些事注定只能用来深埋。

他没说自己后不后悔，也没问明秀后没后悔，青春早已流逝，人生有限，谁也不能在时间的河流中回溯。

站在抢救室外头的，除了贺以诚，还有展有庆，展有庆什么也不懂，一脸闷相，可他哭了，肩膀一抖一抖的。贺以诚冷漠地扫过去两眼，走到窗户那儿，想抽根烟，可怎么也点不着火。

医生们一脸遗憾地走了出来。应了老人们的话，熬得过冬，不见得能熬过春。

展有庆带明秀回家前，扑通一声，给贺以诚跪下了，他淌着眼泪说："贺老板，大恩不言谢，我给您磕个头吧。"

贺以诚面无表情，不接受，也不拒绝。

男儿膝下有黄金，跪天跪地跪父母，展有庆这一跪是想着什么都一笔勾销。

贺以诚跟展有庆无话可说，他头疼，眼睛干干的，回到家倒头便睡，一觉睡到第二天黄昏。

妻子林美娟是美院的老师，正在假期中，见贺以诚不对劲儿，交代贺图南千万不要惹爸爸生气。

"以诚，你起来吃点儿东西。"林美娟做好了饭，喊不起来他，他睡的是书房，衣裳都没脱，她担心他睡得难受。

贺以诚头痛欲裂，他翻个身，声音低哑："先吃吧，不用管我。"

一直到晚上，他才起来喝了点儿水。

饭桌上，一家人沉默地吃着东西，林美娟什么都没问，贺以诚这个人有什么事如果自己不主动说，别人再怎么问，他也不会说。

她只是给他夹菜，说："这几天菜价明显下来了，过年少买是对的。"

贺以诚"嗯"了声，什么胃口都没有，喝了点儿粥，就停下筷子。

"明天开学？"他这话是问贺图南的。

贺图南跟他之间话也少，只回了一个字："对。"

"我有事跟你说。"贺以诚一副谈生意的口吻。

贺图南习惯了，等吃完饭，父子俩去了书房。

"有件事，我觉得应该提前跟你说一声，你有个心理准备。"贺以诚开门见山。

贺图南心里倒猛地一阵了然，他不置可否："什么事？"

"我一个老朋友去世了，留下个女儿，无人看管，她现在上初三，等中考一过，我就把她接过来，你比她大，要喊妹妹，以后什么事都要让着她点儿，这样，"贺以诚顿了顿，"你那间卧室朝阳，到时候空出来给妹妹住。"不是商量的语气，也没有回旋的余地。

这话在贺图南听起来非常赤裸，就差明言："我外头还有个女儿，现在我要把她接回来。"

他们一家三口住的是新房。赶在房改前，贺以诚就买了大平层，贺图南的同学大都还挤在父母单位的福利房——筒子楼里，大家都在过道里做饭，排队上厕所，动辄因为谁偷了谁家的水、谁偷了谁家的电吵得不可开交。

贺图南小时候也住筒子楼，楼中间是天井，到处堆放着杂物，头顶横着乱七八糟的电线，过道里则晒着湿漉漉的内衣裤，往下滴着水。

那种地方，他记忆不多，因为贺以诚下海，很快就带着他离开了那乱哄哄又热闹非凡的地方。

"妈知道吗？"贺图南眼睛很深，他没一点儿惊讶的样子，若无其事。

他一直觉得贺以诚像个假人，完美的假人。在外人看来，贺以诚这种学历高、出身好、下海发了财居然还没有什么不良习惯的男人，堪称道德楷模，现在，假人终于有了丝活气儿。

贺图南说不出心里是什么感觉，仿佛失落，仿佛释然，又好像有些憋闷，原来军大衣裹着的是个女孩子。世界上哪有什么完美的人，如果有，那一定是在伪装。

"我会跟她说，不过，你先不用告诉她，我来说。"贺以诚好像很疲惫，说完起身就走了。

贺图南明白，妈是个有涵养又体贴、包容的人，什么都会接受。所以，她可以最后一个知道。但贺以诚对自己不够放心。

贺图南在开学前这一晚失眠了，等第二天早起，才知道贺以诚已经开车往乡下去了,说是去参加老朋友的葬礼。

"你爸爸的朋友比我们还小两岁。"林美娟轻轻地叹息。

贺图南莫名觉得讽刺,冷冰冰的,没有回应那声叹息。

贺图南到了学校,大课间跟徐牧远打篮球,抢断凶狠,横冲直撞,头发像刚从水里捞上来的。人带着情绪,就难免被人察觉,徐牧远感受到了,因为他被贺图南逼得太紧,毫无招架之力,围观的女生们则在那里用恰到好处的声音说"贺图南好像流川枫啊"。

这话是一群人说的,法不责众,所以,大家都心安理得,没什么可害臊的。

一个球砸进篮筐,贺图南转身走人,徐牧远追上他,问:"今天是怎么了?"

贺图南一笑,把肩膀上的手拨开:"我要跟你一样了。"

徐牧远家里有个刚上小学的妹妹,偷生的,他妈在老家东躲西藏,有一次被人发现吓得乱跑,一脚踩进地窖,居然无事,小妹妹从小就无比强壮。

"家里有什么事吗?"徐牧远想到的却是一些不好的事情,他问得含蓄、克制,贺图南和他不一样,一个人如果是从高处跌落,滋味儿必定难受。

贺图南抹了把头上的汗,他这个人一笑起来总是显得有些狡黠:"确实,我他妈很烦。"他很快转移了话题,"中午到外头吃,有球赛。"

高中男生一个个都胃口惊人,食堂饭菜太难吃,大家都爱往门口小店挤,小店为了留客,店里挂个大电视,转播球赛,男生们最爱过来。

徐牧远现在很少出来吃了,食堂饭菜难吃,但食堂便宜,贺图南当然知道缘由,冲他打了个响指:"跟你说个事,想做点儿生意吗?"

徐牧远有些吃惊地看着他。

"你知不知道其他学校的学生都想要我们的笔记?"贺图南脸上的红晕渐渐褪去,语气笃定,"数理化打包,英语单卖,我帮你联系。"

两人都是年级前五的常客,贺图南不做笔记,人懒,又爱玩,偶尔也会考砸,成绩不如徐牧远稳定。

徐牧远这个人端方,这是班主任的评语,他不明白贺图南是怎么知道这种事的,也从没听说过可以卖笔记给外校的学生。

"不太好吧?"

"哪里不好?"贺图南又笑,"把笔记拿来,我去复印,回头你只管等着收钱。"

说到钱,贺图南眉心突突一阵跳,他看着半空中的春阳,想起班里曾传某某的爸爸做生意挣了点儿钱就开始出轨,他忽然头皮发紧,不愿再细想。

这几天确实暖和。

贺以诚一身黑,人显得肃穆,今天是明秀的正丧,午后出殡。他在大门口站定,来往的人不禁纷纷朝他望过去。

贺以诚稍微近视，今天特地戴了眼镜，俊秀的眉眼藏在眼镜背后，带点儿寂寞、冷淡的味道，他个头儿高挑，衣着不俗，和这里格格不入。

人们用猎奇的目光打量着他，猜测这个男人和死者的关系，以及他的身份、年龄。

上礼钱的地方就设在门口，一桌一凳，坐着本村写字最漂亮的长者，贺以诚掏出钱夹，俯首低语，老先生不由得抬头看了看他。这宾客出手可真阔绰。

贺以诚留意到一位老人家，她生得肥壮、高大，耳垂上吊着一对污了的金耳环，说话时，耳环就一晃晃的："有庆可算对得起她了，亲爹亲娘都没见他么孝顺过，她嫁过来，净享福了。"

"那可不是，十里八村找不到有庆这样的男人。"

"她这一走，要了我们有庆半条命哪，"老人家呸了一口，"我命苦啊，他花婶儿，这么大岁数了，一天福没享，还得张罗着给他再娶一个媳妇儿，哪还有钱？钱早都被人喝干，连渣都不剩了，要是往后能给我生个孙子，我倒是死也能闭眼了，你说我这是造的什么孽啊！"

花婶儿附和着："老嫂子，你别急，有庆这条件，就是再找黄花大闺女都使得！"

"他花婶儿，你要是给我们有庆说成了，我给你买两条大鲤鱼！"

几个上了年纪的女人没任何避讳。

贺以诚静静地听了片刻，很快被人注意到。

奶奶灰眼珠子转了几转，想起儿子的话，又想起过年前那些排骨啊牛肉啊等高级货，立马觑起两只眼，琢磨起来。

这目光一黏到身上，甩都甩不掉，贺以诚转身往院子里走。穿过灵棚，就是棺屋，刷了白漆的棺材就停在正中央，空气中满是纸钱灰烬的味道。

他耳鸣了一瞬，整个世界轰隆隆作响，像什么地方破了个深洞。他蹲下来，往火盆里慢慢地投掷着纸钱，脸被映得光明一片，乌黑的睫毛洒下重重阴影。

等他抬头，便看到守在棺木最前方的展颜。

她穿着丧服，跪坐在席子上，清透的一张脸小小的，眼睛泡在泪里，闪闪的。

"贺叔叔。"展颜嗓子哑了。

贺以诚觉得心被攥了一下，他略略点头，走到她身边，也不嫌席子脏，盘腿坐下了。

"颜颜，你妈妈的事，贺叔叔觉得非常遗憾，很对不起你，你也许不知道，有些事，人是没有办法的。"他一开口，声音极低沉，可又隐隐浮动着万千柔情。

展颜年纪小，却也从这样的腔调里感觉出什么来，姥姥来了，哭一场，她听出那是伤心，除此之外，她听不出谁的伤心了。那种演戏似的拖了长腔的哭丧声，对她来说很难受。

她哭得晕头转向，哭得太多了，人有点儿木，可贺叔叔同她讲的这些话是她从没听过的，没有人这样讲话，人们说吃，说庄稼，说牛羊，骂街吵架，但从不讲"有些事，人是没有办法的"。

贺叔叔一说，就触动了她心里细细的那根弦，那根弦上藏着点儿什么秘密，一下被讲透了。好像这话后头便是真相。

贺以诚忽然偏过脸，看向展颜，他眼睛里有泪，但没淌下来，他就这么无声地凝魂似的看着展颜。

展颜被这样的一双眼震住，她脑子里什么想法都没有，几秒钟后，她的眼泪滚滚而下。她本以为，妈死了，只有她这样难受，但贺叔叔的眼睛望过来，她就知道贺叔叔和她是一样的。

周遭那么冷，贺叔叔这样看她一眼，她就又有了点儿知觉。他用眼睛在跟她说话。

"颜颜，有一天你还会和妈妈相聚，我们每个人的终点都是一样的，"贺以诚眼角那颗泪非常大，但他的语调是柔的，表情也没有因为悲伤而扭曲，"这里没有人比你更难过，我知道，你还会难过很久，甚至是一辈子，但是，在跟妈妈重逢前，你还有很长的一段路要走，别害怕，只管走，好好走。"

"老师说，人死了没有鬼魂，什么都没有了，我不会再见到妈……"展颜忽然哽咽得厉害，"我知道我不会再见到她了，我知道……我不是小孩子了……"

"不是这样的，没人知道那个世界是什么样，因为没有人回来告诉过我们，对不对？如果很久以后你见到妈妈呢？她一定希望听你讲一讲你是怎么过的，就像以前你总是跟她说不完学校里的事情。"贺以诚声音慢极了，仿佛每个字都蘸满了泪水。

展颜愣了愣，是啊，万一呢？如果呢？

"我还会再来看你，也会来看望你妈妈。"贺以诚许下承诺，他起身，留给展颜一块方格手帕。

院子里酒席已经摆上。

展有庆瞧见贺以诚进了灵堂，他没跟着，人失魂落魄的，不知该干什么，贺以诚一露面，他天灵盖都乱跳。

这人来干什么？他心里不是没一点儿准备，他不聪明，可也不是傻子。

贺以诚这人太难捉摸了，他闹不明白，他只想干活儿，有用不完的力气；他只想对明秀好，对颜颜好，其他的事什么都不想。可现在好了，明秀人一倒，就没了，他呢，他还会喘气儿呢。

"贺老板，"展有庆想着，来了就是客，他嘴巴焦干，一开口就裂开了，"您坐下吃饭吧。"

贺以诚做什么都不慌不忙，闲庭信步似的，展有庆瞧不出他对明秀走这个事有多难受，看穿着打扮，还是那么讲究。论理，人要是难受着，哪有心思打扮自己呢？

"来时吃了些早点，不饿，"贺以诚四下扫了扫，便朝外走，展有庆只能跟着，听他继续说，"你这院子倒大。"

展家住村头，出了院门，是分割整齐的麦田，贺以诚看着满目的绿，点了根烟："大人走了，可颜颜还小，她的路长着呢，你是怎么想的？"

展有庆怕什么来什么，他是怎么想的？他心里很乱。

"我害怕耽误了孩子的学习，这孩子念书行，快中考了，可又赶上她妈这事，我劝她别老哭了，怕哭坏了眼睛。"展有庆说话没什么逻辑，磕磕巴巴，想到哪儿说哪儿。

贺以诚说："她一个十几岁的小孩子，刚失去最亲近的、最疼爱她的人，她想哭就该让她哭，人的情绪总要有个出口宣泄。"

展有庆听不惯文绉绉的话，更说不来，讪讪地看着贺以诚，不知怎么接。

贺以诚徐徐地吐出个烟圈，点了点烟灰："明秀走前，跟我说了一些你们家里的情况，想必跟你也谈过了，颜颜既然有念书的天赋，理应换个更好的环境，你说呢？"

他把问题抛给展有庆，展有庆语塞，好半天，才讷讷地说："是，贺老板说得是。"

"我的意思是等孩子缓一缓，把她接到市里上高中，她还小，不能一辈子就窝在这么个地方，你辛苦供她念书为的想必也是让她以后过得更好，现在就有这么一个机会，你考虑一下。当然，我也会尊重颜颜的意见。"烟其实没抽几口，贺以诚说完，往地上一丢，慢条斯理地踩了几踩，见展有庆茫然无措，他淡淡道，"你好好替孩子考虑考虑，还有时间。"

## 第三章
## 春天的信

妈进了棺材，而她实实在在地只拥有这一朵纸莲花。

钉棺时，该舅舅钉。

展颜被人揉到棺材前，按着跪下，一双双眼都盯在她身上，有说这么小就没了娘可怜的，有说这闺女真是俊，跟娘一样的。主事的老汉交代了她几句话："颜颜，可得记住了，叫你妈走得安生！"

说罢，舅舅开始往右边钉钉。

展颜说不出话，主事的老汉急了，说："好孩子，你倒是让你妈躲钉啊！你不喊，你妈咋能知道呢？"

"孩子，说话啊！"

"是啊，颜颜说话啊！"

姥姥催她，爸催她，连奶奶都开始催她。

四面八方全是声音，展颜手心一阵麻，脑袋空空，嘴巴怎么也张不开。奶奶挤过来卷起袖子就想扇她，被人拦下。

见她跟魔了一样，大家只好让展有庆的堂侄过来跪着应话。

舅舅拿起斧头，包着红布，一下把钉子砸进去，扬声喊道："一钉添丁又进财！"

堂侄哭天抢地："婶子呀，你往右躲钉哪！"

舅舅再喊："二钉福禄自天来！"

"婶子呀，你往左躲钉哪！"

"三钉三元及第早！"

"婶子呀，你往右躲钉哪！"

"四钉子孙满庭阶，代代子孙广发财！"

人群整齐划一地应道："有哦！"

有什么呢？展颜手里拿着一朵纸折的白莲花，妈进了棺材，而她实实在在地只拥有这一朵纸莲花。

　　她跟着队伍上山，杏花开得跟雪堆似的，风野，草也冒了头，田里的庄稼，经历了场雨，长得更快了。

　　奶奶在训她："待会儿下地时，你要是再不听话，回家就让你爸揍你，让你哭你就得哭！"

　　"她的眼泪流干了，哭不出就不哭，别逼她，"贺以诚开口了，他声音不高，"眼泪不是流给别人看的，况且，以后她哭的时候你们也未必看得到。"

　　奶奶本来想发火，可看见这人的模样，发作不起来，闷声骂了句什么，谁也没听懂。

　　展颜看看贺以诚，他点了点头。

　　至于贺以诚是什么时候离开的，展颜并不知道，她很疲惫，像身体成了魂魄的累赘，下了山就睡觉，醒了哭一会儿，又睡着了。

　　她请了几天假，在家里也不怎么吃东西，就坐着发呆，看日头一点点往西挪，从院墙过去。奶奶则吃了晚饭后在油黑的灯泡下翻礼簿，嘴里念念有词。

　　展有庆还得下井，换上工作服，脑袋上戴着照明灯，见展颜坐在那儿，他站了会儿，才把一个小木箱子给她："你妈留的，这一阵家里乱套了，这才拿给你。"

　　木箱配了把锁，展有庆打开后就把钥匙塞她手里，说："你妈给你写了好些信，你妈交代说，不能一下看完，"他低着头，看不见表情，手下翻着信，说，"这是春天看的，这是秋天看的，这是过年看的，你妈都写了时间。"

　　展颜缓缓地站起来，看着小木箱，不太能信，觉得仿佛是假的，但也不知道什么是真的，她这些天分不清真假。

　　妈已经死了，可她写的信居然还在，展颜理解不了这个事，一时间连生死都分不清了。

　　"春天的信"，展颜看着信封上几个字，愣了好久，才打开。


颜颜：

　　　见到信很惊讶吧？是啊，妈从没给你写过信，当你看到这封信时，妈应该已经离开了。

　　　原谅妈妈，因为妈妈实在没勇气把你拉到眼前，告诉你，我已经时日无多，那样太残忍了，真的太残忍了，老天知道妈妈写这些时，心都像被人戳了个窟窿。

　　　妈这辈子有许多不如意的事，灰心过，也想要一了百了过。可自从有了你，妈觉得日子开始有了盼头，你不知道，你小时候多可爱，小胳膊小腿的，见人就笑，妈一看你笑，想着哪怕只为了能看见小娃娃笑一笑，再难都能挨过去了。

　　　这些话，妈从来没跟你说过，可现在到了不得不说的时候，再不说的话，妈就再也没这个机会了。

妈生病这个事是妈命不好，命这个事有时是没法改的，但有的时候能借某些机遇让事情往好的方向去。妈这辈子最大的遗憾就是没能去读书，读书在妈看来不是为了挣多少钱，而是能让你去看看不一样的世界，不读书，不离开这里，你会以为咱们村子、咱们的小镇就是整个世界了，世界就是这个样子。

颜颜，世界可不止一个模样啊。妈因为当年条件不允许，没这个机会，现在你有，所以妈拼了命也得让你念书，你不能像妈，一辈子被困在这儿，人要是被困在这儿了，就像一块宝玉，再光泽透亮，也会被磨薄了、磨暗了，变成微不足道的石头，被土埋，被人踩，一辈子的所见所闻也就是眼前这点儿地方。

有些话说出来真怕你难过，颜颜，相信妈妈，如果不到迫不得已的时候，是绝对不忍心叫你难过的，妈恨不得所有的伤心事都摊在我头上，只要你快快乐乐地念书，长大，再去看外头的世界。

可人这辈子就是这样，有的事自己做不了自己的主。你爸是个好人，谁的话都听，他总是为难，他对妈好，也对你好，可妈走了，他护不住你，妈一想到这点，便是死也不能瞑目。

你才十几岁，叫你承受这些是妈的罪过，可妈实在是没办法了，原谅妈妈吧，我的颜颜能原谅妈妈吗？

妈想跟你说说贺叔叔这个人，也许，你心里有很多疑问，等你长到能够理解的那一天，贺叔叔会和你说一说过去的那些事，请你相信，妈妈跟贺叔叔是非常好的朋友，贺叔叔也是一个非常值得信赖的人。

如果你信赖妈妈，就可以信赖贺叔叔。

你贺叔叔是替妈妈见过外头世界的那个人，他知道一个人怎么才能不被困住，你如果愿意，就相信贺叔叔的决定，贺叔叔的决定也是妈妈的决定。

一想到读信的你现在一个人难过地哭，妈妈的心都已经不是自己的了，妈妈多想抱抱你，颜颜，像小时候那样抱抱你，就这么一直抱着你，咱们娘儿俩永远都别分开。

也许，你会想不通，怎么人家都还有妈妈，我没有了呢？为什么呢？颜颜，不为什么，没有人能回答，生老病死，喜怒哀乐，都是人这辈子要经历的，妈妈不过比别人早些经历了，咱们娘儿俩还会再见的，妈相信，希望你也相信，但你得答应妈妈，可以哭，不过不能一直哭呀，外头那个世界你还没见过，妈等着咱们娘儿俩再见时你讲给妈听听，这个事，你一定得答应妈妈，成吗，颜颜？

还有，记得爸爸的好，他始终是爸爸，即使他以后做了你不愿意接受的事，爸爸还活着，活着的人有权利选择新的生活。也正因如此，妈妈才说你可以信赖贺叔叔，相信他的决定，也许，你这会儿还不太明白，但你很快就会明白的。

最后，希望颜颜以后无论遇到什么事，都要记得，得做个善良、正派的人，无论别人是什么样的，都不要轻易改变自己的原则，妈希望你勇敢，充满信心，对生活永远充满期待并为之付出努力。

谚语里说，一犁春膏，百谷秋成。颜颜，人这辈子就像种咱们地里的庄稼，好好耕耘，才能有收获，妈妈相信你能做到。

想妈妈时，就跟妈妈说说话吧，妈妈会听到，每句话都会听到。

写到这儿，妈妈已经不知道自己在写什么了，好像什么都没写，妈真想永远写下去啊。

可时间不多了，颜颜，妈妈的时间不多了，咱们母女的缘分就到这儿了，短了些，可能做你的妈妈是我最幸福的事，没有比这更幸福的事了，妈妈知足了。

颜颜，去睡会儿吧，好好吃饭，好好睡觉，妈妈会在天上看着你，守着你，去吧，我的孩子。


信的日期是1998年的冬至。

一封信，展颜看了几次才算看完，她这一哭，五脏六腑全都沸沸扬扬地往上涌，春夜的星星全都落了下来，掉在桌角的纸莲花里，熊熊燃烧，把人从外到里烧了个透。

直到星星重新亮起来，屋里头还是展颜一个人。

展有庆第二天回家，没问她信上写了什么，他匆匆吃了饭，又出去了。

奶奶不知是什么时候进来的，说："不是睡觉就是坐着，我看你是不想上学了，不上就不上了，回头跟我下地搭把手干活儿去，你妈把钱败光了，咱家里再养不起闲人。"

"我没说不上学，我这就去上学。"展颜说完，跑到院子，可院子里的自行车没了，她到处找，也不见车子的踪影。

奶奶早追了出来，走到她跟前，刚伸手要点她的额头，院门口便响起孙晚秋的声音："展颜！展颜！"

展颜又跑出院子，孙晚秋骑着辆破"二八大杠"，一抬头，两个小姑娘碰了碰目光，孙晚秋说："苏老师让我问你，你什么时候去学校。"

"我自行车找不到了，你能带我吗？"

"不去了，不上了！"奶奶往门口一站，斜睨着两人，"还上什么上？展颜回家来！"

孙晚秋嘴撇了撇："又没问你。"

"你这丫头片子，跟你娘一个德行，展颜都是跟你学野了！"奶奶嗓门一下大了起来，气呼呼地瞪着孙晚秋。

孙晚秋头一昂："想吵架啊，我这就叫我妈来，哎哟，差点儿忘了，你今年都六十几岁了，可别气死了，气死了就不值了！"

她给展颜使了个眼色，甩腿上车。

展颜跟着跑了几步，搂住孙晚秋的腰，一抬屁股，坐到了后座上。

两人一路却也没什么话，展颜很沉默。

这种沉默陪伴着她的学习，好像沉默成了一种保护。老师们很关心她，给她补了落下的课，又找她谈心，可她每每回家，奶奶都没有任何好脸色，爸想说话，爷爷也想说话，可没人能在奶奶的高声下再发声。

一直到妈的五七，中间天气忽地冷了一阵，杏花没来得及授粉，就被雨打风吹去。

临近清明时，亲戚们要来烧纸，院子里多了个陌生的女人，是花婶儿领来的，奶奶见了，喜笑颜开地出来招呼人。

同一天，一辆黑色轿车停在了展家门口。

\* \* \*

花婶儿进了门，像只老雀，笑得大声，有条不紊地介绍起带来的女人："有庆他娘，这就是我跟你提的银红，细说起来，你应该认识她大娘，西头福寿的二姐，知道吧？"

这拐弯抹角的关系，奶奶一听就明白，乡下人都有这本事，她猛地一拍大腿，说："哟，你大娘原来是我们村的闺女，快进屋，快进屋，进屋说话。"

其实，情况花婶儿早就跟她说清楚了，银红死了男人，两个儿子年纪小，都留婆家了。花婶儿看中的是她生男娃娃的本事，算命先生说，谁娶银红谁生男孩，奶奶很信这套。

展有庆本来坐在屋里，见到人来，闷闷的，也不说话，他娘捣他的胳膊，他才挤出个笑。至于展颜，早就被奶奶安排骑车去邻村买饲料了，这么一来一回，约莫得一小时。

原来，车没丢，是被奶奶藏了起来，她计划着不让展颜念书了，可展有庆不答应，家里老头子也不答应，镇上的老师个个狗拿耗子，还来家访，一遍遍地劝，她在心里骂这些人鬼扯淡。

那就念吧，三不五时派展颜点儿活儿，奶奶合计着没工夫写作业就考不上高中，考不上正好不上。

乡村马路旁种满了白杨树，杨树叶子绿得鲜嫩。这个时令，柳树也翠蒙蒙的一片，梨花正开，到处都是好风光。

展颜路上见了人，不忘打招呼："建军大爷，吃了吗？"

"颜颜啊，吃了吃了，你这是去干吗？"

"买饲料！"她把车子速度放慢，话说完，又加速往前骑，骑得飞快，纤秀的身影从一棵棵白杨树间掠过，像只蜻蜓。

回来时，村头不知谁家又把头年秋天收的玉米拉出来晒，占了马路半边，拿石头围着。

狗也乱跑，在打架，你追我赶突然就蹿到前轮底下了，展颜为了躲狗，咣当一声撞上石头，她很敏捷，跳下车，人摔到玉米堆里，硌得手心疼。

车子因为惯性倒往前去了，车轮子蹭到旁边少年的腿。他米色的休闲裤上立刻多了道车辙印子，灰扑扑的。

展颜刚爬起来，他就转身了。

少年很高，干干净净，哪儿都干净，阳光正好拂到他长长的睫毛上，镀了层光芒，他鼻子很挺，所以总让人觉得睫毛在脸上有了影子，这让展颜顿时想起在医院的那一幕，贺叔叔转头，阳光是怎样落到那张脸上去的。

他是城里来的。这是一种直觉，乡下人的直觉，展颜也有，她迅速说了句"对不起"，从玉米堆里跨出来，扶起车子。

可本来在后座夹着的饲料被摔掉了。

"我帮你。"贺图南弯腰，饲料是用尿素口袋装的，小半袋，不算重，展颜抢在他前头一把抱起来，抬眼似乎想笑笑，那笑意太浅淡，以致贺图南都没怎么看清，她又低头去摆弄自行车了。

就是这么一瞬，刚才，她看自己也是这样，贺图南觉得她年纪跟自己差不多，可又似乎要小一点儿，他眼波轻轻动着，微垂了眼，看她摆正那袋东西。

展颜察觉到他在看自己，又迅速瞥过去一眼，她的眸子有种很寂静的明亮。

"刚才真对不起，我不是故意的。"她抿了下嘴，是很青涩的样子，她本来想告诉他，自己是因为躲打架的狗才失控的，可狗呢？那几只狗早跑没影了。

贺图南偏着头，发现她红毛衣上沾了一层白乎乎的东西，不知道是什么。

她的裤子好像短了一点儿，露出脚踝，袜子是格纹的，鞋也脏，是那种体操鞋，薄薄的橡胶底，上面的松紧带松了，本来应该是双白色的鞋，现在颜色发污，都可以扔掉了。

他目光很含蓄，但确实是在肆无忌惮地打量她，只有他自己知道。

"没关系。"贺图南想跟她说点儿什么，不为别的，大概只是因为他觉得，眼前的少女比他所有的女同学都漂亮，她穿得实在是老土，衣服又旧，连头发都长的长，短的短，毫无章法，可这些东西好像都不存在似的。

说点儿什么好呢？说他爸爸是怎么专制地突发奇想，把他拉到这穷乡僻壤，来看看"妹妹"的生活环境？是要他同情劳动人民，还是培养"亲情"？无论意图是什么，他都提不起任何兴趣。

这里路很窄，树太多，羊群从他眼前过去，留下的是一地羊粪，还有令人不愉快的尿臊气，赶羊的人直勾勾地盯着他看，走过去了，还要回头看。

至于玉米为什么晒到马路上，妨碍交通，更是贺图南无法理解的。

　　同时让贺图南更加困惑不已：难道爸爸的私生子是藏在这么个地方？这不像爸爸的风格。

　　等他回神，展颜已经推着车子走了。

　　这一摔，车链子被摔掉了，不过离家不远，她打算回家再弄。

　　贺图南快走几步跟上来，他太高，来到她身后，两人的影子一下交错到一起。

　　"等等，我想问问你，"他觉得喊"喂"不礼貌，喊什么"姑娘"又太土了，"小妹妹"更不行，他现在对"妹妹"这个称呼敏感，索性省去了称呼，"你是这儿的人？"

　　展颜攥着车把，不看他，专心地看路："是这儿的。"

　　"那你知道村头有户人家吗？"贺图南明知故问。贺以诚说了，把村子逛一圈，半小时后到最南边去找他，车子就停在路边，非常好找。

　　展颜终于停了下来，看看他："你找北头的还是南头的？"

　　"你往哪儿去？"贺图南问这话简直太傻了，他如果不瞎，应该看得出眼前的少女是往南去的。

　　展颜手一指："南头，这是南。"她听说过城里人来乡下容易转向，也就是迷失方向，她想，也许这个少年迷路了。

　　贺图南一笑，他立刻明白对方误会什么了，所以，意味深长地说："啊，这是南啊。"他顺着她手指的方向看，那个"啊"字有意地拐了下腔调。

　　这一下，展颜脸红了，她听出少年调侃的语气，却装作不懂，快快地说："你要是找南头的，就往这边走，找北头的，就朝相反的方向走。"说完，她蹲下弄车链子，有些后悔刚才没装上。

　　贺图南就势一蹲，抬眉看她："我帮你吧？"

　　展颜照例没抬头："谢谢，我自己会。"她真的会，只不过弄得两手黢黑，车链子上的油蹭的。

　　贺图南突然就想逗逗她，说："我不是坏人，你是不是把我当坏人了？"他开玩笑是有分寸的，戏谑点到为止，并不让人觉得冒犯。

　　他其实没跟女孩子开过玩笑，他都不怎么跟女生说话，初中时，女生们给他起外号，天天喊他"流川枫"，他快烦死了，他觉得，女生就是一群很吵的生物，有几个女同学一起考进一中，"流川枫"这个外号又流传出来，显得特别傻。可见了她，不知怎的，生平第一个玩笑他张嘴就来，特别自然。

　　展颜抿嘴笑笑，没说话，她把车链子装好就骑走了。

　　日头正好，好风相从，贺图南看着那团火红的身影远去，觉得在哪儿见过这么一个情景，却又无从想起。

展颜骑车到家时，见到一辆车停在附近。非常巧，这个时候奶奶、花婶儿她们出来了，出来送客，展颜抱下那半袋饲料，站到一旁，看到她们簇拥着一个陌生的女人，不知在说什么。

一群人在大门口开始拉扯一袋糖果，奶奶塞给花婶儿，花婶儿又丢回来。

这种拉扯很眼熟，通常发生在过年走亲戚给压岁钱的时候。

展颜看着那个女人，那个女人突然也看见了她，彼此都带着打探的意味，展颜一下就知道了这人是干吗的。

她不能接受。

虽然早有风言风语，说奶奶在给爸爸张罗什么，但这个什么忽地成了现实，站在她眼前，是活生生的一个人，她就无法接受了。

"颜颜，你戳在那儿干什么，还不进家去！"奶奶走过来把她往家里推。

她抱着饲料，实在是太讨厌奶奶总这么揉她，劲儿大、蛮横，好像她是小猫小狗，过来就能踢一脚。

"我自己会走路。"展颜挣了挣胳膊。

轮到奶奶一愣，她登时变脸，随即上手拧起展颜的耳朵就往院子里提溜："反了你了，我看你是不想好了。"

"是你不想让我好！"展颜疼得乱动，人一动，饲料就掉了。她不是没被奶奶打过，但那都是小时候的事了，她大了，不是小孩子了，不能什么都没做错就挨打，孩子也有孩子的自尊心，这是妈妈说的，尽管村里男人打老婆、女人打孩子都是常事。

"你这狗崽子会顶嘴了，好啊，好啊，"奶奶气得脸色铁青，她不能接受，家里这个赔钱货吃她的喝她的，居然敢还嘴了，"都是你爸惯的你！"

"你不要老骂人，骂人是不对的！"展颜用力一顶，从奶奶手底下逃了出来，可她没地方躲，犹豫一秒后，打算往王静家跑。

奶奶又高又壮，在后头撵她。

展颜刚跑到路上，一个骑摩托车的男人便停了下来，是苏老师。苏老师后头带着面粉，他刚从磨坊出来，要回镇上。

"展颜？"

展颜没想到会撞见老师，十分难堪，脚步一收，喊了声"苏老师"。

奶奶不管什么老师不老师，上来还要拽她，苏老师便挡了下："哎？有事说事，怎么能动手？"

"呸，"奶奶对着苏老师啐了一口，"亏你们为人师表，就教小孩子跟大人顶嘴、撒野，上的哪门子狗屁学！"

苏老师也生气了："您怎么说话呢？"

展颜羞愧得简直想死，她的脸通红，多么希望没碰见苏老师，在这马路边上丢人。

就这么又拉扯起来了，奶奶要打她，一群人在劝，奶奶脾气上来谁都骂，力气大得像只老母鹅。银红跟着凑上一句，奶奶没听清，张嘴就骂，气得银红跟花婶儿说，她要走了。

门口乱糟糟的。

贺图南清清楚楚地看到这一幕，他站在车旁，太阳穴一跳一跳的，少年的血直往脑门冲，在想要不要上去帮忙，他发现展颜的耳朵都红了，人也无助极了。

可他有什么立场上去呢？他都不认识这家人。

也许，是看得太过专注，贺图南都没意识到展家已经是村头最后一户人家了，直到他瞧见贺以诚从院子里出来。

贺以诚穿了件长长的风衣，看起来又英俊又儒雅。

院门口闹成这样，他本来跟展有庆在屋里谈话，听到动静，出来看见的就是这么一个场面。

他一现身，仿佛有种神奇的魔力，大家便都去瞧他。

"你打她了？"他看看展颜，问奶奶话时有种不怒自威的气度。

"我打我孙女，贺老板可不兴管这闲事，"奶奶冷笑，"不要以为我不知道你跟她妈那点儿事，你俩搞破鞋，怎么有脸一趟趟地往我们家里来，不就是欺负我们有庆老实？"

"不准你——"展颜忽然厉声喊出来，可话才说一半就断掉了，她人直抖，嘴唇战栗着，怎么也拼凑不出一句完整的话。

脑子跟着嗡了一下的还有不远处的贺图南，他养尊处优，任何人跟爸爸说话都客客气气的。他长这么大，第一次知道什么叫奇耻大辱，他眼神冷下去，仿佛整个春天都跟着冷了下去。

贺以诚那双眼则似乎隐在了眼镜背后，谁也看不出他的情绪："你这么说是想羞辱明秀，还是想羞辱我？我告诉你，你这么说只会让人觉得你儿子是个蠢货，是个窝囊废，既然这样，还再娶干什么？打一辈子光棍最适合他。"

奶奶气得要疯了。

展有庆从屋里跑出来，他一米八的汉子，看到这幕，脸苦得不能再苦："娘，你这是不想叫我活了。"

\* \* \*

一切都很荒谬。贺图南不明白一向很有风度、一向讲究体面的一个人，为什么出现在这里，又为什么和这么一群不堪的人纠缠。

那个漂亮的女孩子，此刻已经变成耻辱的一部分，贺图南为自己先前所有的念头和行为感到后悔。

这种羞耻感也瞬间席卷了展颜。她在听到奶奶那句话时震惊、恐惧，她想，那不会是真的，尽管在这之前有些东西隐隐约约地发了芽，但没机会成长，她有非常强大的信念否定它。

现在，她也混乱了，她谁也不想见，可偏偏贺叔叔在这里，苏老师在这里，妈妈都不在了，一个已经死去的人还要蒙羞，又或者，不是蒙羞该怎么办？

"搞破鞋"这三个字毫无防备地就扎进了肉里。

因为贺以诚，村头聚了好些人，探头探脑，不知在说些什么。展颜望过去，看着那些嚅动的嘴，不知怎的，每个人的嘴型都像在说"搞破鞋"，这让人无法呼吸，连空气都被"搞破鞋"霸占了。

她其实并不太懂这三个字是怎么回事，但她知道，有些词注定本身就是脏的、可耻的。

"展颜？展颜？"苏老师拍拍她的肩膀，她脸色极难看，老师喊了好几声，她才听见，"走，跟我去学校。"

他把面粉放进了贺以诚车子的后备厢，这是贺以诚提议的，准备去学校谈。

门口的几个女人嘴里还在喊"有庆娘"，爷爷不知是什么时候出来的，坐在门口，闷头抽着烟袋，展有庆像丢了魂儿，爷儿俩坐到了一块儿，只剩女人们在那儿说的说，骂的骂。

展颜浑浑噩噩地坐到了苏老师的车后座上，若是平时，她一定会很不好意思，可现在，她忘记了不好意思，只是垂着头，一言不发。

柏油路不宽，也不够平整，贺以诚的车紧跟着苏老师的摩托车。

贺图南坐在副驾驶位上，父子都没说话，气氛沉闷，他扭头看看窗外，正好能瞧见摩托车上的展颜。

原来，她个头儿并不矮，腿修长，可人真够单薄的，头发被春风肆意地吹着，贺图南疑心她在哭。

贺以诚似乎觉得没什么要跟儿子解释的，只是说："颜颜过得非常不好，你看看这里，这么凋敝，她吃了很多苦。"

"我看这里风景不错。"贺图南不动声色地跟他唱了反调。

贺以诚瞥他一眼："大别山区的风景比这儿还好，却比这儿还穷。"

贺图南没再说话，他皱着眉，窗外一畦畦土地绿意盎然，油菜花正在盛开，偶尔有赶毛驴车的迎面而来，又有放羊的慢吞吞地过去。这样的景象实在是陌生。

镇上的学校是个两层教学楼，校门口，边上的牌子上写着"米岭镇中心校"几个大字。进去后，右手边是几排教职工宿舍，有的老师一家几口都挤在里头，单身的住着则又宽敞几分。

苏老师的家眷都在村里，他每周末回去看看。

"展颜，你跟这个……"苏老师不知道怎么称呼贺图南，含糊过去，"你们在屋里坐会儿，我跟贺先生在学校里走走。"

显然，大人之间有话要说。

周末，学校没什么人，老师们大都还没来。

贺图南从车里拿了瓶健力宝，倒不拘束，往苏老师家的小马扎上一坐，喝了几口，便把瓶子放在脚边。

木门是开着的，展颜靠着门站在那儿。

他冷淡地掠过去一眼，问："你叫什么？"

展颜知道他是贺叔叔的儿子了，也知道，方才那尴尬、丢人的一幕，他全看见了，青春期少女的那种羞赧和自尊心，在她和他独处的这一刻又剧烈地发酵起来："展颜。"

贺图南的目光再次流动，她整个人笼在斜射的阳光里，有种毛茸茸的质感，人是纤弱、文静的，可五官艳丽，唯有嘴巴天生嘟起，平添几分稚气、纯真。

她妈妈一定很漂亮，所以，才能迷惑男人，贺图南想到这儿觉得非常倒胃口，他宁愿自己今天压根儿没来这一趟。

两个少年就此沉默。

直到贺以诚和苏老师进来，谁也不知道他们说了什么。

"贺先生，喝茶，"苏老师给他泡了散装的茶叶，"都是粗茶，不比您平时喝的。"

"苏老师客气了。"贺以诚说话总是很斯文。他打眼一看，苏老师住的地方确实简陋，一张茶几、一张旧沙发，沙发烂得白絮都翻出来了，书倒不少，堆在角落里。

乡镇教师的待遇看起来也不尽如人意，贺以诚却很感激像苏老师这样的人，没有他们，展颜更无从谈起念书、考学。

"你们谈，我到学校后头的菜地有点儿活儿要忙。"苏老师非常有眼色，说完，深深地看了展颜一眼，才出去。

"我去趟卫生间。"贺图南也想找个借口离开，他没兴趣看父女情深。

可这乡野间连个公共厕所也没有，学校倒有公厕，展颜听他说要出去，当了真，主动说："在梧桐树那边。"

"颜颜，你带哥哥过去，回来再说。"贺以诚却把这当作两个孩子相处的机会，他的打算很好，人相处多了，自然就会有感情。

贺图南回绝得干脆："不必，我自己能找到。"

贺以诚说："你来过吗？颜颜，带哥哥过去。"他语气自然，好像两人早就是相熟多年的兄妹。

展颜没吭声，先走一步，在前面带路。贺图南跟在她身后，不耐烦地将眉头一皱，却也没说什么。

厕所是露天的，只有一面墙挡着，上头用粉笔画了些乱七八糟的东西。幸亏还分男女。

贺图南进去，完全没有任何心理预设，那种视觉、味觉上的冲击，让他差点儿吐了，扭头就走。

"你耍我呢？"贺图南挑高了眉，他的眉很浓，带着一股英爽气。

展颜不明就里，有些茫然。

以为她装傻，贺图南忽然笑了，笑得模棱两可。他摸着下巴看了看她，就是不说话。

展颜觉得有些尴尬，说："我回去了。"

"你回去吧，帮我跟你的贺叔叔说一声，我参观参观你们学校，一会儿回去。"贺图南说完，就朝梧桐树下走去，一翻身上了双杠，脚踩在杠上，也不像要参观学校的样子。

展颜觉得他怪怪的，不是很好接近的感觉，她一个人回到了苏老师的宿舍，一推门，贺以诚手里正翻着一本书。

见她进来，他便把书丢到一边，亲切地笑道："哥哥呢？"

展颜听得别扭，好像贺图南是哥哥，她就真是贺叔叔的什么了。这算什么？她有爸，有妈，爸妈没别的孩子。可她不能冷脸对着贺叔叔。

"他要参观我们学校，还在外面。"

"哦，"贺以诚若有所思地点点头，"那就不等他了，颜颜，你坐吧，我们说会儿话。"

贺叔叔说话很温柔，像月夜的春风，和畅，不逼人。

展颜坐在了贺图南刚才坐的小马扎上，脚边还放着他的健力宝。

"我本来是想给你妈妈烧纸的，当然，更重要的是来看看你。这段时间过得怎么样？精神上还好吗？"

贺以诚非常专注地看着她，他是大人，大人跟小孩子说话哪有这么认真的？她再一次感受到，大人跟小孩子说话也可以这样，这么正式，这么……把和小孩子说话也当成顶重要的事来看。

贺叔叔跟妈妈好像，展颜的心一下就酸涩起来。

"有时很想我妈，"展颜低下头，盯着晒在阳光里的脚，"想妈妈的时候，我就使劲儿做题、背书，如果还是想她，孙晚秋和王静就会跟我一块儿上山，去看她。"

贺以诚沉默片刻，说："你比我想的有韧劲儿，颜颜，你妈妈把你教育得很好。

我想跟你商量一件事，商量之前，有几句话我想先说清楚，你奶奶今天说的那些，你不要往心里去，我跟你妈妈是非常好的朋友，没有什么不能见人的地方，你即使不相信我，也该相信你妈妈。"

展颜抬头，她的心一下一下跳得猛烈，她高兴，更是感激，好像背负着一个清白的使命，这个使命并没有错。她只是扑闪着眼，情绪都在眼睛深处。

贺以诚明白她的担忧，也体贴她的担忧："你念书的事是你妈妈走前最放心不下的。你家里的爸爸和奶奶，我也有所了解，今天的事，我想，眼下这个环境你可能很难继续安心地念书，我的意思是，你要是愿意，中考过后就到我那里去念书，我来安排。"

贺叔叔的话立刻让展颜想起妈的那封信。

"也是我妈的意思吗？"展颜问这话时心里一下忧愁得厉害，她知道自己会得到新的、光明的东西，是曾经梦寐以求的，可也会失去，人哪有只得到而不失去这样完满的事呢？

"是，我跟你妈妈综合考虑了很多，当然，这不是让你舍弃家，只是想让你能更好地回来。"贺以诚从风衣的口袋里拿出一个盒子，盒子里装了块三棱镜，他站起来，走到阳光下。展颜情不自禁地跟着出来。

"你看，是不是多了道彩虹？"他转动着手中的三棱镜，展颜仰头，彩虹绚丽的颜色凝在瞳仁深处，"外面的世界就像这道彩虹，你得走出去才能看到，如果你不走出去，"他回到屋里，手里的三棱镜又变成了普普通通的一块玻璃，"世界就是这个样子，你一辈子只能见到它这个样子。"说完，他把三棱镜放在了她掌心。

贺叔叔讲话永远能说到她心坎上，仿佛心坎是蜗牛的触角，他一碰，她浑身上下都清醒了。

展颜握着三棱镜，就像忽然握住了整个世界，她有些眩晕。

"你不用急着做决定，想清楚，这段时间安心备考，等中考过后给我答案。我已经跟苏老师谈过了，你住校，周末如果想回家也可以回家，开销你从苏老师这里拿。"

贺以诚什么事都安排得很妥当，他无疑是个成熟的、有能力的男人，无论做什么，都可以让人放心地依靠。

"颜颜，你看，我说了这么多，都不知道你是怎么想的。"他笑笑。

展颜攥了攥三棱镜，有些羞赧，可又很直接："贺叔叔，你为什么对我这么好？"

贺以诚仿佛没料想到她会问这个，心里一怔，从容地说："一方面是因为跟你妈妈的交情，另一方面，是我不希望一个有前途的女孩子念不了书，你这么优秀，不该在这种事情上有遗憾。"

他的神情是那么坦荡、那么恳切，让人不好意思有疑心。

展颜听到"优秀"两个字，摇了摇头："老师说，山外有山，人外有人，我们没法跟城里的学生比。"

贺以诚笑道："不见得，城里资源确实比乡下好，可是如果一个人有天分，她到了更好的环境中，天分会被更好地激发，我相信，你的同学中一定还有很优秀的孩子，只不过他们缺少一个机会。"说到这儿，他特地停顿了几秒，"颜颜，你有这个机会。"

展颜的心又不可抑制地跳起来，她好奇，也向往，一个像彩虹一样的世界是什么样的。大家都只能活一次，正因如此，才要更好地活着呀，可到底怎样才算更好地活着？

她得抓住这个机会，不管以后怎么样，她得先抓住。

可她又不想让贺叔叔觉得，自己一被劝说就心动，薄情寡义，不要爸爸了，她一想到爸爸，又气他、讨厌他，又想念他。她今天见到那个陌生的女人后，忽然就讨厌爸了。

"颜颜，还有时间考虑，不急。"贺以诚仿佛会读心术，他看看时间，"我下午还有事情，得回去了，你苏老师还有话跟你说，走，我们看看他回来没。"

真神奇，他们刚出来，苏老师就在院子里了，大人们照例说了几句场面话。

贺以诚冲远处无所事事的贺图南摆摆手，他便迈着两条长腿过来了。

他可真够高的，几乎和贺叔叔一样的个头儿。展颜一直看着他，等人近了，她反而移开目光，不自觉地摸了摸毛衣。

"颜颜，那我们就先回去了，你有什么事，就跟苏老师说，苏老师会和我联系，如果你想直接跟我联系也可以，打电话给我。"贺以诚转头和苏老师握手，"苏老师，麻烦你了。"

贺图南在一旁，两手插兜，他前前后后微微晃动着身体，脸上连个表情也没有，直到最后，贺以诚示意他："跟妹妹说句话。"

"说什么？"

贺以诚皱眉："要走了，你说说什么？"

贺图南"哦"了声，别有深意地看了展颜一眼，说："说再见是吧？再见有两层意思，你猜我希望是哪种？"

展颜看着他，突然一扭身往苏老师家里跑去，留下他们面面相觑。贺以诚不满地扫了眼儿子，那眼神分明是在质问他是什么意思。

不一会儿，展颜拿着健力宝跑过来，递给贺图南："你的饮料没喝完。"

贺图南微微一笑，不知她是缺心眼还是又在装傻充愣。

"谢了。"他接过来，径自朝大门口停车的地方走去，途经垃圾桶，扬手一抛，大半瓶健力宝就跌入了垃圾堆。

## 第四章
## 家

❄ 关于远方的想象刚刚长到梦境边缘。

苏老师跟展颜谈了许久,她回了趟家,收拾东西,爷爷拿着旱烟袋依旧坐在门口。

他老了,脸像松树皮,一个人足够老的时候,有些事就比年轻人更清楚些,他眼珠子浑了,可心里跟明镜似的。

爷爷眯起眼看看展颜,说:"颜颜,好好念书,去吧。"

展颜看见他那个样子,眼泪差点儿出来,不知怎的,心里酸得像要化掉。爷爷跟爸一样,是没用的好人。

"爸呢?"

"你喜子叔找他帮忙拉木头,忙去了。"

"那你跟爸说,我去学校了,现在学习紧得不能随便回来了。"展颜假装被飞虫眯了眼,揉了几下。

爷爷问:"身上还有钱吗?"

钱,钱,钱,多么诱人又令人难受的字眼。在这片土地上,人们吃饱了睡,睡醒了劳作,太阳下去,月亮就升起来,喜鹊归巢,蝙蝠就到处飞。春夏秋冬,只要不死,就得干,不外乎想多打几担粮食,多弄几个钱,可钱好难弄啊,一点儿一点儿地挣,花起来却是一把一把地流出去,淌水似的。

家里哪还有钱?欠了一屁股债,因为妈的病。债总不能让贺叔叔还,谁欠的谁还,有手有脚,总有还清的那天。东家二十,西家十块,两毛钱就能打半瓶酱油,可住进医院,钱就不是钱了。

展颜抿抿嘴:"有。"

一个"有"字,她跟爷爷都心知肚明,这钱是哪里来的,不用说破,说破了寒碜,可又得这么寒碜着。

展颜没日没夜地疯学了起来，每天早起，老师带着他们先围着小镇跑一圈，课间练习立定跳远、掷铅球。那些会考没过也没机会考高中的学生索性彻底不学了，就等着混个初中毕业证，初三格外躁动。

老师单独给一二十个学生开小灶，晚自习下了课，老师不走，在教室熬到很晚。

周末的时候，展有庆过来看展颜。

学校有个小食堂，饭菜便宜，一个大馍两毛，蛋花汤三毛，如果想吃个炒土豆丝，五毛，加肉一块。展有庆给展颜带了土鸡蛋，生的，又拿了半瓶芝麻油和白糖。

"每天早上冲一碗鸡蛋茶，加加营养。"展有庆把东西搁下，也没什么话要问。

展颜主动说起学习："快体育考试了，到时候，我们学校包车拉我们去县里考。"

"都考啥？"

"八百米长跑、立定跳远，还有掷铅球。"

展有庆不知道考这玩意儿是干吗用的，干巴巴地问道："你练得咋样了？"

"掷铅球不太好，其他两项都挺好的。"展颜长跑很有耐力，也能跳得远，就是掷铅球胳膊没什么劲儿。

"啥时候考？"展有庆又找了句话问。

"5月中旬。"

父女俩就此没什么聊的了。

考体育前，他又来看展颜两回，送了刚蒸的花卷。

王静的奶奶赶集也顺道来看王静，王静也住校，大家都很拼，老人从兜里掏出个红色的塑料袋，缠成团，好半天才抖搂开，里头是块裹着的旧手绢，手绢展开，才露出几张两毛的、五毛的票子，都是她攒给王静的生活费。

展颜在一旁看着，看到老人小心翼翼的动作，又蓦地想起贺叔叔。这个世界，人跟人过的日子，差距竟然这么大！不知怎的，她还想到了一个人，以及那瓶没喝几口就扔了的健力宝。

体育考试前一晚，几个女孩子辗转反侧睡不着。

"展颜，你紧张吗？"王静跟她脸对脸，问她。

展颜实话实说："有点儿，不过我们平时练得够多了，好好发挥，没事的。"

王静四仰八叉地躺着，长叹口气。

孙晚秋则趴在枕头上："我一次县城都没去过呢，不知是啥样的，我最喜欢坐车了。"

"我也想坐车，展颜，你想不？"王静来了精神。

孙晚秋神神秘秘地压低了声音，说："展颜，我问你件事，我妈说，清明前有一回……"她憋了好久，没问的，这次终于逮着机会。展颜怎么会不清楚她想问什么，轻轻地打断她："那是我妈的老朋友。"

"哦。"孙晚秋把话咽下去，村里人是怎么说展颜妈妈的，她当然不能学。

几个人嘀嘀咕咕地聊了会儿，角落里不知哪个女生说了句"睡吧，明天还得考试呢"，寝室里便安静了。

体育考试很顺利，展颜既没发挥失常，也没超常发挥，她基本算满意。

这考试一过，布谷鸟就来了，从山脚那儿传出来，掠过金黄的麦穗儿，飞远了。

家家户户开始忙割麦，割了麦，要打场，老牛拉了个石磙子，在场里转圈。老师们家里也忙，周末全都回去割麦子了。

临走前，苏老师交代展颜往城里打个电话，给了她十块钱。

贺叔叔留了两个号码，一个手机号，一个座机号。手机没打通，展颜又拨了座机。

电话那头，声音带点儿喘："哪位？"贺图南刚打完球回来，一身的汗，他刚进门，电话就响了，谁都不在。

展颜听出是他，本来想挂断，又觉得没来由："我找贺叔叔。"

一听是她，贺图南便闲闲地往桌子上一坐，扯着电话线，把玩起来："稀客，真不巧，你贺叔叔不在。"

展颜有点儿失望，想了想，说："那麻烦你转告贺叔叔，我体育考试差一分满分。"

"还有吗？一下说完。"贺图南长腿着地，交叠起来。

展颜打电话时，习惯性地贴话筒很近，怕对方听不见。她的呼吸声清晰地传到贺图南的耳朵里，叫他觉得痒痒的。

好像是在思考说点儿什么，沉默片刻，展颜才又出声："祝贺叔叔身体健康。"

贺图南无声地一笑，将电话线绕到手上，说："说完了吗？"

"嗯，说完了。"展颜这才发现，贺图南的声音跟贺叔叔的一点儿也不像，他漫不经心，又隐有蓄意，非常矛盾，她想，我不要得罪他才好，想到这儿，立刻添了句，"谢谢你。"

贺图南幽幽地告诉她："不用谢，因为我不会转达的，你再打给你的贺叔叔吧。"

他像是玩笑的语气，可声音戛然而止，展颜根本没来得及反应，电话就挂了。

那头门响了，林美娟进来后把钥匙往玄关上一放，贺图南便立刻挂断了电话，出来跟妈妈打招呼，他看着她，心里涌上来种种情绪，却什么都没说。

天热了起来。

等麦子打好，每户人家按家里人头数，苦点儿的，依旧用那平板车套上骡子，拉着今年最好的麦子，往米岭镇粮站去。

条件好些的，已经开上三轮车了，车上堆满了一袋袋麦子，人坐在上头，那叫压车，这么嘣嘣嘣地开到粮站，粮站前排起了长长的队伍。

展颜主动跑回家，帮家里装粮食，展有庆催她回学校，奶奶倒不骂人了，开始冷嘲热讽："妞儿以后要去城里当大小姐了，这活儿还能干几回？"

她正憋得脸通红，手抓着尿素袋子两角，想砸敦实些。听了奶奶的话，她也不还嘴，拿起铁锹，爷爷撑着口袋，她一铁锹一铁锹地往里装，没几下，手心疼手腕酸，铁锹滑不溜秋也握不稳了，可她闷不吭声，头发都湿透了，干到日落，跟爷爷说句"我去学校了"，骑上车，消失在了东山脚下蜿蜒的柏油路上。

她也不怎么跟爸说话了，因为家里不断有女人出现，她知道，她刚进门就看见一个身影，也许，那个身影也看到了她，一闪，人又退出了院子。

中考那几天，蝉都开始扯着嗓子叫唤了。

展颜跟着同学们第一次住了县城的宾馆，宾馆里有电视，电视里放着《鉴证实录》，孙晚秋那么用功的一个人也被吸引了，可明天得考试，她瞅了几眼，关了，又打开，来来回回几次，跪在床上发誓："我要是再看，我就是狗！"

孙晚秋就真的没再看了，展颜也想看，她不说，只是看着孙晚秋挣扎，等彻底关了，才说："等考完了，我们看个够。"

两人不在一个考场，每考一场前，都要彼此鼓励一句。

"我们一定能考上！"

"肯定！"

说不紧张是假的，展颜觉得等待发卷子时最紧张，可真的拿到手了，就只顾奋笔疾书做题了。

宾馆是新奇的，县城也是新奇的，但好像又和她们没什么关系。

前几年县城治安还很乱，现在好些了，老师说："以后你们要是在这儿念书了，周末就能出来溜达溜达。"县城就是大家的梦想了。

回来时，车里闹腾得很，大家唱歌，又讲起电视剧情节，苏老师跟班主任及其他任课老师没急着问孩子们考完的感受，只是由着大家放松。

孙晚秋显然心情很好，主动跟苏老师说起考试："我觉得我数学能考满分！"

她很自信，展颜和她不一样，不到最后一刻成绩出来，不轻易表达。

苏老师很高兴，不过很快怀着略复杂的心情瞅了瞅两人，他一阵感慨，孙晚秋这孩子注定没有展颜幸运了。

车里到处是少年的欢笑，他们尚且不知道，命运的岔路口已经在前方不远处了，唯有此刻他们是一样的。

\* \* \*

对答案估分时，展颜最镇定，看不出什么情绪波动，你不知道她哪道题对了还是错了。孙晚秋和她不一样，对的时候会欢呼一声，错了就叹口气，所以，老师们对她的分数心里很有底。

学校里拔尖的几个学生分数都估摸出来时，展颜才报出自己的。她比孙晚秋低了十分左右，办公室里，老师们长长地松了口气。

后来，分数真正出来，确实也是这样。老师们很高兴，给大家参谋起报学校的事情。

孙晚秋尤其高兴，跟展颜说："我妈老害怕这些年交的学费打了水漂，一交学费买资料，我爸就跟她吵，这下好了，我没丢脸！"她脸蛋红红的，喜气洋洋。

展颜一直都很能接受孙晚秋比她成绩好，这是应该的，她的好朋友更聪明，这是天分，强求不来："你要报县里的实验学校吗？"

"那是肯定的啊，苏老师说我这分准够。"孙晚秋声音猛地大了一下，随即她笑眼弯弯地瞅着展颜，"你也报实验学校吧？老师说，实验学校还给了咱们学校两个名额，低录取线三十分都行，你也够。"

"我可能要去市里。"展颜跟她说了实话。

旁边，王静"呀"了一声，她能上个县城里最一般的高中就感恩戴德了，只要有学上就成，可孙晚秋竟然还不是最厉害的，展颜要去市里！

孙晚秋一愣，眼里那点儿笑意好似跟着惨淡下去，她说："我以为咱们还在一块儿呢，你怎么要到市里念书啊？那……那够市里哪所高中的分数线？"

市里是遥远的，从村到小镇，小镇再到县城，至于市里，已经突破了女孩子们的想象，哪有这么跨越的呢？

"我妈的那个老朋友建议我去市里念书。"展颜说这事时有那么一丝不自在，她喜欢贺叔叔，尊敬贺叔叔，可也就到这个份儿上了，要朝夕相处的话，她害怕，也想家。

不过，家还有什么好想的呢？展颜努力说服自己，家没什么想的了。

孙晚秋眨眨眼："那怪好的，市里更好，展颜，你要是真走了，记得写信，三年后我等你的好消息。"

她心里酸酸的，好像既为展颜高兴，又很失落。展颜的妈妈有个厉害的朋友，她妈没有，她妈不漂亮，也不看书，只会干活儿、骂街。

她能上学，全因为她实在太聪明了。爸问过她，能考上大学不，她说能。她爸又问，考上大学又能咋，她告诉他，考上大学，她工作了就能给他买新摩托车，给他翻新屋，他天天都能吃辣椒炒猪大肠。

家里的日子，打她有记忆起，就是脏兮兮的，墙皮稀烂，堂屋的水泥地被屋后头槐树的树根顶了起来，凸一块凹一块的。弟弟妹妹在家乱爬乱蹿，一件衣服，她穿过了再给弟弟妹妹穿，一共穿了七八年，到最后，又变成了抹桌子的抹布。

来了亲戚，板凳都得管邻居借，盘子、筷子啊也得借。

爸还喜欢喝酒，喝醉了就打妈、打闺女、打儿子，妈护着弟弟，声嘶力竭地让她出去喊奶奶。

孙晚秋从小就知道该什么时候出去喊人，不用妈教，她察言观色的本领第一名。

要比幸福，她觉得展颜比她幸福，连王静也比她幸福，王静爸是个傻子，常年被拴着，王静可不挨揍。

"等我长大了，要是爸再揍我妈，我就断了他的钱。"这是孙晓秋暗暗想过的誓言。可是妈也爱骂人，她一面觉得丢人，一面又觉得妈也挺厉害的，地里丢个南瓜、豆角的，就得跟那些不要脸偷东西的骂一骂。

她比展颜聪明，可她没展颜那个命。

一想到这儿，她就觉得世界不咋公平。不过，她相信，她就算不去市里，等将来学了理科，照旧比展颜成绩好，她对自己非常有信心。

"苟富贵，勿相忘。"孙晓秋忽然跟展颜开了个玩笑。这句话是她们课本里的，孙晓秋一直不怎么理解，这会儿，跟打通任督二脉似的，一下明白了，觉得用得正好。

展颜被孙晓秋逗笑，她心里一直有点儿愁绪。

"我看你不怎么兴奋啊。"孙晓秋纳闷了，她要是有这样的机会，早就飞了。

展颜的笑意变淡："我觉得我可能会想家。"

"想什么想，"孙晓秋很干脆，"别就这点儿出息，我就不想，我巴不得赶紧去实验学校上学，你也别想，"她语气柔和下来，"你妈都不在了，你奶奶又那样，你爸……我说实话你可别气，你爸肯定还得娶媳妇儿。"

展颜的那颗心倏地就被刺了一下，那点儿笑意维持不住就散了。

"展颜，我觉得孙晓秋说得对，别想家，你要是能去市里就去市里，可别忘了我们就行。"王静在孙晓秋跟前插不上什么话，几个人聊天，孙晓秋永远是主角。

展颜静静地看着两人，终于嘴角又弯起来，她学孙晓秋："苟富贵，勿相忘。"

"哎哎，暑假去刨草药吧？"

"当然要去，晚上我还要照蝎子，对了，酸枣子涨钱了，你们知不知道？"

"不止酸枣子涨钱，草蘑菇也涨啦！"

"晚上上山你怕不？"

"怕啥？"

"鬼咬你！"

话题转到暑假挣钱的门路上，三个人都真正高兴起来了。

富贵了不忘什么，几个女孩子其实不是那么清楚。但她们此刻好像有着最干净、最明亮的羽毛，关于远方的想象刚刚长到梦境边缘。

只是草药还没刨，蝎子也还没照，贺以诚就来接展颜了。

"贺叔叔——"展颜穿一身锦绸，上头花花绿绿的，又俗又艳，衣裳是奶奶穿旧了的，早就洗得发薄，见贺以诚进了院子，展颜很吃惊。

贺以诚看到她戴着草帽，正拿着耙子来回搂今年的新麦。

半上午了，知了已经开始死命地嚷。

"颜颜，热不热？"贺以诚很自然地跟她打招呼，中考前后，两人都通了电话，他对她的情况十分了解。

展颜低眼笑笑，放下耙子，带贺以诚进屋。

屋里乱七八糟的，桌子上啥都有，角落里的尿素袋子里装了几个西瓜，新摘的。家里大人各有各的要忙，都不在，展颜抱着个西瓜，到井边，拿葫芦做的瓢舀了点儿水，倒进井里，开始吱嘎吱嘎地引水。

那身衣服在她身上实在是大，飘忽不已。

水引出来，她洗了西瓜，又冲了冲刀，切给贺以诚。

"贺叔叔，你吃瓜，我们自己种的，施的鸡粪，瓜长得好，也甜。"展颜说完，又补一句，"刀跟瓜我都洗了。"

贺以诚笑笑，拿起一块，他吃相也斯文，不像爸，闷头哧溜几口就吃完了，淋淋漓漓的，弄得衣服上也是。

"颜颜，我今天来其实是跟你爸爸说好的，学校我已经联系好，你在一中就读，那是市里最好的中学。"

展颜心里一阵怦怦跳："我分数够吗？"

"差一些，不过可以走乡村计划，放心吧，我都安排好了。"贺以诚说这事时轻描淡写，好像在他那里就没有难事。

展颜没表示对功课的担忧，有什么好担忧的呢？不过是更用功就好了，她喜欢一中，没去就喜欢了，因为那是最好的中学："那我跟爸说。"

贺以诚放下瓜，展颜把一盆清水端来，请他洗手，他觉得明秀果然把女儿教育得很好，欣赏的目光在展颜身上停留了几秒："你爸知道。"

"那，他说什么了吗？"展颜递给他毛巾，眼睫毛又垂下去了。

贺以诚还没回答，院子里突然响起奶奶尖厉的声音："展颜？人呢？你这才搂了几下就滑头跑屋里吹电扇去了是不是？电不要钱吗？！"声音跟放炮似的，她从进院门就扯着嗓子叫。

展颜转身出去，说："贺叔叔来了。"

奶奶的表情变得非常微妙，像不屑，又像讨好。她连忙走到屋里跟贺以诚打招呼，好像完全忘记上次是怎么骂人的了："哎哟，贺老板好，贺老板贵脚踏贱地，这大热的天，辛苦啦。"

展颜见奶奶活灵活现地变脸，她很尴尬，站在一旁也不说话。

"快去找你爸，你爸在后头的来福家。"

展颜跑了出去，到来福家门口，喊了声："婶子！"院子里的大黄狗听到动静，挣开了铁链子，蹦着叫，展颜进去安抚它："别叫，不认得我了？"

屋里一群大男人光着膀子在商量事。每个人的手指甲缝里都黢黑，他们常年下井，连皱纹都是黑的。矿上死了人，老板要用五千了事，一条命五千块，大伙儿不愿意，正合计着怎么去闹。

展颜在门口听了会儿，觉得不该进去，正踟躇着呢，展有庆倒出来了。

"贺叔叔来家里了。"

展有庆怔了怔，又折回来福家堂屋里说了几句话才跟展颜回家。

家里，奶奶也不知脸上是什么神情，高兴中透着点儿得意，冲儿子挤挤眼，对展颜笑起来，难得和煦："颜颜，贺老板今天来接你，奶奶搭把手，跟你一块儿拾掇东西。"

展颜愣在原地，她以为贺叔叔今天只是来看看她，暑假两个月，开学还早着呢。

"要适应一段时间，再补补课，提前预习一下高中的课程。"贺以诚似乎是顺着奶奶的话微笑地解释，他这人有种魔力，好像话一出口就是事实，不能再改，明明他的语气是那样温和。

展有庆挠挠头，也说不上是个什么表情："我看成。"

事情太突然，展颜没准备，她想说，她还没去照蝎子、刨草药，怎么就要去城里了呢？她盯着爸，希望爸再说点儿什么，可爸不说话，一双眼都没怎么看自己，只是催奶奶："娘，你给孩子拾掇拾掇，该带的带上。"

展颜依旧盯着爸，他又去招呼贺以诚了。

展颜的心一点点凉下去，爸这是怎么了？一句留她的话也没说。

东西没什么好收拾的，她哭了，默不作声地哭，把纸莲花放进书包，又把凤仙花的种子也放进去，还有小木箱。

妈那屋，她的衣服啊鞋子啊一切旧物都跟着棺材下了地，展颜看着红漆刷的床，那是妈病重最后睡上头的，她忽然扑过去，狠狠地呜咽出声。

贺以诚没等她太久，她背着书包，喉咙那儿堵着口气：没人留我，没人爱我……

她觉得自己就该这么赌气地走掉，像孙晚秋说的，想什么家？老人们说，等有了后妈，亲爸就成了后爹。

不是该好好道个别的吗，跟所有人？可妈走时也没跟她道别，她想到这儿，觉得自己被抛弃了，她委屈，委屈得想死。

于是，展颜又抬眼去找爸的身影，展有庆一直在那儿跟贺以诚寒暄着，他不会说话，这会儿却有那么多话，赔着笑，卑躬屈膝的感觉，展颜不想再看下去。

她快要当面痛哭出来了，所以，她快速上了车，抱紧书包，腰背挺得笔直。

贺以诚说："颜颜，想家的话，我会抽时间送你回来，你也可以打电话。"他没告诉她，他给她家里交了一笔不少的电话费。

展颜咬紧牙，一声没吭。

车子启动，她连再见都没说，爸跟奶奶的身影就被抛到身后了。

直到快开出村时，她看见爷爷背着一捆草，刚从山上下到马路上，她扭头，手不自觉地攀上玻璃，泪水一下淹了眼睛。

"颜颜，是爷爷吧？我停车，你们说句话。"贺以诚从内视镜看到她的异样，但看不到她的脸。

等了片刻，展颜没转过脸来，不过，他最终听到她极力克制的声音："没事，贺叔叔，我们走吧。"

车窗外，绿得淌油的杨树叶子跟一丛月季，一红一翠，正厮杀得热闹。

\* \* \*

林美娟知道展颜要来，她应该起疑心，这事是大学好友宋笑提醒的，宋笑这么提醒她，无非是参照自己：明明很漂亮的一人，非要在年轻时跟一个当她爸都嫌大的人在一起，无名无分，生了个女儿，日子就这么过着，女儿随她姓，叫宋如书，跟贺图南同校。

本来两人交情一般，自从搬到同一小区，宋笑很主动，毕竟她每日无所事事，随时可登门拜访。贺以诚暗示过林美娟，少和宋笑来往，他是男人，一眼看出宋笑这人轻佻得若有似无，他的妻子则是个家教良好、本性单纯的女人。

他带展颜回来时，宋笑脱了鞋正窝在他家沙发上咯咯笑，像只愚蠢的母鸡，旁边坐着尽地主之谊的林美娟。他知道，她是那种心里不耐烦也不会流露半分、总不好叫对方丢面子的人。

除了书包，其他东西都是贺以诚弄进来的，展颜本以为进城要住寄宿学校，当得知要住贺叔叔家里，一下拘谨起来，她有那么一瞬非常后悔，后悔赌气来了，她应该跟贺叔叔说清楚，自己并不急着来城里。

现在一切都晚了，那么长的路途，风景渐变，直到最后变成完全陌生的模样，恐惧就像细小的火苗，在微微地动。

屋里清凉的气息直往身上扑。可她的书包，她背了一路，后背微湿，好像是把整个家乡都给背出来了，又沉又旧。

"颜颜，不用换鞋了，进来。"贺以诚看到展颜面对新拖鞋那一刹那的表情，果断放弃，手很自然地搭在她的肩头，顺势轻轻带了一把。

"这是你林阿姨。"他指着林美娟。

展颜腼腆地抬眼，看到一个面容清秀、很端庄的女人。她冲人鞠躬："林阿姨好。"

宋笑扑哧乐了。

展颜这才看见宋笑，很好看的一个人，是她从没见过的，她不知道女的还能这样，娇滴滴的、甜蜜蜜的，像过来蹭你的腿又懒洋洋地走开的猫咪。她不知道这人为什么要笑，静静地又看过去一眼。

"宋笑，你看，家里来客人了，我就不留你在这儿聊了，改天吧。"林美娟站起来，走到展颜身旁，摸摸她的头，"你就是颜颜啊？坐车肯定累了吧，来，坐下吃点儿水果。"

话说完，展颜还没坐下，宋笑就起来了。她一动，满屋子的玫瑰香水味儿也跟着动，肆虐地攻占嗅觉，展颜莫名地觉得有些害怕，是那种对成熟的、妖娆的、像咬一口汁液就要溅出来的未知世界的害怕。

"贺总真是大善人呀。"宋笑凤眼如丝，白腻的手蜻蜓点水地拍了下贺以诚的肩膀，她扭着腰，袅袅地走了。

贺以诚本想说点儿什么，碍于展颜在，只是意味深长地看了眼林美娟。做妻子的意会了，可不知怎的，林美娟倒觉得她没那么不喜欢宋笑，相反，两人在聊天中，她羡慕宋笑又粗鄙又放肆的那股劲儿。

"颜颜，想吃点儿什么？"贺以诚准备亲自下厨。

展颜又站起来："贺叔叔，我吃什么都行。"

贺以诚笑笑，看向林美娟："你带孩子熟悉熟悉家里。"

这里是陌生的，陌生的地板、陌生的窗帘，还有展颜从没见过的卫生间，林美娟微笑着教她怎么用马桶。

"这个房间本来是你图南哥哥的。"她是很委婉的语气。

这间卧室朝阳，有个小阳台可以晾晒衣服，还有独立的卫生间。

展颜听出话里的那层意思，说："还让图南哥哥住这儿吧，我住哪儿都行。"

"没事，你是女孩子，住这儿更好点儿。"林美娟脸上始终有淡淡的笑意，她打量着展颜，娇嫩的脸，美丽的眼睛，即使留着一头糟糕、凌乱的短发，也会被人自动忽略。

马桶是新奇的，能升降的晾衣杆也是新奇的。床上的被褥是新的，书桌上整齐地摆放着各类书籍，地板上则一尘不染，连根头发都没有，展颜从没见过这么干净的房子。

妈也爱收拾，可家里怎么都干净不了，奶奶养的鸡动不动就溜达到堂屋去了，留下一泡热乎乎的屎。

这样的房间明亮、洁净，还有书桌，她再也不用趴在那张又得用来吃饭又得用来放杂物的黑木桌上写作业了。也许，天堂就长这个样子。

林美娟去厨房帮忙了，留展颜一人熟悉环境。

展颜情不自禁地摸了摸书桌，昂起头，认真地读出上面每一本书的名字，有她知道的，也有她不知道的，直到她的目光停在一本叫《活着》的书上。

她踮起脚，抽出《活着》，这是1998年南海出版公司出版的书。她随意地翻了翻，有句话跳进眼里："我也不想要什么福分，只求每年都能给你做一双新鞋。"

没头没尾的，她也不知道这书前情是什么，后续又讲什么，就这么一句话一下就激出了她的眼泪。

妈病时给她织手套，说："颜颜，我也不求什么，只想着以后每年都能给你织点儿什么就好了。"

她哭了，却又快速地把眼泪一揩，余光察觉到什么，扭头一看，原来是贺叔叔站在门口。他就这么看着她，等她瞧过来，笑着说："客厅有电视，中考结束应该放松放松，劳逸结合，学好也得玩好。"

展颜知道贺叔叔看见自己哭了，可他什么都没说。她挤出点儿笑，放下书，跟着他到了客厅。

展颜刚坐下，这时门突然开了，一股热气被带进来，好像盛夏跌到客厅，非常突然。

是贺图南回来了。一到周末，他就跑得找不见人，今天大清早出的门，在体育馆打了球，弄得一身汗回来。

展颜觉得该打招呼，便站了起来。

客厅里正在放新闻，偌大的沙发前就展颜一个人。贺图南看见她了，也知道她要来，他脸红着，头发全湿了，一双浓眉剑拔弩张地横在眼睛上头。

他没有要打招呼的意思，走到冰箱前，拿出一罐可乐，咕咚咕咚几下喝完，随后就钻进了卧室，再不出来。

展颜见他行云流水般完成这一切，像没看到她，她又缓缓地坐下了。他不愿意搭理她，她也不知道怎么好。

直到吃饭时，贺图南才再次露面，他洗了澡，换了衣服，长胳膊长腿，打球的缘故，身上有薄薄的肌肉，是那种少年特有的清瘦、结实。

"怎么回来都没一点儿动静？"林美娟笑着问他，"刚刚我跟你爸在厨房忙呢，什么时候回来的？"

贺图南往餐桌前一坐："有一会儿了，知道你们在忙。"他瞥了眼正往厨房走的展颜，"我爸下厨？"

这是稀罕事。

"贺叔叔，我给端出去吧？"展颜进了厨房，抽油烟机还在响，她愣了愣，不知那个机器是干吗的，就在灶台上方。

厨房也是干干净净的，油烟味儿也很小，不像家里，油腻腻的，妈总得拿铁丝球使劲儿刮油。

"不用，你林阿姨端就好了。"贺以诚让她出去。

展颜不动，有点儿为难的样子："贺叔叔，您让我干点儿活儿吧。"

贺以诚一怔，随即笑了："那好，你端吧。"

菜很丰盛，有椒盐排骨、蜜汁鸡腿、生蚝鲍鱼粉丝、清蒸鲈鱼、虾仁炒蛋，还有猪肚汤,天知道世界上怎么还有这些东西,展颜一样也没见过,她不知道原来食物的种类这样多,颜色也是这样多。

贺图南像个少爷一样,动都不动,看着展颜进进出出。林美娟盛了四碗米饭,最大的一碗放在了儿子眼前。

在家里,吃过的最好的就是土豆炖排骨了,展颜第一次知道排骨可以单独做,只有排骨,没有配菜,真是件稀奇又浪费的事。

她等贺以诚也坐了自己才坐,等人都拿起了筷子自己才拿。贺以诚见她未免太会察言观色,心里一阵不痛快,说:"来,颜颜,想吃什么就吃什么,尝尝贺叔叔的手艺。"

林美娟也往她碗里夹菜。

这是展颜在贺家吃的第一顿饭,她只吃眼前的,夹盘子最边上的,也不说话。贺以诚见她这么拘谨,只能想,以后慢慢习惯就好了。

倒是贺图南,不管不顾地把菜往碗里夹。贺以诚轻咳一声,给了他一记眼神。

贺图南顿了顿,然后起身拿起展颜跟前的碗,给她盛汤。他在伪装方面无师自通,眼睛里漾出点儿笑意,说:"颜颜,尝尝汤。"他脸上的红潮退了,皮肤是白的,笑起来双眼皮褶子很深,他这么一开口,很像个温柔、体贴的哥哥。

展颜心里一下乱糟糟的,觉得这人很奇怪,一会儿冷,一会儿热。她伸手接碗,冲他笑笑。

她笑的时候,眼睛像一潭清水被风吹皱起了涟漪,贺图南不知怎的,留意到她微微嘟起的嘴唇,莫名让人联想起什么草莓蛋糕,又香又甜。他松开手,两人指尖轻轻相触,不过一秒,旋即错开。


贺图南吃完饭,又去冲了澡。

"你没事老洗澡做什么?"贺以诚见他湿漉漉的,随口说了句,很快,转移了话题,"假期我打算送颜颜去补补英语,要是哪天我忙,你就坐公交带她去。还有,她有什么不会的请教你,你要有点儿耐心,别整天只想着跑外面去撒野。"

"怎么不让妈带着去?"贺图南拿毛巾揉着脑袋,漫不经心地问。

"你妈假期出门旅游成习惯了,我不麻烦她。"

贺图南若有所思地看看他,应了下来:"知道了。"

话正说着,贺以诚手机响了,钢材公司有事,他急着出门,交代了几句,才离开。

林美娟饭后要休息,家里又静下来,中间,贺以诚的一个女下属张阿姨过来送了两袋东西。

贺图南没有打扰林美娟,他拎着袋子,往沙发上一坐,瞥了两眼,发现是衣服之类的,很显然是女生的衣服。

鬼使神差地,他想看看,有连衣裙,有短袖,有发箍,末了,一件少女文胸突然滑出来,天蓝色的,柔软的。他忽然就觉得嘴里像含了颗橄榄,融化在舌下。

## 第五章
## 哥哥

*她希望有个哥哥，但不是贺图南。*

暑假是漫长的。

汽车到处跑，公交车里挤满了人。每天，城市醒得都早，炸油条的、蒸包子的，热气腾腾，扑了顾客一脸，随后，骑自行车上班的人流往不同的方向去。

贺以诚带着展颜到有外教的培训班补英语，外教是澳大利亚人，体味儿很重，他叫Fill。展颜最开始不好意思张嘴说英文，上了两周的课，放开了些，但她那一口乡音是难改了。

在这里补习，贺以诚确实没办法天天送她。

他很忙，当年，辞职后先是去的外企，做过市场部职员，干到项目经理。等下岗潮初露苗头时，他接手了一家建材企业，转制后，成为私企，他很快凭着天生的经商头脑盘活了公司。20世纪90年代后期，建材家居市场远远不够规范，但他嗅到房改商机，1998年这年，公司尝试推出概念馆模式展示产品，一切刚起步，他常常顾不上吃饭。

"颜颜，我得出个短差，这几天的课让哥哥带着你去上。"贺以诚要去北京考察，家中林美娟又不在，他请贺图南的奶奶过来看顾孩子们几天。

展颜听贺以诚说要出差，不懂那是什么，但他一走，她就得独自面对贺图南，她甚至有些希望培训班也有宿舍。

城里的一切都很稀奇，她觉得时间不够用，要学的太多了，所以，她每天下了培训班，回家也是在屋里学习，她用功的程度令人咋舌。

贺图南觉得她对学习有种饥饿感，同一屋檐下，他几乎看不到她出房间，但隔着门隐约可以听到她读英语的声音。

他站在门外听过几次，那发音真够糟糕的，可她每天五点半准时起。他班里有从乡镇来的同学，他发现展颜和他们很像，格外能吃苦。

056

贺图南奶奶临时住进来了。

"吃豆浆、油条，还是包子、米粥？"奶奶在晚上就要问第二天的早饭事宜。贺图南永远是随便，展颜见老人问得认真，觉得不选一个太辜负她的心了，便说："我想吃油条。"

"外头那个老油不知道炸了多少遍，不好，明儿我给你炸。"奶奶居然会炸油条。

展颜却不好意思了："太麻烦了，买着吃吧。"

"不麻烦，"奶奶摆手，"你们正长身体呢，要吃得好，吃得健康。"

展颜觉得奶奶很像王静的奶奶，可又不一样，她没有硬硬的、发黑的指甲，胸前也没有脏兮兮的围裙，她有的是一头整齐的、花白的头发，以及真丝花纹短袖、笔直的长裤。

"你很会给奶奶找活儿。"贺图南靠在过道上，脸很冷淡。

奶奶吃完晚饭就下楼散步去了。

展颜说："奶奶希望我们选一个，做饭的人最不希望别人说随便了。"

贺图南若有所思地点点头："看来你经验很多。"

过道的灯幽暗不明，贺图南的声音也不够明朗。展颜沉默片刻，说："我不是有意想使唤奶奶的。"

她觉得应该尽快结束对话，便问道："我能用你家的电话吗？"

贺图南皱眉："你又不是第一次用，你说能不能？"

在乡下打电话是奢侈的事情，展颜来之后只往家里打了两次电话，给孙晚秋打了一次。她没好意思长时间打，每次说个三五分钟就挂了。

她迟疑几秒，又问贺图南："我看到街上有电话亭，那里也能打电话吗？"

贺图南这才想起来她问题很多，问人话时有点儿懵懂，但又很专心，像请教不会的题："能，买电话卡就能用了。"

展颜问到这儿不问了，她手里有钱，贺叔叔给的零花钱平时花不着，她琢磨着以后买张电话卡去街上打，站在那个小亭子里，又安静又方便。

"谢谢你。"她每次道谢都要加个"你"，让人觉得心特别诚，"谢谢"说得像煞有介事。

贺图南想笑，问她："有钱吗？"

"有。"

"哦，"贺图南眼波流动，目光似暗火，"你贺叔叔给的？"他明知故问，除了贺以诚，天上会掉钱不成？可现在贺以诚不在家，林美娟也不在，有些话，他早就想试探她了。

提到钱，展颜才有了些不自然："我长大工作后会还贺叔叔的。"说着，她自己都害臊，现在算什么？算贺叔叔做慈善吗？

贺图南靠在墙上，头微仰着，眼睛再往下看，她成了狭长的一片阴影："你是怎么认识你贺叔叔的？"

瞧这话问的，好像他跟贺叔叔没什么关系，展颜没回答，反倒问他："贺叔叔不是你爸吗？"

"对，怎么？"

她想了想，说："你为什么不问我是怎么认识你爸的？"

贺图南一脸正经："对哦，那你是怎么认识我爸的？"

展颜实话实说："他跟我妈是老朋友，我妈生病，贺叔叔帮了很多忙。"

贺图南目光闪烁不定，他笑了笑，对她说："学习去吧，等着以后好还钱。"

展颜猛地抬头："我说到做到。"

贺图南本来都要走了，这时他侧过身："有些东西不是用钱算的。"

夜里雷电大作，展颜被惊醒，她拉开窗帘，正好瞧见一道闪电直直地劈开墨色的天幕，城市高楼的轮廓像尖戟。很快，雨点噼里啪啦地砸到玻璃上，她开了灯，去卫生间的时候发现月经到访。

她一夜都没怎么睡好，第二天，小肚子酸酸胀胀的，油条没吃几口她就吃不下了。

雨变小了，可还在下。

公交车上，有人抖着被淋烂的报纸，给旁边的人看："瞧瞧，还跌着呢，这三伏天里头，我这心倒凉透了。"

"你这就怪不得别人了，现如今得买什么？科技股啊。只要跟什么互联网沾边，那就是牛股！"

"你那综艺股份也不行哪，上个月月底冲到六十六了，不照样暴跌？"

车里一阵哄笑，有人说："综艺以前是倒腾服装的！"

展颜看过去一眼，不知道说的是什么事。

"他说的是股票。"贺图南开口。

这个夏初，美国轰炸了中国驻南斯拉夫大使馆，炸死了我们的记者，沪指一路下跌。等到6月，B股印花税降低，人民银行降息，大家的信心又回来了。

贺图南这个暑假一门心思地研究股票，家里订了财报，他手里有点儿压岁钱，正好用上。他本来想拉上徐牧远，可徐牧远卖笔记赚的那点儿钱禁不起赔，只能放弃。

展颜则一下想起跟爸一起进城看妈的那次，公交车里人山人海，她记住了"龙头股"，可股票是什么，她不懂，她想起元旦的事，出神地看着车窗，玻璃上的雨蜿蜒下去，像泪水。不过半年又一个月，看妈的事邈远得就像小时候了。

贺图南发现，他说完股票后展颜的神情就慢慢变了，有些忧伤，眼睛雾蒙蒙的。

她又没炒股，赔再多她也赔不了，她这是怎么回事？他一直盯着她，等她稍稍别过脸，他立刻收回目光往窗外看去。

下了车，展颜觉得肚子不舒服极了，她一路忍着，底下黏黏糊糊地往外涌。

"怎么走这么慢？"贺图南在前面撑着伞，驻足回首。

展颜冲他抱歉地笑笑，脸色有点儿苍白。

她背着书包，去五楼上课，贺图南就在一楼的麦当劳看报纸、杂志。1999年的时候，能吃一顿麦当劳是很洋气、很有面子的事情，这对贺图南来说却习以为常。

两小时的课对展颜来说无比漫长。她来找贺图南时，他坐在靠窗的位子，正在纸上写写画画，研究着财经期刊。

"下课了？"他抬眼看到她，挪走包，示意她坐下。

外面雨又大了。

展颜用的是劣质卫生巾，从家里带的，又厚又闷，背胶死死地粘在内裤上，一扯棉花就出来了，剩一层塑料怎么也抠不掉。即便是这样，她也不舍得换，上头垫了纸，纸透了就换纸。

血不知什么时候弄到了裤子上，又顺着腿根缓缓地往下流。她耳朵滚烫，书包半耷拉着挡住臀部。

贺图南见她傻站着，眉毛动了动："等雨小点儿再走。"

"我想现在就走。"

贺图南一副"你真够难缠的"表情，他起身，把杂志收进书包，要了份炸鸡腿给她，他知道她家里穷，所以可能格外喜欢吃油炸食品。

展颜却一点儿胃口也没有。

"书包很沉吗？"他上下扫她几眼，伸过手，让她把书包递过来。

展颜不肯，慌忙说："我自己背。"

"那你倒是背好啊，松松垮垮的，都快拖拉到膝窝了。"贺图南不耐烦道。

展颜像没听见，贺图南耐心告罄，伸出手，一把将她的书包撸了下来。

展颜跟他抢："真的不用。"她尽量压低声音。

奶奶说："这淌的都是脏血，身上来事时不能去别人家串门，也不能去参加葬礼，规矩很多。"展颜想反驳奶奶，可奶奶会骂人。她初潮时，赶上妈生病，没太多精力管她，身上淋淋漓漓来了十多天，才让妈知道。

"你到底怎么了？"贺图南搞不懂她在矫情什么。

店里顾客不多，展颜镇定地说："我裤子脏了。"她不舒服，不想来上课，可贺叔叔花了钱，花了钱却缺课，她不能原谅自己。

贺图南很快就知道了她是怎么回事，他是高中生，已经知道很多，他在知道的那一刹那颇为不自在，把书包还给她，问得轻飘飘的："不知道今天那个？"

展颜抿抿嘴，先是摇头，又点头："知道，只带了卫生纸。"

贺图南对她简直不知说什么好,她家里穷他知道,但怎么又穷又傻呢?既然知道,居然只带卫生纸。她一点儿卫生常识都没有。

"坐这儿等我一会儿。"他说。

他先是问前台的女孩要了杯热水,又撑着伞,跑了出去。

展颜没坐,怕弄脏位子,一转脸,看见少年的身影从雨中掠过,他的球鞋一脚踩到水洼里,溅起的水珠似乎都要蹦到眼睛里来了。

展颜等了十分钟左右,贺图南又跑回来了。

他的肩膀被淋湿了,他把一个黑色塑料袋塞给她,冷冰冰地说:"这个总会吧?我可教不了你这个。"说完,指了指卫生间的方向,"快去。"

门外站着几个相熟的身影,贺图南无意间瞥到,发现宋阿姨的女儿宋如书也在里面,她是唯一和他同小区的校友,他忽然意识到什么,抓起书包便往卫生间走去。

几个学生嘻嘻哈哈地进来点餐,一边掸衣服,一边骂鬼天气。

贺图南在拐角处听得清清楚楚。

等展颜出来,他拦住她,说:"在店里碰见同学了,你先走,现在直接走出去,在站台等我。"

展颜立刻听懂了他的意思,看看他,像在思考什么,又轻声说:"明天我自己来吧,我知道怎么坐车。"

贺图南本来朝宋如书几个人的方向张望,闻言,他掉转目光,注视着展颜。碍于旁边有过来上卫生间的人,他压低了声音,非常强势地说道:"不行,我答应了爸爸要送你。"

"等贺叔叔回来,就说你送了。"展颜出了个主意。

贺图南微微低头,抬眼看她。

展颜不知道他离这么近做什么,她有种错觉,他的睫毛要扇到自己脸上来了。

"你可真会撒谎啊。"他嘴角朝下"哼"了一声,听到那边同学们的说话声又大了几分,意味深长地看展颜一眼,自己倒先过去了。

展颜略等片刻,从拐角出来,她没看任何人,背着包,径自往门口走。

"你们看那个女生,好漂亮啊——"

宋如书被同学碰了碰胳膊,她看到展颜了。漂亮的人总是能被人一眼就发现。

宋如书一点儿都不像她妈妈,她随爸爸,皮肤黄,眼睛小,脸又很大,她一度为此懊恼不已,因为,从小到大,所有见过她妈妈的人都会说:"哎呀,你没随你妈妈。"

妈妈是美人,做美人的天生会撒娇,一开口,男人就会迁就她。好像美人也总是比别人更容易得到些什么,宋如书从小就明白这个道理,她看着妈妈,为此羞耻,又因此而格外争强好胜、发愤图强。她得证明女孩子要靠成绩说话。

美人的太阳从不往她身上照,她也发不出那种光。对长得丑的女孩子来说,中学时代注定是无人问津的。

宋如书看着展颜纤细、袅娜的身影,抿抿嘴:"确实很好看。"

她下意识地去找刚刚打了招呼的贺图南,他没抬头,在翻杂志,她忽然一阵庆幸,她就知道他才不是那么肤浅的同学。

\* \* \*

贺以诚在北京,每天都打电话。

"颜颜今天感觉怎么样?"

"奶奶做什么吃的了?"

"不要学太晚,要劳逸结合。"

"哥哥没欺负你吧?"

这四件事是必问题,展颜每次的回答也都大同小异。贺叔叔的声音在电话里又深沉又温柔,展颜没被男性长辈这么细碎地关怀过,她以为,男人要么像爷爷、爸爸那样沉闷,要么就像孙晚秋她爸喜欢喝酒、打人。

她觉得孤独,这里很好,可不是她的家,贺叔叔的声音也只是短暂地抚平一下这种孤独。

那就只能找其他对抗孤独的法子。

展颜拼命学习,墙上贴了计划表:每天记十五个英语单词,背两篇短文;看半小时新闻,了解国内外大事;预习高中课本,做数理化习题;最后,就是读报、看杂志。

这天没课,贺图南已经连续送了她五天。

一大早,贺以诚的电话就打进来,贺图南已经习惯了。他从餐桌旁站起来,打个手势,示意展颜不要急着挂,展颜便说:"哥哥有话要讲。"

贺图南走过来,肩膀重重地撞了她一下,把她挤到旁边。

"爸,是我,换个显示器吧,我研究了下,菲利普、索尼的都可以。"

展颜听不懂他在说什么,坐在桌子旁,看了眼他刚刚在翻的杂志,打开的这页密密麻麻地写着价格参数,括号里有"北京中关村"的字样。她往前翻了下,杂志叫《微型计算机》,上头东西的标价贵死人。

展颜心想,不知道要卖多少小麦、玉米才能买一样啊。她偷偷瞥了眼贺图南,发现他正闲散地靠在桌旁跟贺叔叔说话,连忙在杂志上找刚才听到的菲利普、索尼,目光最终停在数字 6800 上。

天哪,展颜一阵眩晕。她回卧室拿了纸笔,一边啃包子,一边开始算:一亩地产出七八百斤,去掉交税和种子、化肥、农药,一季小麦,一季玉米,这是大头,再加上点儿大豆、棉花,一年到头剩的也就是一千出头,家里五口人,不按劳力,按人头算，一人一亩两三分土地，那么总收入就是……

"来，哥哥看看你算什么呢。"贺图南不知什么时候绕到了背后，见展颜在写数字，一把夺过纸，上头是些简单的加减乘除，他嘴角一弯，"这是什么？"

展颜想去夺，他个头儿高，恶劣地一扬手："算花了多少钱？你还不清的。"

她摇头："没有，我不是算这个。"

"那是什么？"

"你不懂，还给我吧。"展颜攥着笔帽。

贺图南笑得漫不经心："我不懂？"他大咧咧地坐下，拈着这张纸，又扫了两眼，说，"以后就我们两个人时，你喊我名字就行，我不是你哥哥。"

他不知想起什么，神情变淡，把纸推给她，顺便把今早买的报纸也推给她。

乡下没人看报纸，电视里放新闻，大家就看，没电视的，夜里守着收音机在床头打盹，听着听着就睡着了。

贺叔叔爱看报，每次路过报刊亭都要买一堆花花绿绿的报纸回来，展颜也跟着看，多了见识，有《沿海时报》，有《北京晨报》，有《经济日报》，还有《书报文摘》。

这几天的报纸是贺图南买的。

展颜读起报纸来，连夹缝中的广告也不放过。她弄了个粘贴本，把喜欢的文章或者是小科普裁下来，贴到本上，标注好日期。

展颜开始翻报纸，问："奶奶呢？"

"去城北的老粮店了，奶奶爱吃那家的鲜面条。"贺图南低头，看报纸上的阅兵专题，1999年是中华人民共和国成立五十周年的大日子。他跟很多男生一样，对到时候要亮相的新装备兴之浓厚。

客厅里，奶奶喜欢在一大早开电视，显得热闹。她刚才接电话，没留意这声音，此刻感觉声音又大起来了。

"维维豆奶，欢乐开怀……海飞丝，清凉去头屑，秀发更出众……盼盼到家，安居乐业……"

她发现，广告里的东西，贺叔叔家都有。她从没想过，广告里的东西就是要进入家里的，她以前不知道谁买广告里的东西，现在知道了，贺叔叔家会买。她凝神，一动不动，好像在认真听什么，想什么。

贺图南本来用一张报纸挡着脸，此刻悄然往下移，只露出两只黑黝黝的眼，他看她发呆，眼睫毛那么长，他甚至可以想象出那一把小扇子拂着掌心的感觉。她皮肤娇嫩，像最柔软的花瓣，白的底，沁着微薄的粉。

四目相对，展颜怔了下，贺图南的眼睛可真黑，深不见底。

他啪的一声放下报纸，扣到桌上："报纸你也不好好看，喜欢听广告吗？"他仿佛不紧不慢地生着气,又有点儿像嘲弄,"我差点儿忘了,报纸夹缝里的广告你也不放过。"

展颜好似有文字饥渴症,她电视很少看,奶奶为省电不让看电视。她为了学习,也克制自己不去看,精神上,好像有个巨大的洞,像永不知足的饕餮,等着什么去填。那就只有文字了,一字一字,一句一句,她所想的、难过的、高兴的,原来都是前人、他人早就经受过的,这样一来,她就没那么孤单了。

展颜没否认,说:"广告词写得朗朗上口,容易记,写它们的人很厉害。"

贺图南的注意力全在她红红的嘴唇上了,他没跟女孩子这么朝夕相处过,真要命:"家里没雪糕了,我下楼买点儿。"他站起来,找棒球帽。

展颜也跟着站起来,说:"我今天想去新华书店,我自己就能去。"她早就会坐公交了。

"你?你挤得上去吗?"贺图南揶揄她,"现在是暑假,每天人满为患,老实地在家吹空调,不好吗?"

"我想去,"展颜坚持,"而且我不怕挤。"

贺图南暑期不爱往书店跑,他说:"我答应爸爸会看好你。"

"我们坐公交车时经常能看见十一二岁的小妹妹自己去少年宫,"展颜挺认真地说道,"我自己行的。"

贺图南看了看她,把自己的学生月票卡给她:"不要跟陌生人随便搭腔,不要乱跑,看完就回来。"他和她一起下楼,她戴了顶遮阳帽,裙子下,纤细的小腿那儿,两只袜子穿得不一样长。

等挤上公交,她心里那些莫名的情绪才消散,她跟贺图南不是一家人,她跟他说话要想着说,要留心他神情的变化。贺叔叔在家时,她做什么要征得贺叔叔的同意,现在换成了他。

她希望有个哥哥,但不是贺图南。


书店里人很多,到处是盘腿坐在地上看书的人。可书店里的书真多啊,展颜这也想看,那也想看,最终挑了本《零度以上的风景:北岛1993—1996》。

她在家里看到过贺叔叔送给妈妈的油印蜡纸,很旧,上面印着20世纪70年代末的诗人写的诗。

"诗不能吃,不能喝,可读一读心里会好受。"这是妈说的。展颜一想到她,眼就哀哀的,她摸了摸诗集,心里头喊了声"妈"。

她也不知道看了多久,身边来来往往的人不知换了多少个。

"麻烦让一让。"有个明朗的声音在头顶响起。她坐累了,正伸直腿抻筋。

展颜抬头,收回了腿。

头顶的少年好像愣了下。

"你——"徐牧远错愕地看着她，他认出她了，只有一面之缘，他从没想过还能再见到她。元旦那天，他猜测着，她像是跟爸爸进城的乡下女生，这在城里很常见，每天都有人进城、离开，像没留踪影的鸟。

展颜不认得他，冲他笑笑。

"你是不是元旦时到王钟国包子铺吃过包子，和你爸爸一起？"徐牧远往边上靠了靠，让后头的人过去。

展颜慢慢地站起来，将书搂在胸前，她狐疑地看着徐牧远。

"你不记得我了？"徐牧远笑起来很泰然，"你当时抱着军大衣，不方便吃早点，我想帮你挂起来，你不愿意。"

她想起来了，是有这么回事。

"你还记得呀，"展颜轻轻喟叹，"都是冬天的事了。"

徐牧远偏头看了眼她怀里的书，他有很多话想问她，他很瘦，站在她跟前像竹竿，脸也消瘦，可眼睛是亮的："你住附近吗？"他被人挤了下，差点儿碰到她，手臂一撑，撑在了她背后的书架上。

展颜想起贺图南的话，有些警惕："不是。"

徐牧远察觉到她的警惕，笑了笑："我来给我带的学生选些资料。"

"你是老师？"展颜很惊奇。

"不是，我做家教，我开学上高二，现在正给初三毕业生补课。"徐牧远大大方方地说道。

初三毕业生不就是自己吗？展颜依旧惊奇，他开学上高二？

"你能教学生吗？"

"还行。"

"在学校上课吗？"展颜实在是好奇，他们暑假不是自己补习，就是给别人补习，不会照蝎子，也不会采蘑菇。

徐牧远非常耐心地跟她解释："当然不是，是在北区一个倒闭的自来水厂里，暂时没人，我借用了。"

他说完，无意间瞧见正四处张望的贺图南，像是找人的模样："你等等，我跟同学打声招呼。"他没走开，只是倾了点儿身子，朝贺图南招了下手，"图南！"

展颜转头，贺图南的目光本来是带笑的，停在徐牧远身上，可很快他看见了她，那带笑的目光就很微妙地闪过一丝情绪，她看懂了。

贺图南也知道她看懂了，他在这一刻觉得她其实聪明极了。

"这是我同学。"徐牧远低声跟她说了句话。

贺图南两手插在裤兜里，他走路的样子很散漫，干什么都不怎么上心的样子。他直接走过来，表情镇定："来买书？"说着，不动声色地瞥了眼展颜，问徐牧远，"熟人吗？"

* * *

"不是，见过一次。"徐牧远觉得两句话说不清，看向展颜，"我还不知道你叫什么。"

"展颜。"她像看陌生人一样看了看贺图南，便移开了目光，"你呢？"

徐牧远很正式地回答说："我叫徐牧远，双人徐，牧歌的牧，远方的远，在一中念书。"

贺图南脸上淡淡的，她问你这么多了？

"你在哪儿念书？"徐牧远朝贺图南笑笑，示意他等等。

展颜微笑："我开学后也在一中念书，上高一。"

"是吗？你刚初中毕业？"徐牧远说，"真巧，我正在给初三毕业生补课，预习高一的内容，你暑假预习了吗？"

贺图南往旁边走了几步，恰到好处，既能听见两人说话，又能彰显意在避嫌。他随便拨拉起书架上的书。

"预习了，买了几本资料，不过没补课。"展颜想，是不是趁假期还有点儿时间，她也报补习班？可是，为什么城里的学生们总是在补课？

徐牧远很真诚地瞧着她，说："我就在北区原来的工人村附近的自来水厂给人补课，你要是愿意，可以过来听听。"

不知道多少钱呀，展颜犹豫，脸上却静静的。她决定委婉地拒绝他的好意。

可徐牧远又说："你来的话，不要钱。"他说完这句好像对自己也有点儿难言的感觉，只能以笑掩饰。

贺图南拨书的手指顿了顿，他没回头。

展颜不好意思了："那怎么行？"她虽然没钱，可不能占人便宜。

"我的意思是，你可以过来听听，试听不要钱。"徐牧远意识到刚刚突兀了，很自然地描补。

贺叔叔带她去过公园、商场，还有书店、饭店，但她不知道北区是个什么地方，这座城让她知道，世间的路原来是这么宽。可她不知道的东西一定还有，比如北区。

"你每天都给别人补课吗？"

"补五休一，除了周日，其他时间我都在，只要不是饭点。"

"行，有时间我去听听你讲课，我得走了，再见。"她把书放回原处，摆摆手，下一楼去了。

贺图南耐着性子听这两人你一句我一句，等徐牧远的手落在肩头，他才转身。见展颜已经往楼梯走，他似笑非笑地说："没见你对女生这么主动过，以前是同学吗？"

徐牧远解释了几句。贺图南哼笑，脑子里想的却是：我跟你其实是同一天见到她的。

他随意地跟徐牧远闲扯几句，又胡乱地买了本书，就结账走人。公交站台那儿已经没了展颜的身影。

展颜比他早一班车到家，家里奶奶在，宋笑也在。展颜认出了她，她穿了件旗袍，无袖的，露出雪白的膀子，像珍珠一样。宋笑不瘦，可她腰细。展颜每次见她都觉得好像什么东西熟透了，到处芳香四溢。

"哎呀，这就是贺总带回来的那个孩子？叫颜颜是吧？"宋笑说话的声音听起来黏牙。她跟林阿姨不一样，林阿姨总是显得很温暾，笑不露齿，看不出高兴，也看不出不高兴。

可宋笑不同，她活色生香。

奶奶年纪大了，好像跟她聊得很开心。

展颜喊了句"阿姨好"。宋笑说："我过来看看美娟回来没，不巧了，贺总也不在，"她扭过头，跟奶奶说，"这两人多亏有您，才放心把两个孩子丢家里。"

"就是做做饭、打扫扫卫生。"奶奶敲敲胳膊，又敲敲腿，"我这身体还行，不像人家关节炎哪儿都疼，上二楼都费劲儿。"

宋笑嘴里夸着奶奶，又偏过头冲展颜笑："你开学在哪儿念书？上高中了吗？"

展颜回答得很谨慎，不多说一个字："一中，我开学上高一。"

"那跟我女儿一所学校，她高二了，你得喊声姐姐呢。"宋笑正说着，门开了。

门口贺图南弯腰换鞋，见宋笑在客厅坐着，有点儿意外，不过还是打了声招呼。

"图南回来了？"宋笑从沙发上起来，"既然你妈妈旅游还没结束，那等她回来，我再来找她玩。"她转头又看看展颜，"你们俩有空去我们家玩，如书在家也是无聊，总是一个人。"

她走后，屋里的芬芳渐渐散去。贺图南本来对这个阿姨来做客没什么感觉，他有他的朋友，父母有父母的朋友，彼此不要干涉为好，此刻却莫名有了点儿情绪。

"奶奶，要剥葱吗？"展颜跟着奶奶进了厨房。

奶奶说："去看会儿电视吧，今天轧了鲜面条，吃香菇肉丝面，好不好？"

展颜看看面条，笑着说："我们村也有轧面条的，自己带面过去，给两三毛加工费就行了。"

"那可不贵。"奶奶感慨。

"城里也有轧面条的？"

"以前多，北区有家老粮店，计划经济那会儿就有这家店了，哪儿都比不上这家。"

"北区离我们这儿远吗？"

"有点儿远，那边以前全是工人，工人的福利那会儿也可好了，什么都发，牙膏、牙刷、毛巾被、肥皂、洗头膏、澡票,逢年过节还有鸡鱼肉蛋,"奶奶像被触动了什么记忆的阀门,说得兴奋起来,突然停了下,伸头往外找贺图南,"你那一帮同学都是北区的,成绩特别好的那个,高高的,叫徐什么远?"

贺图南听得一清二楚,丢开遥控器:"徐牧远。"

展颜心里一动,继续问奶奶:"那现在的工人呢?"

贺图南悠悠地往厨房门上一靠,说:"现在那儿的工人大都下岗了,想听吗?想听就出来,我跟你说说,让奶奶做饭。"

奶奶有点儿不高兴了,她还想继续说呢,她是位很幸福的老人,但说起别人的悲欢离合很容易动感情,也乐意动一动感情。

"坐。"贺图南抬抬下巴,见展颜到客厅了还站着,有点儿想笑,他懒散地往沙发上一躺,眉眼沉沉的,"你是怎么认识徐牧远的?"

"不认识。"展颜觉得这么说似乎也不太对,就把元旦的事和今天的事说了。

贺图南"哦"了声,他没做什么评价,问道:"你真要去听他讲课?"

展颜点头。

"想学高一的内容,用不着找他,找我就行。"贺图南双手垫在后脑勺,他上下看着展颜。

展颜以为他是怕她又花他爸爸的钱,她心里黯淡一瞬,什么时候她自己能挣钱就好了,她也不是没这个想法。

当徐牧远说自己开学上高二,可他在给初三毕业生补课的事时,展颜震惊的同时,也想过,她是不是高一暑假的时候也能干这个?照蝎子很好,刨草药也很好,那些都很好,但她要学会适应新的好,她也能把知识变成财富。

"刚刚奶奶说徐牧远成绩特别好。"她还是想去。

贺图南脸上神情自若:"他刻苦,也还算聪明。不过,我比他更聪明,你找他补课,不如找我。"他一点儿惭愧的意思都没有,看起来也不像吹牛,就像是寻寻常常地说了件事。

展颜对贺图南的成绩不太清楚,也没有去麻烦过他。她面露难色:"可我还是想去看看,看看他是怎么教别人的,我也想去北区看看。"

贺图南眼睛眨也不眨地看了她几秒,他霍然起身,说:"好,你去。"说完,他就回自己房间打游戏去了。

展颜这才想起,他不是要讲工人的事情吗?她怔怔地看着他的房间,那里,她一次都没进去过。

夏天那么漫长,也走到了8月。

等贺以诚回来正好是立秋,林美娟也回来了。他给妻子带了礼物,一支口红,给展颜的礼物就多了,手表、芭比娃娃、高端耳机……这让展颜很为难,东西是好东西，可不属于自己。

她被这些东西弄得很有压力，又不好说。她既不敢戴那块表，也不敢用那个耳机，娃娃放在书桌最上头，没拆封，她怕落灰。

贺以诚总是喜欢给她买东西，好像生平第一次做父亲一样。她觉得得出去透口气，便主动跟贺以诚说起了徐牧远的事情。

贺以诚支持她："当然可以，你哥哥那个同学非常优秀，让他带你过去。"

说说这话时贺图南就在旁边，他看了展颜一眼，她立刻明白，嘴上答应了："好。"

"有不懂的也可以问你图南哥哥，他应该也会。"林美娟笑容总是很浅，她觉得，丈夫已经忘记了自己的儿子也非常优秀。她收到口红，立刻用上了，人看起来多了几分艳丽。

"以后少跟宋笑来往，"贺以诚忽然转了话题，他慢慢地咀嚼着饭菜，"她那个人太张扬了，不是安分守己的人，我怕对你影响不好。"

林美娟不愿让他面子过不去，可这次并不想听他的，慢声细语地说："宋如书和图南是同学，我跟她也是老同学，她要来，我总不好拒之门外。"

贺以诚就没再说话。

大人的话题总是这么含蓄，也不知道到底在说什么，展颜不太明白。

中间下了场暴雨，等天放晴，展颜坐公交去北区。

"不要说你认识我。

"我先到，你比我晚半小时过去。"

贺图南交代她注意事项。

展颜不懂，他完全可以假装自己去了，为什么真的要去。

北区原来是本市老工业基地所在，有许多厂子。那里曾住着几代工人，最早可以追溯到苏联投建的时代。

展颜还在公交上，靠近北区时，遥遥地看到高高耸立的烟筒，她不禁仰头。交错的道路，整齐的宿舍，各种工业设备像史前巨兽一样沉默地矗立在骄阳下。

展颜在车里趴到玻璃前，脸上全是工业区的影子，缓缓地滑动。

自来水厂不难找，一打听就知道。她刚下车没走多远就听到前头有人在惨叫，原来是几个十来岁的少年正围成个圈合伙揍一个人。

城里的孩子也打架吗？她忍不住跟路旁正给人剃头的老大爷说："爷爷，那儿有人打架。"

老大爷正摁着一人的脑袋，拿污糟糟的手巾来回揉着，看也不看："打呗，臭小子们又不念书，不打架干甚去？"

"他们爸妈不管吗？"展颜惊奇于北区也有人不上学，可看年纪是要上学的年纪。

老大爷拧干了手巾，说："管甚？都忙着弄口饭吃，没工夫。"

展颜心有戚戚，又看去两眼，老大爷瞥她两眼："闺女，你找人？"

"我找在这儿给人补课的徐牧远。"

"哦，找徐工的娃儿，就在那头。"

老大爷居然知道，展颜跟他道了谢，心想，原来徐牧远的爸爸叫徐工。

她没走几步，身后老大爷将一盆污水泼到路上，骑自行车路过的年轻人便骂起来："瞎啊！"

老大爷冷眼一睨，没应声。

展颜听到了，她回头，老大爷已经工具在手，就像镇上那些剃头匠一样，开始给人刮面了。

不远处，巨大的吊钩悬挂在半空中，怪异而冰冷，展颜第一次见这东西，她只顾看，脚底废弃的钢珠差点儿让她滑倒。

自来水厂只剩个老汉，还有一条黄狗，黄狗瘦骨伶仃，见生人来，似乎懒得叫，只淡漠地看展颜一眼，又躺下睡了。

老汉默认她也是补课的，迟到了，问都没问。

说是教室，不过是原先的大办公室改的，摆了几套破桌椅，原来的家具早就被人拉完了。最前头挂了块小黑板，风扇在头顶吱呀吱呀地转。

屋里有六七个人，有男生，有女生，徐牧远拿着粉笔，正往黑板上写公式。他穿得可真随意，一件旧背心，一条短裤，下头就是双拖鞋，那是从厂子澡堂拿回来的。

展颜看到贺图南时，他坐在最后，腿一跷，从头到脚都透着随性。

隔着玻璃，徐牧远看到了她，他露出个笑，对底下人说"等等"，便跑过去招呼她："我以为你不来了。"

展颜拎着布包，有点儿赧然："我能进去听吗？"

"当然，快进来，外面太阳很晒。"徐牧远让她进来，坐贺图南前面那张空桌子旁，他不知道她会来，没什么准备，见她穿了件白色连衣裙，他没卫生纸，只能拿本教辅资料让她垫着。

"没关系，你把书拿过去吧。"展颜不愿意。

贺图南把长腿往后收了收，静静地看他的好朋友大献殷勤，他一句话也没说。

徐牧远今天的课是集中讲解补课生高一数学的错题。他的背心汗湿了，黑板上写得满满当当，要不停地擦，不停地继续写，小臂上落满粉笔灰。

半小时后，课结束了，几个补课生围着徐牧远又请教了些题。他抱歉地跟大家说："真不好意思，今天我同学来，明天给你们补时间。"

男生出去的时候看了看展颜。

等人都走了，徐牧远才拍了拍手，笑着说："我不知道你今天会来，你是怎么来的？"

展颜目光还停在黑板上，她回了神："坐公交，你讲题真细致，本来这个定理我预习时不太明白，"她指了指上面的题，"这下懂了。"

"是吗？那太好了，"徐牧远扭头，看贺图南坐在那儿跟神佛似的动都不动，便对展颜说，"上次你见过的，我同学，贺图南。"

贺图南这才像刚刚看见展颜一般，礼貌一笑："这么巧，你好。"一点儿破绽都没有。

展颜不知道他是怎么做到的，便也装一装："你好。"

"我去买几瓶饮料，想喝什么？"贺图南目光在两人身上来回扫了扫。

徐牧远忙说："我去买，你们在这儿休息一下。"

贺图南已经站了起来，嘴角一弯，拍了下徐牧远的肩膀："你下次吧，我正好坐累了，出去活动活动，喝什么？"

"我带水了。"展颜包里有个水杯。

贺图南一看，心想她竟然不觉得重，背那么多书，还有满满一塑料杯水。他好似没听到，只看着徐牧远："我随便买了。"说完，他挑起门帘就出去了。

"我洗个手。"徐牧远说着话也到了院子里，将水龙头一拧，他稀里哗啦地洗了胳膊，又洗了脸，洗了脖子，整个人湿漉漉的，眉眼间显得尤为具有英气。

他抹了把脸："你怎么也出来了？快进去，外头热。"

"我能在这附近走走吗？"展颜从包里翻出柔软的纸，给他撕了两块。

徐牧远用不着，可也接过来了，他说"谢谢"，脸上始终带着舒展的笑："你不怕热吗？"

"不怕。"

"那好吧，我带你在附近转转。"

附近是厂子配套的生活区，有冶炼厂生活区、自来水厂生活区、钢材厂生活区、机关单位生活区……如今，人还在，可生活仿佛一夜之间就变了。

"那是什么？"展颜指着不远处问。

"锅炉房，冬天能供暖，也供热水，以前会发工人们水票，拿着就能打热水了。"徐牧远见展颜不懂，像讲题一样，很细致地说起他从小就无比熟悉的琐事。

"怎么没看见人？是不是因为现在是夏天？"她很好奇。

徐牧远轻轻嘘口气，看了看远处："这些厂子陆陆续续都关了，我们小时候可热闹了，我幼儿园、小学就是在这儿上的，是我爸厂子配套的学校。这儿什么都有，就像一座小型的城市。现在，因为效益不好，所以大家都下岗了。"

"你爸妈呢？"

"我爸以前是冶炼厂最好的师傅，带了很多的徒弟，现在给人刮大白、批泥子。我妈是会计，现在在小店里做零工，那次在包子店见到你，就是因为她感冒了我去替她。"徐牧远似乎一点儿都不介意说家里的变迁，他看起来总是很平和，也爱笑。

展颜后悔自己问这些，她脸有些红，不知所措地摸了摸路边种的槐树，也不知该说什么，不是住城里的人都像贺叔叔家那样："那……你们现在住哪里？"

"还在原来的生活区，大伙儿都没走，我们一家四口人，我还有个小妹妹，她上幼儿园了。"徐牧远说起家里人眼神柔和，看向展颜，"方便问你家里的情况吗？"

展颜轻轻地笑笑，摇摇头："我不想说。"

他脸上的笑终于隐去几分："不好意思啊。"

"老徐！"

贺图南买了两罐可乐，手一抛，离得那么远，徐牧远竟然一转身就接住了。他看了眼贺图南："怎么没给展颜买一罐啊？"

贺图南拉开拉环，啪的一声，有可乐溅出来："她不是带水了吗？"他像不经意间岔开话题，"聊什么呢？"

徐牧远便不再纠结这件事，说："跟展颜聊聊这片厂子以前的事。"

贺图南表情很淡薄："聊工人们以前的荣光吗？"

徐牧远说："确实是荣光，工人们给这个城市做过很大的贡献。只不过，现在这份荣光失去了。"

这时，展颜突然插进来："以后，你们这里还会恢复原样吗？厂子的效益还会变好吗？"

徐牧远面色凝重起来："我不知道。"

他是真的不知道，每个人似乎还都有幻想。土地是农民的根，工厂就是工人的根，这根就算烂了、朽了，也还是根。可北区真的从来没有这么荒凉过，锅炉房在，水瓶还在，一砖一瓦都还在，人的心却一天一天荒凉下去。北区的治安变得不大好，顶好的大小伙子也在街上乱逛。

贺图南被叶子中间漏下来的阳光晒得眯了眯眼，他没说话，只是用易拉罐跟徐牧远碰了两下。

"太热了，还是进屋吧。"徐牧远看展颜的额头有了汗，可她的脸依旧白得剔透，越晒越白。

"我能去工厂参观吗？我没见过工厂里边是什么样。"展颜耐热，这点又不干农活儿，实在不算什么。

贺图南耐人寻味地看了展颜一眼，她可真不见外，是很熟的关系吗？

工厂没什么好看的。可几个人到底还是过去了。

厂子里静悄悄的，地上板砖的缝隙间挤出一株狗尾巴草，开始结它的籽，什么都不管。

冶炼的工序复杂，车间多，不能拆卸的机器上油渍落了灰，黑乎乎的。徐牧远领着他们，说这是澡堂子，那是休息室，大家曾经娴熟地穿梭于每个车间中，像鱼在大海。

他们休息的时候打牌、看电视，七嘴八舌地聊天。

你说老家来的亲戚给扛了一袋子晒干的鸡粪，不知道怎么用，马上就有人接话，说可以用来上后头小菜园的地。我说儿子的班主任又打来电话，说他跟人打架了，你就接一句："我儿子也不让人省心。"

这里的世界曾经喧哗、热乎；可现如今，它枯萎了。

这些不起眼，甚至是琐碎的常事，徐牧远都没跟贺图南说过。

厂子有种庞大的静默。

"为什么效益就不好了？"展颜不懂。

"原因很多，其实我也不太清楚，有时会听爸妈聊几句，他们不愿说太多。"徐牧远笑笑，说，"以前过年的时候，我们这里有花灯展，满大街都是放炮的小孩子。"

"这两年市里不让放炮了。"贺图南淡淡地接了句，他对这玩意儿本来也兴趣不高。他已经接触到更丰富、更新奇的世界，对于徐牧远这种一脸怀旧的表情不置可否。

"我们还放，我家里还放炮。"展颜鼻尖上全是汗，她露出点儿笑容，好像想起很好的事情，"不过，我不敢放带响的，只敢看别人放小蜜蜂。"她说话时，带笑的眼睛是看向徐牧远的。

贺图南忽然意识到，展颜从没跟他说起过她家里的事情，就像徐牧远也没具体提过北区的事。

"什么是小蜜蜂？"徐牧远第一次听说这个。

展颜比画了下："就是点着后，嗡的一下飞上了天，飞得特别高。"

"我该回家了，你们聊。"贺图南被长脚的蚊子叮了几个包，他这话是说给展颜听的。

果然，展颜立刻心领神会，她跟徐牧远道了谢，也要回去。

徐牧远坚持要送他们到公交站台，快到时，有辆自行车带着雪糕箱子，叫卖着，从他们眼前过去。

徐牧远看见了，是妈妈刘芹。可妈好像装作没看见他们，就这么骑过去了，烈日下，那个奋力蹬着自行车的身影，在天地之间，最后只剩一抹灰蓝，那是妈长裤的颜色。

徐牧远喉咙动了动，他对展颜说："欢迎你下次再来。"

贺图南似笑非笑地瞥了他一眼，508路车缓缓地靠站，售票员脖子上挂了条毛巾，她伸出脑袋喊："北区到了啊，到了啊！有到南门方向换乘103的乘客上车了啊！"

南门是城市的富人区，贺图南的家属于南门区。

"你坐508吗？"徐牧远从兜里掏票子，"我有零钱。"

票子有一毛的、两毛的、五毛的，被汗浸潮了。展颜一下想起王静的奶奶，她露出个温柔的笑："谢谢，我有零钱，你的留着你自己花。"

徐牧远像自嘲似的笑笑，又揣回兜里，对贺图南坦然地说："我就不跟你客气了。"

贺图南点头："没必要。"他这才算正眼看展颜一眼，"我坐这趟换乘，你呢？"

"我不用换乘，坐508就到了。"展颜非常配合，神情没什么异样，一点儿都不像撒谎。

两人一前一后上了车，她不忘从车窗那儿跟徐牧远摆了摆手，然后，走向了最后一排。最后一排只坐了她跟贺图南，中间隔几个位子。

贺图南一路都不说话，好像真的不认识她。

展颜困了，脑袋磕得玻璃哐哐响，贺图南侧眸，等到站时才踢了踢她的脚："该换乘了，醒醒。"

展颜惺忪地揉眼，那样子迷惘得很无辜。

贺图南不再看她，大步流星地下了车。

接下来，整整一个星期贺图南都没跟展颜说话。

家里，贺以诚照例是忙，可仍不忘关心展颜。他回了家，不是问吃喝，就是问学习，如果不回家，必定会打电话。

林美娟每天都在感受着这种关怀，贺以诚看展颜的目光，她形容不出，这个男人如此陌生。

宋笑常来找林美娟聊天，女人嘛，一旦聊到某个令人挂心的点上，关系无形中就拉近了。

林美娟对展颜一直笑吟吟的，不热情，也不疏远。她发现儿子似乎同样冷淡，她有点儿忧心，以为贺图南是联想到了什么，总归是不好的事。可他大了，十来岁的男孩子，她也不好问，不好说。

夜深人静，看到枕边人睡得沉沉的，林美娟胸口一阵闷，面对贺以诚，她同样问不出口：这小姑娘是什么人？这些年，没见你对儿子上过什么心，她一来，你这是恨不得把心都掏出来，捧到人家跟前了？她真想把他拽起来，问个清楚。可她的教养不许她撒泼。

"颜颜，开学就可以住宿了，住学校挺好的，提前适应大学生活，也节省时间，能用来学习。"她在饭桌上慢悠悠地跟展颜说话。

展颜面对她一直有些拘谨。

旁边，贺图南一声不吭地吃着饭。

"是，林阿姨，开学我就住校，这段时间太麻烦您跟贺叔叔了。"她有些歉疚，又不知该怎么进一步表达。

林美娟给她夹菜："不麻烦的，以后想来也可以到家里坐坐，随时欢迎你。对了，你现在用的被子啊什么的，如果喜欢，开学都给你送到宿舍，好不好？"

贺图南一口米饭在嘴里半天没咽。他还是没说话。

展颜终于听出林美娟话里的意思了，她就像春来的燕，在人家屋檐下做了个窝。

"林阿姨，被单、薄被都被我用了，那我就带走吧。"她觉得很难为情，仓促地思考后，为了让对方觉自己以后不会再住了，只能说要。

林美娟还是好说话的模样，她说："放这里也是浪费，你带走，还能用一段时间。"

"谢谢林阿姨。"展颜小口吃着饭，她很快便轻轻地放下碗筷，并且很自觉地去刷碗。

林美娟心情愉快地出了门，她很久没去百货大楼了，这个夏天没怎么买新裙子，真是遗憾。

厨房里，展颜还在洗碗。

贺图南在客厅看电视，他换了好几个台，没一个想看的。

等展颜出来，他把遥控器一搁，客厅静下来。"高兴了？"他乌黑的眉毛一挑。

展颜不知道自己哪里得罪了他，这些天，他一直冷着脸，跟她照面极少，也不讲话，此刻没头没尾地来这么一句，她觉他像只坏脾气的兔子。

"是说我吗？"她还不怎么确定。

贺图南说："这屋里除了你还有别人？"

展颜不解："我高兴什么？"

贺图南又不说了，他抱着手臂，顿了一会儿，才问："你不高兴吗？"

展颜低头："不知道，我现在只希望快点儿开学。"

"住我们家委屈你了？"贺图南眼神冷淡。

展颜摇头："没有，你们家比我家好太多了，贺叔叔和林阿姨对我也很好，我不委屈。"独独没提他。

"那你急着开学？"

"我想上学，喜欢上学。"

两人之间沉默了会儿，贺图南岔开话："你预习得怎么样了？"

她一次也没请教过他，可她也没再提过要去听徐牧远讲课。

"配着教辅看的，还行。"

贺图南看她像看机器人一样，他问一句她说一句，俨然爸爸和他的翻版。她却有话问徐牧远。是他们家太一目了然了吗？她好像从没主动问过什么。

贺图南希望她问点儿什么，但一想到她是贺以诚的私生女这件事，就觉得很没劲，一切都毫无意义。

妈在饭桌上说的那些话，他听在耳朵里，一会儿替妈难受，一会儿自己也觉得难受。

而展颜平平静静地站在眼前，什么波澜都没有，像个美丽的、不会说话的花瓶，精致又无情。可主人偏偏勤拂拭，好像只要供在那里就足够。

贺图南这种夹杂着无明业火的情绪一直持续到临近开学。

这年秋天有件大事，国庆五十周年阅兵。因此，一中高一军训也比往常要早几天，务必要训出风采，训出志气。

贺以诚知道学校提前开学，已经备好东西。

展颜希望在开学前能回一趟家，见见爸、爷爷、孙晚秋和王静，运气好了，也许还能跟石头大爷说上几句话。

日历翻到处暑这天，上头写着：一候鹰乃祭鸟，二候天地始肃，三候禾乃登。

她的玉米结了半大的穗，棉花开得雪白，辣椒变红，在风里摇晃着叶子，连葱都开始老了。她想起1998年的处暑，那天，她在院子里闻到草木凋零的味道，妈刚摔伤，她以为妈很快就会好。

"颜颜，后天就要开学，这个暑假，你长高了，也有了新的见识，要不要回家看看？"贺以诚见她对着日历发呆，主动提及，他永远这么体贴，仿佛永远可以早一步料到别人所需。

回家的路像夏天一样漫长。

展颜一下高兴起来，却说："贺叔叔，路太远了，您开车要开好久，要不然我还是等寒假再回去吧？"

她怎么会是贺以诚的对手？她当然不知道，贺叔叔只是客气一下，在他心里，她早就应该跟那个所谓的家、所谓的家人都断了关系。

所以，展颜没有料到，贺以诚直接顺着她的话说："那也好，你们军训要准备很多东西，今年阅兵知道吗？学校对这次军训也很重视，明天回的话，确实时间紧了点儿，这样好了，等你放寒假的时候，我再送你回去。"

展颜心里像飞着一只鸟，忽地中了箭，一头栽下来。她来不及掩饰自己脸上的失望，她甚至希望贺叔叔没提过，这样她忍一忍就过去了。

等到晚饭后，她一个人到街上，进了电话亭，拨了两个号码。

乡下人吃饭晚，电话是奶奶接的，她本来坐在门口石条上端着碗跟花婶儿说话，脚边几只鸡在抢掉的馍渣。

展有庆跟一个叫水秀的女人有眉目了。奶奶本来高兴着，一听是展颜，笑就没了："大小姐这是又想起来了？"

展颜眨眨眼："爸呢？爷爷呢？"

"到里头溜达去了，你现如今不缺吃不缺喝，有钱花，还找你爸、你爷也是吃饱了撑的。"奶奶阴阳怪气起来特别顺溜。

展颜的眼泪慢慢流下来，她把电话挂了，又打小卖部的电话，等人接了，她说："婶子，你能不能帮我叫一下孙晚秋？我过十分钟再打过去。"

小卖部是要赚钱的，所以她不说让孙晚秋回过来。那头，对方委婉地说："是颜颜啊，这会儿家里忙着呢，没人得空，你要不改天再打？我下回给你叫去。"

上回还行，这次显然不行了。花了好几毛钱，可一句话都没说上，展颜握着话筒，听了好半天的嘟嘟声，就算是嘟嘟声也是家乡那头传来的。

她走出电话亭，看到街上的路灯亮起来了，骑自行车的人们摇下一串串车铃，在暮色中清脆、悦耳。远处，不知什么地方正在施工，机器轰隆隆地响。

四周是热闹的，她却被自己的寂静给吞没了。

她一个人哭了会儿，呜呜咽咽的，影子在地上一动不动。

等哭够了，展颜觉得自己该回去再看看物理教辅，没走几步，却见贺图南插兜在路旁站着。也不知道他出来做什么。

"打个电话这么久？"贺图南一开口，就是不耐烦的味道。

他没告诉她，家里爸妈因为她吵了一架，说是吵架，其实不算，起因当然是她开学后要不要继续回贺家的事情。林美娟即使到怒火攻心的地步，也要维持好看的面子，发火都是克制的，听起来至多像抱怨，她的眼睛红红的，声音却都没怎么大几分。

贺以诚一如既往地强势，他是一家之主，他说了算，不容置疑。他对林美娟不能收容一个可怜的、失去妈妈的女孩子表示遗憾。

可到底没有声嘶力竭地争执，也没有什么摔盘子、摔碗，他家连吵架都是安静的。

"我这就回去。"展颜声音有点儿哑了。

贺图南说："回哪儿？"

展颜愣了下。

他的脸在昏暗不明的路灯下轮廓也模糊，可鼻梁那儿分明尖锐着似的，看起来有种如梦之感，展颜有一瞬间真觉得在做梦，天地全非，来城里的这个暑假好像是假的。

"我也不知道要回哪儿。"她下意识地说出心里话。

这一下，贺图南听恼了，她这弄得好像在他家受了什么气一样："你既然自己有家，就回你自己家吧。"

他说完就后悔了，可当他看见展颜的脸上掠过一丝近似痛苦的表情时，他可耻地发现，他竟然相当愉快。

## 第六章
## 偏爱

很多人生选择都是在某个看似寻常的好天气里定下的。

这句话只是让展颜难受了那么一会儿。妈都已经不在了,最狠的刀子早就捅过了她。她当晚捏着葬礼上的那朵纸莲花,扭头看看箱子,爸说:"下封信要秋天看。"

开学那天,贺以诚开车送展颜过去,宿舍里,都是妈妈们在帮忙,只有他一个男人,他去得很早,帮展颜选位置。刚进门当然不可以,出来进去的,很吵,冬天也冷……

条件是差了点儿,不过好在周末可以回家,贺以诚担心展颜吃不好,告诉她,门口小店可以吃个小炒,味道比食堂要好些。

"平时在这儿凑合吃,想吃什么,周末回家吃。"他宽慰着展颜。

展颜嘴里的话兜了几圈,才出口:"贺叔叔,周末我留在学校学习,不回去了。"

贺以诚的表情一点儿都不意外,他只是说:"学习有学习的张弛之道,周末回家耽误不了什么的,再说,这不是刚高一吗?"

贺叔叔永远有让人不能拒绝的理由,他温柔、平静地看着你,让你觉得,拒绝他简直是种罪孽。

高一新生入学,事情很多,要军训,要迎新,活动五花八门,恰逢中华人民共和国成立五十周年,学校早就拉起了横幅,写着祝福伟大祖国云云。

整个城市都喜气洋洋的,到处挂满小红旗。

这种气氛感染了展颜,她军训非常刻苦,一点儿女孩子的娇气都没有。休息时,学生们闹着教官要他唱歌:"陈教官,来一个,陈教官,来一个!"

教官说:"我嗓子都哑了,跟破锣一样,你们来!"

学生们不扭捏的就跑到草坪中央,唱歌,跳舞,小时候在少年宫学的才艺还没忘完,都又拾起来了。

展颜是里面怎么都晒不黑的学生,她最好看,说不上来地好看,见着她那张脸,就会想起青的山，绿的水，四处一派明亮。男生们起哄让她唱，她抿笑，站起来捏着帽子说："我给大家唱个《沂蒙山小调》。"

前一个同学刚唱了张宇的《雨一直下》，顶新顶新的流行金曲，展颜这唱的是什么？

"人人那个都说哎，沂蒙山好，沂蒙那个山上哎，好风光……"展颜一亮嗓子，唱得旁若无人，她也不看别人，脸仰着，就看那蓝莹莹的天，这是石头大爷教她的歌，"高粱那个红来哎，豆花香，满担那个谷子哎，堆满仓……"她嗓子圆润，气息稳，像喉咙里滚着一颗光滑、剔透的宝珠。

同学们本来都还在小声笑她土，什么山区小调，她唱着唱着，大家都安静了，连路过的老师也驻足，侧耳倾听，仿佛记忆中家乡的河边忽地起了一声鹤唳，响彻云霄。

这下，大家都知道了高一十班有个漂亮的女孩子会唱小调。

等她晚自习做自我介绍时，大家都已经认得她了。

"我叫展颜，毕业于米岭镇中心校。"

"米岭镇……听起来像乡下。"

"就是乡下，那里有很多小煤窑，我姨父老家就是那里的，我知道那个地方。"

"妈呀，我以为她是城里的，乡下人不都脸黑吗？她为什么那么白？"

"你这样是歧视劳动人民——"

后面的话就变成了嬉笑、推搡："你才歧视劳动人民！"

这些，展颜都没听到，她被班主任叫住："唱《沂蒙山小调》的就是你吗？"

"是。"

班主任赞赏地看她一眼，说："我以为你们这样大的孩子都只会唱流行歌曲。"

那天，所有人都自我介绍了，展颜只记住了自己的同桌——从县城考过来的郝幸福，她自我介绍时，班里很多人都撑不住笑了。

高一军训过半时，高二分班的成绩出来了。

文理分科是一个分岔口，很多人生选择都是在某个看似寻常的好天气里定下的。高一的学生们沉浸在对高中校园的新鲜感中，没几个人往告示栏那儿凑，那儿尚且与他们无关。

展颜穿着迷彩服，衣服很大，袖子长，裤腿也长，她都给挽了起来。郝幸福有点儿口吃，说话很慢，跟她一起在那儿看告示栏。

年级第一是徐牧远，展颜惊了下，他真的好厉害。

这一年，社会上风传教育部很快要启动"985工程"，老师们也常挂在嘴边。于全国所有高中生而言，1999年是大学扩招第一年，机会变得多起来。

到底一中今年的高三生升学率会达到多少，谁都说不好。

"这个叫徐牧远的，"郝幸福脸上闷痘了，她说话也像闷痘，"成绩可真好。"

展颜表示赞同，下意识地去找贺图南的名字，一路下移，在三十一名那儿找到了他。

贺图南考出了有生以来最差的成绩。即便不妨碍他进重点班，但这个成绩很失颜面。

一个暑假，他忙炒股、倒腾电脑，每天想法都很多，像马蜂窝，没怎么复习，也没怎么预习。

他哪里比徐牧远聪明了？展颜默默地对比着每一科两人的成绩，尤其是理科，她不懂他为什么那么自信。

她忽然在成绩榜上看到了宋如书的名字，宋笑的女儿，年级十五名。

班级很多，人也很多，展颜尚不清楚这个分数到底够上哪个等级的大学，她也不知道自己到高二时会是什么成绩。

和她同样沉默、有些出神的还有郝幸福。山外有山，天外有天，一中对两个女孩子来说就是山外的山、天外的天。

"展颜？"后头徐牧远喊她。

展颜回头。

"还真是你。"徐牧远说，"我知道你们在军训，吃饭了吗？"

展颜点头，指着公告栏："你是第一。"

"我知道。"徐牧远一脸稀松平常，他微笑着，"怎么暑假你没再过去听课？"他一直等着她，换掉拖鞋，也不穿大裤衩了，可她再没来过北区。

展颜见他记着这事，便说："我还补着英语，就没去。你每次都考第一吗？"她很佩服他，又急切地想知道他是怎么考第一的。

"没有，"徐牧远很谦逊，"没出过前五吧。"

展颜心里又是一阵羡慕，想了想，还是问出了口："你高一的笔记能借我看看吗？"

"小妹妹，笔记要钱的，我们老徐的笔记畅销市里六校，你这张口就要可不行。"徐牧远后头来了个男生，一把搂住他，笑看着展颜。

展颜怪不好意思的，她不知道，笔记原来得花钱买。

"别听他瞎说，逗你的。你在几班？我回头给你送去。"徐牧远笑着瞥了男生一眼，正经地说道。

"十班，我在三楼的教室。"展颜声音雀跃几分，她觉得徐牧远可真是个好人。

旁边，等徐牧远他们走了，郝幸福才弱弱地问："你能借我也看看吗？"

她没问展颜为什么会认识高二的学长，只想着笔记。

展颜看到她脸上那种近似讨好的笑，想起一些人，她有过这样的同学，跟人说话总是不自觉地带着讨好的神情，唯恐别人拒绝，又唯恐别人生气。

她答应了。

趁午休时间，展颜到校外买信纸信封，小店里，学生们在挑磁带，上头写着"一人一首成名曲"什么的。

老板说："都是泉州货，不是正版不要钱。你们是常客了，内部价，十块钱三盒。"

"老板，再送我一盒孟庭苇的呗，下次我们还来。"

小店旁边有个租书屋，里头的书大都脏兮兮的，卷着边，多是武侠、言情，租一天几毛钱，导致学生们狼吞虎咽，两天就能解决一本。

展颜刚想进去看看，余光便瞥到一个人。是贺图南。

他在店里吃饭，顺带看了会儿球赛，此刻刚刚走进阳光里。

在学校里，要假装不认识，是两人共同的默契。更何况，上次两个人应该算不欢而散。

展颜当没看见，立刻走进了书店。她希望贺图南根本就没有看见她。

当天晚自习，徐牧远就把笔记送来了，没直接给她，是委托她的班主任转交的。

展颜想当面跟他道谢都没办法，甚至都没想起来问问他在几班。

军训结束的那天，展颜是领队，她形象好，正步踢得也好，像棵小白杨一样挺拔、英姿飒爽。

贺以诚特地带着相机，找了熟人，进大操场拍她。他在校门口出现时，被宋如书看到，这时，理科重点班敲定，宋如书已经跟贺图南再次成为同学，她告诉贺图南："我看到贺叔叔了。"

开学两周了，他都没回家，没见过贺以诚，也没见到展颜，偶尔目光从操场上乌泱泱的迷彩服上掠过，千人一面，他分不清哪个是她，只听男同学说，高一有个漂亮的小妹妹唱歌很好听。

他心里一动，人却无比镇定："没看错吗？我爸这个时候来学校干什么？"

宋如书跟他说话，脸也淡淡的，总像架着一口气。那么多人喜欢对他献殷勤，她看不上，也不屑于去做，好像过来跟他说话仅仅是因为两人一直是同学，又在同小区，这样总比别人多一二分交情。

"我看着是贺叔，不知道有没有看错。"

贺图南没再有什么反应，课间，他走到操场，见高一新生正在被检阅，顿时明白贺以诚是来干吗的，他冷眼看了会儿，便转身走人。

操场上，贺以诚拿着当时很多人都还不认识的尼康D1，在那儿拍照，惹得学生们以为是电视台的摄影师，这个叔叔看起来高大帅气、派头十足，他们口号喊得更响亮了。

展颜也看到了他,她表情庄重,在军训闭幕式上表现得非常好。
　　高一十班因此获得了军训优秀班集体的称号,班主任想让展颜当班长,展颜觉得自己不合适,拒绝了。

　　展颜答应贺叔叔,军训结束会回去一趟。
　　站台离学校不远,在附近,对面就是劳务市场,有很多中年叔叔、阿姨,他们看起来长得都差不多,脖子上也都挂着牌子,上头写着"扛石灰、木工"等字样。
　　展颜第一次见这种景象,旁边有学生抱怨:"哎呀,烦死了,这都是下岗的,大清早四点多就来这儿,站一天都不回去,害得公交车堵死了。"
　　"小点儿声,回头让北区的听见,别再打起来。"有人使眼色。
　　"劳务市场能不能换个地方啊?我们应该去找校长反映。"
　　"站一天都找不到活儿,肯定是没本事。"
　　北区似乎突然成了一种羞耻,展颜扭头看看说话的学生,他们和她年龄相仿,鲜嫩的脸上有明亮的眼,好像不知人间悲欢。
　　站台人多,几拨人潮过去,展颜还在出神地盯着那群叔叔、阿姨看,他们有的站着,有的蹲着,不知在说些什么。
　　等又一辆公交车过来,售票员喊着"南门上车,南门上车",才惊醒她似的,她连忙跑上车,买了票,里头人不少,已经没了座位。
　　她穿过人群,往后走,忽然定住。
　　贺图南坐在最后,好像早就看见了她,他眼眸深黑,正静静地注视着她。
　　隔一个位子坐着宋如书,她很高兴跟贺图南坐同一个方向的车回家,尽管她坐他旁边后只打了声招呼,再无下文。
　　"不要和我坐同一班车回去,我们错开。"这是贺图南交代过的。
　　展颜的目光和他交错两秒,她立刻转身又挤出重围,跟司机说:"麻烦开一下车门,我坐错了。"
　　她重新回到站台。
　　车子缓缓地启动,车窗那儿,贺图南转过脸,隔着玻璃,他的眼睛被夕阳染上一层柔和的光晕。他看着展颜,展颜也看着他,他看起来好像又在生气,眉头微微蹙着,像她欠债不还。
　　直到车子驶远了,消失在汪洋般的晚霞之中。

* * *

　　贺以诚从早上就开始忙,去了早市,挑鱼、挑牛肉、挑新鲜果蔬。他认定展颜在学校总吃不好,她很节俭,恨不得一个周末全给补回来。

等到了下午，贺以诚便在厨房打转。

展颜喜欢吃米饭，在乡下时，米饭这玩意儿比较奢侈，那么好的大米做成米饭太浪费了。一人一碗是吃不饱的，一顿饭下去，得，一大锅都不够。

贺以诚家里托人在东北买了五常大米。

"孩子难得回来，你不要太冷淡。"他跟林美娟说话也很温柔，甚至，前一晚他在深夜里刚抚慰了她，难得兴致很好的样子。

林美娟是那种只要他释放出一点儿爱意就很满足的人，尽管她知道夜里的温存不过像燃尽的火堆，内里有点儿余热而已。

"你儿子也回来。"林美娟绵里藏针。

贺以诚笑说："我知道，他这次分班考试成绩下滑，我得跟他谈谈。"

林美娟掀开锅盖，瞄了两眼鱼，说："是该谈谈，转眼这都高二了。"她大有深意地看了贺以诚一眼，"孩子成绩为什么下滑，得找原因。"

一个暑假，她都觉得贺图南冷冰冰的。

很快，贺图南先到，贺以诚有点儿惊讶："颜颜呢？"

贺图南边换鞋边说："可能没赶上这班车吧。"

"怎么不等等她呢？"

贺图南皱眉："我跟她都不在一个楼，他们高一在新楼。"

贺以诚不以为然："可总归在一个学校。"

"别说一个学校，我跟原来的同学现在不在一个班，他们在我楼上，我都很难见到。"贺图南说完，又想起什么似的，"爸，你怎么知道展颜就一定想跟我一块儿回来呢？"

贺以诚是那种变脸都藏在眼神里的人，特别细微，他直接岔开话："洗洗手，准备吃饭吧，估计颜颜很快就会到。"

果然，十多分钟后，展颜回来了。她在门口踟蹰了两分钟，一想到答应过林美娟，说自己开学后住宿舍，就脸烧得慌，好像她出尔反尔、不讲信用。

进门后，她礼貌地喊了人，想帮忙摆碗筷，可什么都已经备好了。

贺以诚招呼她坐，问起学校的事："军训累吗？我看强度可不小。"

"我觉得不算累，慢慢就习惯了。"

贺以诚给她夹了鱼："这鱼没刺，你尝尝。"

展颜说："谢谢。"

他笑道："这么客气做什么，我不是说了吗？把这儿当自己的家。"

她有点儿排斥这个说法，可又不能拂贺叔叔的好意，含混地"嗯"了一声。

"同学都认识了吗？同桌怎么样？"贺以诚还有问题。

展颜说："宿舍的室友认识了，我同桌是榆县来的，她人很老实，睡在我对面。"

贺以诚好像比展颜还满意:"那就好,有什么问题及时跟老师说,不要害怕。"

他是生意场上的人,有些事做起来相当纯熟。展颜所有的任课老师都被他请去,组了个饭局,还有学校领导。

这些事,他当然不能跟她说,她可以永远纯洁。

饭桌上,沉默的是林美娟母子,等贺以诚稍稍意识到时,他问:"这次分班考试是怎么回事?"

分班成绩,全校都看得到,贺图南不知道展颜有没有看见,他耳朵热热的,神情平静:"没考好。"

展颜一口一口专心地吃着米饭,眼皮都没抬。

贺图南迅速地看了她一眼。

贺以诚问:"什么原因?是不会还是粗心做错了?"

贺图南非常坦诚:"不会,如果是会的题,就不存在粗心做错。"

"高二了,你自己心里要有数,不跟别人比,只跟自己比进步。"贺以诚倒没过多地批评。

话音刚落,林美娟便接嘴说:"你看徐牧远,爸妈都下岗了,他暑假还给别人补课,这样都没耽误他考第一,你应该跟他学学,无论发生什么事,都不要影响学习。"这话是有深意的,她说得不紧不慢,希望儿子能领会。

贺以诚很不赞同这么教育孩子,比来比去,贺图南在他眼里是顶聪明的,只不过,太聪明的人有时难免心思多,心眼活,不够稳。

但一家人都在,他不想直接反驳林美娟,便委婉地说:"他自己知道不足,继续努力就是了。"说着,他转过头,看看展颜,"学习上有觉得吃力的地方可以请教老师,有时间也可以请教哥哥,不要觉得麻烦别人不好意思。"

展颜这才看向贺图南,点点头。他却一眼都没看她。

吃完饭,林美娟约了朋友去探望一位生病刚出院的同事,她让贺以诚开车送她过去。

其实步行也就二十分钟,林美娟平时不愿意麻烦贺以诚,可今晚她觉得贺以诚欠她的,贺以诚答应得很爽快,送她到地方后,约半小时后来接,他又驱车回家。

他刚到楼下,就见单元门那儿走出个婀娜的身影,从灯光里来。

是宋笑。不用说,她是来找林美娟的。

宋笑一看见他,便娇滴滴地说:"哎呀,我说你们两口子怎么都不在,美娟人呢?"

贺以诚捏着车钥匙:"去看同事了。"

她头一歪,像打量他,还在笑:"贺总送美娟去的吧?"

"对，我刚回来。"

"我就说嘛，咦，我猜对了吧？"她咯咯笑，跟小孩子似的调皮，又有点儿扬扬自得，有种愚蠢的天真在里头，好像为自己猜对一件事就格外自豪。

他本来不喜欢宋笑这种女人，她偏丰腴，骨架小，裙子仿佛贴着肉，一寸寸都是玲珑的，和他的妻子完全相反，林美娟的身材永远像发育不良的少女，小小的胸，平平板板的腰，身上到处都是硬的，穿上衣服才显出那份温婉来。

借着朦胧的灯光，贺以诚竟第一次觉得宋笑这个女人确实是有点儿意思的。

空气中浮荡着她的香水味儿。那是最馥郁的玫瑰味儿，沾着什么，就跟着恣肆了。

"哎呀，什么东西？"宋笑忽然娇呼一声，又是摆手又是跺脚，跑到贺以诚身边一把攥住他的胳膊。

贺以诚问："怎么了？"

"好像有毛虫呀，真讨厌，"她说话有股浑然天成的嗲气，"小区里种什么香樟啊，好招虫的。"

贺以诚看到她刚才那种慌乱劲儿，莫名想笑，他抽出手臂："小区里肯定是要有绿化的，有些虫子、蚊子都很正常。"

她撇撇嘴，捂着胸口："你们大男人当然什么都不怕了，我胆子很小的。"

贺以诚微笑："是吗？"

宋笑幽幽地说："我从小怕的东西就多，现在如书开学了，我一个人在家睡觉更是怕。"她懊恼地抖了抖胸口，像自语，"不会掉里面去了吧。"

这话贺以诚就不好接了，他客气地说："孩子们都还在家，我先上去了。"

宋笑扑哧笑着说："贺总，你的胆子比我的还小呢。"

贺以诚都要上楼了，听完扭头说："我怎么了？"

宋笑又笑得咯咯响："改天告诉你。"说着，裙摆摇曳地走了。

贺以诚没多想，掸了掸衣服，好像要掸掉那股玫瑰的香腻。他上了楼，见展颜在屋里用功，贺图南也在用功，简单地问了两句，然后在沙发上坐了片刻，又起身去接林美娟了。

屋里，展颜在认真地翻看徐牧远的笔记，他的笔记很好，条理清晰，重点突出，只是有的字写的是连笔，她不认得。她想问问贺以诚，一出来，沙发上已经没人了。

"找什么？"她身后贺图南走出来，他准备到楼下跑几圈，晚上吃得太多了。

展颜拿着笔记，犹豫片刻，说："有几个字不认识。"

两人好像很久没说过话了。

贺图南走过来，拿过笔记，上面的字迹，他一眼就认出来了。他嘴角有轻微的嘲笑，没点破，却故意坏心眼似的举到灯下看。

展颜见他光看，也不说话，便问："你是不是也不认得？"

贺图南当然认得，他说："以后，万一我们坐同一班车，你不用下车，不说话就行了。"

展颜却说："这几个字你认得吗？"

贺图南把笔记往她怀里一塞："不认识。"说完，换上球鞋就下楼了，门被关得很大声。

展颜觉得他古怪极了，不认识竟看那么久。等贺以诚回来，她问了贺以诚，贺以诚顺带跟她讲了会儿知识点。

今天其实展颜很累，军训结束，学校要求把迷彩服洗干净还回去，她洗了好半天。

她看书看到九点多，冲了澡，睡前还背了二十个单词。很快，她和贺图南屋里的灯就一前一后地灭了。

林美娟人在床上，见贺以诚从浴室出来，她匆匆地瞥一眼，心跳很快。贺以诚身材保持得很好，腰腹有肌肉、有线条感，他在床上也维持着君子风度，不激烈，不过分。

可林美娟内心深处希望看到他疯狂点儿，为自己疯狂。

四十岁的人了，还能怎么疯狂？年轻时都没有，她心里一片黯然，可当他躺下时，她不禁去握他的手，下颌挨到那结实有力的肩膀上。

"孩子们刚睡，不太好。"贺以诚明白她的暗示，但拒绝了。

林美娟便侧过身，背对着他。

贺以诚戴上眼镜看了会儿杂志，很晚了，察觉到她又动了一下，便放下杂志，关上灯，一双手终于握住了她瘦硬的肩头。

不知是几点，展颜被渴醒，晚饭大鱼大肉，她没怎么喝水，怕夜里起来，可夜里还是醒了，她迷糊地到客厅找水喝。

展颜打开过道灯，路过贺以诚卧室时听到有声响，好像是打哈欠，紧跟着便是一连串似痛非痛的难挨声，展颜怔了怔，她揉揉眼，猜到底是林阿姨还是贺叔叔不舒服，难受地叫唤。她想起自己有一次夜里闹肚子，也是这样难受，肠子都好像要被绞断了。

展颜听了片刻，忽地，里头传来一声高亢的尖叫声，她哆嗦两下，心想这下糟了，刚要去敲门，就被一只有力的胳膊拽了过去。

"嘘。"贺图南手指压在她的唇上，他没出声，只张了张嘴。

他一手拽着她，一手关了过道灯，把她推进卧室，有点儿愠色："你干吗？"

展颜被吓了一跳，睁大眼睛："你爸妈好像生病了。"

"放屁。"贺图南压低声音。

他躺了许久都没睡着，又起来刷题，听到展颜的门动了，便跟着出来，他也什么都听到了，他什么都懂。

展颜听他骂人，便不吭声了。

贺图南还攥着她的胳膊，她胳膊很细，又有点儿肉，她身上有淡淡的香皂味道，在这么深的夜里有种别样的芬芳。贺图南又怀疑那是她发丝的清香，他若即若离，靠近她的头顶，刚要轻嗅，她便忽然抬头："那……贺叔叔和林阿姨怎么了？你不进去看看吗？"

贺图南绷着脸："不去，我知道他们在做什么。"

展颜轻声问："他们在做什么？"

门外又是一声响，贺图南迅速按了房里的开关，眼前瞬间漆黑一片。

原来贺以诚相当警觉，他好像听到过道有动静，出来一看，两个孩子的房间都是黑的。林美娟也跟着出来，说："你多心了，回去吧。"

她重新把他拉过来，贴上去。

屋里，贺图南轻轻的鼻息仿佛就在头顶，展颜在黑暗中听得很清晰，她从没听过男孩子的鼻息，不知是不是幻觉，她觉得那鼻息秘密又微弱地朝自己喷洒，痒痒的。

两人一时间极有默契地没出声，只有空气在黑暗中沉默地流动着，呼吸声交错。

贺图南情绪复杂，等了一会儿后，微微弯腰，对着展颜的耳根低声说："如果你不是……"后半句，他是在心里说的，"就好了。"

展颜觉得耳朵一下痒起来，尽管她不知道他说的这半句是什么意思，这个人总是这样答非所问。

\* \* \*

这天夜里的事，展颜既不懂贺叔叔夫妇，也不懂贺图南的耳语。

回学校前，贺叔叔给她带了一大包东西，里头有牛肉干、面包、果汁、麦丽素、牛奶……他要拿得够她吃一周。

其实展颜不怎么吃零食，以前在家里是没有零食的。这个季节倒可以烤蚂蚱。

贺以诚本来要送两个孩子，林美娟说："你真糊涂，也不问问颜颜愿不愿意，你把两个人都送过去，遇到同学什么的，人家问起，颜颜要怎么说，图南怎么说？你不替儿子想，颜颜也是大姑娘了啊。"

贺以诚笑："这有什么不能说的？"

黄昏时分，有凉风起来，林美娟裹了条薄披肩："那你问问她要不要你送？"

果然，展颜坚持说自己可以坐公交走。

贺以诚这才不再说什么，交代贺图南："今天包沉，你拿着。"

车上人不多，有余位。贺图南上车时背着包，等到了车上，展颜说："给我吧。"她把包放在自己腿上，坐在了贺图南前面的位子上。

展颜头发长了，扎成了马尾，贺图南对着她圆圆的后脑勺看了一路，外头天光渐渐薄下去。

半路有校友上车，是男生，贺图南高一的同学，打了招呼就一屁股坐到了他旁边。

贺图南被对方碰了碰胳膊肘，男生示意他看前头，低声说："特别正点。"

贺图南俨然觉得受到了冒犯，他不耐烦，斜睨了对方一眼："无聊。"

这小子一路上嘴像被油炸过，嘎嘣脆，能从美国总统扯到非洲难民。贺图南心不在焉地看着越来越近的一中站，想着这么沉的东西，展颜要怎么背到宿舍。

下车时，男生抢先一步对展颜说："同学，我帮你拿吧，这么大一包，你们女生怎么拿得动？"

展颜不认识他，但见他穿着一中校服，便说："那真是谢谢你，你帮我拿到高一女生宿舍楼下就行。"

"你是高一的？"

贺图南见任何一个男生都能没脸没皮地跟展颜攀谈起来，而且，她傻乎乎的，就这么跟人家聊着走了，他对着那个背影忽然觉得天地邈远，一个人说走开就这么轻易地走开了，头都不回。

贺图南不知道，展颜很快便频繁地受到这种骚扰。

有男生从别的班不惜跑几层楼，去高一十班，问哪个是展颜。又或者，她从小操场过，打篮球的男生们忽然就吹起口哨，男生们抢断更凶，那力量自然是来自一个美丽的女孩子。

展颜什么都不知道，她每天按部就班地学习、生活，没有跟谁很亲密，也并不刻意疏远任何人。她像条鱼，自己游自己的。

一中像个万花筒，什么都新奇，校门口有报刊亭，卖各种各样的青春书籍、娱乐杂志。五百米开外的店铺以前多是卖盗版光碟的，会出租。1998 年年底，街上开了第一家网吧，最开始没有网络，只有几台机器可以用来玩仙剑一。今年暑假，联了网，网速卡到天天掉线，里面人满为患，有吸烟的，到处都臭烘烘的。

展颜跟郝幸福出了校门，走到最远处，就是那家名为"天堂乐园"的网吧。她们把学校周边逛了个遍，到了网吧，却没进去，好像那是个太新的世界，不能轻易涉猎。

郝幸福做什么都喜欢和展颜一起，她没什么主意，又怕落单，只有展颜是最好相处的。她学习极为刻苦，自幼的习惯是老师的板书逢字必抄，中考成绩虽然吊车尾,但好歹进了一中,她不敢随便问别人的中考分数。

舍友们五五分,一半来自城市,一半来自县城乡镇,郝幸福的英文口音最重,这令她惶惶,唯独展颜私下告诉她自己也有口音,免了她些许不安。有时候友情便是如此产生的。

开学前,贺以诚亲自给展颜准备好了教辅,军训结束,学校发了新的资料,每科都有,桌子立刻变山,高高矮矮的书"峰峦起伏"。

第一次生物实验课是上午,前面高二重点班的学生刚下课,很喧闹,唯独学生们之间的喧闹不分城乡。

高一十班的学生老实许多,排队等候。

徐牧远是班长,他带着几个男生要抓紧去体育馆借球,以备下节体育课用,匆匆地过去,没有看到展颜。贺图南则被老师喊住,说了几句闲话。

"徐牧远是家庭原因不参加竞赛,你是怎么回事?"老师一脸惋惜的表情。

贺图南说:"我懒,又担心自己提前被保送,没办法跟同学们朝夕相处怎么办?"

老师笑他:"也就是你大言不惭,是谁考到三十名外头去了?"

贺图南鼻梁微皱:"杨老师,我听说去年暑假清华第一次弄了个基科班,您了解吗?"

"这几年清华的理学院发展不是很好啊,来,边走边聊。"杨老师轻轻推了他一把,出了实验室。

随即杨老师跟高一的同僚打了个招呼。

贺图南看见人群里的展颜,她正偏着脑袋,往实验室里探看。他这才知道,他们的实验课和高一十班是前后两堂相邻。

"杨老师,改天吧,我得去趟医务室。"他说完,老师走了,他自己却没动。

等高一的生物老师毕老师带学生进去,他过去喊了声老师,低头靠近说了几句什么,毕老师笑:"那好啊!"

展颜一直到毕老师站到前面,才发现贺图南就在门边站着,大家都看他。她飞快地瞄了他一眼,就没再看。

她跟郝幸福分到窗边那组,实验室十分规整、洁净,上面摆了显微镜和所需要的器材。

"一中就是一中啊,你看实验室——"郝幸福低声跟她说话。

展颜默默地打量着实验室里的陈设,这里比她家还干净。

毕老师在上面介绍显微镜,说:"同学们看清楚我是怎么拿的了吗?不要这样,这样,更不能这样。"他连续做了好几个动作,底下有人笑。

展颜没见过显微镜,也没用过它,实验课令人感到新奇,她非常喜欢。

毕老师用了幻灯片展示实验步骤，展颜凝神看着，她想起米岭镇，那时，老师为了给大家省钱，每天中午会让成绩好的同学轮流把题抄到黑板上，大家再抄到本子上做。她抄过，踩在凳子上，拇指、食指捏粉笔捏到发疼。

世界是多面的，可是从这一面到那一面也许一辈子都到不了。

她不知道那些没有上高中的同学去了哪里，燕子会迁徙，蛇会蜕皮，蝉会脱壳，可同学们是不是永远地留在了米岭镇？他们这辈子可能都不认识显微镜。

"同学们，我们这节课主要是来观察、比较几种不同细胞的异同点，希望大家在操作的过程中细心、专注。"

"明白！"

"好，现在调节转换器，目镜、物镜、通光孔要在同一直线上。"

郝幸福一阵手忙脚乱，说："展颜，你试一试？刚才老师说得太快了，我啥也没记住。"

展颜记得书上的图，她刚伸手，就有人打断了她。

"这样，"贺图南不知什么时候走到她们身边，他挨着郝幸福，弯下腰，声音压得很低，"你看，这儿是目镜、物镜、通光孔在这里，这样弄。"

郝幸福耳根一下红了，从来没男孩子靠她这么近，他说话很好听，手指修长，干干净净的，她看一眼就不敢细看了，人像木头一样，这下更不知道他说了什么。

贺图南演示完，便去了后面一组。

郝幸福半天没回神，小心地侧脸，眼尾瞥了瞥后面，连忙转过头："展颜，你看会了吗？"

展颜不知道贺图南为什么会留下来，明明这是高一的课程。她点点头，操作了一遍。

"哎，这个盖玻片一盖就有气泡——"郝幸福东张西望，看别人进行到了哪一步。

展颜拿镊子的手也在微微地抖，不够稳。

换了郝幸福，还是有气泡，她沮丧地说："我压得很慢了。"

贺图南转了半圈，又回到窗边，他拿起镊子，夹起盖玻片，他的手极其稳，一边轻触载玻片，一边说："不要急，先接触这边，再这样放下。"

他的动作没什么稀奇的，很轻盈，果然一点儿气泡也没有，一气呵成。

展颜盯着他的手，没说话。

郝幸福一个劲儿小声地道着谢，贺图南让她把装片放到载物台上。

"啊？载物台在哪儿？"郝幸福一紧张，大脑就完全空白。

展颜给放上去了。她很快眼睛也凑了上去，毕老师说，可以先用低倍镜看。

"换高倍镜，要转一转转换器，再调焦。"贺图南在旁边提醒她，见她抬头，知道是动得不对了,他手轻轻一扬,示意她起开。

"只教一遍。"他说。

他调整好后,示意她再去看。

洋葱的细胞放大到400倍时,原来像化石,又像地壳运动,展颜脑子里全是些古怪的联想,能看蝴蝶的翅膀吗?能看看蝎子的尾巴吗?她忽然抬头:"里面的小圆圈就是细胞核?"

贺图南眼睛深处有点儿捉摸不定的笑,他没回答,把她顺势挤开,伏在目镜上看了两眼,说:"是。"

他说完,目光就移到了郝幸福身上,微微一笑:"你也看看。"

郝幸福见到他笑,脸红透了。她鼓起勇气问:"你也是高一的吗?是十班的吗?"

她真是傻,开学这么久了,同班同学都认不清。她身上有贺图南不陌生的影子,他也有这样的女同学,从底下考上来,不够自信,总有些茫然,有些拘谨。她们纯朴,面目不清。

他忽视女生的愚蠢,好脾气地保持着微笑:"不是,我是你们的学长,高二一班的。"

展颜垂下眼帘,贺图南的目光从她眼睫上轻轻扫过,再到鼻尖,落到嘴唇上,又不着痕迹地收回。

他跟毕老师说,他脚扭了下,体育课不能上了,留这儿帮他指导学生做实验,毕老师自然高兴。

所有人做实验都很高兴的样子。

贺图南又到别的小组指导一圈,他对郝幸福最有耐心。同学们张望过去,以为两人认识。

贺图南一直待到下课,同学们鱼贯而出,郝幸福回头,对他摆摆手,随后紧紧挎住展颜的胳膊,急促地说:"这个学长真是太好了!"

贺图南对陌生人确实很友好,他的表现像个顶好顶好的少年。

展颜回了下头,正对上贺图南穿过攒动人头投过来的目光,视线交会,他没什么表情,展颜又静静地转过脸。

操场上,高二一班的学生回来了,宋如书见贺图南从实验室方向来,跟他打了声招呼:"怎么没去上课?"

"脚崴了下。"贺图南平静地撒谎。

高一十班的学生三五成群地过来,和他们短暂地混在一起,又朝不同的教学楼走去。所有人都是,短暂地相混,有了交集,又很快错开。

宋如书看到展颜,有点儿惊讶,这个女生也在一中读书?

原来一个人的背影也可以很窈窕,宋如书一下想到这个词,它变得具体,不再是书本上文章里的一个词语，而成了某种可见可感的形象。

男生们也在看她，只要是她路过的地方，就有人看。

宋如书心里有非常微妙的变化，她想，有人轻而易举就能得到偏爱，这不公平，却无可奈何。

展颜丝毫不知那些跟她擦肩而过的人心里对她有几分想象，那些同样青春的面庞下又有几分涌动着的心思，她只知道，实验课真有趣，如果用显微镜去看人呢？化学课也很有趣，所有的课都是前所未有地有趣，她觉得，她想跟人说说话，说说一中，说说世界的另一面。

于是，她给孙晚秋写了信，也给王静写了封信。

## 第七章
## 第十八名

我们为什么只能种麦子、种玉米，而不是做别的事？

一周后，赶在国庆节前，展颜收到好朋友的回信，孙晚秋和王静所惊奇的东西，于她而言已经不再陌生。

县城高中住宿条件不太好，一个寝室住了十六个人，两排床靠墙，中间还要再塞两张床，以致睡最里面的同学要爬过别人的床铺，才能钻进自己黑咕隆咚的角落。

好在没有耗子，令人欣慰。

你不知道，我们端着盆里的衣服到阳台去晒，都得斜侧着过去。有人不讲究，总是偷用我的热水。

对了，跟你说件不好意思的事，我想起来觉得非常羞愧。那天，我去食堂打饭，米和菜是七毛一份，我给了那人一块钱，可他也许当成五块的了，找了我四块三。展颜，你不知道我当时心跳有多快，后头人很多，挤得要命，他催着我快点儿接钱，赶紧让开。旁边有个女生应该也看出他找错了钱，我余光感受到了，她直勾勾地看着我。我接过钱，佯装抱怨人多，没发觉人家找错钱，就这么挤出了人群。那个女生没有当场揭穿我。

可我都走出了人群才觉得一阵后怕。我一会儿安慰自己，不是我的错，我没偷没抢，是他自己算错了，一会儿又觉得自己书白念了，我居然占人家小便宜，我居然没说出来！

展颜，我妈给我带了一百块钱零钱，是我一学期的生活费。你知道吗？我晚自习对着物理书，想着什么时候能美美地吃顿煎包，喝碗鸡蛋汤，吃上那样一顿早餐，我就是死也没啥遗憾了，我太没出息了，是不是？不知道是因为长身体还是因为学习任务重了，我老是饿，饿得我一想象就流口水，是真的流口水，物理书上全是口水，我哪还有闲钱买资料呢？饭都吃不饱，我真可悲。

宿舍有个女生，她很少吃饭，只爱吃零食，那么好的大米饭说扔就扔了，她妈给她送炖排骨，她也说不吃就不吃了。你说，为什么人跟人是这么不平等呢？我眼巴巴地看着她因为嫌一块排骨上面有点儿肥的，嗖一下把它丢进了垃圾桶，多好的排骨啊，可她说她家的狗都只吃蛋黄派，我真的太震惊了，你知道什么是蛋黄派吗？想必你现在已经知道了，青天大老爷，原来我们过得都不如别人家的一条狗！

我想不明白，为什么我们会这么穷，我们的父母也都勤劳能吃苦，为什么还是穷？到底家里穷了几代人了？祖祖辈辈守着那几亩地，种麦子、种玉米，有什么出息呢？我记得，我爷爷种地可仔细了，地里一根草都不让长起来，芝麻里一点儿灰都没有，他什么都爱惜，什么都要种得最好、最干净，可那又怎样？玉米脱粒脱得再干净还是玉米，不是金子。

我们为什么只能种麦子、种玉米，而不是做别的事？可能谁都回答不了这个问题，我现在更加看清楚了，必须念好书，我们必须念好书，也许只有念好书，我们才能过上同学现在的日子！不，我们会过上更好的日子！

展颜，不知不觉跟你说了这么多，我发誓，我再也不会占别人小便宜了，希望你不要因为这件事觉得我变了。

看到你在慢慢地适应新生活，我替你高兴，如果你有什么好的学习方法，可以在信里分享给我，心情不好了也可以跟我说，我们永远是最好的朋友……

展颜默默地看着孙晚秋的回信，那些话就好像噼里啪啦地炸在耳旁。她回答不了孙晚秋的那些问题，眼睛潮潮的，她为孙晚秋的饿难过，为那一时贪心得来的四块三毛钱难过，甚至为不会说话的麦子、玉米难过。

贺图南在传达室无意中看到来自县城实验高中和一所杂牌学校的信，收信人都是展颜。王静的字很丑，像不好好学习的男生的字。

展颜给两人写信时，把回信的邮票也放在了里面，这样她们都不用花钱。

贺图南想找展颜时，没想到她在某个晚自习的课间来到自己班，敲了敲后排玻璃窗："请问你们班的徐牧远在吗？"

班里埋头学习的大有人在，教室里有人声，有走动的身影，但不算嘈杂。宋如书扭头，因为男生们躁动起来了。她又一次认出展颜。

一群肤浅的雄性动物，宋如书转过脸，却见徐牧远在嬉闹声中走了出去。

贺图南坐在最后，正闭目揉着太阳穴，听到展颜的声音，他蓦地睁眼，第一反应竟是她怎么敢找到这里来。可她找的是徐牧远。

还笔记？老徐不需要那份笔记了，更何况还有当初他弄的备份。请教题？高一的学生全是蠢货吗，她要跑到高二的教学楼来？

贺图南掏出抽屉里的打火机，一下下点火，啪啪作响，那是宿舍男生夜谈会点蜡烛用的，没少被宿管骂。

走廊里，学生们纷纷看向高一最漂亮的女生来找高二的年级第一。

徐牧远非常意外，也非常高兴。他走向她，她穿着肥大的校服，她穿什么都好看，最普通的校服也掩盖不住她醒目的眉眼。

"你有事找我吗？"徐牧远问得多此一举，他觉得他得主动开口才好。

展颜有点儿羞涩："打扰你学习吗？"

徐牧远忙否认："不打扰，我正说要出来活动活动。"

"那你要下楼吗？"

他一愣，顺着她的话说："你想下楼说话？"

展颜却摇头："不是，我就问问。"

班里的窗户呼啦一下被拽开了，有人伸着脑袋看，一阵窃笑。徐牧远低头说："你别介意，同学们喜欢瞎起哄，闹着玩。"

展颜不明白他说这个做什么，问他："你知道怎么寄资料吗？我想把资料给我在县实高念书的同学寄过去。"

徐牧远说："你来找我就是问这个？"

展颜又露出方才的羞涩："我觉得问你比较好，我同桌也不知道，我只能问你了。"

到底是为什么呢？也许是因为她知道徐牧远当下是和她们一样的，他有过好生活，可好生活没了，他知道生活的那一面是什么了，所以，她对他有莫名的亲近感、信任感。他像个兄长一样，能给人正确的建议。

"我还真没给人寄过东西，以前我爸寄过挂号信，给老家寄过钱，但如果是大一点儿的东西，我也不太清楚。"徐牧远有些无奈，"你等等我，我进去问问同学。"

刚转身，他又扭头，似乎还有话问她。

展颜看懂他的眼神，他有疑惑，她说："我同学没钱，我直接给她寄钱，她肯定不要。"

徐牧远冲她温柔一笑，便进了教室。

他问了贺图南，在他的认知中，贺图南是什么都知道的。

"问这个做什么？"贺图南靠着墙，长腿交叠，撑在凳子上，他漫不经心地抬了抬眼。

徐牧远对他没什么好隐瞒的："刚刚展颜来跟我打听怎么寄东西，你还记得她吗？上次碰巧跟你一起去自来水厂的女生。"

贺图南睐了睐眼，看着徐牧远："她啊，有点儿印象，她跟你很熟吗？怎么总是找你？"

徐牧远这次却没正面回答，他说："你要是知道，你出去一下，告诉她吧。"

贺图南起了身，跟徐牧远一起走出了教室，这边宋如书不禁抬头，目送两人出去。

"展颜，贺图南你还记得吧？暑假见过的。"徐牧远笑着指了下贺图南，"他知道，省得我再学一遍学不清。"

展颜没说记得，也没说忘记，她看看贺图南，微微笑了一下。

贺图南像陌生人一样客气："你要寄什么？"

寄什么花的都是贺叔叔的钱，展颜把零花钱存了起来，目前还不需要再张嘴要钱："寄几本数理化的资料。"

贺图南问："往哪儿寄？"

"永安县城。"

贺图南了然，难怪她平时跟铁公鸡一样，一毛不拔，爸给的钱从不见她花，她这是准备支援哪一位？

"不如直接寄钱，有那个邮费，够再买两本资料了。"贺图南开始不动声色地试探她。

展颜脸上有几分犹豫："很贵吗？"

"贵。"贺图南言简意赅。

"那寄钱，信要是丢了怎么办？"

贺图南眼里尽是揶揄："你真够土的，你以为怎么寄钱，放信封里吗？你寄资料这种大件丢了才不好找。"

徐牧远听得微微皱眉，说："她只是不懂。"

贺图南似笑非笑地瞅着徐牧远，第一次不给好友面子："你懂？你懂你说给她听。"他又看了眼展颜，"我说得够明白了，听不听随你。"他说完，眼睛里就彻底没了笑意，转头就走。

"别介意，贺图南他——"徐牧远一时想不出怎么打圆场，反倒是展颜很平静："没关系，我再考虑考虑怎么办。"

"笔记对你有帮助吗？"徐牧远问。

展颜说："嗯，你的笔记一目了然，对我帮助很大。"她把徐牧远当成一个兄长式的朋友，跟他说话没什么拘束，很自然，她看他的眼神也清清白白的。

只是课间十分钟实在是短，铃声一响，展颜就轻快地说了"再见"。

教学楼灯火通明，展颜站在楼下，望着四周，好像处于白昼。米岭镇中心校只有一栋两层的楼，院子一望到底，那里也有过三载青春年少。

她不知怎么了，忽然很想米岭镇中心校、老师、同学们、操场上的梧桐树、双杠……怪不得贺图南进了厕所就立刻出来，她这会儿才弄明白。她又忍不住无声地笑了笑。

世纪大阅兵要开始了，这是1999年最值得高兴的事情，也最隆重。一中的学子们关心阅兵式上出现的新武器，所有人都好像很激动，小饭馆里，老师的办公室里，人人都在谈五十年大庆。

这天，广场中央摆着巨型花篮，人们骑着自行车满面春风地驶过。阅兵直播结束后，这里会放气球。

贺以诚告诉贺图南和展颜，阅兵结束后带他们去广场看看，本来贺图南了无兴趣，凑热闹这种事，他没兴趣，但展颜说好，他看看她，怎么看都不觉得她是喜欢凑热闹的人。

家里电视很大，林美娟不在，贺以诚陪两个孩子看阅兵。

展颜坐在沙发上，很安静，贺图南托着腮目光沉沉地盯着电视画面，时不时地瞄展颜两眼。她看得很专注，有好几次，也许是因为看到里面令人心潮澎湃的画面，她想欢呼，可红红的嘴唇只是动了动，又安静了。

"今年，海军陆战队、武警、特警都是第一次受检阅。"贺以诚跟他们说话，随便起了个话头。

展颜侧了侧身，不知道怎么回应。

"颜颜，会不会觉得枯燥？"贺以诚见方阵走完，接下来是新武器亮相，他觉得女孩子可能不太感兴趣。

展颜是感兴趣的，她连广告都喜欢看："没觉得枯燥，我觉得都好看。"

贺图南手指摩挲起嘴唇，微微地动着，很好地掩饰了嘴角那点儿讥诮。

贺以诚总是不自觉地去关怀展颜，仿佛天性，只不过做父亲的天性似乎苏醒得太晚，贺图南说不出贺以诚对他好还是不好，贺以诚没缺过他什么东西，物质上，他从小就比别人优越。

可展颜来家里后，他明白了，贺以诚对他即便不坏，也谈不上多好。贺以诚一定是觉得亏欠她，欠了就要补，可时间没法赎回，那就变着法地补。

贺图南猜，贺以诚恐怕都没他这个做儿子的了解自己。他忽地意识到，也许妈就是不想看他们父女情深才出门的。

也是，街上比家里热闹，又热又闹，1999年第一次放起十一长假，秋高气爽，动一动竟还能出一身汗。

门铃响了，贺以诚去开门。

是宋笑，背后站着她其貌不扬……甚至可以说面目丑陋的女儿宋如书。

\* \* \*

"贺总，你也在家呀，"宋笑撩了下头发，"我还以为，你这么个大忙人假期要忙的，你看，真不巧，我家里电视坏了，孩子又想看阅兵。"

宋如书脸皮紧绷，快臊死了，她本来不想来的，电视坏了，看不了阅兵固然遗憾,可为什么要来贺图南家里看?谁不知道贺图南家里非常有钱,他会看扁她的,会以为她和那些同学一样,都喜欢上赶着黏他。尤其是妈妈跟贺叔叔说话的样子,这让她特别尴尬。

沙发上,本来懒散地坐着的贺图南蓦地抬头,宋如书已经看到他了,四目相对,他那个表情是突如其来紧张之下的冷淡。

就这么一眼,宋如书便觉得很泄气。

门都开了,母女俩自然被请进来了。

宋如书看到展颜时明显愣了愣。

"我堂妹。"贺图南抢在贺以诚之前,算是用这句话跟宋如书打了个招呼,"爸,宋如书现在还跟我一个班。"

展颜看了贺图南一眼,站起来,说:"阿姨好。"

她对宋笑不陌生了,这人一来,那个笑声、香气就开始不停地吸吮着人。可宋笑带来的女孩子个头儿不高,脸黑黑的,皮肤不大平整,像疮痍满目的火后遗址。她对宋如书笑笑。

宋如书笑不出来,她笑得难看,门牙太长,这么近地面对这么漂亮的女孩子,她觉得自惭形秽。

贺以诚听到贺图南这么说,就顺着他的话微笑着说:"是吗?那真不错,你们还是同学。"

宋如书僵笑,有点儿迷惑地看了看贺图南和展颜。

贺图南比了个手势,问她:"喝点儿什么吗?"

"谢谢,我不渴。"她一点儿都不想坐下来,文章里有种写法叫对比,她不想跟展颜对比着坐,这太残忍。

贺图南却给她拿了罐健力宝,放在茶几上。

三个少年一时间都没了话说。

宋笑跟贺以诚说话时眼波总是脉脉的,阳光照着,涟漪不断。她毫无顾忌地笑,媚媚的,指着电视里的武器像个小孩子一样请教贺以诚:"这是什么?用来干吗的?"

贺以诚告诉她武器的名称、用途。

"那可真厉害,贺总你怎么什么都懂?"她崇拜地看着贺以诚。

宋如书脸要滴血,她噌地站起:"妈,我不想看了,没什么好看的了,"说着,艰难地看向贺以诚,"贺叔叔,打扰了,我以为阅兵多好看呢,介绍武器什么的我不太感兴趣,我们先回家了。"

她说完,急忙朝门口走。宋笑也不生气,笑盈盈地起来,说:"我真是搞不懂如书了,电视坏了她不高兴,现在能看了又不想看。"

贺以诚说:"小孩子都是这样,一会儿一个主意。"

"妈!"宋如书的声音里有哀求,也有催促。

贺图南却跟着到门口送客，等人走了，贺以诚深深看他一眼，没说什么。

阅兵结束时，无数个气球冲向蓝天，展颜不知道爸和爷爷有没有看阅兵，这样的时刻，爷爷准会把烟袋往脚前头一磕，咂摸着嘴说："新中国好啊。"然后他就开始讲小鬼子当年是怎么进米岭镇的，战士们死在山沟里，老百姓偷偷把他们埋了。

奶奶这时会骂："得了，得了，陈芝麻烂谷子的事天天说，有那个劲儿，你咋不去给我薅草去？"

爷爷就像被惊倒的知了猴猛地闭嘴，等奶奶一走，又开始叽里呱啦。

她想起爷爷，脸上又有了点儿笑。

展颜再回神时，贺叔叔已经进厨房了，她过去搭把手，贺叔叔笑了："看你哥哥懒的，四体不勤，五谷不分，去，你找他择豆角，看他会不会。"

没想到，贺图南已经靠在了门边："有什么难的。"

两人就坐在客厅择豆角，展颜手底娴熟，脸上忽地沾上了半截豆角，一抬头，对上贺图南的眼，他说："我会跟宋如书说的。"

展颜脖子上露出一截细细的金绳，下头坠着的是贺以诚给她买的小碧佛，沉甸甸的一块。她不想要，可贺叔叔说，戴着小佛能给妈超度，她不信这话，但还是戴上了。

"说什么？"她问。

贺图南眼睛看着金绳，他说："不让她乱讲。"

"讲什么？"

"你是——"贺图南想骂她是猪。

展颜却垂眸说："我知道了。"她说着话，雪白的脖颈那儿金绳就一闪一闪的，像打铁花。

贺图南被雪白映着眼，突然伸手，轻轻那么一钩，小碧佛就露出来，躺在掌心，上头有热热的体温。"学校不让女生戴首饰。"他一本正经地告诉她。

展颜因为他刚才那个动作身体倾着，碧佛还在他手里，她的脸差那么一截就能触碰到，可那一截是天堑。

"我戴几天，等开学就不戴了。"她说着，觉得离贺图南太近，莫名有些不适，往后退了退。

这一退，贺图南才顺势松开手。

展颜看着他，那神情分明是疑心他干吗不用嘴说，非得突然动手。

贺图南掐着豆角头，说："我以为爸爸给你买的是金佛。"

原来是这样，怪不得……展颜立刻想起孙晚秋的话，玉米脱粒脱得再干净也不是金子。她们从小到大没见过什么金子，奶奶耳垂上坠的倒说是金耳环，发了乌，半点儿灿光也没有。

贺图南担心的却是实实在在的金子。

"这个我不要,我现在戴是不想辜负贺叔叔的好意,等我走了,东西会留下的。"展颜很明理地说道,她是这么想的,就这么说。

这话听得贺图南一阵郁闷,他沉默了会儿,说:"走?那你来干什么?"这语气十分不友好。

厨房里贺以诚开始煎鱼,噼里啪啦一阵响。

展颜被那声音惊了下,她不占理,甚至她自己也想不通贺叔叔怎么会对她这么好,好得一点儿缝隙都不留,风吹不进,那也会闷着人的。

"我奶奶不让我念书了,我爸不当家,我要是想念书就得跟贺叔叔来城里。"她眼睑垂下,继续说,"你放心好了。"

他要是了解她,就会知道,她不会占别人便宜,更不会觊觎不属于自己的东西。

贺图南本来听得眉头拧着,这时反问她:"我放心什么?"

"你知道。"展颜把最后几根豆角快速择了,放到盆里。

两人无声地对视片刻,贺图南说:"那我还真不知道。"

见展颜不说话了,要走,他又问她:"你上次问老徐那个事,是要干吗?"

展颜端着盆,都已经站起来了,她眼睛朝下看着贺图南:"我还是跟贺叔叔说说吧。"

"你贺叔叔每天那么忙,哪有工夫管你那么多闲事?"这话他说得心虚,贺以诚就是管展颜的事情闲工夫多,她军训而已,也要去拍照,以后她但凡能上个大学,贺以诚都可能会放一夜鞭炮,如果市里允许。

推拉门猛地一开,贺以诚从里头探出半个身体,问:"菜择好了吗?"

贺图南立刻收回目光,不再说话。

饭桌上,展颜真跟贺以诚说了,她想给同学寄点儿资料,一中这边的讲义多,老师们挑的教辅也好。

贺以诚自然答应:"孙晚秋是吧?挺好的名字。还想给谁寄?"

就这样,当天下午贺以诚就把这事给她办妥了。

展颜又有点儿后悔,自己花钱不说,还拿贺叔叔的钱去帮别人,这种慷慨太虚伪了。

晚上,贺以诚推门进了贺图南的房间,直截了当地说:"你今天在你同学面前说颜颜是堂妹,是怎么想的?"

贺图南太阳穴突突的,他说:"宋阿姨的情况,我听妈跟你聊过。"

宋笑说白了就是那个又老又丑的男人包养的二奶,林美娟不会说这么粗鄙的话,点到为止的几句,贺图南无意间就听明白了。

"我怕同学误会颜颜跟她一样。"贺图南说这话时心头像滚了一遍沸水，烫得人想跳脚，他克制着，拼尽全力，那些日日夜夜在他脑子里淌过的想法像汹涌的江潮，稍一松懈就会倾泻而出。

贺以诚的眸光冷过秋色，好像他诧异于儿子的早熟："什么叫颜颜跟她一样？"

贺图南说："宋如书姓宋，不跟她爸的姓，而且宋阿姨跟她爸也不是夫妻关系。"

"你是怎么知道的？"

"我刚刚说了，妈有一次跟你闲聊，我听见了。"

贺以诚不记得林美娟说得这么直白过，这小子……他真是小看现在的少年了，他们什么都懂。

贺图南眼底着了火，他试探着父亲，又希望贺以诚没领会到，心里惴惴的，却并不是怕贺以诚。

"你能这么护着颜颜，我很高兴。"贺以诚轻咳一声，"颜颜比刚来时开朗了些，以后无论遇到什么事，我都希望你能把她当妹妹一样护着。"

贺图南心情很坏，有些话几乎要脱口而出了，却到底没问。

贺图南给宋如书打电话，是隔了几天的事："我有点儿事想跟你说，你到附近的博士书店等我。"

贺图南约了宋如书，这令宋如书意外又惊喜。

果然，他人在书店。

宋如书穿了件红色薄毛衣，贺图南见了，想起展颜的那件衣服来，一团红影，可宋如书的脸怎么这么黑？衬着红毛衣倒像风沙里的落日，昏昏暗暗的。

"什么事？"宋如书跟贺图南说话永远一板一眼。

贺图南总觉得她其实很亲切，确切地说，她像小学课本插图里的刘胡兰，倒不是容貌像，而是那种很坚定、很刚正的气质像。

"其实，展颜是我们一个亲戚家的孩子，寄居在我家，在一中念书。我们这个亲戚过得不是很好，"贺图南神色很沉重，"我不知道你懂不懂那种心理，总之，你别在学校说我跟展颜的关系，我们在学校就当不认识。"

宋如书听得将信将疑，她本来会信的，可那天妈妈回到家就说："什么堂妹，你同学傻傻的，他爸爸当然不能告诉他'这其实就是你妹妹'。"

宋如书听妈旁若无人地说着别人，她一阵羞耻，那是不是有一天人家也会对谁指着自己说："真傻，这其实就是你妹妹。"

她看着贺图南，心里忽然涌出更强烈的感情来，她跟贺图南是一枚硬币的两面，他见光，她不能见光。爸爸的另一个家里也许有个贺图南，也许有个姐姐，谁知道呢？

她觉得她和贺图南拥有了同样性质的秘密，所以，她不想戳破他，也愿意维护他的自尊："你是不是怕我在学校里说什么？不会的，我才没那么三八。"

贺图南微笑着点头："谢谢，我知道瞒不了你，毕竟我们住一个小区。"

"你可以相信我。"宋如书忽然红了脸，可她黑，只有她自己知道。

贺图南依旧微笑着点头。

十一假一过，一天比一天凉，等到期中考试，已经穿厚外套了。

展颜不怕热，有些怕冷。期中考试单人单桌，那么多科目考下来，脚早就凉掉了。

出成绩时，她在班里考了第十八名。

已经是阳历11月下旬，下着雨，她哆哆嗦嗦地把电话卡插进学校的电话机里，拨了家里的号码。

这回是展有庆接的。

"爸，我期中考试了。"她听到他声音，就想流泪。

那头，展有庆"哦"了声，说："考得咋样？"

"班里十八名，比我入学时成绩好。"展颜手指迅速揩了下脸。

展有庆不知说什么，就说"好"。

有那么一会儿父女俩空耗着话费，展颜觉得这样不行，就问："爷爷呢？"

"在西屋呢。"展有庆咽咽唾沫，像想了半天才找出点儿事，说，"颜颜，你爷他喂的芦花鸡可肥了。"

展颜破涕为笑，好像她一下就原谅了爸，他是爸爸呀。

"芝麻也磨了油。"

"嗯。"

"南瓜切片，我晒了一院子，冬天炖肉吃。"

"嗯。"

又是沉默，然后展有庆说："颜颜，不耽误你学习了，去学习吧。"

"好。"她想说"你注意身体，让爷爷奶奶都注意身体"，可说完"好"字，就迅速把电话挂了。

她走在校园里，人很少，大家都在教室待着，她淋着雨，抖个不停，一想到自己考了十八名，又想笑又想哭，她没辜负任何人，她对得起任何人。

贺图南从学校外头回来，远远地，就着路灯昏黄的光，看见展颜一个人慢吞吞地在细雨中走着。他几步跑过去，把伞塞到她手里："怎么连伞都不打？"

展颜牙齿打战："我考了十八名。"

贺图南"哦"了声，说："很激动？"

展颜又说："我考了十八名。"

他看着她的脸，鼻子、眉毛、眼睛都湿漉漉的。余光往周围瞥了瞥，他说："你想表达什么？"

展颜就哭了："我想跟我妈说，我考了十八名，可我没她的电话号码——"

她抖得像只鸟，贺图南看见她流眼泪，酸涩了下，然后伸出衣袖蹭她的脸，低声说："你别哭啊。"他一开口，气息就拂到了她的脸上，温温的。

\* \* \*

学校有路灯，展颜看见了贺图南的影子，在雨里像洇开的钢笔字。他的袖子蹭得很轻，她就拽着他的袖子哭，脑子却还在想，米岭镇中心校没有路灯，晚自习的时候，教室的灯光会透出来，她跟同学们站在门口，可以看到远处操场上的梧桐树立在夜色里，轮廓深邃，那会儿，妈还活着。

妈还活着……展颜想到这点，四肢百骸都疼，魂魄都跟着疼。她身上潮了，来城里那么久，艳阳仿佛都烘不干这点儿潮，她觉得伤心，又不知道从何说起。

她考个十八名，却像是有伤口的人吃了发物，伤口化脓，肿了、烂透了，又破了，变成眼泪淌出来。

贺图南第一次见她哭个不停，她来这么久，一直不怎么爱说话，有自己的主意，说高兴谈不上，说不高兴也谈不上。他那个袖子好像成了她此刻最大的依靠。

贺图南一手撑着伞，一手把她拽到自己跟前，说："会淋感冒的。"他不让她哭了，她的脸又湿又热，滑腻腻的，他摸摸她的肩膀，雨很密，不经意间就把人淋透了。

没到放学的点，寝室是不会送电的，贺图南拽过她的小臂，往实验室方向走。她也不说话，还在抽噎。

实验室里一片漆黑。

走廊旁种着植物，雨声淅沥，贺图南把伞放在地上，脱了外套，又把自己里头的藏青色毛衣脱了，衣服有静电，极快地在暮色中跳跃几下，又消失了。

"你穿我的毛衣。"他声音不大。

说着，他动作极快地拉开展颜外套的拉链，把她的衣服褪下来，碰到她的指尖，一片冰凉。把毛衣从她脑袋罩上去，中间滞了下，他有心戏弄她一句："你头怎么长这么大？"

展颜没来得及反应，一股热烘烘的气息就满头满脸地笼过来了，她扑闪着眼，贺图南再一使劲儿，毛衣下到了脖子。

她不怎么高兴："我头不大。"

"行行行，不大。"贺图南见毛衣堆在她的脖子上，她的头发全乱了，蓬蓬地飞着，他笑了笑，"你自己穿好。"

"我为什么要穿你的衣服？"展颜不哭了，回过神来。

贺图南说："寝室里没送电，有鬼。"

她把头一抬："这是迷信。"

贺图南哄着她："感冒了又受罪又花钱，穿着吧，快把胳膊伸进去。"

展颜不动："那你呢？"

他早就把外套重新穿上了，说："你怎么这么磨叽？我身体好。"

展颜穿上他的毛衣，又从他手里接过湿外套，捋捋头发，说："毛衣怎么还给你？"

贺图南说："回家你带着。"他晃了晃身体，"哪几科考得不好？"

展颜眼睛发涩，听着长廊外的雨，她回答说："物理和政治考得不好。"

"周末把卷子带回家，我帮你看看。"

"我听说，高二下周期中考试。"展颜侧过脸，她看不清贺图南的脸，也不知道他为什么问这个，这会儿，身上暖融融的，加了件衣服到底不一样。

贺图南"嗯"了声，说："你想说什么？我指点一下你还是够的。"他还记得自己开学那次马失前蹄。

"我要去上晚自习了。"展颜脸凉凉的、紧紧的，泪已经多半干了，她有点儿不好意思，怀疑自己鼻涕是不是抹到贺图南袖子上了，说，"我把你的袖子弄脏了吧？"

贺图南笑了一声："你还知道。"

展颜神情变得黯黯的，她说："刚才——"话都到了嘴边，她又压住了想说的冲动，这有什么好说的？别人也不见得乐意听。

"刚才我知道。"贺图南说。

她很惊奇："你知道？"

"你想你妈妈了。"他声音轻了几分。

展颜没接着说，反倒岔开："我回教室了。"

"伞你拿着，"他搞不懂，"你出来打电话怎么不知道拿把伞？"

展颜摇摇头："我不想打。"

"真看不出你还这么任性。"贺图南又笑了。

展颜却说："不想打伞就不打，这不是任性。"

贺图南真想弹她的脑门："你还嘴刁。"

展颜不知道贺图南怎么对她全是负面评价，可听他的语气是松快的，她说："我真得回教室了，出来好大一会儿了呢。"

贺图南就撑着伞，压得低低的，罩在两人头上。

风从四面八方袭来，凉津津的，他垂着一对眼眸，透过长睫看她："还冷不冷？"

展颜昂头也看看他，许是路灯的缘故，不够明亮，他眉眼轮廓柔和几分，这一刻有几分似贺叔叔的模样。

她把拉链拉到脖子那儿，不能再往上了，她没说话，走在主干道上，眼看离教学楼方向近了，她忽然从伞底猫腰钻出，跑开了。

不得不说，她跑得可真快，跟兔子似的。贺图南本来觉得该生气，反倒笑了。

周四雨停，周五彻底放晴，这一晴，天立马干燥起来，苍穹蓝那么一大片，一丝云也没有。

校园里的菊花开着，银杏叶子却一片片在风里飞着，打几个旋儿，才坠下去。

展颜想问老师要份多余的卷子，可又不好意思，怕老师问，要是不想给岂不尴尬！大课间，她就到门口商店买白纸，准备把题抄一遍，寄给孙晚秋和王静。

她抱着一沓白纸，走到校门口，看到了一个熟悉的身影。

她以为看错了。是展有庆。他穿着旧皮夹克、黑长裤，脚上倒蹬了双新擦了油的皮鞋，一只手拎着保温桶，另一只手则紧紧攥着放在地上的尿素袋子。

展有庆正跟保安赔着笑脸："我给孩子送点儿东西，放您这儿，她是高一十班的，麻烦您回头跟她说一声。"

保安大爷看他的打扮，说："这事呢，我倒是能办，不过，来都来了，怎么不见见孩子呢？"

来一中念书的孩子有许多是底下考进来的，青春期的娃娃们好面子，保安大爷见得多了，乡下来看孩子的父母，孩子觉得丢人，宁肯躲着。当家长的也清楚，东西搁了就走。

保安大爷觉得，这种行为不太好，狗都不嫌家贫呢，这念书念得忘了本还念哪门子书？眼前这位肯定也是这情况。

展有庆讪讪地说："不见了，耽误她学习。"

保安大爷悠长地叹了口气。

不远处，展颜看着爸是怎么堆起脸上的笑往校园里探看一眼，又是怎样恋恋不舍地收回去的。

她跑过去，喊："爸！"

展有庆吓了一跳，没想到展颜课间会跑出来，他总觉得颜颜最懂事了，肯定不会乱跑。

他起得绝早，浓浓的雾气还在山里头弥漫乱窜那会儿，他就骑着摩托车带着东西往镇上赶。他坐了两个小时的汽车，再挤公交，到一中已经半上午了。

他以为一中的食堂跟米岭镇中心校一样，是老师家自己承包的，学生们有时从家里带点儿大馍什么的，也就帮忙给热了。

所以，爷爷把芦花鸡杀了，炖得烂烂的。颜颜考了十八名，应该吃芦花鸡。

展有庆听展颜喊爸,先是愣了愣,竟没答应,然后抡起尿素袋子往肩膀上一扛,就往站台大步流星地走了。

　　轮到展颜愣住。她愣了一会儿,便撒腿在后头追:"爸,爸!"

　　展有庆越走越快,头也不回。后来,眼看展颜快追上他,学生们也离得远了,他才转身,脸上表情复杂:"颜颜。"

　　"你怎么不理我呢?"展颜一阵委屈。

　　展有庆闷闷地笑:"你爷杀鸡了,保温桶放你们学校传达室了。"

　　展颜固执地问:"你刚才怎么不理我?"

　　展有庆还是闷闷地笑:"我急着要给你贺叔叔家送点儿东西。颜颜,是不是爸没跟你说要来学校,你生气了?"

　　"没有。"展颜仿佛明白了什么,说,"中午咱们在门口小店一起吃吧。"她几个月没见爸了,他头发长了,不晓得修理,裤脚也长,都被踩皮鞋底下了,脏了一圈。

　　"不了,颜颜,你中午记得把鸡吃了,要是嫌凉,就让食堂给热一热,汤也都喝了,可别浪费。"

　　展有庆颠了下背上的袋子:"家里没别的东西,这是新下的瓜果、青菜,还有芝麻油,让你贺叔叔尝个鲜。"他往回瞅瞅,"你快回去,别耽误上课。"

　　展颜喉咙堵了东西,她知道,爸还得赶着回家,末班车是五点半:"那你中午怎么吃?"

　　"我好弄得很,你别管我,快,快回去上课。"

　　展颜抱紧胸前的纸,她张了张嘴,只是从兜里掏出两枚硬币,还有几张票子,塞给他:"给你坐车用。"

　　父女俩开始拉扯,风一吹,票子被刮走了。展有庆急得把尿素袋子一放,赶紧去追。

　　一张红色一元的、一张绿色两元的,被风朝学校方向吹。风很大,吹得塑料袋挂到了树上,纸屑乱荡。

　　钱半途被人捡了,展有庆上前先是赔笑,然后说:"大姐,钱是我的。"

　　捡钱的妇女见他看着像五十岁的人,一脸的不高兴:"喊谁大姐呢?这钱怎么就是你的了?"那语气分明肯定了是展有庆这个乡下人想占便宜。

　　"真是我的,我那闺……"他扭头想指一下还守在原地看袋子的展颜,想了想,又咽下去了,"真是我的,这不是被刮跑了吗,我一路追,追到这儿了。"

　　妇女冷笑:"钱上写你名啦?"

　　展有庆语塞,三块钱,这是颜颜的钱,不能就这么平白无故地被人拿走,可他怎么能跟妇女在街上吵架呢?

　　他吵不出来。对方先吵出来了。

附近的学生往这边张望几眼，徐牧远作为班长，跟贺图南几个男生正帮体育老师整理表格，高二刚结束体能测试。他们从学校设在对面的大操场才回来。

不远处，一个看起来憨厚的男人正被一个阿姨指着鼻子骂。

徐牧远倒不在意这个，他看到展颜了，展颜拖着个大袋子正往这边赶，等近些了，他才看清她的脸憋得通红，袋子上印着"尿素"的字样。

"你把表格给老师送去吧，我待会儿走，你们先回。"他拍了下贺图南的肩膀，把表格一塞，就往那边走去。

贺图南拿着表格，站在原地。

快到上课的点了，男生们在催贺图南："走了，不用等老徐。"

贺图南没法走，他觉得正在被人骂的男人看着眼熟，脸黑黑的，总是怪难为情的样子，被人骂了一声不吭。

"三块钱，三块钱，你一个大男人值当的？三块钱也看在眼里！"女人把票子甩得啪啪响，快要甩到展有庆脸上去了。

他躲了躲，说："大姐，这个钱真是我们的。"

"你们乡下人见钱眼开也不能这么着——"

"你就不见钱眼开吗？"展颜拖不动尿素袋子，耳根都红了，她喘着气，把袋子一放，质问的眼神也随之定在了女人脸上。

贺图南终于想起这个男人是谁了，同学已经走了，似乎没兴趣看大人吵架。他快步上前，把表格又塞给他们："我去买瓶水。"

是展颜的"爸爸"，贺图南心跳快了。

"你这个小姑娘这么牙尖嘴利的哦，关你什么事？"女人下巴一扬，怒火烧眼。

展颜看着她，没什么害怕的样子："因为那是我的钱，我刚刚给我爸的时候被风吹走了，你捡着了。"

女人显然一怔，见人围观，随即把钱往展颜脸上一砸："你的还给你就是啦，小小年纪，神气什么？一点儿家教都没有！"

"阿姨，您这态度也太差了点儿。"徐牧远上前，把飘落的钱捡起来。

身后，贺图南忽然又站在了原地，没有再动。他知道有人会替展颜出头。

## 第八章
## 伤心 1999

❄ 冷飞白飞了一整个人间。

"我哪里态度差了？"女人见周围尽是一中的学生，语气又软下来，嘟囔两句，踩着半高跟的小黑皮鞋走了。

徐牧远把钱还给展颜，以为她会害羞，或者觉得难为情。

展颜没有，她说了句"谢谢"，把钱装进了裤子口袋里。

"爸，坐车去吧。"她把尿素袋子提溜到展有庆腿边。

徐牧远有些吃惊地看了看他们，展颜冲他笑笑："这是我爸。"

他们一点儿都不像父女。

贺图南也在盯着他们看，怎么看展颜都不是展有庆这种男人能生出来的女儿。他有点儿明白了，为什么贺以诚会拼命补偿，他把展颜扔在外边就是被这种人养着的。

冷风吹在展有庆的脸上，粗粝的皮肤上一道褶叠着一道褶，他目送这个男人扛起袋子往站台走，展颜又跟着过去了。

"你怎么没走？"徐牧远问他。

贺图南脸上是淡淡的笑："我看你要英雄救美，又怕你抵不过阿姨那张嘴。"他那笑里闪动着狡黠的光。

徐牧远朝他的肩膀轻打一拳："胡说什么？"

"那个阿姨这么快偃旗息鼓，估计，"他扯了扯徐牧远校服前的校徽，"是她也有孩子在本校念书，怕影响不好。"

"你是工藤新一吗？"徐牧远笑。

贺图南漫不经心地朝车站瞥了一眼，然后往学校走："你要是还等她，我就先过去了。"

两人到底是一起走的。

展有庆坐上公交，人太多，他那尿素袋子占地方，有人半路上来挤过去时，难免被绊一下，抱怨两句，他就下意识地躬点儿腰跟人家赔不是。

到南门下了车，他晕头转向的，问了花园小区在什么地方，到门岗那里，保安不让进。花园小区算彼时的高档住宅，前几年，这里的房子喜欢卖给来投资的港城人。

"我找贺老板。"他好声好气地说。

保安鄙夷地笑一声："谁知道你找哪个贺老板？"他大约也清楚这人是找搞建材的贺以诚，小区里有头有脸的那些人，保安基本都面熟。

展有庆犯了难，说："那我把东西搁这儿，您看成不成？"他把这儿当村里，当小区里的住户理所当然都互相认识，那么保安自然也都认得每个人。

保安看看口袋，踢了一脚："什么东西啊，你不会是来这儿送了袋化肥吧？"

"不是，不是，都是地里的东西。"展有庆解开绳子，让他看。

保安伸头瞄了眼，说："老家来的啊？"他大约猜出来了，这汉子约莫是贺老板哪个乡下亲戚，不知道是真心实意送点儿土特产还是有事相求。

他对展有庆说："这样吧，你把东西搁这儿，回头贺老板从这儿过，我给他。我说，你倒是留个姓名啊。"

贺以诚平时和和气气的，见了保安、打扫卫生的大姐也要打招呼，没什么架子，保安帮这么点儿忙，心里门儿清，到时候贺老板定会掏出烟作为酬谢的。

果然，贺以诚驱车进小区时，保安一见他，便忙不迭地出来招手："贺老板！"

保安把展有庆的名字一报，贺以诚的脸上便闪过非常明显的不快，最近，公司资金周转出了点儿问题，跟市政合作的一个项目又被卡，他这几天正焦头烂额地忙着，乍见那一袋东西，更添不痛快。

展有庆跑这儿来做什么？他见颜颜了？

贺以诚扯了扯领带，语气平和："哦，那真是麻烦李师傅你了。"他从车窗里丢出根烟。

保安一把接住，往耳后一挂，跟他连连摆手："贺老板，您客气，我琢磨着您这个大忙人肯定不在家，就让他把东西搁这儿了。"

贺以诚微微一笑："都是什么东西？"

保安忙把口袋打开："您看，都是老家那玩意儿，南瓜、石榴、红萝卜、青萝卜，不过都怪新鲜的。"

"我家里倒不爱吃这些，这样，李师傅，你要是不嫌弃，带回家尝尝吧。"贺以诚懒得多看一眼，车都没下。

那边李师傅对他谢个没完。

白昼苦短，天黑得早，展颜拎着保温桶跟贺图南到花园小区时，晚霞都已燃尽，只剩几缕紫灰横在天际，像一场绮梦的余音。

李师傅把青萝卜洗干净了，跟几个老汉在门口聊着，一口下去，嘎嘣脆。

"老李，你这萝卜可不赖，不辣嘴，水分足！"老汉也拿了半块，点评道。

"嗐，贺老板给的，今儿他老家来人，送了这么大一袋东西，我看得有三四十斤，贺老板不稀得要呢，连袋子带东西，这不都搁我这儿了。"

"那是，大老板什么没见过，这东西拿回家也是当垃圾扔的份，不过，这青萝卜倒爽口，真不赖！"

"里头有个大南瓜，好家伙，个头儿得这么大！"李师傅嘴里叼着萝卜，腾出手，比画了两下。

几个人在路灯下头有一搭没一搭天南海北地扯着。

展颜听见了，本都走过门卫室了，又折回来，伸头往里瞧了瞧，尿素袋子安安静静地缩在角落。

那些东西要从小苗长起，经春风，过秋霜，变成果实，才配从泥土里拉进家门。这一路跋涉，从展庄到米岭镇，再到城里，颠簸了百十里地。爸把最好的背来了。

展颜拢了拢衣领，她第一次从贺叔叔身上看到了他的不屑，甚至都算不上不屑，是不在意，不屑是有一种感情在里头的。不在意没有，连感情都没有，就像有个普普通通的人从你身边经过，你既不讨厌他，也不喜欢他，根本没在意，就过去了。

爸一定挑拣了很久，也怀了一路忐忑。她了解爸。

无论怎么样，这袋东西就扔在这里了，连进门的机会都没有。小时候，爸闷头拉着平板车进了场，奶奶、妈妈在后头推，那么一大车麦子，高高的，满满的，她坐在石磙子上，一下跳下来，跑过去看麦子，麦子穗穗长得饱满，麦芒刺到手，可她很高兴，因为丰收了。

贺图南是跟她坐一班车回来的，两人一路无言，此刻，他见她站在门岗那儿，动也不动，喊了一声："回家吧。"

展颜走过来，心想：那不是我的家。

"你刚才看什么？"贺图南问她，他有许多话想问她，还没机会。

展颜还穿着他的毛衣，她说："我回家把毛衣给你。"

"你穿着吧，我看也没大多少。"他完全没意识到她答非所问。

两人进了家门，林美娟正在拖地。

"林阿姨好。"展颜拘谨地说。

林美娟浅笑："洗手准备吃饭吧。"

她从李师傅那儿已经得知白天发生的事，可到了家，贺以诚一个字没提。她去煮了粥，正是南瓜粥。

饭菜都准备齐了，贺以诚眼底有些许倦色，他最近比较累，但还是坚持下厨。

展颜见他在厨房，本来是打算热一热鸡肉，大家一起吃的。中午在学校，她用饭缸只倒了一点儿。那就等明天白天，她自己吃好了。

"颜颜，我听老师说，你考了十八名，非常了不起。"

贺以诚开口，展颜才知道原来他已经跟班主任通过了电话，那种无时无刻不被监视的感觉猛地袭来。可她又没道理说点儿什么，她花的每分钱都是贺叔叔的。

"老师说还有进步空间。"展颜看着碗里的粥，忽然怔了下。

"那当然，毕竟镇上教育资源太差了，换个环境，你又肯用功，进步是自然的。"贺以诚把鳜鱼往她眼前挪了挪。

林美娟尝了口粥，说："这次买的南瓜不太好，"她笑着看展颜，"不怎么甜，肯定没你们家里种的好，我听说你们家里土质好，长什么都很好。"

贺以诚敏锐地察觉到什么，抬头看了看林美娟。

她跟没事人一样，自顾自说完，又去跟儿子说话。

他们宁肯花钱再去买，也不愿吃爸送的，展颜又推翻了之前所想，嘴巴干干的，没吃几口，便说："我吃好了。"

"怎么就吃这么点儿？"贺以诚做了那么多菜，她都没吃多少。

展颜说："我作业很多，先去写作业了。"

"颜颜，你刚进门，我见你拎了个保温桶，怎么还从学校往家里带什么了吗？"林美娟眼尖，那个保温桶旧旧的，展颜有点儿藏掖的意思，早就送卧室去了。

一时间大家都看着她。

展颜不自觉地低头："我爸今天来学校看我了，带的鸡肉，油有点儿大，鸡太老了，我想你们不一定爱吃就没说。"

贺图南筷子微微一动，他不着痕迹地看着爸，他看见了，爸的眼底有深深的厌恶，快要溢出来了，可眼睛轻轻一眨，那些厌恶仿佛坠入深潭，再也寻不着。

短短几秒之间，贺以诚的表情变化，贺图南都懂。

哪个字眼刺痛他了？贺图南也快透不过气了，只是一时无人说话而已，空气却像布了毒，多呼吸一口都要命。

贺以诚还是好脾气地开口，他温和地笑着："是吗？你爸爸来怎么都没提前知会一声？"这话里有怪罪，淡之又淡，他还是笑着。

展颜心口酸得发胀，她不敢再多留，怕一会儿自己会哭出来："我也不知道，贺叔叔，我先去写作业了。"

她飞快地走进卧室，把门一关，趴在桌子上哭了。

饭厅里，贺以诚让贺图南回自己的卧室。

林美娟眼里有几分奚落，嘴上却寻常地说："儿子又没说吃饱。"

贺图南却起了身："我饱了。"

饭厅里很快只剩夫妻俩。

"你提这个做什么?"贺以诚敲了下碗。

林美娟吃饭跟贺以诚倒很有夫妻相,都斯斯文文的,她也斯斯文文地说话:"今天南瓜确实不太好,怎么了?"

"你明白我的意思。"贺以诚声音平静,但态度是专横的,他这人总是绵里藏针。

林美娟很讲究地擦了擦嘴:"不明白。"

"我们夫妻多年,不必拐弯抹角,今天展有庆来送了东西,我懒得弄家里来,也没人爱吃,你是不是从李师傅那儿知道了?"贺以诚直言。

林美娟说:"对,我知道了。"

"所以你是想暗示颜颜她爸爸来过了?"贺以诚眉心已经开始跳火,但他极有风度,不轻易发怒。

林美娟直视他:"我不懂了,她爸爸来送点儿东西,我看挺好的,你怎么不跟人家孩子说呢?还是你觉得展颜爸爸是乡下人,拿的东西上不了台面?"

贺以诚本就心情不佳,此刻脸上是一分平和也没了,但声音依旧压住了:"你想说什么?"

林美娟说:"我刚刚不是说了吗?我觉得我说得够清楚了。"她眼睛一眨不眨地看着他,"你不怎么高兴。"

"确实。"

林美娟没想到他这么诚实,她也压着声音:"你不高兴什么呢?"

贺以诚往后一靠,闭了眼,揉起太阳穴,他已经不想说话了。不高兴什么呢?不高兴展有庆心存妄想,居然敢偷偷摸过来,不高兴颜颜今晚只吃了那么点儿饭,不高兴妻子明里暗里地试探,他不高兴的多了去了……

"我待会儿就去妈那里,"林美娟深吸口气,说,"你送我过去吧。"

"你打车去,我今天很累。"贺以诚没睁眼。

林美娟眼圈都要红了,她甚至有点儿恨他:"累?我看你到了家忙前忙后搞这么一桌子饭,一点儿都不累。"

贺以诚慢慢睁开眼,他眸光很深:"你想和我吵架吗?"

"吵架?我跟你吵过架吗?你平心而论,我们这十几年里都没闹过红脸,可是现在呢?你不明不白……"她说不下去了,站起来,拿过沙发上的包,匆匆抓起进门衣架上的薄大衣,换鞋下了楼。

贺以诚坐了那么一会儿,也很快起身,捏着车钥匙跟了出去。

一时间,只剩过道里靠墙站着的贺图南,他静静地立在那儿,在一片死寂中,敲了两下展颜的房门。爸妈的对话从头到尾都非常克制,他听得一字不落。

展颜在屋里糊了一脸泪，听见敲门声，擦擦脸，开了门。

贺图南也不进去，靠着她的门框："你回来时在门卫室那儿看什么呢？"

"没什么。"展颜心里空落落的，她没说话的精神。

贺图南冷笑："撒谎。"

她抬头。

贺图南说："你爸，是你爸吧？今天在学校门口的那个人，他真是你爸？"

展颜跟他对视："是我爸。"

贺图南压根儿不信，真是她爸，为什么贺以诚会生气？

贺以诚今晚的表现不但没洗清什么，反而验证了他的猜测。原本，他都想到了，也许，展颜真的有自己的爸爸。但那样的人是她爸爸的话，他发现自己也很难高兴。

"你爸来我家送东西，我爸没要，所以你今天对我爸很冷淡，是这样的吧？"贺图南语气不善，同时很嫌她是白眼狼，爸对她那么好，她不会感恩。

他什么都知道了？展颜先是一慌，很快又镇定下来："我知道，你们家——"

"什么我们家？"贺图南不耐烦地打断她。

展颜继续道："就是你们家。"

贺图南冷眼看她："你说。"

"你们家不缺东西我知道，但那是我爸真心想送你们家吃的，我家离这里很远，我爸背那么重的东西不容易，"展颜说着说着就要哽咽了，"那是我爸挑最好的给你们送来的，最好的那些，我爸我爷都不一定舍得吃，就送你们家了。"

"这叫礼尚往来。"贺图南说，一脸的锱铢必较。

展颜没听懂。

贺图南语气里带着讥讽："你觉得我爸没领情？你不也不领我爸的情？这不叫礼尚往来叫什么？"

展颜被他说哭了："我什么时候不领贺叔叔的情了？"

她一点儿都不想跟贺图南讲话，说不通，她把他推出去，关了门，窸窸窣窣快速脱掉毛衣，再开门时，没想到他还在门口站着，她把毛衣撑到他胸前："还给你。"

\* \* \*

贺图南被毛衣扫到下巴，一阵痒，他知道展颜多少有点儿赌气，他不知道的是，她来他家里，当初也带着点儿赌气的意思。

展颜又把门关了。

他抱着毛衣，上面沾了几根细软的头发，他拈起来瞧，那长度显然是她的。他又鬼使神差地低头嗅嗅，就是一股干燥的、温热的气息而已。

他站了会儿，才回自己房间。

林美娟没走远，直接跑宋笑家里去了，贺以诚没找到她，打她手机，她也不接。等贺以诚找到宋笑家楼下，她不肯下来，宋笑倒下来了。

天冷，她裹了件大衣，却还光着两条修长、白皙的腿，趿拉着毛茸茸的粉色拖鞋，跑下楼，见着贺以诚就笑："闹别扭了？"

贺以诚算是默认。

宋笑眼波流转："贺总，我还当你有多了解女人，你们男人哪——"她语气总是娇娇软软的，这一声叹息不知辗转含了多少幽怨似的。

"让她今晚在我这里吧，"宋笑提议，"在气头上，反倒不该强求，有什么事你们明天再讲，美娟可不是不讲道理的人，要我说，一定是你的错。"她说完，自己先笑了。

贺以诚不得不承认，宋笑的声音在这初冬的夜里有点儿熨帖，她说"一定是你的错"时声音也是软的，好像一只翠鸟，在你掌心轻轻啄了那么一口，意思一下，就过去了。

他想了想，说："那就叨扰了。"

宋笑捂着胸口，像怕冷似的："你下次不准再跟美娟闹了，她这个人，你总该知道的，最有涵养，有气也不会随便冲人发，时间长了，对身体不好。我知道贺总工作忙，事情多，难免也有不如意的时候，可夫妻不就是应该彼此多担待吗？我也劝劝美娟，大家各退一步，你说好不好？"

贺以诚没想到她倒也能说出着边际的话，笑了笑："当然好。"

宋笑是最不显老的小脸，皮肉紧绷，有种少女情态，难得嘴里的话很合事理，但行事照旧无甚章法，就像被宠坏的孩子，爱怎样就怎样。她明明冷，偏要光着腿，此刻一边说一边双脚小碎步地蹦，贺以诚看了心里一阵哂笑。

"那我先回家，麻烦你了。"他说。

宋笑搓搓手指，轻轻呵气："不麻烦的呀，我上楼了。"

她就这么慌里慌张地又往楼道跑，脑袋碰了门，"哎哟"一声，捂着头噔噔噔地跑上去了。

贺以诚没急着回家，坐在车里，手伸到窗外抖着烟灰。

家里悄寂，贺图南自己在卧室里翻了会儿书，又出来敲展颜的门。

展颜早就不哭了，正拿白纸誊抄试卷，只抄难题，字又小又密，为的是节省信的重量，好少费邮票。她小学时，一个田字格能写十几个字，老师都说真要看瞎眼了。听见敲门声，她那心里就像春燕在河边的田野忙来忙去，忽然被打断，嘴里衔的泥掉了一块。

贺图南在等她开门，他抿了抿唇，低着头。

等门开了，展颜的眼角垂着："你有事吗？"

贺图南有点儿绝望地看着她，心想，她是妹妹，还真是妹妹，她怎么就成了妹妹？光是看着她，自己仿佛就已经罪孽深重了。

他掩饰性地咳了声，错身进来："我帮你看看卷子，你不是说物理跟政治考得不算好？你以后要是不打算选文科，政治倒不用太上心，想好选什么了吗？"

学好数理化，走遍天下都不怕，那自然是选理科，可这会儿，展颜不太想跟他讲话，夜色越来越重，她还有好些事要忙，他说话又那么令人难受。可他人进来了，不好赶出去，展颜明明要选理科，此刻却说："我不知道。"

贺图南瞟见她桌上摆了纸笔，没话找话："做什么呢？"

展颜一把收起纸笔，塞进抽屉，她快速瞧他一眼，说："你怎么跟天牛似的？"

贺图南从没被人这么比喻过，他皱眉："什么？"

在展颜心里，天牛是一种很骄傲的虫子，挥舞着细长的角，修长的身体，一身黑，冷酷得不得了，不像绿蝈蝈，有点儿风吹草动就跳脚逃命。

她不解释，就这么站着，气氛僵硬。

贺图南不知道自己进来找什么苦头吃，但答应她的事总要办了，又把话题扯到前边："你卷子呢？"

"不要你看，你请回吧。"展颜对着答案已经看懂了自己错在哪里，她不需要他，日后努力也是自己的事。

"你还在生气。"贺图南说。

展颜语气黯淡几分："我并不是生气，只是觉得有些难受。"

贺图南也难受，他不知道她清不清楚自己的身世，怕她知道，这对她来说总归是件十分难堪的事。看她笃定地说那人是她爸的样子，应该是不知道。那就让他一个人难受好了。

"我给你讲讲题，转移一下注意力，就不难受了。"贺图南眼尾瞥了瞥她的书包。

展颜沉默了一下，从书包里把物理试卷拿出来，摆到他眼前："你坐我的椅子吧，我再去搬一个。"

她从客厅搬了个凳子，坐在他旁边。

"这也不难啊，就是考匀加速运动，"贺图南不懂她为什么这个也错，"这种题首先要分析质点所受外力，计算出加速度，再套公式求位移，记住要分段求解，不同的外力对应不同的加速度，思路就是这样的。"

展颜不作声，她一看答案就懂，自己做却错了。

"这是第二章的内容吧？第二章那几个公式，你要学会自己归类总结，最重要的是，把速度位移加速度的方向搞清楚。"贺图南拿过笔，随便扯掉一张日记本上的纸，给她举例。

　　他鼻子高挺，顺着鼻梁往下，下颌的骨头成一道斜线，说话时会微微起伏，仿佛有人扒拉了一下百叶窗。

　　展颜无意间抬眸，不自觉地把他的五官看了个遍，她没仔细观察过男孩子，此刻，许是离得近的缘故，她连他耳垂附近有颗褐色的小痣都看清楚了。

　　他一扭头，热热的气息便拂到她脸上："听明白没？"

　　展颜脸猛地烧起来，她疑心贺图南要听到她怦怦的心跳了，她低头看公式，他的字跟徐牧远的字风格迥异，徐牧远的字非常规整，做事认真，他就要潦草许多。

　　"多练，做熟了就好了，你现在是初中到高中过渡的阶段，有时弄不清也很正常。"贺图南跟她说话语气倒认真，见她没什么反应，不知道她到底听进去没有。

　　"颜颜？"他喊她乳名，带点儿试探的味道。

　　展颜终于开口："听明白了。"

　　展颜哭那会儿看了妈的信，妈什么都知道，妈似乎早就料到她来到新环境会有不适、孤独的时刻，妈不在了，可留下的书信还安抚着她的心。

　　"颜颜，一个人这辈子不可能什么时候都顺顺当当的，谁没个难处呢？这世上没有烦恼、没有痛苦的人想必是有的，但大多数人是没那么幸运的，遇着事了，跌倒了，疼就想哭，没关系，咱们还能爬起来再走。生命虽然脆弱，可也无比坚韧，一棵草，哪怕被折断了，来年借着东风，还能活过来，人活着也得有那么一股精气神。"展颜脑子里滚过这些话，心头热热的。

　　她更想妈了。

　　书桌上摆着一本银行送的挂历，展颜把每个月上课的日子圈出来，过去的就打个叉。贺图南抬眼看见了，觉得气氛沉闷，便逗逗她："这才高一，就开始算高考倒计时吗？"

　　展颜静静地摇头："不是，我是算什么时候放寒假，我就能回家过年了。"

　　过年……贺图南这才意识到，过年是要回乡下的，他不能跟她一起吃年夜饭、看春晚、守岁，她过了年总要回来吧？

　　想到这些，贺图南那张面孔有些阴晴不定，目光在她脸上盘旋了一会儿，他低声问："你不在这儿过年？市广场有灯盏，很好看。"

　　没等展颜回答，他便听见大门响了，有转动钥匙的声音。

　　贺图南起身，到客厅后见贺以诚正在脱大衣，便问："妈呢？"

　　贺以诚身上有淡淡的烟草味儿，一股冰凉瞬间被室内的暖流蚕食了："在你同学宋如书家里，妹妹呢？"

　　他们正说着，展颜就从屋里出来了，她都听见贺叔叔的声音了，不打招呼说不过去，事实是，她不清楚贺叔叔是什么时候出去的。

"哦，颜颜，在写作业吗？"贺以诚见了她，眉眼便舒展开来，有了笑意。

贺图南目光在两人身上交替一番，他说："我在帮小妹看期中物理试卷。"他记得，徐牧远说起"小妹"语气都是溺爱的。他有意学徐牧远，把这两个字咬出来，期待这两个字能像一场雪把什么都掩盖住。

贺以诚很高兴："是吗？颜颜，哥哥讲题，你感觉怎么样？"

展颜对贺以诚每次都这么强调两人身份的措辞有些微抗拒，如果可以有哥哥，徐牧远更符合她的想象，他和气、从容不迫，什么困难都打不倒。

"挺好，我能听懂。"她觉得贺以诚是不是要对她说点儿什么，看了看他。

果然，他很快便说："颜颜，能不能到你屋里跟你聊聊？"

贺图南听这语气，觉得爸简直太像徐牧远了，徐牧远会抱着他上幼儿园的小妹，亲她的脸，说："你上学想不想哥哥？"

贺图南站在展颜的卧室外，想要听到点儿什么，又怕听到。里头人语隐约，好像是个怎么也抵达不了的世界。

贺以诚跟展颜说话，腔调永远是温柔的，他跟她解释："你爸爸来，我事先不知道，我这个人做事喜欢按计划来，一旦有变，心里就会有些不痛快。再加上，"仿佛斟酌了一下，他笑笑，"我不该跟你们小孩说生意的事，最近不太顺利，心情不好，难免就会任性些，考虑不周。今天你爸爸来我没见到他人，东西在门口李师傅那里，我当时确实懒得弄过来，现在想，是辜负了你爸的心意，也不够尊重他。"

展颜怔怔地听完，心里倒惭愧起来，贺叔叔讲话，眼睛永远这样真诚，他说他生意不顺，可她是不知道的，她不知道他这样的人也会有烦恼，妈说得对，人活在世上，谁没个难处？她还以为贺叔叔无所不能。

"贺叔叔——"她不知道怎么说才好。

贺以诚摆了下手，示意她无须多讲："我知道，你是爱惜东西的好孩子，但我不是有心的。"他冲她露出个深深的笑，带点儿自嘲。

展颜看着他，有些愣神，她不是没有怀疑过什么，为什么妈会这么信任贺叔叔，妈笔下的贺叔叔没有一点儿不好，可妈很少提爸……

她看着他，他的眼睛像什么都能包容的汪洋。有句话，她几乎是脱口而出："我妈妈喜欢你，是吗？"她自己说完，整个人都是茫然的。也许是因为激动，她的声音变得尖厉几分。

贺以诚嘴角的笑意一下凝滞。

门外，贺图南只听清楚了这一句，他猛地紧闭了眼，再也不能多听一秒，几乎是落荒而逃。

※ ※ ※

贺以诚没有正面回答展颜，她还太小，有些事不适合在年少时知道，徒增困扰而已。

他留下模棱两可的几句话，跟妈在信里所说几乎一样。这种阴阳两隔的相似性让人难以捉摸，无论是妈还是贺叔叔，两人似乎默契地要对她隐瞒。

展颜心事重重地回了学校，把信寄走，等高二的期中考试成绩贴出来，孙晚秋的回信到了。

她做了展颜誊抄的题，一题没错。天冷了，她越发地饿，又冻手，哆哆嗦嗦地做完题，拿给老师，老师说："孙晚秋，你真是天才。"

天才只想能见点儿油星儿，孙晚秋夜里睡不着，饿的。以前在家里还能蹭爸跟小弟的光，五花肉炖红萝卜，她一个人能吃一海碗。

班里同学有本梁实秋的《雅舍谈吃》，书旧，可吃的不过时，什么水晶虾、核桃酪、芙蓉鸡片、糟蒸鸭肝……全是她听没听过、见没见过，但见文字就跟着魂牵梦萦的名。

"等我考上北京的大学，我就吃……"她瞪着上铺黑黢黢的床底，心道，这会儿能吃口油炸馍片片也是好的呀。

展颜一定不为吃的发愁了，她想到这儿，把被子一扯，蒙上脑袋，在悲哀的心情和暖烘烘的黑暗中渐渐睡着了。

北方的冬天总显得灰蒙蒙、脏兮兮的，在县城里上趟街回来要洗头洗澡，城里不过好一点点。

展颜记得，在家那会儿到冬天只是觉得干冷，一派肃杀，喜鹊都在窝里待着不出来，倒没觉得哪里脏，孙晚秋信里嫌街上脏，说不如米岭镇。

高二年级的成绩出来，展颜又去看。

公示栏旁边有个池子，水发绿，映着天光云影，天是绿的，云也是绿的，她跟郝幸福每次从那里过都要伸脑袋看一下，少女们大约是有爱美之心，想瞧一眼倩影。

"上次的第一名，这次第三，"郝幸福指着表格，"还是很厉害。"她眨眨眼，"你说，这人是不是能考清华？"

展颜说不好，却赫然发现贺图南的名字在第二的位置上，她不晓得他怎么进步这么快。这倒令人十分羡慕。

再看宋阿姨家的宋如书，她退了一名，这算正常，贺图南是怎么回事呢？

日历走到12月，天也冷得极快，鸿雁去，草木枯，校园多风，常刮得人首如飞蓬，静电连绵，唯独期盼早早落雪，才能得点儿时令的况味。

难得又上有趣的生物实验课，郝幸福莫名地高兴，跟展颜小声说："不知道还能不能见到那位学长。"她连贺图南姓甚名谁都不清楚。

下课交接时,人头攒动,展颜看见贺图南的身影,他那样高,目光仿佛能轻而易举地从众人头顶掠过似的,她看着他,他的目光却从她眼睛上平直地滑过,像什么都没看到,反倒跟她身边的郝幸福点头示意。

在学校里要当不认识,这个她懂。

但一直到下第一场雪,校园里闹腾起来,他对她都极为冷淡,偶尔碰到,他目不斜视,周末也不回家,跟贺叔叔说学校社团有活动。仔细算,他一个月都没着家的边,贺叔叔竟没说什么,只林阿姨颇有微词。

他不回家,她这个外人反倒也不好回了。

雪下得很大。

"同学们,这节课出去看雪!"语文丁老师是个行事相当潇洒、快意的人,上课从不看教材,他讲课也是天马行空,随性得紧,本来正上着语文课,往窗外一瞧,他撂下话来。

教室里一片欢呼。

"老师,习作讲义还没发嘞!"科代表忙提醒了一句。

"不着急,古人诗里说,燕山雪花大如席,咱们虽然离燕山还有段距离,可也是正宗的北地,瞧瞧,这雪下得多痛快!"丁老师相当高兴,"此刻宜有酒,再读庄子呀!"

大家便跟着老师往操场上去,雪簌簌地落,丁老师又高声说:"同学们知道雪有什么雅称吗?"

"老师,高考会考这个吗?"有人开玩笑地问。

丁老师摇头笑:"那倒不考,学语文又不只是为了考试嘛!"

人群里有人犯嘀咕:"我们为的是考试啊。"

"雪花,古诗里还叫素尘,素色的素,尘埃的尘,还叫碎琼,你们看,这一片片可不就是碎琼?"丁老师一边走,一边自顾自发挥。

展颜听得很认真。

有人想起孔乙己那篇课文,捣乱地问:"丁老师,知道这有啥用?"

丁老师哈哈大笑:"问得好。这就叫无用美学,除了吃喝拉撒,生活中还得有点儿无用之美,春天你看见万物复苏,百花盛开,心情好不好?中秋合家团圆,你看见一轮明月,心情好不好?"

大家迟疑地点头:"好。"

"这就对了嘛,语文除了考试,还能教我们留心生活中的美,这种美当不得吃,算不了喝,可我们的精神需要它。来,同学们,我再告诉大家一个雪的别称,叫冷飞白。"

"哇,这个好,丁老师,这个有意境!"说着,一群人便跑开了。

展颜在嘴里慢慢咀嚼"冷飞白"这三个字，忽然间想到山脚下此刻一定也飞着漫山的琼英，妈的坟头覆了第一场新雪，她的视线一下便模糊了。

冷飞白飞了一整个人间。

她以往留心四季的风景，很小的时候，有一次见西山晚霞烧得漫山遍野，指给奶奶看，奶奶劈头盖脸地将她骂一顿，说她就想偷懒，净知道看没用的东西。

妈倒很温柔地回应她："颜颜，你看看你能认得几种颜色。"

"红的！"展颜指着说。

她捡起田里一枚不知何年何月的铜钱，铜钱发了霉，妈告诉她，这是锈绿色。

奶奶往掌心啐一口唾沫，握紧铁锹："哪儿来那么大闲心看这个，还是活儿太少！"

妈跟她相视一笑，低声说："我也觉得晚霞怪好看的。"

妈悠悠地舒口长气，吹得她发丝微动。

原来，不只她跟妈这样，丁老师也是如此。无用之美，她记住了这句话，她想，等过年见着孙晚秋，她要告诉孙晚秋，雪还叫冷飞白。

她真喜欢丁老师，丁老师和她其他所有的老师都不太一样。

"丁老师，你刚才说得真好。"展颜忍不住跟丁老师说话。

丁老师看看她，忽然又神秘地笑了："展颜，当别人给你灌输一种想法时你应该警惕。"

她又愣了。

"我说的就是对的吗？就是好的吗？"丁老师反问。

展颜长长的睫毛上落了雪花，她说："丁老师你刚刚说的，我觉得对，因为我也是这么想的，只不过我没你这么会说，你说了，我才知道原来我那种想法就是这个道理。"

丁老师又大声笑，笑得格外爽朗，说："展颜，你跟老师想一块儿去，就是对的了？"

她有点儿不好意思："是的。"

丁老师摸摸她的脑袋，说："去吧，跟大家一起玩去吧，多跑跑，跑起来！"

高一十班的学生回教室时，遇到别班学生。

"你们干吗去了？"

"我们语文老师让我们看雪，玩了半节课！"

"你们老师真有个性！"

"那是，我们丁老师最有个性了！"

话说到这儿，语气里莫名多了自豪。

雪没停，不知哪个年级的男生穿着秋衣在小操场上打篮球，真不晓得他们哪儿来的那么大火力。贺图南也在,头发汗湿,秋衣也湿了背,展颜跟同学从那边过,见他穿着灰色秋衣,觉得怪怪的,好像那样的衣服只能在冬天被窝里穿,像个老头子。

她没头没脑地想到这点,又想笑,便多看了两眼,雪落到他乌黑的头发上,很快化掉,他打得专注,像只敏捷的豹子,动作起伏间,腰上肌肉暴露。

女生们在旁边喊他流川枫,展颜来一中念书,见识了漫画书《灌篮高手》,大概了解些,她嘴角不由得往下,说不上来是个什么表情。她心里只想,他也蛮邋遢的。

她这样胡思乱想着,球被人用胳膊撞掉,滚到她脚下。男生们见她站在那里,围着红围巾,跟一朵覆雪的花似的,就叉腰笑:"哎,帮个忙,踢回来。"

展颜这才发现那群人里头还有徐牧远,他径直跑过来,身后立刻响起一串口哨声。

"老徐,重色轻友啊,你怎么能抛下弟兄们呢?"

徐牧远不搭理那伙人,弯腰捡起球,问她:"没砸到你吧?"

展颜摇头,说:"你们不冷吗?"

"不冷,热着呢,你们干吗呢,这是?"徐牧远发现高一十班的学生三五成群地往回走。

"丁老师见下雪了,让我们出来赏雪。"她下意识地瞧了眼他的秋衣,旧旧的,因为洗涤次数太多,袖口烂开,整件衣服松松垮垮的,像黏在篱笆上的土。爸也有这样的秋衣。

展颜抬起脸,冲徐牧远非常温柔地一笑:"你可别晾汗,要不然,可容易感冒了。"

徐牧远愣了愣,很快反应过来:"习惯了,不会晾汗的。"

"老徐,磨蹭什么呢?见了美女聊不完了是不是?"后头球友们开始催了。

贺图南也在后头,一双眼冷冷地看着两人在那儿说话。

展颜侧眸,迅速地瞥他一眼,两人目光刚刚交会,他便错开,跟别人说话去了。

其实,她很想找个机会问他几句话。

贺图南似乎一点儿机会都不给她,她想跟他偶遇,偏偏很困难。


元旦联欢,异常躁动,男生唱《爱你一万年》,嗓子都要哑了。

郝幸福在那儿嗑花生,跟展颜说:"怎么爱一万年呢?我们都不一定能活一百岁。"

"也许是心里想爱一万年。"展颜剥了个砂糖橘,塞进嘴里,又凉又甜。

班里女生叫着换歌,她们更喜欢谢霆锋、张信哲,等到有人唱林志炫的《单身情歌》,班里就开始大合唱了:"抓不住爱情的我,总是眼睁睁看它溜走……"

同学们唱得如痴如醉,班主任和几个任课老师在旁边笑,说:"这些毛头孩子知道什么是爱情啊。"

展颜坐在极热闹的教室里,开始还在笑,后来,那笑就淡了,她想家,什么都想,连阳历年杀猪的嚎叫声,她都盼着再听一会儿。

少男少女们又在千禧年到来之际唱《伤心 1999》,像是告别。

展颜听得有些躁,一个人跑出来,空气清新、冷冽,她不知不觉走到高二教学楼下,听着一层一层漏出的音乐声,似乎跟本班差不多。

贺图南给大家补买零食,宋如书是生活委员,两人抱了一堆东西,远远地,他就看见展颜在他们那栋楼下瞎晃。

眼尖的不只是他,宋如书也看到了,心领神会,说:"东西都给我吧。"

"你行吗?"贺图南没动。

宋如书眼风一扫,好像暗示他这是两人独有的默契:"她肯定有事找你。"

贺图南也就不装了,知道她看见展颜了,把东西给了她:"辛苦你了。"

外头很冷,人都在教室里乐着呢,走廊里偶尔闪过跑动的身影。

贺图南走到展颜跟前,淡淡地说:"找老徐?要不要我把他喊下来?"

展颜鼻尖微红,瓮声瓮气的:"我找你。"她是想过找他,但这会儿不是特地来找的,只是有那么个机会,就说了。

他已经很久没跟她说过话,听声音,再看看人,她觉得有些陌生,心里总有些细小的不明所以的奇异感。

"那真是稀奇。"贺图南微微地笑,语气里带出一丝不耐烦,他一抬下巴,示意她换个地方。

展颜跟在贺图南身后出了学校,感觉走了很远,越走越远。她有点儿害怕:"去哪儿呀?"

贺图南不理她。

他们都走出那个天堂网吧了,展颜担心学校晚上锁门,不肯走了。

贺图南转身:"我还没吃晚饭,找个地方吃饭。"

展颜半信半疑地跟着他进了一家两层楼饭店,他轻车熟路,问服务员要个小包间,进去先把羽绒服脱了。

"说吧,找我有什么事?"贺图南要了份面,又要了冷饮。他吃饭也不像在家那么讲究,很随意。

展颜站着,脖子上挂着拴手套的毛线绳,手套是织的,蓝白相间:"我想问问,元旦假你还回去吗?"

"不回。"贺图南大口吃面,热气腾腾间,他眉毛、眼睛都不太看得清楚了。

再没多余的字,只有吃面声。

展颜抿抿唇:"我哪里惹你不高兴了吗?"她觉得没有,上次,他还跟她讲物理错题。

贺图南头也不抬："没有。"

"那你为什么不回家？"她有点儿迷惑。

贺图南说："有事。"他显然是不想跟她说话。

沉默片刻，展颜又问："你元旦也有事吗？"

贺图南平静地"嗯"了声。

展颜有些失望地看着他，攥着手套，不知道下句该问什么。他太冷淡了，让人难受，他跟宋阿姨的女儿说话客客气气的，跟并不熟的郝幸福都知道打招呼，但对着她就是张冷脸。

"我这次月考物理进步了。"她想了想，说，"我有个同学在永安县实高，做我们的试卷一点儿都不错，我说的是数理化试卷，她非常聪明。"

贺图南眉头一扬："跟我有关系吗？"

展颜不吭声了。

顿了顿，她又开口："我看到你考试排名了，这两次都在前三名，你……你是怎么学的？"

"我聪明，非常聪明，跟你同学一样，不是告诉过你吗？"贺图南用筷子拌了两下面，"你跟我讲半天，是想让我辅导功课，是不是？"

不全是，展颜心里默默琢磨着，她也想跟他说说话，总不说话怪别扭的。

"这活儿老徐也擅长，你找他吧。"贺图南眉头一锁，仿佛是嫌这面纠纠缠缠，怎么都搅拌不开，把筷子丢开，他索性不吃了，开始喝冷饮。

展颜见状，说："刚吃了热的，不能喝凉的。"

贺图南讥诮地笑道："谁说的？"

"容易拉肚子，"展颜道，还要再补充，"真的。"

贺图南看她较真，神情可爱，脸因为温差关系变得红润润的，她是他见过的女孩子里容貌、皮肤最好的一个，寝室里时常有人开她跟老徐的玩笑，老徐这个人比较收敛，只是笑，不说话。

想到这儿，他脸色又淡下来："走吧，我送你回学校。"

"那你呢？回去要表演节目吗？"

贺图南说："不表演，我待会儿去网吧打游戏。"

"网吧是什么？"展颜有点儿明知故问，可又不全然如此。

"你问题真多。"贺图南起身去结账。

展颜跟着他，一出门，冷风如刀。

他把羽绒服帽子往头上一戴，手插在兜里。

路边残雪早变得乌黑，一到晚上又冻得硬邦邦的。展颜走在边上，脚趾紧紧钩着鞋，怕摔倒，道路中央车子比之前稍多了点儿。

贺图南见她走得慢，略等片刻："怎么了？"

"我怕滑。"她有点儿委屈，他走这么快，分明是想甩掉她。

展颜实在想不通，贺图南怎么好像一下非常厌恶她似的，他不回家，她还要应付贺叔叔的盛情，什么时候放寒假呢……她想听鞭炮声了。

一辆车经过，她整个人被包裹在灯光里一瞬，毛茸茸的，像个玩具，贺图南莫名看得心软，他没说话，拉过她的手臂，那一下力道很重。

他掌心很热，又摘掉她一只手套，触碰到她微凉的手指，没有犹豫，屏着呼吸攥住了，他说："我拉着你，没事。"

真奇怪，这么冷的天，他的手掌竟然这样热，展颜有些不知所措地被他牵着，心跳变得不规律起来。

她只被妈牵过手，不一样的，妈牵她的手，她很高兴，可心跳不会变。她觉得呼吸跟着变得悠长起来，脸也涌上热潮，路边的店铺亮着灯，行人很少，往远处看，才能瞧见几颗米白的星清亮无比地挂在天际。

展颜忍不住说："冬天能打野鸡，野鸡的毛很长，非常漂亮，以前姨父家里还有枪呢。"

贺图南轻轻摩挲了下她的指腹，没应声。

"你见过野鸡吗？"展颜深深地吐气。

他还是不说话。

"我过年回家，等回来的时候送你几根野鸡毛，你想要吗？"

贺图南终于开了金口："我要那个做什么？"

"很漂亮。"展颜说完，踩得残雪作响，不自觉地拽了拽他的手，"你知道冷飞白是什么吗？"

夜色下，冷风一阵阵肆虐个不停，贺图南沉思的表情隐在暗淡的光线中，他带点儿鼻音问："是什么？"

"我们语文老师说冷飞白就是雪，我第一次知道。"展颜觉得学到了新知识，语气轻快。

贺图南说："像武侠小说里的人名。"

"你看武侠小说吗？"

"初中看得比较多，现在不看了。"

"我们丁老师讲课非常有意思，我以前以为米岭镇的老师就很好了。"她轻轻叹息，像自语。

"那你觉得爸他好吗？"贺图南语气似乎平和了几分，他没说是谁的爸，好像默认是两个人的爸。

展颜脚步不自觉地放得更慢，她柔声说："好，贺叔叔对我很好，我一辈子也报答不完，如果没有贺叔叔，我就遇不着丁老师他们。"

贺图南点点头。

他还牵着她，手指似有若无地跟她交错着、摩擦着，仿佛亲吻的唇，她察觉到他的手总在动，有点儿不自在，可又不好抽出来。

贺图南还是一张沉思的脸。

忽然，贺图南停下脚步，伸出手拨了拨展颜帽檐下压着的额发，说："展颜，爸一直说让我当你是妹妹，我现在想，这样也行。"没更好的办法了。

他躲着她，想着不见面就好了，可她还会来找他，她一找他，他那颗心就硬不起来了。她还有那么多废话跟他说，一会儿野鸡毛，一会儿冷飞白，说得他心烦意乱。

展颜觉得他呼出的气息仿佛就萦绕在头顶，一时间，没明白他是什么意思。她不解地看着他。

贺图南喉咙一滚："当然，在学校还是跟从前一样，我不想成为别人议论的焦点，但私下里，你当我，"他鼻子酸得厉害，"当我是哥哥吧。"

## 第九章
## 千禧年

❄ 她会长大，离开这里，这里不是她最后的栖息地。

2000年，老百姓们扎堆生孩子，想要"千禧宝宝"，1月1日零点，电视台的媒体记者凑在妇产医院，等着迎接本世纪最早的"世纪婴儿"，晨报甚至刊登了新生儿的第一个脚印图片。办公室里，老师们看着报纸，说："等这群孩子上了高中，咱们都该退休啦。"

对学生而言，千禧年似乎也没什么了不起的，今天和昨天区别不大，这股新鲜劲儿很快随着期末考试的到来而被冲淡，千禧年也得考试啊。

日历表上，离展颜能回家的日子近了。

班主任说，期末考试的成绩到时候以邮递方式寄到每个同学家里，底下一片哀号，展颜想了想，在班长统计联系方式时留了贺叔叔家地址。

"你住南门花园小区啊？"班长余妍其实并不算太意外，尽管，刚开学时，展颜介绍自己说从米岭镇来，但她平时的穿着打扮格外洋气，是女生男生私下都会议论两句的事。

"现在住那儿。"展颜却不想多解释。

在很长一段时间里，同学们对贫富贵贱之分没有太多感受，最多有个城里人乡下人的印象。尤其北区来的学生，大家打小都在工厂大院里厮混，你爸是张工，我爸是李工，没什么区别。

但自从进入20世纪90年代后半段，青春期的他们似乎一夜之间就明白了贫富贵贱、人情冷暖。

余妍是北区的孩子，父母双双下岗，她只能去爷爷奶奶家混饭吃，即便是亲人，混饭吃也要看人脸色，叔伯、大娘、婶子，大家各怀心事，谁吃得多，谁拿得又少，鸡毛蒜皮的事，只要牵扯到钱，照吵不误，甚至大打出手。

这下她更加确认展颜家里实际上非常富裕。

放寒假时，贺叔叔过来接展颜，要把她的被单、被罩打包带回家洗。展颜收拾了整整一书包的学习资料，没塞完，又找了两个大袋子。

"怎么带这么多东西？"贺以诚把后备厢打开。

展颜说："给孙晚秋、王静的。"她把这学期的试卷分类整理了，每一科都有对应的文件夹，一张都不少。

"你总是想着你以前那些同学。"贺以诚每次跟她说话都是笑眼相对，语气里则充满赞赏。

大约是知道她的心思，贺以诚带着她去市场准备年货，途经银行，他进去取点儿钱。

银行门口站着个穿旧袄、两手插袖口的叔叔，他在卖对联，年关银行这儿人来人往的，倒是个摆摊的好地方。

冬阳照在柱子上，到处都明晃晃的。

"叔叔，对联怎么卖？"展颜问他。

见是个小姑娘问，对方一脸热忱："孩子，这是我自己写的，一块钱一对。"

以前她在家里，妈会卷了红纸，拿着墨，再带点儿炸的麻叶去一位老民办教师家里，请人写对子。

展颜见他殷切地盯着自己，别开脸，打算等贺以诚出来商量。

"贺叔叔，家里要买对子吗？"她等他一现身，赶紧跑过去问。

贺以诚早就瞥见了卖对子的中年男人，便过去要了五块钱的。

"再送您俩'福'字，不要钱。"男人赔着笑，语气带着高兴。

贺以诚掏出钱夹，说："多谢，那倒不必，该多少钱算多少钱，不过，我看你这字写得很讲究，有些功夫在的。"

许是得到了认可，男人反倒有些腼腆，说："以前当个业余爱好，还有进步空间。"

"那我再要几个'福'字，一共十块钱的吧。"

"好好，我这就给您装好。"男人话音刚落，脸色就变了，把对子往贺以诚手里一塞，便手忙脚乱地收拾起他那堆东西。

一阵风过来，吹跑了他的"福"字，展颜赶紧去捡。

原来是城管来撵人了，这叔叔眼真尖，展颜都没见到呢。

"哎，哎，说多少遍了，这地方不能摆摊，成什么样子？东西都留下！"来人不怎么耐烦，说着就要动手。

"同志，同志，您看，我这就走，这就走，下回肯定不来了。"男人上前给他拱手赔不是。

这人理也不理，一脚踢散了对子："下回？下回你们还敢！"

"算了，小本生意，都不容易。"贺以诚掏出一盒万宝路，他不怎么抽，但口袋里必定要放着烟，随时随地能用来社交。

他把烟递给城管，城管狐疑地瞧几眼，不认得。

贺以诚微微笑着:"万宝路,港货。"

城管看他一袭呢子大衣,笔挺板正,猜是个什么老板,烟在掌心轻轻磕两下,人也客气起来了:"您不知道,我们没办法啊,上头有任务,这影响了市容市貌,回头我们也得挨批不是?"

展颜听贺叔叔跟城管说话,默默帮卖对子的把东西重新归总。外头冷,贺以诚让她去车里等。

"贺叔叔——"她挨着他,眼睛里有关切。

贺以诚摸了摸她的肩头:"没事的,我很快过去,去吧,别冻坏了。"

展颜把买的对子和"福"字带上了车。

她刚坐好,扭头便瞧见一个熟悉的身影奔来,竟是徐牧远,她再往后瞧瞧,那是公厕的方向。

车离银行有些距离,什么也听不见她,她却看明白了,那人是徐牧远的爸爸徐工,徐叔叔的神情,隔着玻璃,那点儿局促她竟看得真切。

贺叔叔是器宇轩昂的,既不居高临下,也不卑躬屈膝,他站在那里,不会让任何一个人感到不愉快。

很快,贺以诚回来,她问他:"那是图南哥哥的同学,我认得。"

贺以诚发动车子:"徐牧远那孩子我认识,他爸爸倒是第一次见。"

"我知道,他父母都下岗了,日子很难。"展颜抚着红纸。

贺以诚看她一眼,好像"日子很难"这四个字从一个十几岁青春少女的嘴里出来太过沧桑。他点点头:"是的,他们的日子不好过,颜颜,你觉得你家以前的日子好过吗?"

展颜想了想,说:"我们那里大家都差不多,所以就不觉得日子难了。"

他笑:"你很乐观。"

贺以诚带着展颜买了好些零食,又买新衣服,绞花毛衣、牛角扣大衣,把她装扮得像日剧里的女学生,非常扎眼。

到家时,贺图南刚从姥姥姥爷那儿回来,林美娟则约了宋笑一起做头发。

临近年关,贺以诚是相当忙碌的,他接了个电话,又要出去,告诉贺图南:"如果我回来得晚,冰箱里有上次你奶奶包的水饺,下给妹妹吃,你会下水饺吧?"

展颜在屋里收拾东西。

贺图南敲了两下门,问她:"你现在饿不饿?我下饺子给你吃。"

展颜过来给他开门,说:"不饿,过会儿我下,我会下。"好像默认他什么也不会一样。

贺图南就倚在门框那儿看她忙,她长高了,也许吧,反正他觉得要比6月那会儿高,不知不觉半年过去了,她眼睛似乎也更大了?奇了,都十几岁了,眼睛还能再变大？

"哎，"他忽然喊了她一声，"你生日是什么时候？"

展颜正给孙晚秋、王静分礼物，停了一下："清明前后，种瓜点豆。"

自打他说过要她将他当哥哥，展颜觉得哪里不太一样了，转念想，两人要是能友好相处，也未尝不可，她跟他说话，语气也不自觉地变了几分。

贺图南就笑："清明节啊？"

"是的，等到清明，我就满十六岁了。"展颜一抬头，"你呢？"

"我是大年初六的生日，怎么，你要给我过生日吗？"贺图南跟她开玩笑。

展颜认真地摇头："我没说呀。"

真扫兴，贺图南觉得她有时傻乎乎的，他眸光动了动，见她只穿了件毛衣，腰细细的，藏在里头，隐约可见扁扁的轮廓，他立刻想起那一抹天蓝。

"爸什么时候送你？"

"明天。"

贺图南睫毛微颤，像在思忖，他说："什么时候回来？初八可就开学了。"

将礼物分好，她终于直起腰，也许是忙，鼻头闪着针尖一样的细汗。她头发有些乱，缠在脖子那儿，贺图南看在眼里，就想帮她拨一拨，给弄出来。

"那就初七回来。"

可初六是我生日。贺图南这么想着，有些话噙在口齿间没说出来。

"你这两个袋子装那么多零食？"

展颜这才带了点儿笑："给我同学的，孙晚秋，还有王静。"

贺图南问："她们过生日？"

展颜摇头："我们都不过生日，没有过生日的习惯。"她突然想起什么，看着他，"说错了，王静过过一回，喊我去她家吃饭，她奶奶给我们腌了辣椒，又辣又香，我吃了两个大馍馍。"

贺图南低头就笑了，走进来，坐在她书桌前的椅子上："辣椒有什么好吃的？"

"你当然不懂了，"展颜抿抿嘴，"王静她爸有点儿疯了，她妈妈走了，家里只有爷爷奶奶，有辣椒吃就很好了啊。我也喜欢吃腌辣椒，把辣子切得碎碎的，放上盐巴，再滴芝麻油，非常美味。"

那玩意儿怎么听都跟美味沾不了边。

贺图南眼中笑意褪去几分，他偏着头打量展颜，想起爸说过的她吃过许多苦，想到这儿，心里发软，软得像有一条河从心头悄无声息地淌过。

"辣椒吃多了，肚子不难受吗？"他问。

展颜否认："不难受，很有味儿，我不爱吃咸菜，但喜欢吃这个。"

贺图南便扭过头，伸手拨了下窗帘，往外看，也不知是什么树长得老高，都与这间屋子齐平了，上头枝干沟沟壑壑，风一吹，仅剩的几枚枯叶倒像灰蝶一般上下飞舞旋着离开了。

"你尝尝这个糖，我觉得好吃。"

肩膀被碰了碰，贺图南转脸，一抬眼，展颜正拿了一颗糖果，要送给他吃，他揶揄地一笑："借花献佛，爸买的吧？"

展颜忽然意识到他换了称呼，以往总是"你贺叔叔"，带点儿刻意，现在不了。她觉得他变得好像可以亲近了，难得也调皮一回："对，是爸买的。"

没想到，贺图南听到这句脸蓦地冷了，像被人用胳膊肘撞了眉骨，痛得很。他不接糖果，只说："我不喜欢吃甜的，也没你这么好吃，你自己吃吧。"

展颜脸烧烧的，她把糖果放到桌角，不吭声了。

屋里刹那静下来，沉默了会儿，展颜说："我去下饺子，你吃多少？"

贺图南心里窝火，丢了句"随便"，便起身到客厅看央视五套的体育赛事。

饺子下好，展颜在厨房切红辣椒，碾碎了，碗里又放白芝麻、葱花，烧热油一浇，再加点儿醋，端了出来。

"你要不要蘸这个吃？"她敲了敲碗。

贺图南瞥一眼："我不吃蒜。"

展颜说："没放蒜，我知道你不吃蒜。"

贺图南听到这句，神情才柔和下来："你怎么知道？"

"平时我见你姜、蒜都不吃，都要挑出来。"展颜吃饭时，留意到每个人的喜好。

贺图南点头："对，我不像你，那么不挑。"

展颜说："有吃的就很好，我不挑。"

"你要是想吃蒜就吃吧。"贺图南拉过一盘饺子，"只是别跟我讲话，吃完记得嚼点儿茶叶。"

展颜没动，反倒眼睛一眨不眨地看着他。

贺图南抬眼："怎么了？"

"你为什么一会儿高兴一会儿不高兴？"她直言不讳。

贺图南一脸高深莫测："那你猜猜，我现在是高兴呢，还是不高兴？"

展颜摇摇头："猜不出。"

"那你就想办法让我高兴高兴吧，"他慢条斯理地咬了口饺子，两腮微动，"比如，待会儿你洗碗。"

展颜答应了："好，反正是我最后一次洗碗了。"

贺图南动作一滞："什么叫最后一次？"

"明天我就回家了！"她掩饰不住那股兴奋，声音都跟着高了。

贺图南那口饺子堵在喉咙。

"又不是不回来了。"他闷声说。

展颜腼腆地笑笑："是得回来，可总有一天我就不用回来了。"她会长大，离开这里，这里不是她最后的栖息地，她心里清楚。

贺图南缓缓地抬眼，他眉头锁着，就这么深深地、密密地，目光像一张巨大的网一样罩在她身上。他最终什么都没说，一顿饭吃得如鲠在喉。

等第二天闹钟响了，他猛地坐起，鞋也没来得及穿，就跑向窗边。他隐约听到汽车发动声了。

果然，贺以诚正大包小包地往后备厢放，砰一声，他关了后备厢。

展颜围了条雪白的围巾，她抬起脸，朝贺图南房间望了望，他也许没起，当然，起了也不见得会送她。

贺图南倏地松开手，帘子荡了荡。他靠在墙边，等了片刻，才又拨开窗帘一角，车子走了，空空如也。

* * *

一到寒冬，村子里触目的是荒凉连着荒凉。大杨树上都光秃秃的，喜鹊的巢便一个个露了出来。展庄的人们还跟以前一样，太冷了，都蹲在墙根下晒太阳，说着不知猴年马月陈旧的琐事，一辆车经过，迎着它来，再目送它开出老远。

展颜刚下车，便瞧见石头大爷背了一筐枯枝干草，慢慢走来，不过半年，他仿佛一下老似的，等展颜喊他，他晃了两下，后背上的东西实在太沉。

石头大爷瞅了她两眼，没认出人。

展颜忙跑到他跟前，把帽子一撸，说："我是颜颜啊。"

石头大爷这才咧咧嘴。展颜见他神情痛苦，问他："你生病了吗？"

"腰疼得钻心，不中用了。"石头大爷干巴巴的唇不住地颤。

展颜忙帮他把那筐东西放下，从包里拿出一袋点心，说："你拿回家吃，腰疼，看大夫了吗？"

石头大爷不肯要，推搡着："拿给你爷吃去。"

"给你的嘛，"展颜硬塞，"好吃得很，又香又软，一点儿都不费牙口。"

石头大爷成了苦瓜脸，那点心袋子被他好一阵摩挲，揣怀里了："颜颜，你去城里念书好不好啊？"

展颜觉得石头大爷连声音都跟着老了，像含着砂砾，她低头看了看石头大爷没搽雪花膏的手，全是裂口。

"好，在城里念书可好了。"她忽然抬头，很振奋地告诉他，"等我大学毕业，工作挣钱了，我给你修房子。"

村西头有三间老房，屋里地面没铺水泥，四季都潮着，倘若留心观察，就会知道这房子极少亮灯，电费一年下来两块钱，这儿住着一对父子，就是石头大爷和他的傻儿子。

石头大爷嘴唇颤得更厉害了，他想摸摸展颜的脑袋，到底没动，瞧她那围巾，跟春天的梨花一样。

"老人家，来，这是止疼药，实在疼得厉害，可以吃一粒。"贺以诚递过两盒布洛芬，他工作忙时，神经性头痛就会犯，这是常备药。他知道，这样的老人家是不会进医院的。

很快，他似乎不嫌脏，搭把手，帮石头大爷递那筐柴火。

展颜看着石头大爷背起东西，很慢地走了。这条路，他走了一辈子，现如今好像走不动了，天地间仿佛只有这么一个佝偻的背影。

她擦了擦眼，喉咙发紧，跟贺以诚说："贺叔叔，你真是好人。"

贺以诚摘掉手套，抹去她眼角那点儿晶莹的泪："我并没你想的那样好，只因为你跟你妈妈都是我见过的最好的人，所以，我得时常提醒一下自己，否则不配做你妈妈的好朋友，也不配做你的贺叔叔。"

展颜含泪一笑，她长大了，贺以诚望着她，她比她妈妈还要美丽，像一朵花刚抽出娇嫩的细蕊，女孩子有这样的美貌，如果没人保护，很容易凋零。

他掩饰得很好，事实是，他厌恶这个村庄，厌恶这处穷山恶水，一步都不想踏进，一眼都不想多看，可他看起来像个大善人。

送走石头大爷，展颜进了家门。贺以诚压根儿没有进门的打算，无论她怎样邀请。

奶奶没认出展颜，只当是生人："你找谁？"

"我是颜颜。"展颜抚了抚围巾。

奶奶眯眼再瞧瞧，"咦"了声："大小姐这是睡醒了想起来还有个家？"

展颜一句话也不想跟奶奶说，奶奶一张嘴，空气都跟着不愉快。可奶奶见她脚边放着那么一堆东西，又立刻跑来扒拉，她只好拦着："这是给孙晚秋、王静的，你别动这个。"

奶奶啪一声拍了她后背一下，骂道："胳膊肘往外拐的憨子，不说往家里拿，净向着外人！"

展颜学了好些道理，反驳她："这是贺叔叔买的，买来给我的，我的东西我有分配的权利。"

奶奶啐了一口："你还不是从你妈肚子里爬出来的，没你爸，你妈能有你？"

"你看你，孩子回来是好事，你这是干啥？"爷爷不知什么时候出来了，他摆手，"颜颜，快进屋去。"

展颜拖着东西快步走了。

进了屋，她一愣，原本属于她的那张一米二的床上早就被杂物占满了，被褥没地方放，被团成一团，扔在角落里，再一摸，是冷的、潮的，没人洗，也没人晒。屋里连个下脚的空地都没有。

她呆呆地看了片刻，这才真正明白，妈不在了，没有比这个真相更真实的事情了。

她收拾了很久，挪出睡觉的地方。屋里冷冰冰的，趁着有太阳，她得赶紧晒晒被子，可被罩是脏的，床单上还有来路不明的血迹，已经发黑。她记得，当时是洗好叠放在床上的，还特地盖了条旧围巾。

"谁用我的被子了吗？"展颜问奶奶。

奶奶围着围裙，正在剁红萝卜、猪肉，等着氽丸子："上个月，给你爸说的女人在家里住了几天。"

轻描淡写的一句，展颜听得脸都白了，她把被子一扔，跑了出去。

孙晚秋今天跟着小弟到镇上赶集去了，展颜扑了个空，后头孙晚秋的妈在跟邻居对她的背影指指点点，不知说的是什么。

展颜走在路上，谁见了，都会问她一句"颜颜回来了？"，可等她一走，大家又都要窃窃私语一番。

展颜只能往山上走，风很大，吹得人喉咙疼。树啊、草啊，全都像死了一样，地里只有麦子是绿的，密密的、厚厚的，耀眼地绿着。

一只野鸡突然从眼前飞过，她想起贺图南来了。

展颜在妈的坟前坐了一会儿，头顶的天是苍白的，大地无声，只有风呼啦啦地吹着，麦苗扑簌簌地晃着，对面山上，松树像旅人一样站着，等待远行。

别人说起妈，是一句"有庆那个婆娘没了"。这个"没了"是个很残忍的训练，需要时间适应，直到她也没了，才能停止。

天还是那个天，地也还是那个地，眼前的坟就是天地间缺了的那一角。

展颜又一个人下山，走了百十米，到邻村村头小卖部拨了个号码。

贺以诚刚进城。家里只贺图南一个人在温书，他听到电话响，出来接："哪位？"

电话里不出声。贺图南有些奇怪："哪位？麻烦讲话。"

展颜眨眨眼，努力让声音听起来正常些："是我，我想问问，贺叔叔平安到家了吗？"

贺图南没想到她这么快就打过来电话，一颗心顿时放松了，他挽着电话线："应该快了吧。"

"我就问问。"展颜心里一阵惘然，她不知道为什么要给贺图南打电话，除了他，似乎无人可说，但真的打通了，同样不知道说点儿什么。

家里无人，林美娟顶着一头当下最时髦的波浪卷一大早就回了娘家，贺图南有个舅舅从北京回来，让他跟着去，他不肯，到底是没多少精神，只说要温书，回头初一去姥姥家里拜年总要见的。

展颜刚来时，贺图南嫌家里多个人挤得慌，现在她回去了，房子阔得吓人。

"你那儿冷吗？"贺图南问她，他听说，一到冬天，乡下人都站在马路边，外头比屋里还要暖和点儿。

展颜低声说："冷，屋里头像冰窖一样。"她晚上还没着落，鼻子发酸，不自觉地握紧了电话筒。

贺图南下意识地脱口而出："那要怎么睡？要不然，让爸接你回来，在城里过年。"

"我要在家过年。"展颜说到"家"字又想哭，她哪里还有家，少了妈，家已经没有几分家的样子了。

贺图南无奈道："那这样好了，你到你们镇上买电热毯，身上还有钱吧？"

"有。"

他一阵懊恼，怎么没想到在她临走前也塞给她点儿钱？

"你别怕花钱，回来我补给你，我之前压岁钱还剩一些。"

展颜"嗯"了声，眼睛疼。

"不是说早就想回家了吗？怎么，我听你也没有多高兴，冻的吗？"贺图南觉得她情绪不高，想逗她一下。

展颜眼泪就簌簌直掉，她也不说话，握着电话咬嘴唇。

中间，她微微颤抖的呼吸声被贺图南捕捉到了异样，他皱眉："怎么了？"

展颜睫毛上的泪珠摇摇欲坠，她哽咽着："我上山了。"

贺图南一下明白她话里的意思，听出她在哭，他能想象出她那张脸，一时间，汹涌的情绪盲目地在胸口乱撞，找不到出口。

"我让爸接你回来。"他斩钉截铁地说道，电话线都要被扯断了。

展颜摇头："我要在这儿过年。"

贺图南脸色极差，他拿她没办法，只好说："那让爸早点儿去接你，别哭，回头风一吹脸该疼了，你现在在哪儿，你家里吗？"

"不是，在隔壁村的小卖部，我在这里打电话。"她抽了抽鼻子，"等贺叔叔回去，你别跟他说。"

贺图南沉默着，那头展颜喊了他一声："图南哥哥？"

他大梦初醒似的，说"好"，又说："家里好吃的、好玩的都给你留着，你在那儿凑合几天，缺什么就去镇上买，买不到的，回来再说。"

展颜抿抿唇："我要挂电话了。"

"记得买电热毯，不过用的时候注意电，不要用一夜。"贺图南觉得小镇上的东西质量堪忧，怕东西不好，引发火灾什么的，想到这儿，他恨不得自己会开车，将她接回来，住那个破地方，简直是遭罪。

"嗯。"

"有事给我打电话,过年那几天我晚上肯定在家,除了初一,可能大家要在饭店聚一聚。"贺图南像个老妈子一样,啰唆地说了许多,犹嫌不够,他总觉得有什么没考虑到,一时半刻又想不起来。

展颜已经不哭了,她贴着话筒:"我要挂了。"

"颜颜——"贺图南像爸爸那样叫她,却没话要讲。

展颜听着,摸了摸脸,有些热。

"电话费很贵,我真的挂了。"她说。

贺图南低声笑她:"横竖都是爸花钱,你怕什么?"

"所以我不能随便浪费呀。"她轻轻解释。

贺图南说:"这有什么,以后我挣钱给你花,随你浪费。"

这话有些突兀,说完贺图南自己也意识到了,便改口说:"我刚才交代你的,你记清了吗?"

"记清了。"她眼尾瞄了瞄小卖部老板,不知何时,这店里进了几个年轻人,一边说话,一边看她。

"那我挂了。"说着,她迅速挂了电话,掏出钱,"老板,您看一下多少钱。"

"妹妹,这钱我给你垫了,哥骑摩托车带你去镇上玩怎么样?"头发打了摩丝,一根根竖着的年轻男人冲她笑,牙七倒八歪的,嘴里叼着烟。

展颜心怦怦跳,她目不斜视,接了老板找的零钱,正要走,却被人拦住。她扬起头,秀丽的眉眼中透出一股锐气,二话不说,猛地推开这人,便跑了出来。

只准贺图南喊我妹妹。她莫名地想到这儿,跑得飞快。

她回到家,奶奶又是劈头一顿骂。展有庆赶集回来了,割了块猪肉,拿绳拴着,跟鱼啊鸡啊一块儿挂在梁头下。

"颜颜,你长高了。"展有庆见了她,不知道说什么好,一脸的欣喜。

展颜再见爸,想起那床脏被单,淡淡地应了一声,说:"晚上我去孙晚秋家睡。"

展有庆见她不太对劲儿,挠挠头:"咋都行,你一学期没见晚秋那孩子了。"

奶奶从盆里用锅铲挖了块猪油,化在铁锅里,开始炒菜。

做饭声响大,淹没了父女的对话。

展颜一顿饭吃完,拿着东西,往孙晚秋家去。

奶奶一双手湿淋淋的,她在后头追着骂:"大小姐翅膀硬了,吃完饭一抹嘴就走人,是不是?走了就别回来!"

她越走越快,到孙晚秋家,孙晚秋妈见她手里拎了物件,换成笑脸,迎上去,一番嘘寒问暖。

"展颜?"孙晚秋从堂屋跑出来,一见她,眼神里明显闪过十足的诧异:她个头儿长高了,皮肤更白了,身上穿的,脚上蹬的,全都那么洋气,漂亮。

孙晚秋步子放慢,觉得她有点儿陌生似的。

展颜也在打量孙晓秋，孙晓秋气色不太好，回了家，怕是正式的衣服舍不得穿，身上是件老年人做的那种旧袄，两面布，中间塞棉花。乍一看，像谁家的婆子。

"我给你拿了试卷，还有书，你看。"展颜忙把东西掏给她，又把她弟弟喊来，给他零食吃。那男孩子一把抢过，跑开了。

气得孙晓秋骂他："就知道吃，也不知道跟颜颜姐说谢谢！"

"哎呀，这么多书，"孙晓秋爱不释手地摸着，又翻了翻试卷，"展颜，你可真能想着我，我都不知道怎么谢你才好！"

几句话下去，两人似乎又回到从前，有着说不完的话。

"你真厉害，一中的题都难不倒你。"展颜跟她坐在门口的太阳地儿里说话。

孙晓秋笑了笑："我只不过是没上一中，要是在那儿念书，你信不信，我照样能名列前茅？"

展颜信服地点点头："你数学是怎么学的，都能考满分？"

孙晓秋得意地跷了跷脚："数学有什么难的，你知道的，我没什么学习方法，看见就会做，人家要是问我，我反倒说不出一二三。"

她把吃饭那张桌子拿抹布擦了擦，两人趴在上头，总结了一下午高一上学期的知识要点，一会儿展颜说给她听，一会儿她说给展颜听。

"明天找王静去，咱们去街上买甘蔗吃吧，"孙晓秋捣了捣她，"我妈上个月去米岭镇北边的皮革厂上班了。"她没说的是，她妈把厂里的皮子偷带出来，做套袖、做围裙，拿到街上卖。她难以启齿，觉得太羞耻。

两人晚上挤到了一个被窝，脑袋对脑袋，孙晓秋家枕头上黑乎乎的，一股头油味儿，同样干净不到哪儿去。更不要说被子，白布也成了黑布。但被子晒了，一股阳光的味道，热烘烘的。

她们彼此说着学校的趣事。

"实高附近还有职高、中专什么的，挺乱的，经常有人打群架。"

"一中没人打架，我没见过，周围也没见人打架。不过，北区有好多下岗工人，他们没了工作，也很苦。"

孙晓秋忽地变脸，一本正经地说："苦？谁有老农民苦啊？至少他们过过好日子，咱们过过吗？"

展颜说："是这样没错，可他们有技术，也不是不劳而获吧？"

孙晓秋嗤笑："也不全是这样，什么时候都有浑水摸鱼的人。"

她那语气老到得很，展颜觉得她好像更像个大人了，自己一跟她比，又显得幼稚了。

"哎？有男生追你吗？"孙晓秋大大方方地问她这个。

展颜没有不好意思："有的吧，给我写信了，我没看。"

孙晓秋凑到她耳朵跟前，悄声问："你怎么不看看？"

"有什么好看的？我不想看。"展颜觉得被窝里热起来，伸出一只胳膊，可又冷，只好缩回半边。

孙晚秋知道她习惯了，初中时，喜欢她的人就很多，她没反应，大家都喊她"冷美人"。

不是每个青春期的女孩子都有被人追逐、被人爱慕的权利。

"我以后要谈轰轰烈烈的恋爱，过不一样的人生。"孙晚秋说。

展颜没想过这些事，听她这么一说，便问："什么是轰轰烈烈的恋爱？"

"就是爱得死去活来吧，哈哈哈！"孙晚秋偏过脑袋，忽然凑近她说，"你刚才脱毛衣时，我看见了——"

展颜一下脸红了，她这半年发育飞速，也许是营养太好的缘故。可胳膊纤细、腰细，肩背也薄薄的，只有那两团白莹莹的，还翘着，她每次洗澡都不好意思看自己。

"你真讨厌。"展颜推了她一下，说完，自己也闷闷地偷笑。

"我呀，就想吃好学好，这样青春才不亏。"孙晚秋叹口气，她的心很大，似乎装了无数东西，总有什么在躁动。

她挺认真地问展颜："你没有喜欢过哪个男生吗？"

"没有。"展颜想也不想。

孙晚秋点她的鼻子，说："有一次，王静来实高找我，还跟我说他们学校有个男生超级帅，连王静那家伙都知道看帅哥，只有你还是小孩子。"

展颜不知道帅哥什么的，没在意过，可孙晚秋说到这儿，她一下想起贺图南来，毫无预兆，贺图南那张清俊的脸就跑到了眼前。她下意识地捂了捂胸口，隔着衣料，皮肤有点儿烫。

两人说了多久的话，她不知道，最后睡意浓浓，似乎听到有人喊她"小妹"，气息热热的，吹着耳畔，很痒，她翻个身，像有些不耐烦，这一晚，她第一次梦见贺图南，梦里，他只是笑着喊她"小妹"而已。

\* \* \*

北区有废弃的篮球场，人不多，毕竟有人搬走，有人南下，即便留下来的也没什么心情再去打球。贺图南来找徐牧远时，他正在换灯泡，他那个小妹五岁，一脸郑重地守着。

两人逗会儿小妹，然后去打球。

"有个事，我只跟你说，我爸公司最近跟政府合作的项目多了，过了年可能要招工人，负责点货、验收什么的，你看叔叔要是愿意，可以过去试试。"贺图南一个跃步，球咣当一下投进去了。

徐牧远便跟他说了前几天发生的那件事："我这欠你的人情，不知道什么时候能还上,说真的,我爸妈下岗后我明白了很多事,锦上添花容易,雪中送炭难,你替我谢谢贺叔叔。"

贺图南一笑:"什么时候跟我这么客气了?没必要。"

"对了,那天我爸说,贺叔叔领了个人买对子,还跟我说,那女生长得跟洋娃娃似的,是你家亲戚?"

贺图南却似笑非笑地反问:"老徐,怎么着,你又惦记上了?"

徐牧远笑着轻轻搡他一把:"随口问问,那倒不至于,我连人都没见过。"

贺图南运着球,人又跃起,脸被阳光照得意气风发:"老徐,跟我说句实话,你是不是对高一十班那个女生有想法?"

徐牧远笑着蹭了下鼻子,抬脸说:"我第一回在包子铺见她就记住了她,没想到后来还是一个学校的,以后再说吧。"

"什么叫以后再说吧?"贺图南扭头。

"以后有机会的话,我想追她。"徐牧远对他非常坦白。

咣当一声,贺图南猛地又砸进去一球,眉毛轻扬:"是吗?就因为……她漂亮?"

"牧远哥,打球呢?"铁丝网外,有女生招呼着徐牧远,那是余叔叔家的女儿,自幼相熟,小时候天天跟在徐牧远屁股后头喊"牧远哥"的余妍,和展颜同班。

"对,跟同学打球,你忙什么呢?"徐牧远停下问她。

余妍绷着脸:"我爸的三轮车今天被扣了,家里我妈正在跟他吵架,我嫌烦,出来走走。"说着,她瞄到贺图南,知道他是牧远哥的有钱同学,嘴角不由得撇了撇。

她爸蹬着三轮车去收破烂,本来这就够令人难为情的,现在,今天罚款,明天扣车,用妈妈的话说就是老天爷这是要饿死瞎雀。

徐牧远爱莫能助,平时,余叔叔和爸偶尔聚一起,一盘水煮花生米,就着劣质散酒,能说两个钟头的话,说来说去,无非是追忆往昔,并着一地叹息。

"牧远哥,你让徐叔劝劝我爸吧,自己家都千窟窿万眼的,那个什么东子叔三天两头来借钱,别家都关门,就我爸脸皮薄,磨不开面子,真是气死了!"余妍像逮到了人,大倒苦水。

大伙儿的日子一样难,有的人穷了就生歪心,北区的治安已经大不如从前。徐牧远也不喜欢东子叔,他耐心地听余妍抱怨,安抚了几句。

"我不留你吃饭了,年关我们这儿乱,天黑了,我怕你不安全。"徐牧远出了一身汗,把衣服递给贺图南。

"你们这儿没人管吗?"贺图南跟他一道走在路上。

两边到处是无所事事的男人,瑟瑟寒风中,一个女人忽然不知从哪儿冲出来,披头散发的，上身只穿了件奶罩，底下是大红秋裤。

"王八蛋，玩完了不给钱，吃白食，打死你个王八蛋！"说着，她便扑上来跟一个裤子都没提好的男人扭打在一起，骂人的话越发不堪入耳。

街坊们一脸漠然地看着，也有叫好的。

徐牧远扯了扯贺图南，示意他快走。

两人都是半大少年，是什么事，约莫也清楚，默契地不谈。

等贺图南回到南门，楼层井然，绿化宜人，显然又是另一个世界。

除夕那天，贺图南是在爷爷奶奶家吃的饭，暖意融融的屋里，觥筹交错，欢笑不断，他吃得心不在焉，总忍不住往窗外瞧一瞧。

"一晚上老看手表，急什么呢？"林美娟委婉地说他两句。

贺图南张嘴扯谎："想回家看春晚。"

她狐疑地瞅他一眼："没见你这么盼着春晚过。"

"今年有我喜欢的歌手登台。"他神情淡然。

"谁？"

"张惠妹，阿妹。"也许，他仅仅是因为张惠妹的名字里有"妹"字而已。

城里不准放炮，少了些年味儿，眼看要到零点，夫妻两人懒得再熬，起身回房间。贺图南等灯灭了，又过了会儿，轻手轻脚地来到客厅。

电话没人接。黑暗中，他呼吸起伏伏。

"喂？谁啊？"一个男人惺忪的声音响起。

贺图南镇定道："我找展颜。"

"找颜颜啊？"展有庆扯过来军大衣，"我去叫她，她不在这屋，你等等啊。"

展颜看春晚看到十点多，奶奶嫌费电，不让看了。

展颜睡在妈生病时住的东屋，里头就一张床，她把被罩、床单全洗了，手冻得发麻，腰酸了两天。

她披着小袄，过来接电话："爸，是谁？"

贺图南听到那声音近了，等了片刻，电话筒被窸窣地拿起，他说："新年快乐。"

展颜一怔，猛地听出是贺图南，竟浑身不自在，唯恐他知道她那天梦见了他。

她揉了揉眼，声音里有困意："你怎么还没睡觉呢？"

贺图南却问她："你怎么睡这么早？没看电视？"

展颜遮嘴打哈欠："看了，后来奶奶不让看了，我就睡觉了。"

"电热毯买了吗？还冷不冷？"

展颜捋了捋头发："不冷了。"

"电热毯没买是不是？为什么省那个钱呢？"贺图南一下就戳破了她，又气又没有办法。

展颜悄声道:"我把被子晒了两天,不冷。"墙都是冰的,窗户漏风,她只能把脑袋缩进被窝里。

"你这个人……"贺图南语气压着,想了想,没忍心再责怪她,顿了顿,才问,"明天你要去拜年吗?有人给压岁钱吗?"

展颜想了想,说:"我姥姥会给我十块钱。"

"那你爷爷奶奶呢?"

"不给,奶奶说没分家,不用给。"

这都是什么家人?贺图南听得眉头直皱。

"这样好了,我给你压岁钱,不过,"他又想逗逗她,"你得给我磕个头。"

展颜轻笑:"我才不,没有平辈给压岁钱的,你不过是想骗我给你磕头,我不傻。"

"你不傻?我看你傻里傻气的。"贺图南不自觉地往后头桌子上一靠。

夜深人静,她的声音如此清晰,她不服气道:"我虽然没你聪明,但我也不傻。"

"你就是傻。"贺图南偏说她。

展颜幽幽地说:"你总是看我不好,我都没说你不好。"

贺图南忽而又一笑:"你没说不代表你没想。"

"没有呀,我觉得你跟贺叔叔一样好。"她说完,脸不知怎的热起来,她给他打过那个电话后就觉得他是世上和贺叔叔一样好的人了。

贺图南不乐意听她提爸,反倒追问:"我哪里好?"

"哪儿都好。"展颜脸越来越烫,她绞着小袄,底下脚上没穿袜子,冷得很。

"那要是有一天,你发现我有不好的地方呢?"贺图南欲言又止,"比如,我没那么光明磊落。"

他说话跟个大人似的,展颜忍不住笑:"那就不光明磊落好了,你会做坏事吗?"

贺图南也笑了:"难说。"

外头开始放炮,零点了,一家放,很快家家都跟着放。展有庆既然醒了,也拿了打火机、一串红炮,挂在院子的石榴树上,点着了。

火光映着展颜的脸,她笑问:"你听见我们这儿放炮了吗?"

"嗯。"贺图南侧耳倾听,仿佛这一阵响声就给千禧年添了许多年味儿,他觉得过年是这样快乐,"你什么时候回来?到时候我跟爸一起去接你。"

展颜被炮声震得耳朵嗡嗡的,大声问:"你说什么?"

这边,他哪里能大声说话,只得等那边炮停,他怀疑,展颜家的鞭炮是不是对着电话机放的,怎么这么响?

"我说,到时候我跟爸一起去接你。"炮放完了,贺图南的眉毛才渐渐舒展开。

每天展颜除了写作业，就是跟孙晚秋、王静两人厮混，去镇上买糖葫芦，削甘蔗，探望米岭镇的老师们，途经流经数村的小河，才发现河水已变红，大家对新开造纸厂的污染无比愤慨。

这样的日子倒也充实，那感觉，好像她从没离开过似的，又回到了从前。她刚回来的不适，因为一些故人的存在淡化不少。

贺图南这么一说，好像天外来客，令她意识到还是要回去的。

"孙晚秋、王静初七回永安县城，那我也初七走。"

贺图南忍了忍，好像她死活都想不到还有个初六，那孙什么王什么，她跟人家是姐妹吗？

"好，我初七跟爸一起去接你。"他眉目沉沉。

展颜嘴角不自觉地噙了一抹甜甜的笑，可又不想让他看见，幸亏是打电话，奇怪的是，这样也觉得害羞，她垂着眼："你也要来吗？"

"权当出去转转，开学就忙了。"贺图南若无其事地说道。

里屋传来展有庆的咳嗽声，不知是真咳还是提醒她电话讲很久了。

展颜转头，探看两眼，小声说："也祝你新年快乐，我要挂电话了。"

"急什么？是我打过去的，又不花你的钱。"贺图南心里却想，要是有手机才好，省得这样时不时要往爸妈屋里瞄。

院子里的炮屑透进来，展颜扇了扇鼻子，说："我没穿袜子，冻脚。"是真冷，脚脖子已经冰凉，她两条细腿一直抖。

贺图南立刻想起夏天来，她两只袜子高低不同，直直的、白白的小腿，裙摆正好压到膝窝。

电话便这样挂了。

展颜走到院中，头顶的星星散发着一团团光芒，亮得慑人，她仰头，重重地哈出一团雾气，那雾气袅袅直上，仿佛要到九重天去。

冬夜的村庄有种清绝的苦冷，展颜看了几眼星星，连忙跑到东屋将棉鞋一甩，钻进了被窝，被窝都凉了半边。

在外头冻得时间长了，许久暖不热乎，她就缩成一团，在被子里哆嗦，脸却渐渐烫起来。

年关大抵过得都差不多，走亲访友，小孩子拜年得压岁钱高高兴兴，大人们则各有各的哀乐要咀嚼。

对子上的好话图的是吉利，大家都清楚。至于福到了，还是福到头了，各人有各人的造化。可人间的年到底还是值得过一过的。

初六这天，贺图南凌晨是醒着的，压根儿没睡，他等了一天没等到电话，晚上跟几个同学订了饭店，一起吃饭。他出手阔绰，跟贺以诚一样，饭菜都是好的，礼物什么的倒不在意。

直到回来，他见贺以诚在客厅抽烟，烟雾缭绕中，眉目凛凛，像压着火。

"爸？"他们父子说不上连心，但贺图南敏锐。

贺以诚徐徐地吐出烟圈，用胳膊肘抵着沙发，说："明天你不要跟着去了。"

"怎么了？"贺图南心里一跳。

贺以诚往烟灰缸里点了点："晚饭前，颜颜奶奶打电话说颜颜不能来了，展有庆开三轮车到镇上摔断了腿，要颜颜在家伺候他。"

贺图南听得窝火："她爸不是再娶了吗？"

贺以诚冷笑一声："你不懂，这老太太是又想跟我要钱，展有庆摔断了腿，不知道是什么情况，但他的误工费要算到我头上。否则，这话就是小的该在家伺候当爹的，不能来念书。"

"爸，那你打算怎么办？"贺图南觉得这家人实在是不要脸，可转念一想，这脸要了，展颜未必会到他家来，既然如此，倒是那老太太不要脸的好。

"所以我说你不要跟着去了，我自己去。"贺以诚碾了几下烟头，往后一靠，像又陷入了沉思。

## 第十章
## 公主加油

❄ 我们都这样爱你，你却像什么也不知道。

这天一大早，贺图南还是跟贺以诚一道去了，车程真长，这是他唯一的想法。

"你留在车里，不要进去。"贺以诚交代他，一路上，父子间无话可讲。

这条路，他走的次数不算多，可已经走到忍无可忍的地步，若是春天来，两旁还有些生机，现在肃杀得百鸟绝迹，万木枯透。

贺以诚下车时，关车门的动作利落、强悍，那么一声震得贺图南扭头，展颜家破败的木门上没贴春联。

刚进院子，贺以诚便踩了一泡热乎的鸡屎，他眉头都没皱，也不管，他很清楚展家房屋布局，直接走到展有庆的那间屋子，果然，展有庆四仰八叉地躺着，展颜穿着旧袄，袖口挽着，露出的棉絮像鲨鱼的牙齿那般排列着。她正给他爸剥橘子，头发没梳好，毛毛的，随便拿根黑皮筋扎着。

贺以诚从头到脚把她打量个遍，冷眼看着。

"贺老板——"展有庆先看见的他，下意识挣扎着要起来。

展颜也转了身，喊了句"贺叔叔"。

"颜颜，快，快给贺老板搬凳子、倒茶。"他吩咐展颜。

展颜便一一去做。

贺以诚神色还算正常，他问了两句展有庆是怎么回事，问完，才看向展颜："你奶奶呢？"

"在厨房给我爸炖鸡。"展颜知道他是来接自己的，脸上并没几分兴奋的意思，语气也淡。

贺以诚点头："我跟你奶奶说几句话。"

厨房里，奶奶正在洗刚褪了毛的鸡，见贺以诚进来，"哎哟"一声，手在围裙上抹两把，说："贺老板，上堂屋喝茶？"

143

"我过来接颜颜。"贺以诚连羊皮手套都没摘,说着,眼尾扫了眼这黑不溜秋到处是油污的厨房,一阵反胃。

奶奶立刻换了苦大仇深的脸:"哎哟,贺老板,颜颜这个时候哪还能念书?你们城里人是不知道,这一开春,地里多少活儿等着,来来来,你看看家里这羊啊,猪啊——"她去扯贺以诚的胳臂。

他不耐烦地一躲,眼镜后头那双眼似讥似讽,他打断她:"这跟颜颜没关系,你再忙,还有颜颜爷爷能照顾你儿子,再不济,不是还娶了新媳妇儿吗?找女人是做什么的?"

"看贺老板说的,"奶奶松了手,知道他嫌弃,却满不在乎,扳着手指头数落,"新媳妇儿哪是那么好娶的,订礼、金耳环金戒指,开春这房子也得推了重盖,哪样不得花钱?要啥没啥,人家跟你过个什么劲儿?哪里能跟贺老板比,您手指头漏点儿缝,就够我们娶十个八个媳妇儿了不是?"

贺以诚仿佛早有所料,他轻掸胳膊,那上头不知何时落了点儿浮灰,也许是出堂屋时蹭到了哪里。

"你卖孙女已经卖过一次了,我不是小气的人,"他抬眉,目光犀利,"老人家,做人不要太贪心,会折寿的。"

奶奶笑得尖厉:"哟,瞧贺老板说的,您大鱼大肉,有享不完的福,那是怕折寿,我们苦了一辈子,早死早托生,我倒想赶紧合了眼,省得受罪。颜颜伺候她爸天经地义,我们养了她十几年,她爸不能动,她不说去南边电子厂打工挣钱,还要念书,这才是贪心,丧尽天良。"

贺以诚微笑:"那你怎么不去寻死呢?上吊、跳河、撞墙,想死有的是门路,实在不行,我是开车来的,你跳车,我也可以帮忙。"

奶奶脸色一变,她着实没想到贺以诚看着这么斯文一人,嘴巴这样坏,笑笑的模样,竟然这样坏!

"贺老板,你这讲的还是人话吗?"

贺以诚心平气和:"跟人才讲人话,6月那次,我们谈好的,给你们的已经够多,你现在又想多诈我两个钱,这次是展有庆娶妻,下回呢?没完没了了是吧?我可以告诉你,我是有钱,但绝对不会再给你一分。"

奶奶被他戳破那点儿心思,不觉得有什么,见他像软硬都不吃,笑面虎一个,索性撒起泼来:"颜颜是我们展家的人,贺老板,你有钱有势,也不能抢孩子,走到哪儿,你都是不占理的,要不然,咱们去派出所?"说着,她就去拽贺以诚,要把他往外拖。

爷爷从外头回来,见状,忙把东西一丢,过来劝道:"你这是做什么?有话好好跟人家贺老板说。"

奶奶不依,手劲儿不亚于一个男人,倒把贺以诚就这么连拖带拽地揉到大门口,她往地上一坐，便开始哭号："我的娘哎，我们有庆咋就这么命苦，婆娘偷汉子，闺女也要攀高枝儿，这摔得不能动了，闺女也成人家的闺女嘞！"

那哭腔极富韵律，配着甩出的一把把鼻涕、眼泪，悉数落在了车中贺图南的眼里，他立刻下车。

老太太这个样子很快引得街坊邻居来看，大家对着贺以诚指指点点。

爷爷恨得直跺脚，一点儿办法都没有，连说几个"丢人哪"，走过去，讨好似的看着贺以诚："贺老板，您进屋来，把颜颜带走。您进来，我帮孩子拾掇东西。"

听到动静，展有庆早就催展颜出去看，她见爷爷正给贺以诚赔好话，那模样让她极不舒服了一瞬。爷爷想凑近又怕人嫌的样子，她看不下去。

"颜颜，来，收拾东西跟贺老板回去，念书去。"爷爷跑到东屋去给她装东西，想起什么似的，忙把从集上买的麻花点心掏出来，那些东西不知道是什么小作坊弄出来的，可爷爷当宝贝似的给她带上了。

奶奶还在大门口哭，嘴里念念有词，四周的人一人一句"有庆他娘"地劝着。

"贺叔叔，我晚几天再走吧，等我爸好点儿了我再走，真不好意思，让你今天白跑一趟。"展颜似乎难以启齿，想了想，还是勇敢地说了出来。

贺以诚听得眉心直跳："你不肯跟我走？"他跟她说话语气从没这么生硬过，此刻几乎是脱口而出。

展颜自然听得出来，她咬咬牙："嗯，我现在不能走，我爸的腿摔得很重，我想再照顾他几天。"

院子里忽然落了两只鹌鹑，它们想偷吃玉米，咕咕地叫着，瞪着褐色的眼睛，看着院子中的人。

贺以诚转过脸，深深地呼吸，沉默几秒才又看着展颜说："你爷爷会照顾你爸的，你留下也做不了什么。"

展颜攥着袖口，想起奶奶骂她的那些话，又羞愧又难受，说："反正我不能走，我走了就是不孝顺，我不能只想着自己。"

"孝顺不在这一时，"贺以诚压着火气，"这样，我出钱，你们村子里总能请到人来照顾他，这样行吗？你能跟我走了吗？你得念书，懂吗？"

展颜心里乱乱的，何叔叔的慷慨竟让她觉得也很生气，她心里很矛盾，本就不知怎么办才好，可贺叔叔来了，一开口又是要用钱解决所有问题，他是施舍者，所以，他们一家人都要听他的。

"不好，"她轻微负气，"我们家总不能老这么花你的钱。"

贺以诚几乎忍不住发怒，他们一家已经不知道花了他多少钱了，她真以为他是圣父吗，想给姓展的一家花钱？

窗户突然被打开，传来展有庆的声音，他动不了，又着急："颜颜，跟贺老板走，爸没事，你去念书。"

展颜扭头，眼睛里仿佛闪着泪花，可她倔倔地昂着脸："你是我爸，为什么老叫我跟别人走？"

贺以诚听愣了，这一句骤然刺痛人心。那一刹那，他心底碾过丝缕惘然，好像怀着一腔的爱，一腔因她而起的爱，却不知要往哪里用。她一句"别人"就置他于再尴尬、再寥落不过的境地。

可他又怎么能跟小孩子计较？他不能颓唐，也不能委顿，只能状若平和，说，"既然你不想走，那我晚几天再来。"贺以诚的神情，像一条突然来到平坦处的激流，没有了动荡。

爷爷已经把她的东西打点整齐，此时慌了神："颜颜，那可不能，你今天不走，回头你奶奶更要挟制人家贺老板了，可别犯傻，孩子，赶紧念书去。家里你爸有我呢，你别操心，你只管念你的书。"

"颜颜，走吧，跟贺老板走吧，你不走，我也不会叫你伺候我。"展有庆扒着窗棂，费劲儿地催她，他满额头的皱纹，道道藏着隐忍。

贺以诚倒沉默了。

爷爷把行李箱推到展颜跟前，大包小包的，帮她拎在手里。

展颜抬头，看了看展有庆，又看看爷爷，进屋换了衣服。

院子里飞奔进来两抹人影，是孙晚秋和王静，两人打算吃了中饭就去镇上坐车，过来看看展颜走了没，刚来就见她家门口停了辆气派的小轿车，她奶奶又坐在地上哭，围了好些人。

孙晚秋何其聪明，打眼一看就知道展颜奶奶在出什么幺蛾子，展有庆过了年要娶妻的事，她早就听她妈说了。

"展颜，我跟王静吃过午饭就走，你也走吧。"孙晚秋拍了拍王静的手，示意王静别吭声，说着就跟王静一道接过爷爷手里的大包小包，一只手拉过展颜，又打量几眼贺以诚。

"你爸未必稀罕你照顾，"她低声道，"他开春就娶新媳妇儿，你当他是爸，将来，他不见得当你是闺女。"这话她有心说得重，不说重，展颜这傻子是最心软的。

展颜回头，看了眼展有庆。

展有庆嘴唇动了动，再没说别的。

"别看了，"孙晚秋面色冷静，"你要往前看，老回头干吗？"

王静小心地觑着两人，说不上话，只卖力地提东西。

这么一行人出来，大门口忽地一静。展颜一眼就看到车旁的贺图南，阳光照在他脸上，他眼睛微微眯着，看着这一切。她忽然想起什么，挣开孙晚秋的手，往回跑。

贺以诚父子见她跑回去，脸上的表情如出一辙。

孙晚秋一愣，忙跟回去。展颜爬上床，把床头那几根长长的野鸡毛取下来，塞进袋子里。

"爸，我走了。"她出来时，对窗户那儿两只眼还在往外看的展有庆说道。

展有庆应了声。

门口，奶奶见她出来，一骨碌爬起来，指着她骂道："你这个没良心的崽子，今天出了这个门，就别姓展了，跟人家姓贺去吧！"

贺图南听得太阳穴直跳。

奶奶没讹到钱，恼羞成怒，又把贺以诚骂了一通。王静怯怯地上前说了句"奶奶，您别骂了"，被孙晚秋一拉，说："跟她说什么，别理她。"

这么一场闹剧以展颜上车终了。

孙晚秋跟王静隔窗和她挥手，展颜挤出一丝笑，看看后头的爷爷，爷爷还没奶奶高，他站在人群里，像丛不起眼的牛筋草，没上前来。

车子启动，一切远去了。

贺以诚在上车前跟孙晚秋、王静两人道了谢，对两个小姑娘印象很好。

他一直没说话，只时不时地从内视镜瞥两眼后排的展颜。两个孩子各占一头，沉默地坐着。

贺图南垂着眼，他是第二次来，好像每一次来乡下都会看见她奶奶骂人，一群人围观，那种感觉真是糟透了。尤其是那句"姓贺"的话，让人像踩了一脚碎玻璃。

车里气氛诡异，爸竟然没有话要跟她讲。

贺图南余光动了动，看见她手指紧扣着车座，人却是朝窗外看的。

"颜颜，有些事，你还小，不太明白，我今天来接你，不是不让你孝顺爸爸，而是今天你不走，以后我更不好来接你。"贺以诚突然开口。

贺图南凝神朝前看了看。

展颜不知道奶奶又在变相地要钱，也不知道爸具体哪天娶妻，她心里依旧乱乱的，像无人料理的田野，长满野草。

她记得，第一次是带点儿赌气走的，她觉得应该走得正常些，但不知为何又弄成了这样。她不想姓贺，奶奶的话准确无误地刺伤了她。

"颜颜？"贺以诚见她懒懒的、呆呆的，一个劲儿地看着窗外走神。

展颜定神："为什么晚几天不可以？我功课能跟上的，爷爷说奶奶挟制你，她……"实在不好说出"钱"这个字，她的自尊心让她又把剩下的话缝在嘴里不放出去。

贺以诚轻轻地嘘气："没什么，她可能还是觉得你去电子厂比念书好，没办法，老一辈的人观念就那样，所以，我觉得今天必须把你带回去。"

对话似乎点到为止，展颜沉默了。

"我今天,"贺以诚斟酌着措辞,眼睛不住地瞟着后排的她,"因为有点儿急,所以语气可能不是很好,希望你不要生贺叔叔的气。"

她天生就是被他宠爱的。这是他没办法的事。

贺图南听得一脸漠然,他托着下颌,脸转到一边,似乎也看起风景。

展颜被贺以诚说得局促,摇摇头。

贺图南看着远处荒凉的山,心想:我们都这样爱你,你却像什么也不知道。

一路再无言,展颜睡着了,头靠在车窗玻璃上,她很累,满满的心事。

贺图南见她东倒西歪,一伸手,把她的脑袋揽到自己肩头,说:"爸,你开慢点儿,小妹睡着了。"

他的动作自然而然,语气也自然而然,这多少令贺以诚欣慰。

展颜像只小喜鹊,栖息在他的肩头,睡得安稳。

贺图南侧眸,低眼,下巴蹭过她头顶柔软漆黑的发丝,似有若无地,像厮磨了一下。这是在爸的车里,他用哥哥的身份当作最好的掩护。

可贺以诚捕捉到了这一瞬,他没说话。

到家时,贺图南拍了拍展颜的脸,展颜脸热热的,她在车里睡得太死了。

东西被搬进去,贺以诚非常想让她把那袋来路不明的麻花丢掉,却忍着没说,开始准备做饭。

展颜洗了个澡,她在镇上的澡堂就洗了一次,人实在太多,孙晚秋给她细致地搓背、搓胳膊、搓腿,直到把她搓得浑身通红,像虾。

热气氤氲,她够不到背,但把每根手指、每根脚趾都认真地洗了。

贺以诚在厨房忙,她又回到这个整洁、明亮、温暖的世界。她吹了会儿头发,脸更红了,她第一次敲贺图南的门。

"给你的。"她等他开了门,把装野鸡毛的袋子给他。

贺图南打开,拿出来看了,果然很绚丽。睫毛一闪,他问:"你还记得这个啊?"

"我答应送你的。"她的脸有种刚出浴的娇嫩,像柔弱的花朵,被热气烘得鲜嫩。

贺图南俯视着她,尽量不去看她红红的嘴唇,一边把玩礼物,一边问:"你跟爸闹不愉快了吗?我没进去,一直在车里等着。"

展颜不知道那算不算,情绪依旧不高,只是摇头。

"你有没有什么要说的?"他转动着野鸡毛。

展颜乌黑的眉毛还带着点儿湿漉漉的水渍,脑子一片混沌,她又摇摇头:"说什么?"

"送别人礼物,不说点儿什么吗?"贺图南拿野鸡毛拂她的脸。

展颜觉得痒,头一歪,避开了。

可贺图南偏偏还要闹她,又去拂她的脖子。

展颜本来有点儿闷气，也说不好是生谁的气，许是生自己的。此刻好像得了当口，她蹬脚，手臂乱抓："那你还给我吧。"

贺图南当然不肯，一边抬高手臂，一边逗她："看你小气的，几根鸡毛也好意思送，还再要回去。"

那野鸡毛满头满脸地乱拂，她又怕痒，跳到他身上，两只手攥住他的胳膊："我不给你了。"

贺图南稍微一用力，把她弹出去："对了，我还答应给你压岁钱，你怎么不磕头？"

展颜气笑了，又扑上去。

两人一时忘了贺以诚还在家，到底青春年少，闹了起来。她一个趔趄差点儿摔倒，贺图南反应极快，一手揽过她的腰，两人便跌到了床上。

"你压着我了。"展颜道。

贺图南鼻腔里"嗯"一声，忽而一笑："昨天是初六。"

展颜睫毛乱颤："我知道，我不是送你礼物了吗？"

"就这？"贺图南腾出一只手，拿野鸡毛轻轻点了点她。

展颜一时失语，抖了一下。

贺图南身体很热，也很重，房门没关，门外似乎闪过一道身影。他迅速起身，展颜只觉得上方一空，她被他随手拉起，他笑道："你给我磕头，我这就给你压岁钱。"

他说着，目光越过她，若无其事地对站在门口的贺以诚说："爸，小妹闹着问我要压岁钱呢，你得好好管管她，哪有哥哥给压岁钱的？"

见贺以诚在那儿，展颜脑子嗡的一下，她脸烫着，脚跟着发软。

贺以诚神情里似乎看不出什么异常，他笑笑："颜颜，爷爷奶奶都给你准备了压岁钱，你初一不在，放心，哥哥有的，你都有。"

\* \* \*

"你不小了，颜颜也是大姑娘了，一时兴起闹着玩可以，但要注意分寸，毕竟不是小孩子。"贺以诚单独找贺图南谈话，话不露骨，点到为止。

贺图南听明白了，表现得倒也乖："爸说得是，我以后注意。"

"有种说法叫长兄如父，我还在，不至于让你像当爹的一样操心，不过，你要有点儿当哥哥的样子。"贺以诚丢下这么一句，留他自己琢磨。

年关过得飞快，春天要来了。

可北方的春天是最阴晴不定的，暖一阵，寒一阵，大街上人们乱穿衣，风又野，树啊花的，和乡下一样，都等着春天。有那么几天没留心，再瞧公园边的柳树，远远一望，竟成蒙蒙的绿雾了。

一中在阳春三月组织了一次春游，不同年级去的地方不一样，高一坐大巴车去郊区植物园，路不近，天又还冷着，等到烧烤时，大家脸上被风吹得起鸡皮疙瘩，展颜拿了贺以诚的相机，给同学们拍照。

"展颜，你这相机挺贵的吧？"余妍好奇。

展颜便教班长怎么用，她也是刚学，自然没贺叔叔用得娴熟。

"我不知道价钱，从家里拿的，"她粲然一笑，把相机递给余妍，"班长，麻烦你给我拍一张。"

展颜盘腿坐在草地上，对着镜头，露出一排洁白整齐的牙齿，笑得舒展。上头是晴春的天空，背后则是迎春花密密点缀于青枝间，轻盈又鲜嫩的黄，十分可爱。

她在此认识许多新植物，不像从前，除了杏花、桃花、梨花、油菜花，便是一箩筐的各种野草。这儿不一样，什么罗汉松、红豆杉，什么木樨科、忍冬科，她记下来，要跟照片一道寄给孙晚秋。

春游别的班要写游记，十班丁老师不做统一要求，你或写或画，哪怕是像展颜那样拍几张，也无妨。这样一来，大家倒来了兴致，有学画画能描摹几笔的，也有愿意作作小诗的，回去后没几天，贴到了班级后头的展示栏中。

展颜拍的几张照片洗了出来，丁老师挑出几张光影美丽的，放在上头。

转眼到清明，贺以诚要给她操办生日，她不肯，贺以诚问她原因，她只说："过生日会想起妈，不想过。"

既是这样，贺以诚便不再坚持，但礼物还是要送的。贺以诚在家那天，宋笑正巧来找林美娟，两人在沙发上闲聊，贺以诚便问问女士们的意见。

茶几上躺了几枝白玉兰。小区里玉兰花正一树树地开着，风一吹，倒像一树的蝴蝶要振翅翩翩而去，宋笑请保安折了几枝插瓶用，顺道给林美娟送来。

"玉兰花真不错。"林美娟一边插花，一边应付着贺以诚的问话，"你平时什么都不缺她的，要我说，送什么孩子都不稀奇了，又不是刚来那会儿。"

宋笑眼波流转，她悄悄打量着夫妻俩，只是帮林美娟插花，并不讲话。

"宋笑，如书那孩子过生日，你都送什么？"林美娟问起她。

宋笑一双手白如象牙，染了鲜红的指甲，她轻拈着白玉兰笑："你说如书啊，那孩子可怪了，女孩子喜欢的什么发箍呀，蝴蝶结裙子呀，她都不喜欢，过生日不过，给她点儿零花钱，随她买好了。"

林美娟知道宋如书那小女孩长得不好看，大约穿戴什么也好看不到哪里去，不打扮反倒显得人清爽。"如书真是懂事，女孩子这样不让人操心。"她淡淡地笑着说。

贺以诚目光掠过那抹放肆的红，他说："算了，看来问你们也问不出什么，不如我自己出门看看。"

林美娟专心地侍弄玉兰："这也不是什么大事，你问我们，我们又不是十几岁的小姑娘。你要是去买，也算上我的一份。"

见他起身，宋笑伸手往林美娟肩头轻轻一搭："我也该走了。"说着，俯身往她耳边贴了贴，不知嘀咕什么。

林美娟就笑，动作、神情间已然是十分亲昵了。

到门口换鞋，宋笑一手撑墙，一手提她的高跟鞋，那动作成个窈窕侧影，贺以诚看着，她仿佛知道男人在看她，穿鞋的速度就更慢了。

"贺总，你们男人哪……"她下楼走得也慢，痴痴地笑，"你都看不出美娟不想搭理你吗？"

贺以诚挑眉："是吗？"

宋笑懒洋洋地凹着腰："我比美娟小两岁，可听到你提要送一个花季少女礼物，都莫名地不高兴，好像一提她的年纪，就是时时刻刻在提醒我们是老了的，何况是美娟呢。"

"女人这么小气吗？跟小孩子也计较，"贺以诚笑了，"我不过是问你们的建议而已。"

宋笑尖尖的眼尾轻荡，全是笑意："我倒有个主意，贺总参考参考，只是刚才当着美娟不好说。"

贺以诚点头："请讲。"

宋笑红唇微启，牙齿抵着上腭："内衣。"

贺以诚攒眉看她。

她却换作一脸认真："颜颜大了，内衣不合身是会影响身体发育的。我猜，女孩子家那些私密的事情，你是不好过问的，美娟是什么事情都看得淡，未必能想到，贺总要是放心，我给她挑好了，我家里有女儿，对这个比较懂。"

这话细思有道理，林美娟对颜颜十分客气，可也就止步于客气，贺以诚为难的是，他送内衣，这让颜颜怎么想呢？

宋笑仿佛猜透他的担忧，娇嗔地说："贺总，亏你平时还是聪明人，说是美娟送她的礼物就好了呀，你再给她买本书呀或者直接给钱，你们夫妻俩不就都有了？这样孩子也觉得受重视。"

贺以诚眉心一展，他微笑地看着她，这个女人似乎天真中还又长了点儿脑子："那真是麻烦你了。"

宋笑却把手一伸，像打趣："钱要贺总付的哦。"

贺以诚也笑，连连点头："对，是要给钱。"他掏出钱夹，大概点了几张，都给了她。

她去接，指甲轻轻刮到他的皮肤，微痒，一双眼里的笑意似要溢出来，偏含蓄地兜住了，这么盯着他，咬住红唇说："剩下的再还贺总。"

这样的天气，她又早早地穿了低领连衣裙，丝绒的，新雪一样的脖颈上戴着条珍珠项链，配着红裙，极其艳丽。她对男人是有吸引力的，成熟的一举一动带着肉欲气息的胴体，衣服是遮不住的。

贺以诚笑："不必，当我谢你。"他知道，宋笑要么是想从他这里弄钱，要么是想跟他上床，无论哪种，在他看来都是十分可笑的。

内衣买得极快，不得不说，宋笑眼睛很毒，搭眼那么一看，就知道展颜该穿多大尺寸。她想，展颜的妈妈一定是个美人。

那种少女蕾丝内衣，宋如书看着都觉得尴尬，宋笑给她也买了，黑色的一套，这在宋如书看来也是种耻辱，穿成套的内衣，那是女人的风格。真受不了，她恨不得把内衣丢进垃圾桶。

宋笑不懂："你你这个年纪就该穿漂亮的内衣呀，这个时候不穿什么时候穿？等变成老太婆哦？"

宋如书气得咬牙："妈，我干吗穿这个？我不要穿那么成熟！"

"傻瓜，你本来就不像我，再不肯下功夫打扮打扮，以后没人要的。"宋笑跟宋如书玩笑起来没什么分寸，她是放养长大，什么规矩都不大懂，说着，抖搂起宋如书的数学资料，皱鼻子嫌弃道，"光知道念书，成书呆子啦。"

别人的父母都是规劝孩子用功，轮到宋笑，像盼着她赶紧去享受大好春光，出去玩、出去消磨一样。她气呼呼地把资料夺过来，戴上眼镜，又开始埋头于纸堆，她下定决心要冲进前十。

"你去找贺图南兄妹两个玩嘛，放假要休息一下的。"宋笑还在说。

宋如书推推她的大框眼镜，板着脸，比她妈还要严肃："我要做题了，你也说，我不像你，长得难看又不好好念书，我以后才没出路。"

清明时节落了点儿雨，堪堪压住空气中的浮尘。展颜去南门图书馆看书，人很少，市里往公墓方向去的公交发得很勤，街上到处是卖鲜花的。

贺图南是跟她一前一后进的图书馆，两人相视一笑，各自找位子坐了。

临近中午，眼看人快走光了，贺图南从她位子前经过，丢了个纸团。

展颜打开，朝最后一排书架走去。

很快，贺图南过来了，拎着精美的包装袋："我可不像某人那么小气。"说着，他拉展颜坐到书架的角落里，让她看礼物。

是支口红。

展颜吃惊地看着他，避之唯恐不及："我不要这个。"

贺图南伸手压在她的嘴唇上："小点儿声。"

"我用不着。"她就小声说话，有些害羞，口红是大人用的。

贺图南慢慢地拧开口红，朝她眼睛上吹口气，那样轻，像陡然吹过的春风。

展颜往后一缩，靠在了墙角。

"你闭眼，我给你涂上。"他低声笑。

展颜抗拒地攥他的手腕："我不。"

贺图南轻而易举地把她的手摁下去，像诱哄："哪有不要礼物的？"

"我不要这样的礼物，"展颜耳尖都红了，"这是宋阿姨、林阿姨才用的。"

"胡说，只要是女孩子，都能用，徐牧远那个上幼儿园的小妹都知道把嘴巴擦得血红，额头也要点几个点，你怕什么？"贺图南揶揄地笑道，"你胆子还不如小孩子。"

"我擦这个做什么？"展颜质问他。

贺图南意味深长地笑了笑："不做什么，好看。"

"我要好看做什么？"展颜更不明白了，推他，"我正好有题请教你。"

"不急，"贺图南抓住她伸过来的手，"你让我给你涂一回，我就给你讲题。"他见杂志上的女孩子涂着艳艳的口红，十分动人，他想知道她涂上是什么模样。

展颜怀疑地问："那……还能擦掉吗？"

"当然能。"

她半信半疑，肩膀已经被贺图南扳正，他的手轻轻一抬她的下颔，说："闭眼。"

"我不。"展颜睁着两只眼，等他气息近了，睫毛不自觉地一抖一抖的。

贺图南微微偏着脸，展颜静静地看着贺图南。可贺图南的眼睛那样深，那样专注，头顶窗户那儿雨打得玻璃作响，世界变得安静下来，仿佛只有给她擦口红这件事最重要。

"我看看好不好看。"贺图南捏着她的下颔，轻轻一转。

"太丑了。"贺图南笑的声音极轻，他低了头，几乎要挨到她的肩膀，好像这事又变得很可笑。

展颜倏地睁眼，愤愤地打了他一下。

贺图南指腹上红津津的，他朝她白皙的手腕上按了一下又一下，细细的青色血管时隐时现，他力气很重。

"你真坏。"展颜说着抬起手背要蹭掉，被贺图南一拦："别，我还没看清楚。"他有些霸道地重新捏住她尖尖的下巴，仔细看了两眼，像品鉴。

展颜被他捏得难受，头一歪，挣开了："我要擦掉，你一定把我画得像小鬼。"

贺图南不以为然："小鬼？说得好像你见过似的。"他说完，又笑了，元旦会演时那些女生擦着口红，一点儿都不好看。

展颜从兜里掏出纸，开始擦，很用劲儿，被贺图南阻止："行了，再擦都要破皮了，待会儿去水龙头那儿洗洗。"

前头工作人员开始催着大家走,寥寥数人而已,贺图南一笑,把她从地上拽起来,口红却放自己这儿,说:"以后有机会再给你涂。"

"我不要了。"展颜气鼓鼓地看着他。

贺图南笑着弯腰给她拍了拍灰尘,她往后一捂,脸又红了。

"给你打打衣服怎么了?"贺图南耸耸肩,笑着先过去收拾书本了。

两人是最后出的图书室,展颜那把小花伞被别人拿了,她有点儿沮丧,看着贺图南:"可能被人拿错了。"

"你那伞太漂亮了,说不定谁看着喜欢顺手牵羊了。"贺图南哼笑一声,撑开自己的黑伞,把她顺势往伞下一拉,"你也是,说不定谁看着喜欢就偷走了,我得看紧点儿,否则回头爸要骂我没看好小妹。"他把伞压得很低,搂住她的肩膀,把风雨都挡在了外头。

展颜挨他很近,他身上热烘烘的,皮肤的温度仿佛穿透了衣料,一阵阵袭来,她仰头看看他:"春季运动会,我报了长跑,还有接力跑。"

贺图南俯视她笑道:"你行吗?"

"我跑得可快了。"

"哦,想起来了,你跟兔子似的,噌一下蹿好远,怎么,是追野鸡练出来的?"贺图南勾勾眉毛,声音里有戏谑。

展颜嘻的一声笑出来,脸上热意没褪干净,又起一波:"你喜欢野鸡毛吗?"

"不喜欢。"贺图南说。

展颜一愣,显然有些失落。

"但你送的我喜欢。"他垂眸,半真半假地笑着说。

展颜下意识地抱紧书包,低声问:"为什么我送的你就喜欢?"

贺图南揉了揉她的肩膀,目视前方,神情有几分寥落:"因为……老徐的小妹捏了个丑八怪面人给他,他都喜欢,我也一样。"

展颜眼前旋着落了白玉兰的花瓣,她沉默了会儿,说:"我在花盆里种了凤仙花种子,已经发芽了,等开花了能染指甲,红红的,很好看。"

贺图南"嗯"一声,静候下文:"怎么?"

"种子是妈妈种的凤仙花结的,"展颜低头,"我把种子带来了。"

贺图南停住脚步,低头又去抬她的脸:"想妈妈了,是吗?"

展颜觉得他手指有点儿凉,她点点头,说:"妈妈生病前,每年都会用凤仙花给我染指甲。"

"你喜欢染指甲吗?"

"不喜欢,但妈妈给我染我就喜欢。"展颜忽然懂了他刚才那句话,一时间,心里不知是喜欢还是哀愁。

贺图南问:"那要是我给你染呢?"

展颜说："喜欢。"

"喜欢就好，我以后给你染指甲。"

展颜却没头没脑倔倔地想：我才不要姓贺，永远不，喜欢也是不一样的，永远不一样。

\* \* \*

运动会在下旬，天猛地暖和起来，催得学校里海棠、樱花全都开了，招来蜜蜂，嗡嗡地打转。

很快，学生也像蜜蜂一样，热热闹闹地在操场上排练入场仪式。

班主任让展颜当领队，她形象好，当仁不让。

"举花环跟傻子一样，一点儿创意都没有。"有人抱怨胳膊酸，一会儿就想放下来歇歇。

展颜也觉得笑得怪累的，老师说要一直甜甜地微笑，目视前方，腰板得直。

花名册发到每个班级，贺图南拿过来浏览，视线不动声色地从高一组滑过，心里暗笑，都不知道她怎么那么爱跑。

"老徐，展颜报了好几项，你得给人家加油去啊，要不要哥们儿组个啦啦队？"寝室长顺势搭在贺图南的肩膀上，嘻嘻直笑。

贺图南听得一阵烦躁，顿时觉得寝室长压在身上令人讨厌，却只是微笑着。

徐牧远对这种玩笑从来都是笑而不语。

"贺大少，你说是不是？"寝室长猛地拍贺图南一下，笑得蔫坏，"咱们都去，给足老徐面子！"

贺图南把他的手拨开，皮笑肉不笑的："你喜欢她？"

寝室长跟被烫着似的，人一退："我还是很讲究的，老徐看上的，兄弟们不敢争。"

贺图南眼睛里笑意轻闪，毒辣辣的："看你这么起劲儿，我以为，你们一个个的都喜欢她。"

徐牧远却制止他们："别乱说，我们玩笑归我们玩笑，不要闹到展颜跟前，别让人家觉得困扰。"

贺图南两手插兜，头微微昂着，笑模笑样的。

"嗐，不就是在这儿瞎扯着玩吗？"寝室长无奈地看看他，又看看徐牧远，"你们俩一个比一个正经。"

"那不一样，老徐是情根深种，贺大少是跩，谁都不爱搭理。"另一个室友凑上来，贫得要命，"贺图南这小子看女生都是这样的……"他学贺图南走路吊儿郎当的样，眼睛往下微微一瞥，施舍似的。这一学，惟妙惟肖。

寝室长抱臂做惊恐状："贺图南，咱们寝室夜谈会从没听你聊过女生，你不会……看上哥儿几个中的谁了吧？难道是本舍长引起了贺大少的怜爱？"

"放屁，"贺图南笑着剜他一眼，嘴巴歹毒，"你长得跟黑毛猪一样，别来倒老子胃口。"

"揍他，这小子开始人身攻击了！"几个人在走廊拿着扫把追赶起来。

贺图南拽过徐牧远，往人群里一搡，风风火火地跑开了。

大家瞎闹完，徐牧远把七零八落的扫把归整好。

"老师给你的竞赛题做了吗？"徐牧远一边挂扫把，一边问他。

贺图南已经回到座位上，在跟室友下象棋："没有，又没参加，做那玩意儿干吗？"

"你为什么不参加呢？"徐牧远一直搞不懂他的想法，他有那个实力，也有精力、财力往上走。

贺图南一心两用着："不想，我爱玩，又怕人管。"说他爱玩，可他上课时极用心，只是下课不爱待在教室，有空就溜，喜欢运动、打游戏、看漫画……兴趣十分广泛。

刚过去的月考，他的名次依旧比徐牧远高。

"有一题我得请教你。"徐牧远拿来题，坐在他旁边。

室友说："老徐，这几次贺大少都压着你，你是怎么回事？"

徐牧远神情淡泊："不怎么，名次起伏很正常。"

贺图南瞄他一眼，半真半假道："徐牧远，我认真起来永远都会压你一头，你翻不了身的。"

听到他那个自负的语气，身边这些同学似乎都习以为常，他确实聪明，大家公认的，也就他这么说话不让人讨厌。

"怎么就突然认真起来了？"徐牧远笑着拍了下他，"谁刺激你了？"

贺图南捏着小棋子，一下把对方堵死："突然觉醒了。"

男生们贫起来没完没了，等到晚自习，几个人才开始认认真真地讨论题。

一中氛围宽松，大家又刚迈进千禧年，一切朝气蓬勃，像初升的红日。

运动会这天，碧空如洗，可北方的春风总是十分张狂，副校长在台上讲话时，假发被吹走，这一下，简直要成千古笑料。

等各个班级入场，大家的目光被旗手们吸引走。

"看！现在向我们走来的是高一十班，这是个团结友爱的队伍，自信人生二百年，会当水击三千里，是他们的座右铭，他们拼搏进取，勇于竞争，祝他们赛出风格，勇创佳绩！"主持人激昂的声音透过话筒传遍角落。

高一十班刚入场，操场上立刻沸腾起来。

展颜是旗手，走在最前方，每个班级都选了最漂亮的女孩子做旗手，她是这些漂亮女孩子中最好看的一个。

贺以诚知道她要做旗手，给她送了一条红丝绒连衣裙，头发找人编了，盘在头顶，蓬蓬的，用一个缀着珍珠的同色蝴蝶结定住，整张脸悉数露出来，宝光璀璨的笑眼里带点儿少女的娇俏和矜持。他就是要她出风头。

展颜那颗爱美的心不知是什么时候有的，贺叔叔将这裙子送来，惊得人哇哇叫，大家撺掇她一定要穿，她有点儿扭捏，最终却也穿了。

效果果然惊人，男生女生们都在看她。

"老徐，老徐！快看哪！"寝室长激动地推徐牧远，"她长得可真像个洋娃娃啊！"

徐牧远怔怔的，人不动，任由寝室长乱晃他的手臂。

人群骚动着。

贺图南静静地远观，他不知道她竟有一条这样的裙子，谁让她打扮成这样的？他脸色很差，心里竟很不痛快，这也太惹眼了。

他极快地瞥了眼徐牧远，再看其他男生，无一例外，都盯着她。他也觉得她真是好看极了，可这个样子，在家里穿穿不就行了吗？

贺图南眉头轻锁，旁边同学忍不住跟他低声讲："这个女生真漂亮，叫什么来着？"

"不认识，不知道。"贺图南神情相当冷淡，一副事不关己的样子。

学生们自然是要议论议论展颜的，宋如书在女生队伍里孤挺着，她默默朝贺图南那个方向瞧了瞧，只觉得他视而不见，竟什么反应也没有。

具体项目开始后，人群散开，广播里喊请参加一百米短跑的运动员过来检录。

展颜换掉裙子，脸上淡妆的痕迹还在，两条又长又白的腿上肌肤匀称，充满少年的弹性和光泽。

她报的是长跑和接力跑，没轮到她，她就跟在余妍后头，给本班男生加油助威。余妍说：你一喊加油，咱们班男生就赢了。

展颜心想：我可没有这么大能量。

郝幸福踮脚张望，轻轻拽她："你瞧，那边有跳高的。"她早就看过了花名册。

"我们过去瞅瞅？"郝幸福一定要拉着她一起。

展颜踟蹰："我们班没有报跳高的。"

跳高是好看的，极有挑战性地一跃，像鲸鱼出海。

"去吧。"郝幸福拉拉扯扯，往那个方向走。

途中，徐牧远、贺图南几个正帮老师挪垫子，男生一看见展颜，就默契地"哦吼"了一声。

"展颜！"徐牧远喊她。她抬头，冲他礼貌地微笑起来。

徐牧远那头劲儿一松，贺图南这头猛地一沉，他撑住了，像没看见展颜。展颜本想也冲他笑笑，见他低头，好似自己的善意被毫不留情地枪毙掉，那笑悬在半途，对着空气，令人十分尴尬。

展颜只好扭头问徐牧远："你要跑步吗？"

"嘿，"旁边郝幸福小声地跟贺图南打了个招呼，还没说话，脸先红了，结结巴巴地问，"你们都跳高？"

贺图南一笑："我跳。你报什么项目了？"

郝幸福觉得细胞都要裂开了，她眉眼紧张："没，我体育差得很。"

"当玩嘛，多锻炼锻炼就好了。"他以前从不留意女孩子说话时的状态，此刻倒无师自通一样，看出郝幸福的局促，心中了然，并不当回事，两只耳朵把老徐和颜颜的对话听得一字不落。

"你换衣服了？要跑步吗？"

"是的，我是八百米，还有四百米接力。"

"真看不出，你体育是强项。"徐牧远探究似的瞧着她。

"我跑步很快的，"展颜说完，把郝幸福一拉，"我要过去准备了，回头见！"

"预祝你取得好成绩！"徐牧远在身后追了一句。

她轻巧地跑开，小腿的弧度上布满阳光，等来到余妍身边，热忱地帮忙给同学们发水，整理号码簿。

贺图南这才抬眸，远远地瞧她一眼，她像只灵巧的蝴蝶穿来穿去，春光明媚，她好像活泼了几分。

"我还以为她是个很害羞的女生。"徐牧远似乎不避讳他，公然跟他聊她。

贺图南开始热身："难为你，你应该留级去跟她做同学。"

"我怎么觉得，你好像不太喜欢展颜？"徐牧远迟疑地看他。

贺图南面无表情："她是什么人？我就非得跟你们一样喜欢她吗？"

徐牧远笑笑："那倒不是。"

"老徐，快点儿，给洋娃娃加油去！"寝室长催他。

徐牧远只是笑，跟贺图南说了声"加油"，便往田径赛道去了。

贺图南看着男生们远去的身影，他知道这群人都是去看展颜的。

枪声一起，展颜毫不犹豫地冲了出去。她四肢矫捷，雪白的一团在跑道上晃人眼，头顶上则颤着一抹红，那是她的蝴蝶结在随着节奏律动。

"公主加油！公主加油！"高一十班的同学喊她公主，郝幸福混在里头，胆子也大了，吼得脸通红。

可公主跑得不算快，大家着急，嗓子很快喊得沙哑。

后半程，展颜开始发力，本来在中段的她一个个超越，她前半段跑得不急不躁，贺图南结束跳高时，她已经加速了。

加油声吵得人耳朵疼。

展颜却只能听见风声和自己的呼吸。

"天啊,看不出她跑起来这么凶。"男生们挤成一团,抻着脑袋看。

徐牧远目不转睛地看着她,她腿很长,步子迈得比别人大,像只灵巧的猎豹在跳跃。

田径场边人多,贺图南站得远,没凑到跟前,目光却一直跟随着展颜的身影,她就是这么撵野鸡的吧?忽地想到这儿,他莞尔,不忘握拳挨唇稍作掩饰。

眼看就剩最后二百米,展颜来到第一位,第二名咬得很紧,贺图南静静地凝视,觉得她已经算十拿九稳。

果然,展颜第一,她喘着气,两手撑在腿上,不过几秒便跑到记分老师那里看成绩。等几组都跑完,老师把分数单给志愿者,让他们拿去贴,同学们簇拥着她,往公示栏挤。

"展颜第一!是高一十班女子组八百米第一!"

展颜高兴地要跑回队伍,迎上徐牧远,他来祝贺她:"这么厉害啊?"

她笑眼明亮:"我跑步本来就很厉害!"

"是吗?"徐牧远被来往的学生乱挤,避了避,"你还要跑接力,是吗?"

"对,我还要再给我们十班争个第一!"展颜鼻头是亮晶晶的汗,脸也红扑扑的。

几个男孩子过来,他们是徐牧远的同学,自然也是贺图南的同学,他们嘻嘻哈哈地赞美起她。

展颜却没看见贺图南,他还是那样,装不认识她,她现在有点儿生他的气了。如果说,最开始,她能理解他,她从那么穷的地方来可能让他觉得丢脸,但现在,他自己都愿意当哥哥了,为什么还要这样?怕别人议论什么吗?说是亲戚也可以呀。

展颜很想问他:"你有没有看见我跑了第一名?"

以前在米岭镇总有人夸她,到了一中,她虽然一直稳中有进步,求上进得很,但那种真挚的赞赏似乎很难得到了。比她聪明的可不止一个孙晚秋。

展颜透过人群没发现他的身影,便又跑回自己班级,等着接力赛。

她不知道贺图南只报了跳高跳远,他长手长脚,两项都是高二男子组第一,比完也没刻意去看成绩,在操场小花坛那儿喝可乐。他一个人待着,目光像她的影子跟着她,绝无被偷窥的可能。她头上那个蝴蝶结红得可爱。

操场上彩旗飘着,人头攒动,总有人跑来跑去,老师时不时提醒:"田径比赛马上开始,请无关人员快速离场。"

贺图南始终能瞧见那个蝴蝶结,好像心也跟着变红了,在阳光下微微地动着。

等接力赛开始,每个选手定点站好,做出要接棒等待的姿势,贺图南跳下花坛,来到场边,见徐牧远跟几个男生勾肩搭背就站在展颜附近。徐牧远脾气绝好,身上有种没有任何棱角的柔和感,他站在那儿,一定是目不转睛地等她比赛。

枪声响了，女孩子们拼抢起来照样很凶，有人掉了棒，大家遗憾地"哎呀"一声。

　　展颜在最后一棒，心都要提到嗓子眼了，她扭着头，暗想她一定能接稳，果然，眼明手快地抓住了就往前跑。

　　一百米不长，胜利在望。

　　就在这时，田径场上突然有志愿者猫腰小跑过来，横穿而过。展颜冲刺速度太快，两人撞到一起，那个男生立马倒地，展颜却跟跄着滚出好远，一头撞到记分处的桌腿上，没了反应。

　　这一切发生得太快。

　　体育老师怒得大叫："是谁？那是谁！哪个班的！真是气死我了！"

　　人们要围上去，贺图南已经飞奔过来，许多人尚且没留意他是从哪边过来的，就见一道人影直直地闯入，像把匕首般锐利。

　　"颜颜！"他也不知用力扯开了哪些人，恼得脸都扭曲了，动作粗鲁，好像别人把他一根筋给弄断了那么气。

　　展颜头发都被撞散，蝴蝶结也不知跑到哪里去，她晕着，毫无生气。

　　"别动她！"贺图南吼蹲下来查看的人。

　　是老师，对方着急地说："我看看摔哪儿了。"

　　贺图南抬头，也不知在冲谁喊："马老师，马老师帮忙打120，谁都不能随便动她，万一伤的是颈椎，要等医生来才可以！"

　　他趴在地上，去看她的脸，手不知往哪里放，想拂一拂她的黑发，唯恐又伤到她，只是柔声急切地呼唤："颜颜，颜颜，你能听到我说话吗？"

　　展颜没任何回应，浓密的睫毛掩着，乌沉沉的，像夜色爬上了脸和脑袋，什么也看不清听不清了。

　　贺图南一阵耳鸣，他全然忘了这是在操场上，围观的人有许多层。他回头一定要揪住撞她的男生，狠狠地揍一顿。

　　颜颜会不会死？这个想法登时让人绝望，贺图南不知自己怎么就想到这么严重的田地，他简直想哭。

　　老师们让同学们散开，打过电话，立刻向校领导汇报。那边，校医匆匆赶到，把贺图南拉起来了。

## 第十一章
## 千纸鹤

❅ 我时时感到孤单，唯有学习能让我忘却一二，怎么高中这样漫长呢？

  贺图南是跟着救护车一起走的。

  很快，人群散开，老师严肃地批评了乱穿跑道的男生，大喇叭里又反复强调。

  余妍问徐牧远："展颜她……她跟贺图南认识啊？"

  徐牧远若有所思地立在原地，回过神来，才平静地应了声。

  "牧远哥，我一直想问你来着，徐叔去贺图南他爸的公司了吗？"余妍的爸还在每天躲城管，前一阵学别人做糖人，全搞砸了。

  "刚去，在后勤仓库，我爸还在适应阶段，等干一段时间看看，有机会我问问图南，看他家还招不招人。"徐牧远知道她话里的意思，直言道。

  余妍感激不尽："牧远哥，那就麻烦你多给我爸留心着，省得我妈老骂他。"

  他们少年还不大懂大环境变化，只知道从去年开始，传言东边要盖新楼盘，楼盘卖给谁，他们自然是不知道的。贺以诚的公司是当地数一数二的私企，政府给的政策优惠，跟合资企业差不多。这次招工，贺以诚花了大价钱请设计师，成立品牌部，这在彼时实属罕见。至于招徐工这样的后勤人员，则纯粹是因为从去年开始本市商品房建设加速，贺以诚看到了巨大的商机。

  运动会这天，贺以诚身为企业主代表，跟一众人来参加政府组织的经济会议，发言完毕，坐在他旁边的是本地的一个房地产开发商林亮，林亮说："贺老弟刚才说得好，头一件就是这个信贷政策，这个不放开，不是卡这里就是卡那里，还有一个税收，想做点儿事到底是难。"

  各人心里都有一笔账，贺以诚道："国家明年就要加入世贸组织了，这方面，相关政策肯定是要修改补充的，得配套才成。"

  林亮对此倒不敏感，问："到处都在说这个什么WTO，谈了十五年，到底加入这玩意儿对咱们有什么好处呢？"

  贺以诚吐出个茶梗，笑说："好处坏处都有的，美国让你加入，自然是无利不起早，不过，老兄，你的机会是来了，外商外资多了，商品房厂房的需求必定大增，你等着看，十年后城市自会大变样，比咱们几十年走过的路变化都要大。"

林亮来了兴趣："照你这么说，这也是老弟你的机会。"

贺以诚不置可否："关税一降，建材市场这块价格肯定会跟着降，我们得跟国际市场竞争，你的技术、营销落后，就要被淘汰，国外各方面都比我们成熟，这也是我今年成立品牌部的原因，观念不变不行，得想法子跟国际接轨。国外的建材质优价廉，你用不用？我们的优势又在哪儿？这是逼着你变，技术要变，理念要变，你不变，就等着完蛋，入了人家的局，自然就要按人家的规矩玩。"

林亮拍着大腿："老弟，到底是你看得长远，照你这么说，我也得回去研究研究。"

贺以诚爱学习，参加培训班，听讲座，财务管理、金融、法律无一不涉猎，这在刚迈进新世纪的此座北方城市里很少有。

会议还没散，他手机响了，他出来接了个电话，把中午的饭局也推了，匆匆赶到医院。

展颜问题不大，就是摔晕了，片子什么的结果，医生说给贺以诚听了。等展颜醒来，见一群人围着自己，寻了片刻，才找出几张熟悉的面孔——贺叔叔、班主任、贺图南。

"感觉怎么样？"贺以诚握着她的手，见她醒了，倾下身体。

展颜微微笑着："有点儿头疼，还有点儿晕。"

贺以诚摸摸她的鬓发，蝴蝶结在贺图南手里捏着。"没事的，医生说你休息休息就好了。"他心想：你要吓死我了，颜颜。

让贺图南看着她，贺以诚出来送随行的两位老师。他脸色不豫，很少有这么不客气的时候："我要跟你们领导谈谈，学校运动会难道没有一点儿安全保障？学生出了事，你们那个校医能顶什么用？"

老师们赶紧解释。

贺图南透过门上的窗户往外瞧一眼，过来坐下，看着展颜，很沉默。

展颜先笑了："你怎么不说话？"

贺图南长嘘口气，手指抚了一遍脸，说："没心情。"

"怎么了？"

贺图南怀疑她脑子被撞坏了，眉头一拧，深深地注视着她，仿佛在质问："你说怎么了？"

展颜却比父子俩轻松得多："医生都说我没什么大事，我睡一觉，肯定能好。"

他从裤兜里掏出那个蝴蝶结，又把装她裙子的袋子拿来，说："待会儿把运动服换掉，还有号码簿，这些东西要交还学校。"

展颜接过裙子，留恋地抚了抚，说："贺叔叔给我买的裙子很漂亮。"

贺图南额头上的汗没干，他到现在后背都是湿的："你还有心情看裙子？"

展颜往外瞧瞧："怎么贺叔叔还在外面？"

贺图南没好气地说："爸发火呢。"

展颜这下急了："跟老师吗？不怪老师呀。"

贺图南见她要下床，摁住她："你让爸发吧，他心情不好，刚刚接了电话，会都没开完就过来了。"

展颜便慢吞吞地退了回去，低声说："我给你们添麻烦了，真对不起。"

贺图南站到她身后，把蝴蝶结给她戴上："你误会了，没人说你添麻烦，只是担心你。"

"那你呢？"展颜抬头问。

贺图南居高临下地垂着黑眼睛，对上她一双明眸，手慢慢地放下来，忽然哼了一声："我？我现在要想想怎么把谎给圆上，不像你，只知道臭美。"

门开了，贺以诚进来。贺图南自觉地退开些，见爸进来，那双眼睛就自动黏到展颜身上了："颜颜，今天在医院观察半天，好了我们回家吃饭，睡一觉看看，明天如果你觉得可以，再去学校。"

"贺叔叔，你千万别怪老师。"展颜怯怯地看他的脸色。

贺以诚立刻瞥了贺图南一眼，贺图南没吭声。

已经晚了，怪也怪过了，贺以诚安抚地说："没有，你不要想这些不相干的，躺一会儿？"

说完，他把贺图南叫出去。

父子俩在走廊尽头窗户那儿一站，贺以诚不快地问："你是怎么回事？运动会你不是也在现场？见人瞎跑，怎么不知道拦着呢？"

贺图南靠在墙上，无话可说。他想辩解两句，转念一想又作罢。

"是什么破人撞的？得让他跟颜颜正式道歉。"贺以诚没这么小气过，贺图南小时候被同学推了一把，直接从滑梯滚落，磕破了头，他也没难为对方。

贺图南说："这是肯定的，等我回去问问到底是哪个人，老师也会问的。"

贺以诚两手往窗台上一撑，楼下，一丛月季打了花苞，他凝神瞧着，不知在想什么。

"爸，那边会议你还要回去参加吗？"

"不回去了，本来也快散会了，不过是个饭局，我留下陪颜颜，你回学校吧。"贺以诚还在看那花苞，他一身冷汗，接到电话的那一刻，不知道事情是否严重，满脑子都是他怎么对得起明秀。此刻，懊恼依旧噬咬着他的神经。

"那我跟小妹说一声。"贺图南见他没有要动的意思，转身回了病房。

163

"我得回学校了，"贺图南随手抚弄两下她的裙子，说，"爸今天是要带你回家的，我晚自习也不上了，回去商量一下怎么说。"

"说什么？"展颜的表情像做不出一道几何题。

她是不知道他当时那个样子，贺图南也不想细说，只含混地讲："你摔晕了，我跑过去看，大家应该都知道我们很熟悉了。"

话说着，贺以诚进来，贺图南给展颜递了个眼神，那一眼别有意味。他知道她一定懂他没讲出的话。

果然，展颜回了一个"请你放心"的表情。

这个时间点，公交车上难得人少，春光打在玻璃窗上，映出贺图南凝思的脸，他的神情像被冻结了一样。

他回到学校，运动会上人少了许多，上午比赛项目结束，黑压压的人潮往食堂拥去。

他第一件事自然是面对寝室里这群室友。

寝室里，徐牧远正在吃馒头、咸菜，他原本也是节俭的性格，如今在物质上更是困乏到贫瘠。

贺图南推门进来，里头的人猝然看向他。

"回来了？"徐牧远先开的口，他吃得很慢，"展颜怎么样了？"

寝室长几个人就差把嘴都挂到他身上去，不像班长，什么事都这样镇定，索性抢过话头："贺图南，这是怎么回事啊？你对展颜有点过分在意了吧？"

寝室里鸦雀无声。

贺图南来之前，大家在错愕中讨论一番，得出结论，也许两人之间有猫腻！

贺图南神情自若，他走过去，笑骂了一句："鬼扯什么？"

寝室长忍不住道："你明明——"

"展颜是我表妹，"他随手捞起一本足球杂志，"不要给我瞎胡扯。"

徐牧远看看他。

贺图南早就在心里呵摸过老徐见过展颜爸这事，其他人好糊弄，老徐是糊弄不得的。于是，他轻轻叹气："我瞒着大家是因为我表妹家情况复杂。"

大家听得更糊涂了："既然是你表妹，那干吗装不熟呢？"

贺图南眉头一蹙，说："她家里……"他刻意一顿，是有心说给徐牧远听的，"非常贫困，现在算寄居在我家，在学校里我要是跟她走得近了，难免会被人问，她不想让别人知道她寄住在我家里。"

"这有什么，住在亲戚家也是正常的。"

贺图南啪地合上杂志："你懂什么？展颜是女孩子，她家里那个样子，你们是没法想象的，寄人篱下是什么值得炫耀的事情吗？"

"真看不出，贺大少你这么爱护表妹，可惜了，古代表哥表妹是一对，现在可不行了！"寝室长哈哈大笑，顺带推了把老徐。

徐牧远馒头被碰掉了，他弯腰捡起，也不生气，揭了皮吹吹，笑着继续吃。

校园里八卦传得最快，运动会没结束，很多人都知道了贺图南跟展颜是表兄妹。

晚自习贺图南请假，徐牧远正在给同学们找英语磁带。

"我跟老师说过了，你回头把我的请假条给他。"贺图南简单地收拾了两张试卷，就要走人。

"去年暑假，在新华书店，你就是去找她的吧？"徐牧远收下他的请假条，突然问了句。

贺图南眉毛一挑，他点点头。

"真能装。"徐牧远克制地评价了句，他的笑眼在走廊的灯光下显得有些莫测。

贺图南神色如常："彼此彼此。"

贺图南到家时林美娟很意外："你不上自习吗？"

贺图南把棒球帽一摘："不舒服，感觉今天跳高窝着心口了。"

林美娟要带他去医院瞧瞧，他摇摇头："我自己去过了，医生说休息几天就好了，我正好再拿点儿东西。"

"颜颜今天摔晕了，你知道吗？"林美娟往展颜的房间努努嘴。

贺图南轻描淡写："知道，好像没什么大事，运动会上磕磕碰碰正常得很。"

林美娟叹息地说："你们小孩子总是不小心，真撞出个好歹，不是闹着玩的，你吃饭了吗？"

"吃好回来的，我有点儿累，妈晚上打算干吗？"贺图南把卫衣脱了，扔在沙发上，人懒懒地一躺。

林美娟顺手帮他收了衣服："这点你就不如你爸，外头穿的衣服不说挂起来，这么一扔，像什么样子呢？"

姥姥姥爷把妈教育得很好，规规矩矩，干干净净，贺图南疑心这样累不累，他不管那么多，脚一跷，开始揉发酸的太阳穴。

"你爸晚上有应酬，这一天天的不知道他怎么应酬那样多，我去你宋阿姨家坐一坐。"

林美娟说完要出门，贺图南倏地一睁眼，撑起身，想了想，仿佛意识到什么又缓缓地躺下，等门被带上，他像弹簧一样爬起来，去敲展颜的门。

展颜戴着耳机，正在听歌，贺图南进来，她什么也不知道。

"都摔晕了还听歌。"贺图南直接伸手把她的耳机拿下，丢到一旁，"还头疼吗？这会儿戴耳机不好。"

展颜见他回来，高兴地说："我听了会儿元旦会演同学们唱的那几首歌，你看，都很好听。"

　　盗版磁带上写着"一人一首成名曲"，四块钱一盘，贺图南嗤之以鼻："你是从哪儿弄的？"

　　"同学给的。"

　　"想听买好的听，这种破磁带音质不行，"贺图南坐在她旁边，正色道，"我有话跟你说。"

　　他把跟室友解释的一番话学给展颜听，展颜温顺地听着，忽然抬脸问他："既然说了，为什么又说我是表妹呢？"

　　贺图南喉咙疼了一下，她问得认真，他料定她什么内情都不清楚，真当爸是贺叔叔。一个人天真的表情原来有时是这样伤人，他潦草地瞥她两眼，睫毛一垂："你以为我想说你是表妹？"

　　那语气好似嫌弃一般，展颜听出他的不耐烦，她大了，也明白说自己是贺叔叔朋友家的孩子难免会惹人遐想，但她不乐意做表妹。

　　"老徐见过你爸，我只能跟大家说你家里穷，寄住在这儿，是为了不伤你的自尊才装作不认识，省得别人问东问西。"贺图南捏了捏耳机，"你到学校，别人要是问这事，你要跟我说得一样，别说岔了。"

　　辫子已经打散，头发仍带着卷，展颜那张脸像被蓬松的云簇拥着，表情有些冷淡："我家里穷，但住在你们家并没觉得伤自尊，你不需要照顾我的自尊。我只是觉得亏欠你家很多，但将来我会尽我所能地报恩。你这么跟别人说，好像我因为家穷就羞得不能见人了，我不是这样的人。徐牧远父母下岗，我看他也很大方，难道在你心里，人穷了就容易觉得伤自尊吗？我米岭镇的同学，穷的多了去了，大家都好好的，没人会觉得这样就伤自尊。"

　　她讲得认真，咬文嚼字说什么"报恩"，贺图南本来听得又气又笑，又听她说起徐牧远，冷不丁地问："听你这语气，是怪我了？我这么说本来也是最省事的一种法子，你想得可真多。还扯老徐，关老徐什么事？"

　　展颜不知怎么了，对他广而告之自己是表妹这件事莫名地恼火，好像名头一定，日后就改不了了。"恃宠而骄"这词是对的，人被宠惯了，脾气不知不觉见长，她气呼呼的："徐牧远就是比你好。"

　　以前，她是妈的乖小孩，又听话又懂事，从不叫人烦心，大概她自己也忘了自己是小女孩，有女孩子的脾气。

　　贺图南听得眉头一凛，拧了起来："原来你是这么想的，行啊，老徐好，你去他家住得了，看他家养不养得起你。"

　　展颜这会儿才真正被戳着了自尊心，好像她是个没人要的，得靠别人怜悯养着。她本来觉得贺图南好极了，可他也会这么说，不管是有心还是无意。住在别人家里，对方想什么时候说就什么时候说。她怔怔地想，人还是得有自己的家。故乡不再是

166

家,这里也不是家,她的家得靠她自己造一个。

展颜没发火,黯然看了看他,说:"我不会一直赖在你们家不走的。"这话讲得心平气和,不是赌气,也没有埋怨,说完,她好像为了叫他放心,又开口,"你刚刚跟我说的,我都记住了,回去后同学要是问我,我就这么说。"

"我刚刚……没有要赶你走的意思,你不要跟爸学。"贺图南声音僵僵的,他知道失言了,见她表情呆呆的,不知在想什么。

展颜坐在那儿不动,有丝孤零零的意味,贺图南注视着她,极力克制住想去摸一摸她脸颊的冲动,手蜷着,扣向身体。

"我要看书了,"她抽出那本《活着》,示意自己有正事要忙,"刚才那些话,我不会跟贺叔叔学的,我不是那种人,你不要总是看扁我。"

贺图南默然看着她,站起身,像把心硬生生地掉了头,拧成正确的形状:"不管怎么样,我都会按爸说的把你当小妹,就是亲兄妹也有说话不对付的时候,你我都勉为其难忍受一下吧。"

\* \* \*

展颜回到学校,班里同学看她又不一样了,好像她天生就该是贺图南的表妹,两人都是顶漂亮的人物。贺图南是一中的"流川枫",这样的外号虽然幼稚,却是少年心里认可并迷醉的一种乐趣。

这么一来,余妍无端对她殷勤起来。

郝幸福察觉到了,说:"班长现在非常喜欢跟你一起玩。"

她微微失落,大家知道展颜是贺图南的表妹后,似乎又高看展颜一眼,她觉得自己丧丧的,忧郁起来。

展颜把书摊开,温和地转移话题:"我们复习吧。"这是她跟孙晚秋的一个学习方法,老师讲过的重点,我说给你听,你说给我听,梳理一遍脉络。

"我这学期月考名次卡着了,跟喉咙进了根鱼刺似的,咽不下去,又吐不出来,可能我永远只能待在中不溜。"郝幸福打起精神,语气却是沮丧的。

展颜说:"人不能总进步,不退步也很好,你看我,想考班级前十总差那么一口气。"

郝幸福觉得自己迷茫得像头猪,心里一算,羡慕地说:"高二不管文科理科,重点班都有两个,A班和B班,你这个成绩能一直保持的话,进不了A班,进B班也很有希望啊,我是肯定进不了了!"

展颜只能鼓励郝幸福,有那么一瞬,她觉得自己变成了孙晚秋,而郝幸福是她。至少从前孙晚秋总是可以带给她力量,虽然她没有郝幸福这么容易低落。

这种位置的对调令她心里有种微妙的满足,可同时又有些羞愧,那就是她知道孙晚秋绝不会因为帮助别人沾沾自喜，孙晚秋总是比任何人都有主意。

5月的月考成绩是和高二年级一同放榜的，两人去看，展颜瞧见贺图南的名字在A班第一，自然也是年级第一，宋如书这次竟然超过了徐牧远，直接升到年级第三，徐牧远第四。

她终于有了点儿郝幸福的那种心情。是她还不够努力吗？她微微地怀疑起自己，贺图南、宋如书他们好像不经意间成绩就飞跃了。

可她真正的对手是孙晚秋，即使两人身处不同的空间，但孙晚秋自幼年起就身为她的参照物，这种惯性不会消失。

展颜更刻苦起来，每天比别人早起二十分钟，在教室的走廊读英语，晚上熄灯了，别人聊天，她跟郝幸福两个人在小声地复习白天所学。

孙晚秋的回信到了，那时候，展颜正在奋力准备期末考试。不出意料，孙晚秋做一中的试卷，尤其是数学，基本全对，来自天赋的沟壑让夏天的蝉鸣变得刺耳。

　　听我妈说，你爸再娶了。希望你不要因此受到影响，他过他的，你过你的，我们早晚都要离开父母，过自己的生活，你现在身处一个非常优越的环境里，更不该被过去困扰，其实我一直不太懂你到底在眷恋家乡什么，是明姨吗？明姨会活在你心里，展村已经没有明姨了，我提明姨，不是为了惹你伤心，而是希望你能更好地生活，这是明姨的希望，也是我的希望。

看到信的最后一段，展颜先是愣住，教室头顶的风扇转着，窗外的热气扑到身上，却乍然变作冰水——吹到半夜的唢呐，拿玉米粒撒新娘子，小孩子乱跑，支起大黑锅的蓝色火苗……油腻腻的院子，来捡两根剩骨头的土狗们，剩下的烟酒被谁顺走，奶奶跑到门口骂……

她没有被通知，却在短短一分钟里把爸再婚的场景一一复现。

好像她真的不再是展家的人，没有一个人告诉她，那个院子那个房子里已经开始一种全新的生活了，会有新的身影、新的声音、新的习惯把院子和屋子塞得满满当当，妈留下的痕迹发了霉，再被水清洗干净，就没了。

展颜捧着信，像一只冬天的蝉。

但期末考试快到了，涉及分科，她连感到凄凉的时间都很紧迫。连着三天，她连头发都懒得去洗，拿小发卡别着，露出白的汗津津的脸。

"展颜，请你吃雪糕！"余妍顶着汗，不知打哪儿来，悄悄塞给展颜一块雪糕，她身为班长，竭力维持着慷慨、友爱的形象，十分辛苦。

展颜走在路上，茫然地看着余妍身上那股喷薄的高兴劲儿，她不清楚仅仅是因为贺以诚的企业又招工，余妍的爸爸成了一名验收员。

展颜犹豫地接过来，说："谢谢，让你破费了。"

"哪里的话，"余妍欲言又止，不想说得太直白，"要分科了，你选理科吧？"

"是的。"

"我也选理科，文科都是没用的人才学。"

"谁告诉你学文科的都是没用的人？"本来都走过去的女生，一扭头，眼神格外锋锐，像能把人穿透。

展颜认出是宋如书。

宋如书在理科A班，却替学文科的人说话："学文学理是看自己的特长和兴趣，难道学文科的就没厉害的人了？你们也太自以为是了。"

余妍盯着那个健壮的背影走远，吐吐舌头："她好黑啊，我们又不认得她，莫名其妙。"

展颜却因为宋如书这句话对她有几分敬佩。但她也没有反驳余妍，每个人都有自己最真实的想法，她不喜欢去改变别人，也没有兴趣争辩。

提到分科，她只希望孙晚秋不要撇下她太远。真奇怪，明明一中有很多人比她成绩好，她却维持旧习惯，用孙晚秋当对标。同时让她感到忧心的是身体越来越浓密的毛发，还有更柔软的胸脯。

她在期末考试前一天最后一次给孙晚秋写信：

你胳肢窝长毛毛吗？我长了几根，太难看了，我想把它们揪掉，但室友说那会越长越多，搞得我很害怕。

家里应该割完麦子了，我很想念小学后边的麦地，还有河边布谷鸟的叫声，芦苇又绿又深，里头藏着黑脑袋的野鸭子，真奇怪，你说，野鸭子到底是从哪儿来的？可能你又要笑话我，怎么又想家里这些不要紧的东西？没办法，一个人铁了心要挂念什么是隐藏不了的。

你上次说的那件事，我已经平复很多，也许，仅仅是因为没时间去想，故意忘掉。我们暑假未必能再见，说实话，我也不知道自己还能到哪里去，贺叔叔对我很好，可终究不是我的家人，我时时感到孤单，唯有学习能让我忘却一二，怎么高中这样漫长呢？

一封信，她想到哪儿说哪儿，心里有说不出的躁意，仔细算，她已经很久没怎么跟贺图南说话了。自从运动会事故之后，两人在家里碰面，她礼貌又疏离，看起来像林美娟一样。

直到期末考试结束，展颜被几个女孩子叫住，有人塞给她一封信："知道你哥哥的号吗？"

2000年的6月，OICQ的注册用户已经突破千万，这里面有贺图南，也有眼前的女孩子们，展颜对此一无所知："什么号？"

"就是 Opening I Seek You，小企鹅啊！"女生们挤成一团笑。

展颜茫然："我不知道。"

女孩子们料定她在伪装，不想说而已，失望之余，拜托她："麻烦一定要把信和这个交给贺图南。"

信封是粉色的，里面装满十七岁的青春。另外有个瓶子，花花绿绿的千纸鹤被困在洁净的玻璃里。

展颜还在想怎么拒绝，女孩子们已经跑开了，她看见她们飞扬的发丝在阳光下跃动了一瞬，很快变远。

她从男生寝室路过，阳台上飘满了各色短袖，有人的内裤常被吹落到一楼，宿管阿姨捡起来，会扯着大嗓门叫："谁的裤衩子啊？谁的裤衩子？！"

恶作剧的男生会伸出脑袋回应："阿姨，不要了，您当抹布吧。"

阿姨必嫌弃地抖搂两下，说："可拉倒吧，当抹布我都不要它！"

此刻，寝室里大家忙着收拾东西，半裸的少年们进进出出，不知谁瞧见楼下那个穿绿裙子的身影，嗷了一嗓子，很快，一排男生燕似的趴在栏杆上看展颜。

"表妹是找老徐还是找表哥啊？！"

展颜本来还有些犹豫，见他们不穿上衣，顿时脸红了："我找贺图南。"

"找表哥啊，别急，贺图南他刚刚光着身子，没脸见你，等等！"寝室长笑嘻嘻地一扭头，冲屋里喊，"表哥，你倒是快点儿啊，别让小表妹等急了！"

贺图南随手捞起一件白色 T 恤一套，趿拉着拖鞋，走到阳台往下一瞧，再看看这些男生，他们裸着膀子，清一色的饿狼。

他匆匆下楼，刚到跟前，楼上就传来一阵口哨声，再抬头，徐牧远也混在里头，都在那儿看两人。

老徐平时是不凑这种热闹的，贺图南被看得心烦，他扯着展颜，到远处的树荫下说话。

"有事？我以为你打算这辈子都不跟我说话了呢。"贺图南一开口语气就很冲，他心跳很快，到现在都没平息。

展颜垂着眼，瞧见他短裤下的腿，上面有密密的腿毛，原来，他也长这么多毛毛啊……

她攥了攥手里的包装袋，递给他："是有人送你的。"

贺图南狐疑地接过，一边翻一边问："什么人？"

"不认识。"

他动作一顿，觉得好笑道："不认识？"

展颜抱紧自己的布袋："有几个女生找我，让我把这些东西给你，其他的，我不清楚。"

贺图南草草扫了两眼，没拿出来细看，往她怀里一撑："真够闲的，你就忙着给别人送信吗?"

展颜一阵难堪:"我不闲,别人硬塞到我这里来,我有什么办法?"

贺图南仿佛还在长个子,人极高,低头对她说:"你可以不要,怎么,帮别人给我送信很刺激吗?"他生起气来清俊的眉眼格外活泛,像睫毛也挂着火。

展颜退后一步:"我以为你会挺高兴的。"说着,她把袋子又给他,同时和他保持着距离。

贺图南一把拨开,眉眼凌厉:"高兴?我高兴个屁,我暑假开学就要高三了,你懂不懂?"

展颜脸憋得通红,她不知所措地看着他,伸出去的那只手尴尬地停了两秒,又缓缓地垂下,包装袋贴着裙子,像甩不掉的蚂蚁。

她不知道他发这么大的火干什么,他的火总是来得突兀,明明是不值得这么生气的事情,他偏爆炸。

展颜心想,她不跟他亲近是对的,可这个念头一起,又觉得怅然,她记得他过年时祝她新年快乐,让她买电热毯,所有他的好。

"你回家也不跟我说话,这么爱记仇,现在献什么殷勤呢?"贺图南眼睛离眉骨近,一皱眉,眼睛格外深。

展颜觉得委屈:"是你先让人难受的,而且,我也没记仇,你想什么时候冲我发火就什么时候发火,想说难听的话就说难听的话,我想着也许保持距离是最好的,这样,我就惹不到你了。"她这两个月过得并不开心,说完,眼睛一抬,红红的,"就像今天,我犯下滔天大罪了吗?你又这么生气,我知道,就是因为我住在你们家,你才这么理直气壮地冲我发火,知道我现在没地方去——"猛地想起爸再婚的事,她声音都抖了,可到底一滴眼泪也没流。

燥燥的风吹得树叶簌簌地晃,拂到人脸上来,像害了场热病,贺图南才意识到她为什么这个样子,又想起她寒假在家冷得很,沉默片刻,声音低下来:"我重新道歉,为那天晚上在家说的话,我从来没有因为你住在家里就觉得可以对你发火,我是因为……你今天找我却是送些乱七八糟的东西,我很讨厌这种事。"

展颜把话说清了,气也理顺了,她低头,看看手里的袋子:"那……你讨厌哪种事?别人送你这些东西,是吗?"

贺图南注视了她一瞬,目光移开:"讨厌这些信,讨厌千纸鹤。"

展颜点点头:"我知道,你要高三了,我是不该随便替你接,以后不会了。"

贺图南还想再解释,却只觉得无奈,他原本是没这么爱动怒的,他变了,变得幼稚、冲动,时不时窝火,那火起得快,快到他根本没搞清楚是怎么来的就烧得嘴巴跟着变坏。

"我们和好吧。"他先示弱,这倒不丢脸,他比她大,无论如何都该让着她。

展颜别扭地瞅着他,说:"那这个怎么办?"

贺图南促狭地一笑："放你那儿吧，我要是当垃圾丢了也不礼貌。"

"你不想知道信里写了什么吗？"展颜眨眨眼，"你不好奇吗？"

贺图南微微笑着："不好奇，我对别人一点儿都不好奇。"

\* \* \*

刚放暑假，贺以诚便带两人去了趟北京。展颜第一次坐飞机，云层似海，可她也没见过海，她想丢下一枚叶子，叶子上写着"展颜"，就此代替她也飞了一回。

贺家父子当然不知道她脑袋里这些稀奇古怪的东西，下了飞机，贺以诚北京的朋友招待他们吃烤鸭。几天连轴转，他们在路上遇见一队队中学生，他们穿着夏季校服，那样轻盈，不知是搞什么活动，走在树荫下，青春洋溢的脸，灵敏的四肢，嘴里永远在叽喳地表达着什么，好像全世界的中学生都是一样的。

贺以诚看着，一阵低吟："少年听雨歌楼上，红烛昏罗帐。壮年听雨客舟中，江阔云低，断雁叫西风。"他仿佛想起什么，嘴角弯弯，带着点儿隐秘的笑容，好像看着眼前的少男少女就知道了岁月的去向。

展颜跟贺图南交换了下眼神，默契地缄口，谁也没打扰贺以诚的回忆。

他们游览了故宫、长城、颐和园，知名景点人山人海。贺以诚给两个孩子拍照，2000年的7月，展颜和贺图南有了第一张合影。

一趟旅行，风尘仆仆，回来后，展颜睡了整整一天。

贺以诚知道展有庆再婚，那天，展家老太太打来电话，丝毫不记得寒假那一出，张嘴便是请贺老板来喝喜酒。

他有时也觉得荒谬，展有庆能再娶，修房子，置办彩礼，这样往颜颜心口扎刀，刀却是他花钱买的。

见颜颜不提暑假要回去，贺以诚大概猜到什么，便说："高一暑假没那么紧，把你的好朋友孙晚秋、王静叫来玩几天，她们都在永安县念书，是吧？"

展颜惊喜，连忙给两人打电话。电话里，孙晚秋爽利地答应，王静却一派兴奋的口吻拒绝了："我就不去啦，我妈让我去广东，她又跟我联系了。展颜，我真是太高兴了，我以为妈不要我了，原来她还想着我呢！"

展颜脸上的笑缓缓垮掉，王静的妈妈只是带小妹走了，人活着就有相见的一日。

几天后，贺以诚在汽车站接到孙晚秋，她个头儿高了，丰满、健美，背着包，神色自若地打量起四周的环境。

贺以诚最懂得怎么照顾这个年纪的小姑娘，他跟她闲聊，幽默风趣，和蔼可亲。孙晚秋见过他，也是第一次知道中年男子可以这样好看，谈吐可以这样优雅，他不骂人,也不会打人,每一个字都说得那么熨帖,让人如沐春风。

一路上,他给她介绍这座城市的每栋建筑,以及新建的楼盘。

此时,林美娟已经跟学校的同事外出进修,家里只剩展颜、贺图南两个人。

"你怎么最近走路总显得怪怪的?"贺图南今年暑假短,8月上旬就要开学,从北京回来后,再也不肯往哪里去。

展颜把西瓜放在客厅,她穿着背带裙,两条手臂总是紧贴着上身。

贺图南探究地看着她:"怎么了?在北京时我就注意到了。"

展颜端庄地坐在沙发上,像个淑女。贺图南见她在家里突然这么正经,忍不住发笑:"搞什么鬼?"

她盯着墙上的挂钟,一心一意地等孙晚秋来,这件事只可以跟孙晚秋交流,所以,她瞥了瞥贺图南,讳莫如深:"不告诉你。"

"那你暑假休想让我给你讲题。"贺图南威胁她,他在家穿得随意,每天就是白T加短裤。

展颜眼睛朝下,又很快抬起脸,像庙里的观音:"你腿上毛毛很长。"她像发现什么不得了的事情,又郑重又带点儿无可奈何的意味,好像长毛毛就变丑了。

贺图南瞅瞅自己的腿:"怎么了?没见过腿毛?"

展颜一双眼像溪水里的小青石,滴溜溜一打转,盯在他的腿上,她说:"你不觉得很难看吗?"说完,自己先脸红了。

她以前不曾留意过贺图南的身体,也许,他一直长毛来着,也许是最近长的,好像馒馒搁久了也长绿毛,过年时候家里一下蒸很多馒馒,吃到长毛还得吃。

"哪里难看?不就是长几根腿毛吗?"贺图南恶作剧似的一抬胳膊,"你瞧,我这里也有,男人还要长胡子。"

展颜惊讶地说:"你胳肢窝也长毛毛?"

贺图南往她身边一坐,语气变得黏糊糊的:"哦,我明白了,我说你怎么老夹着胳膊走路呢。"他抱着靠枕笑起来。

展颜却一脸忧心忡忡:"我觉得很丑。"

贺图南把靠枕一丢,凑上前,端详着她的脸:"我看看,颜颜哪里丑?"他很亲昵地喊她小名,离得又近。

展颜心怦怦跳,推他一把:"怪热的,你离我远点儿。"

她皮肤白,薄薄的锁骨像小桥架着……贺图南猛地意识到自己过界了,站起来,说:"那吃西瓜好了。"

"等——"


话没说完,门便开了,贺以诚带着孙晚秋到了。

贺图南便见到一个身材很丰满的女孩子,不黑不白,算不上漂亮,但第一眼看

173

上去非常健康、有活力，他对孙晚秋几乎没印象。他的眼神立刻变得和平时一样，是看谁都一个样子的眼神。

孙晚秋没见过这样的家，她几乎不能相信，展颜住在这种地方，一个人可以住这样的地方，洗澡、上厕所、学习、睡觉都可以在这方天地里完成。在这里不用再忍受旱厕的熏蒸，不用面对蠕动的蛆虫，也不用担心随时会闯进来的爸爸，或者弟弟。

孙晚秋幻想一瞬，抬头看见了满书架的书，她扭头："展颜，这是你的房间？"

她们是没有自己房间这个概念的，好像生下来就要面对一个破败、拥挤、吵闹的空间，没有隐私可言，耳边永远充斥着喋喋不休的唠叨、辱骂、哭闹。

"这本来是图南哥哥的，后来，我住进来，就让给了我，他住另一间。"展颜把书柜里的洋娃娃拿给孙晚秋看，尽管过了玩洋娃娃的年纪，但她依旧很喜欢娃娃。

另一边……孙晚秋接过洋娃娃，看了两眼，满不在乎地说："太幼稚了，你还抱着它睡觉吗？"她笑着捏捏展颜的脸，"你就是像个小孩子。"

展颜给孙晚秋看了所有的东西，孙晚秋一一过目，意识到自己和展颜已经隔了一堵墙。在很久很久以前，或者说，在很长的一段时间里，她们都是一样的。

分岔的路口就是1999年的那个夏天，贺以诚的车带着她，驶出小展庄，驶出米岭镇，要往哪里去，她们都是不清楚的。

现在她清楚了，偶然误闯，惊鸿一瞥的世界伤人眼。

"我去北京给你带了礼物，本来想寄给你的，可贺叔叔说，能接你来住两天，正好给你。"展颜高兴地把明信片、纪念品拿给她。

孙晚秋对这种小玩意儿似乎没什么兴趣，只是问："你去北京了？"

"对，我们去了故宫、颐和园，还爬了长城，把我累坏了！"

"北京好吗？"

"好，比这儿还大，有很多名胜古迹，人们都戴着大墨镜，还有好多外国人。他们眼睛是蓝的，个子很高，有人问路，贺叔叔还用英语告诉他们，贺叔叔的英语讲得特别正宗，就像老师放的外国电影里那样，对，就是那种口音，老师说，是英式英语，不是美式的。"展颜打开话匣子，什么都记起来了，说完，好像与有荣焉，笑得神气。

孙晚秋默默地听着，听完笑了声，脸上并没有露出什么稀奇或者羡慕的神情，她手指在书架上轻轻一掠，问："贺叔叔对你好吗？"

"好，贺叔叔非常好。"展颜说到这儿，有些腼腆，"就是有时候太好了，我反而觉得不自在。"

孙晚秋喊了声："没见过你这样的，有人对你好，你还嫌？难道像你奶奶那样，你就高兴了？"

展颜摇头："当然不是，而是……你懂的吧？贺叔叔毕竟不是家人，他对我太好，我会有负担。"

孙晚秋眼睛亮亮的："这有什么负担？如果我是你，我只会想着怎么对他好，他对我好，我也对他好就行了。"

展颜无奈地说："你也知道，我不像你，做什么都那么大胆，我总是会想很多。"

"你也很大胆，贺叔叔你都没见几次，就敢跟着来。"孙晚秋靠在书架上，"你说贺叔叔对你很好，都是怎么对你好的？"

这把展颜问住了，她想了想，举了几个例子，说一个，孙晚秋就"哦"一声，两人在房间里很久才出去。

贺以诚给足客人面子，并没有因为孙晚秋是中学生就怠慢，相反，还烧了一桌好菜。孙晚秋默默留意他的动作、神情，一举一动，穿梭于烟火气之间，有魅力极了。

"听颜颜说，你很能吃辣，我做了道毛血旺，又麻又辣，不知道合不合你的口味儿，来，尝尝。"贺以诚笑时眼角会有细细的纹路，他皮肤依旧紧致，那些纹路倒像锦上添花的沉淀。

被人尊重、照顾的感觉好极了，孙晚秋这顿饭是人生十六年里最快意的一次。一个人原来还可以这么活着。

可是贺以诚所有句子的开头必须有"听颜颜说"，所有表情的伊始也必定有包含爱意的一瞥——贺以诚每每跟她说话，都要先笑着看展颜。

孙晚秋承认她第一次嫉妒展颜，已经不是"羡慕"一词能评判的了。这种嫉妒好像深藏在躯壳深处，连她自己都不曾知道她对展颜会有嫉妒。她比展颜聪明，展颜比她漂亮，这是十几年里的一组对照，她并不以为意。

"味道怎么样？"贺以诚说着，忽然对起身去拿饮料的贺图南打了个响指，"给晚秋拿点儿果汁，可乐不解辣。"

展颜歪着脑袋，冲贺图南笑："那我也要果汁。"很奇怪，一跟孙晚秋在一起，她就习惯什么都和孙晚秋一样。

贺以诚一晚上都在留心展颜，知道她很高兴，是很舒展的那种高兴，他便也跟着高兴，准备接下来几天要抽空陪着孩子们。

晚上，两个女孩子一起洗澡，坐在瓷砖上。

孙晚秋帮展颜缓缓地搓着背，她的腰很细，脊椎骨很漂亮。

水流哗哗响。

"你高兴吗？贺叔叔人很好吧？我就说，你来这里不要拘束。"展颜把头发都往后梳，眉毛湿漉漉的。

孙晚秋微笑："高兴，贺叔叔一直对你这么好吗？"

"是的，但他很忙，有时我周末回来他都不一定做饭，今天你来，是特地招待你的，是不是贺叔叔厨艺很厉害？"

孙晚秋下巴忽然抵在展颜的肩膀上，她鼻尖的水滑落到展颜的肩头："展颜，你真幸运。"

展颜怔了下，想回头，孙晚秋却继续说："我很嫉妒你，真的。"

这一下，展颜不得不回头了，水汽氤氲里，两张青春的面庞雾蒙蒙的。她抱住了孙晚秋："我刚到一中时，可想你能跟我一个学校了，我知道自己很幸运，但是，这种幸运好像是我用妈妈换的，我宁愿妈妈活着，我们一起在永安实高念书。"

孙晚秋摸着她柔软的黑发，喟叹一声："对不起，我不是这个意思，我只是嫉妒总是有人对你好，明姨爱你，展叔从不让你下地干活儿，现在，贺叔叔还有他儿子对你这么好，你说，为什么没有人对我这么好呢？"

展颜没法回答，孙晚秋能一直念下去，也许是因为初一那次竞赛，她战胜城里的孩子，拿到一等奖，有一百块奖金，那一百块强烈地刺激到她的爸爸，让他知道上好学是可以挣很多钱的。

她们像小时候进澡堂那样互相搓背，说悄悄话，赤条条的时刻仿佛又回到了从前。

孙晚秋松开她，忽然说："你看你，像只大白鹅，浑身上下没一点儿黑的地方。"

展颜笑着拍她的脸："你才是大鹅。"

"你这里又长大啦！"孙晚秋戳了一下她的胸口。

展颜一缩，懊恼地说："你看，我这里长毛毛了！"

孙晚秋见怪不怪，大方地展示着自己的身体，说："看我，这儿，这儿，全都是毛，这说明你发育得很好。"她像老师那样教育展颜。

展颜却摇头："丑死了。"

孙晚秋跟展颜截然相反："不丑，这是正常的，要不然我们怎么长大？"她笑嘻嘻地帮展颜涂沐浴露，又起了很多泡泡。

"好香啊！"孙晚秋拼命吸鼻子，趴在她脖子、后背上乱嗅一气。

展颜觉得痒，两人在浴室打闹起来。

她们不知道洗了多久，换上睡裙，孙晚秋把两根肩带放下，露出浑圆的肩头："我觉得这样更好看。"她喜欢自己有女人的感觉，并且知道该怎么做。这种感觉从来例假之后就苏醒了，血仿佛在灵魂里流动，她总想挣破什么。

展颜只觉得害羞，说："睡觉穿的，没人看。"

孙晚秋笃定地说："以后会有人欣赏的。"她四肢同样修长、结实有力，是青春才有的弹性。她说这话时有几分妩媚的神情。

展颜觉得孙晚秋身上有些东西令她深感陌生,但那份陌生又掺杂了新奇,引得她想一探究竟,好像孙晚秋已经进入了一个她尚且不知晓的世界,谜一样幽深。

"对了,贺叔叔说明天带我们去游乐场,再去博物馆看看,等后天我带你去北区,那儿有个可大可大的工厂。"展颜说着自己的计划。

孙晚秋笑吟吟的:"贺叔叔跟我们一起去北区吗?"

"贺叔叔不去,我跟图南哥哥带你去就行了。"展颜把空调温度调好,将被子一扯,关了灯。

两人像寒假时那样有一搭没一搭地闲聊。

小区里有车经过,灯光在窗帘上一闪,映出外头那棵树葳蕤的影子,又极快地消失了。那影子像记忆的无数细小分叉,引得她们有说不完的话。

## 第十二章
## 凤仙花

❄ 孙晚秋摸了摸她的小耳朵，像怀着一种怜悯。

　　她们一觉醒来，天光大亮，似乎夜里那些奇怪的、躁动的情愫被太阳蒸发掉，或者说，见光枯萎。

　　出门后，展颜不停地留意孙晚秋，她还是那么大方，跟贺叔叔侃侃而谈，她能接住大人的任何问话，时事也可以谈。但她一点儿都不关心时事，她没兴趣，好像无论世界怎么变，都跟她没关系，她一个月生活费还是那么点儿，不过，这不妨碍她从老师那里借来《半月谈》《人民日报》。

　　比别人聪明，比别人懂得多，是她所有能拿出手的东西，这个道理，她从小就知道。

　　所以，当路过一个新楼盘，他们都忍不住往上瞧那些建筑工人时，孙晚秋忽然问："贺叔叔，听说你们城里以后不分房子了，是不是以后要盖很多楼房？"

　　贺以诚没想到一个小姑娘会关心这种事，他没有敷衍："是的，政府都在招商引资，你对这个感兴趣？"

　　"你接我时，我在汽车站看到东城的宣传标语，说那里会开辟新城区，建住宅商业街，还有公园。那是不是以后在城里盖房子会很挣钱？"

　　彼时，本市东城区还是一片荒芜之地，芦苇林立，河流淤积，有废弃的火车轨道。

　　贺以诚微微惊讶，她一知半解，但似乎极有兴趣，他笑着说："应该是的，以后地产商人会很有钱。"

　　贺图南在旁边觑她几眼，偏过头，跟展颜低声说："你同学能说会道。"

　　旁边，展颜正盯着巨大广告条幅上的"新世纪，新概念家居"几个大字出神，她被他的哈气弄得痒，扭过脸："她可聪明了。"

　　"看出来了，"贺图南似笑非笑，"你傻。"

　　展颜瞪他一眼，说："这片楼房盖好之后就叫新世纪吗？"

贺图南笑，指着下面一行字："傻子，巴黎庭院看不到吗？"

"这跟巴黎有关系吗？"

"没关系。"

"没关系，为什么叫巴黎庭院？"

"噱头，马上整个欧洲都在咱们城里了。"

贺图南揶揄地扫视一圈，这是云上地产新开发的楼盘，盖得飞速。

游乐场人很多，展颜跟孙晚秋两个人把小时候没玩过的玩了个遍，贺图南觉得无聊，戴着墨镜，在长椅上坐着喝冷饮。

贺以诚又带她们去喂鸽子，鸽子走来走去，不怕人，在掌心轻轻一啄。孙晚秋忽然想起什么，趴在展颜耳朵旁说："昨天说错了，你不是大白鹅，你像一只鸽子那么白。"

展颜不好意思，余光瞥见贺以诚去卫生间，才扯扯她："你昨晚说的——"

"逗你玩呢。"孙晚秋嘴里咕咕地引着鸽子，若无其事。

展颜半信半疑。他们后来又去商场，贺以诚给孙晚秋买新裙子，她没有展颜那样的思想负担，跟贺以诚道谢，而且，拒绝和展颜穿差不多的款式。

"我没你瘦，也没你白，穿这种裙子只会显得我又壮又丑。"她冲展颜吐了下舌头。她给自己选了样式最简单，又带点儿腰身的连衣裙，很合适。

贺图南帮忙买的冰激凌送到她们手上，孙晚秋随口问："多少钱一盒？"

"八块钱。"贺图南看看她，又看看展颜。

孙晚秋嘴角上翘，觉得讽刺，八块钱够她吃几天的饭，但这会儿她愿意享受当下。

行程里的博物馆只能另做安排了，时间不够，孙晚秋倒是无所谓："我对博物馆其实没什么兴趣。"

展颜含着冰激凌，觉得甜蜜蜜的："可是，能学到好多知识，我喜欢博物馆。"

孙晚秋耸耸肩："都是过去的东西，我只想知道将来会怎么样。"

贺图南微笑地看着她，觉得她很有锋芒。

第二天，贺以诚没了时间，他要见供应商，给贺图南留了许多现金，让他带着她们。

几个人坐公交去北区。公交车行驶在浓浓的绿荫下，窗外的风景开始慢慢变化。孙晚秋往外看："这就是你说的工业区？"

展颜手指着："你看，那儿全是厂房，你看见吊机了吗？那边还有铁路，以前可以运煤。"

两人正说着，外头走过一个流浪汉，大热的天，他穿一件西装外套，脏兮兮的，手里有个烂矿泉水瓶子，展颜冷不丁地对上他愣愣地射过来的目光，有点儿害怕。

贺图南就坐在两人后边，一直在沉默地听着她们的对话。

"怎么了？"他伸手碰了碰她的肩膀。

展颜转过脸："刚才有个捡破烂的正好和我对视，我吓了一跳。"

他便透过窗户往后看，已经远了。

"别怕，我在呢。"贺图南冲她眨眼笑。

旁边，孙晚秋侧身瞥他一眼，又坐端正了。她没注意到展颜语气的停顿，以为是寻常。

徐牧远依旧在废弃的自来水厂等他们，不同的是，看门的大爷没了，狗也没了，大门锁着，已经生了锈，这厂子彻底无人问津。

院子里的野草长得齐腰高，徐牧远买了两包烟给偶尔过来勘察的大爷，弄来钥匙，继续捯饬他的培训班。但因为断水断电，这次他的培训班没招到几个人。

屋里一股发霉的味道，窗子的防盗窗锈得不成样子，一摸一手的渣。好在屋后有棵大槐树，枝叶遮着房顶，虽然热，但不至于叫人中暑。

彼此介绍后，贺图南看着结满蛛网的房顶说："老徐，你这儿条件可越来越不行了，电扇呢？"

展颜也抬头，她记得去年这儿还有个吊扇，落满苍蝇屎，和她家的很像。

"不知道被谁卸下，拿走了，你也知道，我们这地方能拿的都被拿了，不能拿的，卸了拆了，也得想法子弄走。"徐牧远有些歉意，"你们来找我玩，我也没像样的地方招待，这样吧，等会儿太阳没那么晒了，我带你们到一号家属院附近走走，人搬走了很多，只剩些老人家了。"

孙晚秋俯身看了看课桌上的讲义，拿起来，问："你给别人就补这些吗？"

徐牧远跟她讲话很客气："是，我给高一补数理化。"

孙晚秋笑了："我是没场地，要是有，这我也能做，你一个人收多少钱？"

贺图南跟徐牧远交换了下眼神，孙晚秋往桌子上一靠，说："怎么，你们觉得我不行吗？"

贺图南笑着摇头："不敢，颜颜说你是世界上最聪明的人。"

孙晚秋有种傲气，这种傲气纯粹来自智力，她刚到实高时，记着老师说的天外有天，人外有人，可几次考试下来，她知道她就是实高的天了。她比小时候、初中都更有自信："我只是没跟你们做同学，否则，你们都考不过我。"

贺图南还没见过这么"猖狂"的女孩子，理科A班的女生大都内敛，像宋如书那样的女生连笑也少见，总是一本正经地绷着脸，孙晚秋不一样，她爱笑，也爱说话。好像她一来，把展颜都衬托得只剩了漂亮。

"是这样的，孙晚秋每次做一中的卷子，数学都几乎全对，很厉害。"展颜由衷地说道，她出汗了，脸皮雪白，嘴巴红红的，像孙晚秋最忠实的拥趸。

外头蝉鸣不止，贺图南虚虚地瞟了一眼徐牧远："老徐，把竞赛题给她。"

徐牧远不动声色地扯过一张纸，写了几道题。孙晚秋觉得好笑，男生就是这么幼稚，好胜心很强。

几个人围着孙晚秋解题，孙晚秋研究了一会儿，大家都一身汗意。很快，她向两个男生证明了自己的话没有一点儿水分。

贺图南和徐牧远又交换了一次眼神。她确实聪明，非常聪明。

展颜悬着的心轻轻地放下，她比孙晚秋还高兴："我就说吧，要是孙晚秋跟你做同学，"她笑眼望着贺图南，"你就考不了第一了。"

贺图南哼了一声，不置可否。

"屋里太热了，我们出去走走吧。"徐牧远背心被汗湿透，他摸了摸短裤的口袋，像在确认什么。

小卖部外头搭了个棚，一群男人在那儿打扑克，有人肩头扛了块砖，没钱只能这么玩。

这是下午四点多钟，少年的脸比太阳还要明亮，北区不一样，夏天也是灰的，铁水、煤屑、浴室的味道变作尘埃，同样呛人，在街上走一遭，崭新的鞋子会变污。他们几个人被街旁游荡的男女打量，孙晚秋也回敬相同的目光，等口哨声响起，她脸上浮现出一丝鄙夷的笑。

路边有家小饭馆，他们刚走近，里面便丢出个东西来，影子一闪，贺图南下意识地揽过展颜，手臂抬高。

是个水盆，叮当地滚出老远。紧跟着，一个中年男人拖拽着一个小学生模样的男孩，被一起揉出来。

"滚，大老爷们儿不要脸，天天赊，天天赊，当我们家是银行哪！"里头有妇女的骂声。

"东子叔，"余妍撩帘从店里走出来，不让她妈吱声，一张脸跟下霜似的，"你别怪我妈生气，我们是小本生意，你们一家老小赊的几回账还没给，现在大伙儿日子都难，我姐高三，我这开学升高二，里里外外哪儿不要钱？你一个大男人，不说正经找个活儿干——"

叫东子的男人冷笑着打断她："得了，你一个丫头片子少给我上课，不能赊拉倒，想当年，你爸进厂还是我介绍的，没有我，你们全家喝西北风去！"

余妍听他又提当年，脸都气白了："我爸进厂是因为我爸有技术，你少往自己脸上贴金，我爸认得你才是倒了八辈子血霉！"

两人一大一小，也不管街坊邻居，就在那儿吵。

展颜认出班长，蹙眉看着，徐牧远已经上前劝去了。孙晚秋冷眼旁观，低声说："城里人也骂街吗？"

贺图南扫她一眼，淡淡地说："哪儿都有骂街的。"

孙晚秋"哦"了声，有点儿挑衅似的看着贺图南："我还以为你们城里人都文明得很，不会骂街。"

"颜颜，你们来找牧远哥玩啊？"余妍看到两人，奔过来打招呼，她本就气得半死，徐牧远一上来帮忙，她便忍不住哭了，这会儿来到他们眼前，眼泪都没干，"那什么，这么热，你们要不要到我家店里坐坐？"说着，她尴尬地一抹眼睛，"叫你们看见我跟别人吵架，真不好意思。"

里头余妈听见动静，出来探看。

余妍扭头说："妈，这是贺总家的孩子，我们都在一中念书。"

她大概指了指两人，余妈忙不迭地盛情邀请，一定要让他们几个到店里坐一会儿。

孙晚秋看在眼里，笑而不语。

旁边的男人见状，嘴里骂骂咧咧，那小男孩吓哭，被兜头拍了一巴掌，格外响亮。"哭你妈哭，再哭老子跺死你！饿死你拉倒！"

徐牧远看得皱眉，正要上前，孙晚秋把他一拉："他是打给你们看的，你别上当。"

那小孩平日里也喊妍妍姐牧远哥，在日头下，哭得鼻涕、眼泪糊一脸，四处悄寂，仿佛只有那一声声带着冤屈的哭，余妍看着，一时没了话。

等男人揪着孩子的耳朵远去，徐牧远依旧站着不动。

贺图南婉拒了余妈的好意，在隔壁小卖部迅速买了几瓶水，喊过徐牧远，几个人往厂房去了。

这样的场景在北区司空见惯。

是孙晚秋先开的口："我们村，这样的人也有，一点儿出息都没有，只知道打老婆、孩子。"

展颜张了张嘴，不知道该怎么接。

徐牧远神情平静："这儿以前不是这样的，以前厂子效益好，大家在一起都很和睦，偶尔有吵架的，别人劝劝也就过去了。"

孙晚秋深深地看着徐牧远，她拧开瓶盖："习惯就好，人一穷就顾不上体面，要是又穷又懒，那就彻底连脸都不要了。"

徐牧远猛地抬头。

孙晚秋笑："别这么看着我，"她顺带瞥了眼贺图南，"我跟展颜从小在村里，什么都见过，听你的意思，你至少以前还有过一段甜蜜的童年，比我们强多了。"

徐牧远没办法反驳。

"我们就上学一条出路，当然，我觉得你现在也是了。"她看着他说，好像看同类的眼神。

徐牧远终于露出点儿笑:"那是,你说得对。"

"不说这么沉重的话题了,我看看你们以前的厂子吧?"孙晚秋提议。

几个人在空旷静寂的车间里转了几圈,徐牧远似乎熟悉每个角落。

孙晚秋倒很有感悟,这么多机器,这么多车间,说没落就没落了,人间的事可真残酷。

"啊!"展颜被一截翘起的铁丝钩了下腿,她一个趔趄,贺图南攥稳她的手臂,徐牧远也过去看:"怎么了?"

她低头:"没留神,好像剐到小腿了,没事。"

贺图南已经蹲下,见上头红了一道,不过没破皮,他抬头:"疼吗?"

孙晚秋和徐牧远看着两人。

展颜摇头:"就刚刚那一下觉得有点儿疼。"

贺图南笑笑,站起来,对徐牧远说:"我大白天就要被这儿的蚊子咬死了。"说着,他似笑非笑地看看孙晚秋,"晚秋妹妹,看完了,要不咱们出去?"他跟孙晚秋没什么可聊的,不过,他承认,孙晚秋有棱有角,很有存在感。

徐牧远忽然也看向孙晚秋:"你们也很熟?原来认识?难道你也是图南的表妹?"他末了一句是玩笑的语气。

表妹……展颜脸上别扭了一下,心却怦怦跳,她忘记跟孙晚秋交代点儿什么了,不由得看向贺图南。

贺图南噙着笑,手却捏了捏瓶子,目光落在孙晚秋身上,只一眼,却像会说话。他只希望孙晚秋再聪明点儿,听得见那个"也"字。

展颜抢着开口:"当然不是——"

话没说完,孙晚秋已经搂过她,笑笑的:"我倒想也是贺图南的表妹,住在城里多好,可惜,我只是表妹的同学。"她点点展颜的脸颊,"看,这就急了,怕我跟你抢哥哥啊?!"说罢,有些得意地挑眉看了看贺图南,意味深长地笑了。

贺图南的手不易察觉地松开瓶子,他非常自然地接话:"我也把你当妹妹,你们都是小妹妹。老徐,是吧?我的妹妹们,你也得给我当妹妹招待。"他想,孙晚秋果然是聪明的女孩子,聪明极了。

可徐牧远的表情是很微妙的,他只是一笑,压根儿没接这个话。

北区一半是喧嚣,一半是沉寂。日头已经西斜,他们走在晚风中,落霞要烧起来,艳艳地映着几个少年的脸。

他们身后的北区被抛掷在脑后,宛如一个庞大的废墟,不会说话。


孙晚秋回来的路上依然健谈,根本不提表妹那件事。

一直到晚上,两人在浴室洗澡,展颜刚想解释,孙晚秋就按住了她的嘴唇,耐人寻味地笑:"我以为,贺叔叔昨天跟贺图南说什么带着妹妹玩是礼貌的说辞。"

展颜抓住她的手,挪开了:"你怎么知道贺图南说我是表妹呢?"

孙晚秋摇摇头:"我不知道啊,徐牧远那么问,我就知道了,而且我还知道贺图南怕我说错话。"

展颜抿嘴笑:"我还以为我们要露馅了。"

"'我们'是谁?"

"我,还有贺图南。"

"我还以为你的'我们'说的是你和我。"

她们换上睡裙,孙晚秋没放下肩带,展颜在屋里吹头发,她出来拿西瓜,碰上刚出房间的贺图南,她微微一笑:"表哥?"

贺图南听得头皮发麻,也笑:"我以为你讨厌城里的表哥呢。"

"怎么会呢?我只不过喜欢刻薄一下而已,谈不上讨厌。"

"今天谢了。"贺图南觉得跟聪明人说话的好处就是,点到为止,对方就懂。

孙晚秋道:"客气。"

门响了,贺以诚回来,孙晚秋很自如地跟他打了招呼。

贺以诚笑着换鞋:"今天玩得好吗?"

他刚进家门,几个孩子就都围着他开始聊天。没多久,门又响了,原来是宋笑请贺以诚帮她看看家里为什么突然没了电。她身上有种和年龄极不相称的慌乱,好像一点儿都应付不了生活里的任何波动。

这种慌乱随着那句"我要吓死了呀"而变得更像撒娇,至少落在孙晚秋眼里是这样,她默默把这个乍看很年轻的阿姨打量了一遍,她注意到阿姨的胸脯高耸,像白花花的猪肉脂肪,肥美、细腻。

"阿姨,跳闸了吧,如果就你们一家没电,大概率是跳闸。"孙晚秋直勾勾地看着她,微笑着说。

宋笑闻声看过去,她感受到了那种雌性的直觉,来自一个少女对一个美艳妇人的敌意,似有若无,又明目张胆。

宋笑一副头痛的模样,却看着贺以诚说:"我最讨厌这种事了,什么水龙头坏了、灯不亮了,女人为什么要管这种事,如书的爸爸如果在家,也轮不到我操心,我哪里懂什么跳闸不跳闸?"

她愚蠢也愚蠢得理直气壮,孙晚秋想。

贺以诚笑笑:"我帮你看看,跳闸好办,如果不是,你可能就要问问电力公司了。"

"贺叔叔,你忙一天肯定累了,这活儿我会,我帮这个阿姨看看。"孙晚秋从沙发上站起来。

展颜莫名地看看她,想说:"那你回来还得再洗一次澡。"

宋笑长长的眼尾笑着扫她一眼："这是谁呀？贺总，你们家亲戚啊？"

"颜颜的好朋友。"贺以诚转过头，"我去，你们小孩子不能乱碰电。"

"我跟晚秋妹妹一起去吧，爸，你在家歇着。"贺图南竟开口。

展颜一愣，她觉得哪里不对，可又说不上来，明明是很简单的事情。

最终，倒真是贺图南、孙晚秋跟着宋笑去了。

果然是跳闸，孙晚秋拿着手电筒给贺图南照明，他一扳，便好了。宋如书在旁边本来对妈妈一肚子气，她觉得这种小事不要麻烦别人的好，可来的是贺图南，她忍不住高兴，淡淡地招呼他一句，才发现他身边有个女生，个子高，非常结实，说不上美，但眉毛很浓密，有种飞扬的神采。

"你也这么厉害的呀？"宋笑夸贺图南，请他们吃水果。

孙晚秋暗中撇嘴，拉了下贺图南，他自然是不会留在这儿吃水果的，几句客套话说完，两人结伴回去。

"我跟你目的不一样，你别误会了。"孙晚秋狡黠地一笑。

贺图南挑眉："什么意思？"

"你要出来是想跟我继续我们先前的话题，我不是。"

贺图南觉得女孩子太聪明真是棘手。

"你说吧，是打算承认还是否认？"孙晚秋一扬手，赶路灯下的飞虫。

贺图南听她这么问，便明白她不知内情，摇摇头："你一定弄错了。"

孙晚秋舌头打了个嘟："我就知道你不承认，你们城里的人自尊心总是很强的。"

贺图南随便她发挥，问："那你出来是什么目的呢？"

孙晚秋却问他："你妈呢？"

"出门了，学校暑假会组织教职工旅游。"

"你妈喜欢展颜吗？"

贺图南似乎需要思考，林美娟对颜颜谈不上热情，但也绝不算冷淡，她对每个人都很得体："我不知道，也许吧。"

硕大的灰蛾正在激烈地扑打着灯。

"你出来跟我妈有关系？"贺图南心存疑虑。

"这个宋阿姨在勾引你爸。"孙晚秋平静地说。

贺图南微微恼火，好像突然被人背刺，他对宋笑频繁出入自己的家潜意识里有反感，但那不足以成为他阻止妈妈社交的理由。他很镇定："你怎么知道？"

"单挑你妈不在的时候来，大晚上，她刚化的妆，身上喷了香水，穿的那件裙子很漂亮、很性感。她进来的时候，我注意到了，她明显有些意外，因为客厅坐了一群人，我们几个都在。"孙晚秋像福尔摩斯一样，"也许仅仅是因为我们都是女的，所以我知道。"

贺图南觉得被冒犯了，那种即使家中有丑闻也不该被外人点出的微妙的反感，

185

他并没挂脸上。

"我可没说贺叔叔一定会怎么样,毕竟我不了解你父母之间的感情,只是希望你发现不对头时应该站出来维护自己的家,你维护好了,贺叔叔才能继续对展颜好,不是吗?"孙晚秋半真半假地瞧他一眼,"小心别人抢你爸爸。"

孙晚秋简直是一只大号狐狸。

贺图南凝视她片刻,忽然一笑:"多谢提醒。"

飞虫依旧绕着他们盘旋,盛夏的夜如此漫长。

家里,贺以诚很闲适地跟展颜聊着天,没有第三个人,这样的相处他很满意,他可以和她谈些稍微深点儿的东西,而不仅仅局限于说:"想吃什么?""学习累吗?""这次考得不错,有进步。"

"你的好朋友很机灵,你一直跟她这么好吗?"他循循善诱地开了个头。

展颜怀里搂着她的毛绒熊,被这么一问,显然触动什么:"我们从小就是同学,贺叔叔,以前我跟她都是班里成绩好的那种学生,但现在,我觉得我跟她的差距越来越大,而且,我追不上她,好像那些题,她天生就会。苏老师说我是'还算开窍',但说孙晚秋就是'太聪明了',我还暗暗不服气过,现在服气了。"

贺以诚本就是因为她跟太聪明的女孩子做朋友而担忧,此刻听她说出来,笑眼温柔,声音比眼睛还要温柔:"她是聪明,但世上没有比她更聪明的了吗?当然有,比聪明是没有上限的,每个人努力做好自己能力之内的事就非常了不起了。即使没做好,又有什么关系呢?难道生活中都会事事如意?那一定是神仙。"

展颜许久没和她的贺叔叔这样交流了,她望着他,俨然又想起他第一次点透她心里秘密的时刻。那样的时刻,她以为只有一次,其实不然,只要她愿意。

"贺叔叔,您也有不如意的事情吗?"

"有,"贺以诚低眸一笑,缓缓地跷起腿,"我说过,有些事,人是没有办法的。"他不着痕迹地岔开了话题,"我都没问过你,有没有想过将来做什么?"他面对孙晚秋那一脸兴致地询问,意识到他还不知道展颜想要什么。

这个问题对十六岁的她来说似乎太大。

"我来城里,发现学校的教学楼、图书馆都很宽敞明亮,贺叔叔的家也又干净又舒服,我有时候想,自己要是能设计出这样的房子,让大家住得高兴就好了,"展颜有点儿羞报,"其实,我也不知道要做什么,但我知道我心里想过什么样的日子。"

贺以诚沉沉地问:"什么样的呢?"

展颜起开,跑到屋里把《论语》拿来。

贺以诚见到书的封面笑了,他见过很多孩子,他们向往美国,向往一切繁华的未知的东西。可展颜拿了本《论语》向他跑过来。

"贺叔叔,您看,"她有种自信,或者说,是她自己都没意识到的对贺以诚的信赖,他绝对不会嘲笑她,"孔子让他的学生们各言其志,子路要治理千乘之国,冉有说他治理小国就好,公西华呢,他说他要学宗庙之事,只有曾晳说……"

"莫春者,春服既成,冠者五六人,童子六七人,浴乎沂,风乎舞雩,咏而归。"贺以诚熟极而流地接上了,含笑抬头,"孔子说,我和你一样。"

展颜惊喜地怔在原地:"贺叔叔,您也会背这个?"

贺以诚没告诉她,他和她的妈妈一起探讨过这一段,后来,他成了精明的商人,明秀早亡于乡野。他几乎要流出眼泪,但面带微笑。

"我就想吹着春风,唱唱歌。"展颜很快犹豫起来,"丁老师在课堂上问过我们理想,我读这段,同学们都不以为然,他们说我是田园派,我不是田园派,我知道田园不是这样的。"

贺以诚沉思般看着她:"是哪样?"

"要干农活儿,没钱念书,年纪轻轻就要嫁人、生孩子,然后接着干活儿,生病了也不能住城里的医院,死了就死了,办过丧事,大家很快就会忘记这么个人,因为大家还得干活儿。我觉得,曾晳说的一定比这个好,所以他的老师才会赞同他。"

贺以诚一直这么认真地注视着展颜,聆听着,让展颜觉得,她和他是平等的,他不把她的话当作一个小孩子的呓语和白日梦,她受到了极大的尊重,并为此感到满足:"贺叔叔,您觉得我是田园派吗?"

贺以诚笑了:"你什么派都不是,你只是向往一种很自由、很幸福的生活状态,往大了说,这需要国家安定、富强,往小了说,这需要个人的奋斗。"

贺叔叔又把她脑子里朦胧想的、期盼的说了出来。她安静地冲他笑笑。

贺叔叔是理想的"爸爸",但她绝对不会把他看作爸爸,那是一种倔强的坚持,没有原因。


等贺图南、孙晚秋回来,贺以诚一笔带过似的过问了一句,好像局外人。

展颜屋里的凤仙花开了,她要染指甲,可孙晚秋对此兴致缺缺,只愿意帮她包而已。

"你怎么不喜欢包指甲了?"

孙晚秋嗤之以鼻:"不好看,指甲油更亮。"她的语气和行为截然相反,她很耐心地给展颜一个个包上。

展颜十根指头像负伤,她微觉伤感,孙晚秋将小时候的趣事似乎都忘记了。

她支着手,孙晚秋随意地翻了翻她的错题本,无声地一笑,又翻到她的摘抄本,更想笑:"你还跟以前一样,喜欢抄这些乱七八糟的。"

孙晚秋初中时只喜欢读《辽宁青年》《故事会》,她们能接触的书少,而她喜欢看最直接、最易懂的故事,当成消遣,她不喜欢文学家故弄玄虚,讲一堆大道理。

"怎么会是乱七八糟呢？一中图书馆书籍种类很多，贺叔叔家的书也很多，遇到喜欢的，我就会抄下来。"展颜认真地说道。

孙晚秋看着句子的出处，嬉笑一声："这都是什么人？外国人吗？外国人知道我们中国人怎么过日子吗？"这些人会教她实实在在的需要面对的琐事吗？比如怎么巧妙地躲过爸丢来的板凳，以免被砸伤。

当然，也许仅仅是因为贺以诚家里书目琳琅，而展颜可以毫不费劲儿地投入阅读，不像她，总想吃点儿什么。

"我不喜欢抄名人名言，"孙晚秋像刻意强调，"那都是他们的想法，不是我的。"

展颜不解："可他们帮我们总结了很多道理，能指导我们，如果他说了某句正好你心里也那么想的话，你会很高兴，觉得有人理解你。"

"我不需要任何人指导，"孙晚秋不屑一顾，"理解？那又怎样呢？我还是觉得饿，你给我写信说什么冷飞白的时候，我又饿又冷，你跟你们老师当时一定是穿得暖吃得饱才会有心思聊雪有几种名字。我当时就想，雪就是雪，有再好听的名字还是雪，我知道这个冷飞白有什么用？不如一个馒头。"

展颜脸烧烧的，一时间不知道怎么说。

"你讨厌我给你写信说冷飞白，是吗？"

孙晚秋笑着摇头："不讨厌，你写我不讨厌，因为我知道你打小就这样，你没有因为在城里上学忘了我，我其实很高兴，虽然会觉得你真无聊。"

展颜不觉得无聊，她知道她和孙晚秋之间有些东西已经改变，她们像两株植物，往不同的方向生长，离开小展庄，离开米岭镇中心校，她们叶子上的脉络就不同了。

她说服不了孙晚秋去喜欢那些精妙的、直击人心的句子，也说服不了自己，放弃如饥似渴地读各种各样的书籍。

"我不停地读书，是为了对抗孤独。"她对孙晚秋说了一句文绉绉的话。

孙晚秋愣了愣："我知道，你想家。如果让我住在别人家里，我也会不舒服，贺叔叔家很好，但不是自己的，所以也就没那么好了。"

展颜不吭声，沉默了一会才说："贺叔叔很好，我有时跟他说话挺高兴的。"

"贺图南他妈对你好吗？"

"好，她会跟我打招呼，虽然我们不怎么说话。"

两人似乎都觉得话题有些沉重，转而说起这几天在城里的见闻。

一觉醒来，展颜几根手指头被染得一片橙红。贺图南吃饭时看见她的异常，皱眉问："你的手怎么了？"

"染了一夜指甲，"展颜说，"等皮肤上的颜色掉了，只剩指甲盖上有就好看了。"

不是说好让他帮忙包指甲的吗？

贺图南瞄了眼孙晚秋，她在专心地吃东西，那种神情只有在学习最用功的女孩子脸上能看见，比方宋如书，她吃东西的状态跟宋如书学习时一模一样。

孙晚秋啃排骨时，最后会咂味儿，反复吮骨头。贺图南觉得她吃饭时不怎么像女生，反倒像劳务市场的短工，一口馒头入嘴，腮帮子被撑得老高，他见过徐牧远的爸爸吃东西。可她吃得旁若无人，看起来粗鄙，又充满力量。

本来，她还要再住两天，但林美娟提前回来了。

当时，贺以诚正在跟几个孩子一起看报纸上的广告，云上二期的房子要启动了，面向全社会征集小区名字宣传语；市政府在那边也要盖新学校，也发了征集教学楼名字的公告。

家里无故多了个人，茶几上摆着各种吃的，和宋笑在电话里说的一样，林美娟第一反应居然是贺以诚在外头到底有多少野种，她看到一个高高壮壮的陌生女孩子，一张笑脸正对着自己丈夫。

他们对自己回来的反应都有些吃惊，但贺以诚最平静，他只是起身，问她："怎么回来不和我说一声？我好去接你。"

林美娟有洁癖，她发现自己在这一刻几乎要变成泼妇，那种想上去扇人巴掌、扯头发的泼妇，她被自己这个想法吓了一跳。她归来的旅途上有些念头已经发芽，并在落地进家门的这一刻无限地膨胀。

始作俑者竟然还能如此平静，凭什么？林美娟觉得胃里一阵剧痛。这还是她的家吗？

"这几天不太舒服，所以先买票回来了。"她竭力保持着正常的表情，包被他接过去，呵，他实在是虚伪得可怕！

"阿姨好。"孙晚秋不等人介绍，先跟她打招呼。

林美娟笑了一下，对贺以诚说："我很头疼，你帮我捏捏太阳穴。"

贺以诚跟着她进了房间。

几个孩子继续低头研究报纸，展颜很兴奋，眼睛亮亮的："有奖金？不知道多少钱。"

贺图南笑她："钱迷。"他说着，瞄了眼她的手指头，想看看皮肤上的颜色掉了没有。

孙晚秋对文字兴趣不大，但"奖金"这种字眼同样深深地刺激到她，她对钱有种热烈而直接的渴望。可如果用优美的文字写作文，这是展颜更擅长的。她一向不太瞧得起文科。

房间里隐约传来低低的争执声。贺图南把报纸一收，说："我带你们去——"

爸妈卧室的门突然传来一声闷响，像被什么东西砸中了。

展颜不由得转头，屏住呼吸看向贺图南。孙晚秋罕有地露出一种很难堪的表情，低声说:"是不是阿姨看到我在不高兴了?"

展颜心跳变弱,她情不自禁地和孙晚秋对视一眼,只一眼,两个人仿佛都觉得自己变成了老鼠,那种阴暗的、讨人厌的东西,不该出现在此地的生物。

中年夫妻的争执对他们几个来说又近又远,远的是中年,近的是真实的人就在那道房门之后。

中年人如果还肯要面子,会把那些扭曲、狰狞的东西藏起来,等到再见人已然风平浪静。

贺以诚出来后,几个孩子都看向他,没一个人开口,因为林美娟还在房间里。

"我妈早上打电话,催我回家了,这几天真是太麻烦贺叔叔了。"孙晚秋笑着破局,神情自若,甚至还拍了下贺图南,"也谢谢你陪我们到处溜达,下次去村里,我带你去爬山、下河摸鱼。"

她有意让氛围自然些、轻松些,贺以诚说了两句挽留的话,她不肯,她不是没眼色的人。

她更是行动派,跑到展颜屋里便开始收拾东西。展颜默默地帮她整理,这里不是家,所以自己没有留客的权利。

"林阿姨也许是旅游太累了,身体不舒服,所以才——"

孙晚秋打断她:"展颜,跟我不用想着找理由。"

两人再次沉默,孙晚秋把新裙子折叠好,放进一个大塑料袋中:"你一定奇怪我为什么都没说客套话就收了贺叔叔礼物,我想要,如果仅仅是为了搞出一副我很懂事的样子不要这个裙子,我会后悔很久。而且,贺叔叔是真心想送我,对他来说,这点儿不算什么,我只是临时的客人。"

展颜有时会佩服她这种勇气,面对想要的,立刻狠狠地抓在手里。

"但长时间要别人的东西,那滋味儿不好受,会受制于人,"孙晚秋抬起脸,目光坚定地看着展颜,"你一定要利用现在这么好的条件考上好大学,离开这里,这不是你长久要待的地儿,懂吧?"

展颜低声说:"我宁愿跟你一起在实高念书,如果我有的选。"

孙晚秋摸了摸她的小耳朵,像怀着一种怜悯:"我一直在想,我们就是一条船,好不容易离开了家,将来无论在哪儿靠岸,都绝不能再回去了。哪怕中途遇到再大的风浪,反正我想的是,死也要死在外面,绝不回去。"

好像故土是毒瘤,不切割便活不下去。

展颜听得心惊,她没有这么激烈的念头,如果百年之后能葬在故土,葬在妈妈身边,不失为天尽头一般的圆满,是另一种相逢。

展颜跟贺以诚、贺图南一起去送孙晚秋到车站,汽车站很快要翻修,两旁拉着新楼盘的广告，展颜想起1999年的阳历年，她跟爸第一次走出汽车站的情景。

贺图南帮孙晚秋排队买票，孙晚秋说了句"我去看看"，跑到他身边，一边往后瞄，一边说："你妈肯定生气了，我以为我来玩是你父母都允许的，有些话，我想跟你说。"

人挨着人，说话似乎也没那么方便，孙晚秋压低声音："如果你们真为她好，就别对她这么好。"

贺图南像被戳到软肉，心一沉，没说话。

孙晚秋说完，飞速折回来，深深地看着展颜，说："我要走了，你保重。"

汽车发往隶属本城的各个乡镇，"米岭镇"三个字隔着玻璃被展颜看到，仅仅是隔着玻璃，就好像难以触碰。

米岭镇四面环山，有一条河缓缓地流淌过数个村庄，那里的人们亘古不变，有着泥土的气息，而流经的那些岁月被人们称为历史。展颜脑子里陈述着米岭镇，当她目送孙晚秋时只能这么做。

"我带你去东城区看看？坐公交去。"贺图南不让她回家，小声跟她商量。

展颜则看看贺以诚，贺以诚听到了，点点头："去吧，东城区很快要开发，再过几年看肯定就不一样了。"

两人坐上公交，东城区正在施工，一派百业待兴的光景。

"云上二期是针对富人群体的，要盖很多联排别墅，我觉得起名的时候要大一点儿，有钱人都爱面子。"贺图南逗她，"比如，什么华府，什么国际，有豪宅的感觉。"

展颜勉强地笑笑："我回去怎么跟林阿姨道歉呢？"

贺图南轻嘘一口气："为什么道歉？"

"是我的错，这是林阿姨的家。"展颜羞愧地看他一眼。

贺图南不动声色："你分那么清干什么？以前，老徐暑假在这儿一住住很久，妈也没说什么。"说到这儿，他眉头轻锁，很快又舒展开，"别想那么多，你不是想拿人家奖金吗？走，我带你好好看看。"

市政府扯了大幅规划图，非常醒目。

两人回到家时，林美娟在睡觉，贺以诚朝他们打了个手势。

展颜匆匆地回自己房间，贺以诚低眸，看着她从眼皮底下过去。

她什么都没问，惶惶而坐，一个人对着窗外的树愣神良久。

吃饭时，林美娟懒懒地出来，不提任何事，倒是贺以诚问她这次去土楼感觉如何。

"就那回事。"她面上寡淡，看不出喜怒。

饭桌上气氛沉闷，展颜吃得很轻，唯恐弄出什么声响，令人注意到自己的存在。

贺图南同样试图活跃一下气氛，问："妈有没有买什么纪念品？"

林美娟看着儿子，好像他成了丈夫的同谋，她当下厌烦，说："你什么时候对景点纪念品感兴趣了？是被什么人传染了吗？"说完，她又疑心是不是太失教养，说得太露骨。毕竟贺以诚带两个孩子从北京回来时，展颜买了许多小玩意儿。

贺图南少见妈这么不耐烦，心沉沉地跳了两下，说："随便问问。"

林美娟始终等展颜主动说点儿什么，余光一瞥，发现她只知道吃，便轻咳一声："颜颜，同学来家里，怎么不说一声？又这么招呼都不打就走了，回头，你同学倒觉得我们家对乡下人怠慢、轻视。"

贺以诚闻言抬眸，漆黑的眼里带了点儿愠意，他安抚了她的，她还要做什么？

展颜这才明白，贺叔叔没跟林阿姨打招呼，她异常窘迫，筷子不知不觉放了下来。

"我不是都解释清楚了吗？"贺以诚面无波澜，点了点碗，"吃饭吧。"

林美娟极力不让脸冷下去，像挂着笑："我也就是问问孩子，你急什么？"说完，她对展颜道，"听说你爸又结婚了——"

"美娟！"贺以诚声音猛地抬高，眉头一压，眼睛便多了几分阴郁。

贺图南也忍不住了："妈，吃饭吧。"

林美娟一阵齿寒，瞪着贺以诚："你吼什么？我只不过是问问颜颜的情况，她暑假这不是连家都不回吗？我关心关心她，你到底在急什么？"

贺以诚把筷子一搁，伸过手来扯她："我们回房间谈。"

林美娟用力挣开，一扬头："回房间？有什么不能当着孩子说的？贺以诚，你把我当小孩是不是？我是那种心胸狭隘的人吗？颜颜，"她深吸口气，"你带同学来住，是不是要跟我先说一声呢？你提前说了，家里也能准备准备，更好地招待她。"

展颜胸口一阵发紧，她倏地站起来，张了张嘴，结结巴巴地说："林阿姨，对不起，我下次，下次一定不再带同学来了。"

林美娟冷笑："我也没说你不能带，瞧你这说的。"

展颜无所适从，连忙摇头："我不是这个意思，林阿姨，是我不对——"

贺图南紧报着唇，眼前这一幕，他几乎看不下去了，他想起孙晚秋的话，脑子稍微冷静了点儿，抢在贺以诚前头说："颜颜，妈只是觉得你没打招呼，她可不是小气的人。"

儿子站在自己这边，林美娟仿佛气又顺了一些，她正想再说点儿什么，贺以诚的手忽然按在自己肩上，他换了面孔，竟微笑起来："瞧，儿子多了解你。颜颜，坐下吧，这次千错万错都是我的错。"说着，他那只手颇有意味地拍了拍妻子的肩头，"别生气了，吃饭好不好？"

他讲这话非常柔情，甜蜜蜜的，林美娟最吃他这套，心也跟着一软，别别扭扭地坐好:"我什么时候生气了?"

"还说没生气,瞧这嘴,都能挂油瓶了。"贺以诚笑着坐下,他这话不像平时说话的风格,带着某种记忆。

林美娟恨恨地瞅他一眼,绷了片刻,才对展颜说:"坐吧。"

贺以诚给展颜丢了个眼神,她脸已经红透了,连耳朵尖都是红的,她想跑出去,又直直地坐下了。

吃完饭,林美娟要贺以诚陪她散步,桌上一片残羹冷炙,展颜主动去收拾。

贺图南等父母下楼,立刻进了厨房。他把她挤到一旁,拿起刷碗布。

展颜没跟他抢,退到一旁,说:"我下去打个电话。"

"爸妈都出去了,你要是想问孙晚秋到家没,用客厅的就可以。"贺图南转过脸,"颜颜,我妈的话你别放在心上,她可能只是心情不太好。"

展颜抬起脸,对他微微一笑。

她不说话,让他更难过。

窗外,一天的暑气收尾,墙上钟表在走,天光暗下去,外头的房子变得轮廓历历分明。这样的一天本来好像跟昨天没什么不一样的。

展颜在客厅打了个电话,声音很低,等贺图南双手湿漉漉地出来,她已经挂掉了电话。

"孙晚秋平安到家了吗?"

"到了,她说都没跟你说谢谢,让我转达。"

贺图南说不出类似"没关系,下次再来"这种话,他用纸擦手,问:"暑假她回去都做什么?"

"带她小弟,在家烧锅做饭,等夜里会拿着灯去山上照蝎子。"展颜神情有些落寞,她说完一个人跑到阳台,纱窗开着,外面亮起点点灯火。远处的天际残留着一片乌紫的云。

贺图南来到她身边,递过雪糕:"什么是照蝎子?不害怕吗?"在他印象中蝎子这种生物是会把女生吓得尖叫的。

展颜拆了雪糕,他便给她拿着雪糕袋。

"就是晚上拿灯找蝎子。"

"去哪儿找?"

"山上,蝎子都藏在石头底下,要搬石头,用灯照它,再去夹它的尾巴。"

"它不跑?"

"有时会跑,你对着它吹吹气就不动了。"

贺图南听得匪夷所思:"然后呢?"

"放瓶子里,我上小学的时候五毛一个,去年涨价了。"展颜仿佛为失去一个发财的机会怅怅的，"我去年就没能照蝎子，今年也没照。"

贺图南忍不住发笑："你们从小就是这么挣零花钱的？"

展颜纠正他："没有零花钱，挣的钱用来买本子，还有笔，最多买根一毛钱的冰棍犒劳一下自己。"她拨拨自己的头发，"我奶奶还铰过我的头发，买饲料呢，不过，我那点儿头发居然卖了几十块钱！"末尾是个感叹句，她嘴角带了点儿笑。

阳台的灯没开，客厅的光透过来，她说话的时候眼睛一闪一闪的，贺图南脑海里是第一次见她时的情景，难怪她的头发参差不齐，自行车后头还绑着饲料。

"心情有没有好点儿？"贺图南轻轻碰她的手腕，"雪糕要化了。"

展颜咬上一口："只希望林阿姨心情能好些，我无所谓的。"

"我有所谓。"贺图南觉得喉咙那儿一冲动，话就出口了，他眼前是她在妈面前手足无措的样子，胸口一扯一扯的。见她没哭，他不放心，怀疑她夜里会一个人偷偷地哭。

展颜看了他片刻，说："我寒假回去，发现我的被褥都被别人用了，气得半死。刚刚我想过了，我住这里，对林阿姨来说就是外人，孙晚秋来，她更是不知道，换位思考，我也会气的。"说完，她大着胆子问了句，"你有所谓什么呀？"问了这话，她就把眼睫垂下去，轻轻咬雪糕。

贺图南表情却有些古怪："说了你也不懂，你是傻子。"

展颜抬头愤愤的，觉得雪糕也不甜了。

她生气时人俏俏的，眼睛更亮，贺图南仿佛能从她漆黑的瞳仁里看见自己的影子，他把雪糕一抢，嘴唇碰上去："你不想吃我吃。"

展颜见他真的咬自己剩下的，脸顿时热了，朝他的肩膀推一下，错开身往客厅去。

等贺以诚回来，敲展颜的门。展颜知道贺叔叔要说什么，站在门口告诉他："贺叔叔，我没事，真的。"

贺以诚深深地看着她，良久方点了点头。

8月上旬，贺图南开了学，一到周末，便准时回家，给展颜看看功课，知道她每天都往图书馆跑得勤，大约猜出原因，心里不大痛快。

等日子挨到下旬，展颜有了盼头，三番五次想跟贺以诚开口把计划说了，但话到嘴边，兜兜转转又咽了回去。

这天，她收拾东西，林美娟过来给她送一套新的床单、被罩："逛商场碰见有折扣，价钱合适，我看是纯棉的，也舒服，就给你选了一套，你看看喜不喜欢。"她走进来，把四件套放下。四件套颜色清新，非常适合女孩子用。

展颜对林美娟突然的关心不太自在，她也喊自己"颜颜"，微笑时眼睛没有弧度。

"林阿姨,我用的那两套还都好好的,让您破费了。"她站在屋里,顿时觉得自己像小偷。

林美娟打量起这间卧室,笑笑:"以前你图南哥哥住这屋,贴满了球星的海报,每次一进来,我都觉得一屋子人盯着我,不像现在,看着就是女孩子的房间。"她发完感慨,顺势往椅子上一坐,"我听以诚说你选了理科,开学会有分班考试,准备得怎么样了?"

"还行,我一个暑假都在复习和预习。"展颜略显局促,眼睛都不知道该不该看对方,她害怕,害怕林阿姨看自己的目光,像自己看那床脏被褥。

林美娟点头:"你图南哥哥也高三了,你们功课都紧,周末的话,依我看,坐一趟公交得大半个小时,这么跑很浪费时间,要说高中辛苦也就辛苦这两年,吃得苦中苦,方为人上人嘛。"

展颜听她把话都挑明了讲,心跳不已:"林阿姨,你说得对,我也是这么打算的,周末在学校学习氛围更好,时间也更充足。"

林美娟心里冷笑,她倒乖觉,自己一提,就知道顺着话头往下说,哪里有什么乡下孩子的淳朴、天真?这种精明劲儿,像的八成是贺以诚。

"你这么想最好不过,要是你贺叔叔——"

展颜咬咬牙:"我就说学习为重,不会回来的。"

林美娟眼光在她脸上缓缓地扫视着,不紧不慢地说:"那就好,你是聪明的孩子,我们家没亏待你,人要知足,更要懂得感恩,否则,跟禽兽有什么区别呢?"

这话说得展颜脸皮子臊,她那天没哭,却被今天这几句说得几乎要掉眼泪了。

## 第十三章
## 秘密

没人听得懂她说什么,她说得声嘶力竭,像秋天没能迁徙的鸟,要面对严冬。

开学前,展颜把设计的广告语寄给了云上地产,她给孙晚秋打电话,孙晚秋却不肯参加了,说自己事太多,没空想这些。展颜内心有隐隐的失望,她想,她在这件事情上也许能胜过孙晚秋,可孙晚秋不参加了。

开学分班考试,展颜发挥得并不理想,她差两分可以进B班,这让她哭了一场。她不仅是对自己失望,好像贺叔叔所付出的也变得不值。

高一老师对她的预估是完全可以进B班的,贺以诚知道此事,找了学校通融,那两分在公示栏公示后又回到她的卷面。

余妍在B班见到她时很意外:"展颜?你不是……真是太好了,我们还在一个班。"

她话头变得极快,恰到好处,但这反倒加重展颜的忧思,别人一定会猜想是自己动了手脚,事实也的确如此。

贺叔叔的好意不容拒绝,展颜宁肯自己在普通班,想到谈什么《论语》,自己也觉得虚伪。她有点儿生贺叔叔的气,那股气细微地从心头缓缓而过,她整个9月都没回家。她一开始是说分班考试不能走,再后来,理由更充分,B班聪明人多,她本来就是倒数进去的,必须努力。

贺图南高三课业紧,黑板上标了高考倒计时,明晃晃的,每日擦换一次,尘埃飞扬,有种眼睁睁地看时间大河奔流之感。

他跑到高二教学楼找展颜。

B班学生伸头张望,贺图南那么干净、清爽的脸上一点儿浊气都没有,他叫出展颜,教室里人人都觉得漂亮的人物好似天生就该做兄妹。

"爸中午过来,你别去食堂了。"

展颜吃惊:"贺叔叔不忙吗?"

贺图南似严肃似探究:"爸忙不忙我不知道,但我知道你很忙,我们都请不动你回家。"

展颜出来，连笔都忘了放："高二第一次月考，我是倒数第十。"

贺图南说："你打岔的功夫一流，不过恭喜你脱离倒数第一。"

展颜笑了："所以，我不回去是很有效果的。"

贺图南皱眉："回家吃顿饭，跟爸聊聊天，你整天在食堂吃，脸都不白了。"

展颜摸摸脸："我变丑了吗？"

贺图南点头："丑，我看你的头发好像也该洗了。"

展颜伸腿轻轻踢他一脚。他没躲，裤子像心一样随着这一下跟着皱了。

两人中午到附近新开的饭馆，这里主打淮扬菜，新鲜、精细，大厨做松鼠鳜鱼刀工最了得。

贺以诚点好了菜，店里上的茶是碧螺春，他吃东西又文雅又讲究。

展颜很久没见他，进了包间，有些心虚。

"颜颜，瘦了？"贺以诚见她进来，端详着笑说。

展颜拉开椅子："贺叔叔，您怎么过来了，不忙吗？"

"今天有点儿空，来，坐下说话，正好有个好消息。"贺以诚从公文包里取出一张当地的报纸，摊开了，点着说，"看看这个。"

贺图南也凑过来看，匆匆地浏览，抬头促狭地一笑："爸，小妹现在是个子长高了，也长本事了。"

展颜一个字一个字看，难掩喜悦，再扬起脸，双眼宝石一样流光灿灿："是我！是我的名字！我的被采纳了！"她一笑，眼睛、嘴巴都跟着活泼起来，像摆尾的小鱼。

"云上·明珠城，目之所及，诗意栖居。"贺图南抑扬顿挫地念出来，说，"怪不得神神秘秘的，连我都不愿意告诉，原来寄过去的是这个。"

贺以诚满是赞赏："很符合二期的定位，能从这么多稿件里脱颖而出，真是了不得，我听说，学校的老师和机关单位都有人给云上地产投稿，颜颜怎么会这么厉害呢？"他笑吟吟地看着她，自豪极了，"到底是怎么想出来的？"

展颜认真地说："图南哥哥带我去东城区那天，我研究了一下规划图，云上二期针对的客户，大概什么人会买，买得起，如果我有钱，我会希望住什么样的房子。还有，丁老师上课跟我们提过一个叫荷尔德林的德国诗人，丁老师说，他最喜欢的一句是，人充满劳绩，然而诗意地栖居在大地上。大概就是这么想出来的。"

"爸，小妹真是出息了，以后我们家说不定也出个诗人。"贺图南打趣她。

展颜悄悄踩了他一脚，脸上却带着微笑："我可不会写诗。"

藏在桌布底下的动作，带着某种秘而不宣。

她的脚擦着贺以诚的西裤裤脚过去，蜻蜓点水，可他察觉到了。

贺图南眉头不经意地一蹙，笑眼里有警告。

贺以诚装作看不见两人眉眼往来，等菜上来，频频给展颜夹菜，她爱吃鱼虾，清炒虾仁只吃虾，狮子头一个不够，又夹一个。

"爸，她这是馋了，上次跟同学在校门口小摊上买脆皮五花肉呢。"贺图南报一脚之仇。展颜脸一红，嫌他多嘴，也不知道他什么时候看见那一幕的，心里气鼓鼓，又给他一脚，这下踩得很重。

贺图南胆子比五花肉肥，长腿一弯，回踩了一脚，死死压住了。展颜脚不能动，秀气的眉毛蹙着，想瞪他一眼，可他压根儿不抬头，也不松脚。

贺以诚说："小孩子家嘴馋有什么，你没馋过？"他温和地转向她，"颜颜，想吃什么我都可以给你做，可是你这学期一次都没回去过，走的时候还穿着裙子，你瞧，现在都穿外套了。"

展颜怕被问这个，搪塞说："分科后功课太紧了，我怕我跟不上，所以，得比别人更用功才行。"

"那也不妨碍回趟家，有张有弛嘛，人绷得太紧不是好事。"贺以诚慢条斯理地给她夹了块冰糖扒蹄，肉烂烂的，油而不腻。

"你不回家，我倒有些不习惯。"他鼻腔里逸出一声低笑，"我怕是老了，总盼着孩子们回来，那天照镜子，才发现鬓角有了两根白发。"

展颜一愣，当真去看他的鬓角，他显年轻，哪里像中年人？

贺以诚拨了拨头发给她看，果然有两根恼人的白发。

"贺叔叔，我给您拔下来吧。"

他摆摆手："人都要老的，随它去吧。"

展颜被那语气说得好像自己也跟着老了几分似的，她不希望贺叔叔老，她希望所有喜欢的人都能够像春天的草木那样，可依着时间的规律，一日一日，一夜一夜，四季不停地走，可是人都要老的。

"我总想着，你们现在都在我眼前，见一面是一面，等上大学了，真正长大了，外面花花世界那么漂亮，那样就不知道一年还能见几回了。"贺以诚自嘲般笑笑，"来，这是水晶肴肉，我觉得味道还不错。"

见一面是一面，展颜被他这话说得心头滚烫，几乎想哭，也是为难得想哭。

贺图南知道贺以诚不是伤春悲秋的人，他没说话，只是看了看爸爸，又看看展颜。

水晶肴肉没吃完，贺以诚打包让展颜带着，她看到他又买了两份。

"拿给寝室的同学们尝尝。"

展颜心怦怦跳，脱口而出："贺叔叔，等我期中考试结束，我回去一趟，该换厚被子了。"

"好，我提前给你晒晒被褥。"贺以诚显然很高兴，看看贺图南，不着意地说，"你是当哥哥的，在学校也要多关心关心妹妹。"说完，眼睛一扫贺图南的鞋面，他意味深长地又看了看儿子。

贺以诚的目光有种钝刀的感觉，划过去，需要时间回味。饭桌上，小儿女们的一举一动，他尽收眼底。

贺图南被这几眼看得像被火烧到。

两人进了校园，迎头走来徐牧远，天气转凉，他身上的校服外套有些小了，有种捉襟见肘的感觉，袖口因为洗的次数多，松松的。

展颜把水晶肴肉给他一份，贺图南笑吟吟地看着。

徐牧远自然不要，展颜却坚持，心想，谁不馋呢？

"恭敬不如从命，老徐，拿着吧。"贺图南接过来，塞到他怀里。

展颜告诉徐牧远："这个好吃，特别有嚼头。"

贺图南在她背后轻轻一推："话痨，快回寝室，你室友等着你打牙祭呢。"

他目送她远去，眼睛里浮着笑，一转头，徐牧远正对上他的眼，他跟没事人一样："尝尝吧，是表妹的心意。"

"你跟表妹相处得比以前好。"徐牧远说。

贺图南换了种笑："我们一直都好。"

徐牧远低头看看手里的塑料袋，说："对了，你还记得上次在北区见到的张东子吗？我们叫他东子叔，他最近老去贺叔叔的仓库，也想找份活儿，我爸跟余叔不好撑他，你让贺叔叔找保安撑他，他这个人变得好赌，一身毛病，千万不能用。"

贺图南点头："知道了，放心，我爸知道什么人能用，什么人不能用。"

很快，云上地产把汇款单寄到邮局，贺图南带着展颜去取了，五百元的奖金，不是小数目，老师跟同学们陆续知道此事，对她佩服极了。

余妍很羡慕，遗憾地说："我都不知道有这样的事，早知道，我也参加。"

"贺叔叔看报留意到的，其实，本来我也不知道。"

"贺总吗？"余妍的声音里羡慕更深了。

她比展颜成绩好，也比展颜能力强，可展颜说进B班就进了，分数可以不够。展颜有个好亲戚，消息灵通……她苦恼地想了很多。

这笔"巨款"，室友们起哄说展颜应该请客，展颜买了瓜子、水果，请大家吃。

剩下的，她自然可以给家里买点儿东西，给石头大爷买止疼药，给孙晚秋、王静买个礼物……展颜本子上列着计划，等想起林美娟，已经是期中考试时了。

这学期，分班考试后她给孙晚秋去了封信，迟迟没回音，等期中考试结束，气温突降，传达室有她的信了。

回信不长，孙晚秋似乎轻描淡写地带过了那件令她不痛快的事。

"你以为只有贺叔叔替你操作？别人有没有你是不知道的，发生就发生了，进B班好好努力吧。发生过的事情，不要再假设，只会让人痛苦。"

难道孙晚秋赞成这件事？展颜有些迷茫。

期中考试一结束，贺图南立刻来找展颜，展颜给林美娟买了支钢笔，问他的意见。

"买都买了，挺好的。"

"你好像很敷衍。"

贺图南忍不住笑，又很快严肃起来："很好。"他看钢笔时触到她的手，指尖冰凉，他便抓起她两只手上下对搓几下，"穿少了吗？"

公交站台上都是人，他未免太放肆。

宋如书混在人群里，见到这幕有些吃惊。白昼变短，等上了车，车里昏昏暗暗，挤公交的人们面目模糊。

贺图南拉着头顶的吊环，微微晃动。展颜跟他说话："你看那个骑自行车的阿姨，她车后头捆的大葱掉了，她好像不知道，哎呀——"

他笑笑的："你有着操不完的闲心。"

外头的灯光打在玻璃上，一闪一闪的，间或照亮车里人的面孔，车窗上映着模糊的影子。

宋如书觉得这两人牢牢占据着自己的视线，忍不住不看。

贺图南随意地看看四周，两人目光一撞，宋如书连忙别过脸，死死地盯住窗外的路灯。

贺图南微怔。

两人到家，贺图南反倒变得冰清水冷，他换鞋，脱外套，悄无声息的。

家里有一桌好饭等着他们，淮扬风味儿的，林美娟坐在中间微笑地打量着展颜，眼睛里满是话。

展颜怕对上她的眼，走上前，把包装好的盒子送给她："林阿姨，这是我给云上二期投稿得的奖金买的，我也不知道该给您买什么，希望您备课能用到。"

林美娟自幼物质宽裕，嫁人生子，更上一层楼，她什么都不缺，所以兴致缺缺。她打开，略看一眼，非常客气地道谢。

"我想再拿一床被子，"展颜随即表明自己为事情而来，画蛇添足地说，"这几天降温了，我觉得比去年冷。"

贺以诚在旁看着，一顿饭吃得并不算热闹，如果他不讲话，饭桌上几乎没有声音。贺图南听着，脸上淡淡的，只希望爸少问展颜两句。

饭后，客厅里响起电视的声音，没人看，似乎只是为了制造出点儿动静。

"我明天就回去吧，礼物送了，晚上我把被子收拾好就可以了。"展颜趁夫妻俩下楼散步时，独独跟贺图南说。

他看看她："这么着急？"

"我想回去学习。"

"家里学不了？"贺图南声音里微有不耐烦，这周如果不是高一期中考试占教室，他周六是要上课的，难得在家待两天。

展颜气咻咻地瞪他一眼："是，学不了。"

贺图南扬眉："你脾气大了，也不稀罕回家了。"

展颜话都在肚子里，她被他挖苦得烦，转身就走。

贺图南从沙发上站起，拉住她："周日我们一起走，在家一样学。"

展颜挣着，轻斥道："你干吗呀？"

"我迟早会被你整疯。"他冷冷地丢下一句，再不管她，进了自己房间。

等他第二天醒来，才知道，贺以诚已经开车去送展颜。林美娟见他愣愣地在客厅站着，头发凌乱，人像丢了魂儿："吃早餐吧。"

贺图南抓了抓头发："不饿，我待会儿回学校。"

林美娟不动声色地往面包上涂番茄酱，说："昨天也没听你说要回去，回去用功？"

"是，功课很紧。"

她咬了一口，抬眉看儿子："这个家，你爸我看是待得不太乐意了，怎么，你也不乐意了吗？"贺以诚已经半个月没沾家，一直睡在公司，跟学生们的借口都是一样的——忙。

贺图南警觉地一皱眉："妈！"

"怎么了？"林美娟仿佛只是开个玩笑，语气平静。

他想问她怎么了，到底没出口，草草地收拾了下东西，出门正巧又碰到宋如书，她刚跑到花园那边念了一个小时的书。早晨温度低，她的脸冻得发红，黑红黑红的。

宋如书觉得自己应该主动打个招呼，以示在公交车上无事发生。她晚上翻来覆去，脑海中无数次回放那一幕，宛如慢镜头，看别人的浪漫爱情片，她却一片空白，成不了故事。

"出去吗？"她是平常的口吻。

贺图南看着宋如书的脸，突然一阵厌恶，他从没厌恶过女生，他看她们都是差不多的，可此刻薄薄的雾里的宋如书如此讨厌。

暑假里妈突然回来，孙晚秋的话，妈刚才半真半假的语气……贺图南淡漠地瞧她两眼，稍一颔首，连嘴都没动就走过去了。

他刚走过，宋如书眼睛里就有了泪花，她第一次知道，他是可以这么冷淡的。

\* \* \*

贺以诚送完展颜，直接去了公司，最近税务局的人来了几次，他有些头疼。等晚上饭局一散，司机送他回了家，他一进门，一身的烟气酒气，林美娟皱眉，让他把大衣挂到阳台上。

"我一会儿还要去趟公司，"贺以诚说，"财务出了点儿问题。"

林美娟端坐着："我妈说，咱们好久没一起过去了。"

"再说吧。"贺以诚翻了会儿抽屉，不知找什么。

"不至于这么忙吧？"

"年底不是一向如此吗？"

林美娟见他心不在焉，克制地说："昨天晚上弄那么一桌饭，你倒不忙。"

贺以诚抬头看看她："昨天孩子们难得回来。"

"是展颜难得回来吧。"林美娟侧过身，她真是受够了，展颜一走，他的魂儿好像也跟着走了，此刻留个躯壳跟她说话。

贺以诚皱皱眉，把抽屉一关："你好像有话想说，直说吧。"

"我是有话说，贺以诚，你有没有想过弄个十几岁的姑娘来家里不合适？被别人看见了，是要说闲话的。"

"谁说了？"

"闲话这种东西，谁都能说，你不觉得你对她过分上心了吗？"

"她是别人托付给我的，我要守信。"

林美娟气得太阳穴直跳："你对自己亲儿子呢？也没见你想着要尽父亲的责任，你很关心过儿子吗？"

"我缺他什么了？"贺以诚反问。

林美娟手都抖了："你缺他对展颜的那种关心！不是给他钱就能打发的。"

贺以诚沉默片刻，说："你太激动了。"

林美娟彻底被这句话激怒，霍然起身："我应该是什么样子？忍气吞声，还是眼睁睁地看你犯错，还要装聋作哑？你要是真的只想当好人，资助老朋友的孩子念书，我会不同意吗？可是你是怎么做的，你自己清楚！"

贺以诚懒得跟她吵："你说什么就是什么吧。"

林美娟脸都白了："我问你话呢，你是什么态度？展颜到底是你什么人，你敢说吗？！"这句问出，她自己都愣了，心底快速生出一种夹杂着恐惧的期待来，她怕他嘴里吐出可怕的字眼，可答案又仿佛推开一道暗影里的门，背后就可知。

贺以诚深吸口气，点点头："你是不是跟颜颜说什么了？我本来不想提的，她回家很拘束、很怕你，一直看你脸色，比刚来时还要放不开，一大早就坚持要回学校，你跟孩子说什么了？"

"你先回答我！"林美娟忍不住吼起来，真想拿什么东西砸在他脸上。

贺以诚觉得林美娟很陌生，她吼的那刻脸是扭曲的，任何人脸扭曲时都不会好看，只会面目狰狞。他反倒没动怒。

林美娟见他没什么反应，简直恨他，大脑开始拼命地搜刮起记忆，力求找出些什么，作为进攻的武器，可是，两人从前就没有过脸红吵架的时刻，他像个道德楷模，曾经令她引以为傲。这点发现让人更加痛苦。

　　贺以诚留下一句"我希望你不要跟孩子置气"后，匆匆出了家门。

　　空气突然寂静，林美娟哭了，他连跟她吵架的兴趣都没有。

　　司机还在车里等贺以诚，他下来后，打发司机走了，自己在车里点了根烟。

　　车窗外，冰冷的气流进来，刺到脸上，车内漆黑，只有那根烟明明灭灭，在他的指间闪烁着光芒。

　　宋笑是什么时候发现他的，他不知道。她弯腰敲了两下玻璃："跟美娟吵架了啊？"说着，她嫌冷，一把拉开车门，坐了进来。

　　贺以诚没回应，也没动作，只是抽烟。

　　宋笑伸手把他的烟夺过去，含在嘴里，吸了两口，摆手说："有什么好抽的？我问你，你跟美娟到底是怎么回事？"

　　贺以诚见她越界越得如此自然，凝神看着她那双眼，那双眼也是美丽的，女人跟女人真是不同，他这一生见了太多的女人……

　　宋笑的心快速跳了跳，她突然就觉得，人生真是寂寞得紧，缺了温度，什么都是冷的，她需要吻火。

　　"贺总，你总看着我干什么？"她凑到他眼睛下，像旁逸斜出的一枝玫瑰，带着馥郁的芬芳，娇艳地在黑暗中绽放。

　　贺以诚心情很坏。他近乎粗暴地突然捏住她的下巴："你胆子太大了。"

　　宋笑浑身战栗，她被他吓到，可是又充满了巨大的喜悦："我只是想问问贺总为什么跟老婆吵架，你们男人总是让女人伤心。"

　　"你一直在勾引我。"他目光沉沉。

　　宋笑微微喘息："那……贺总心动了吗？"

　　贺以诚的气息在她的脸颊轻轻游走，离得极近，让她产生错觉，他要吻她了。

　　宋笑睫毛颤得厉害，一双手忍不住触摸他，她撩起了他的毛衣。他是真实的、有生命力的，她很久很久没感受过男人了，不是老朽的、衰败的，身体空虚得发疼，她希望被他暴力对待，征服她，也被她征服。

　　"我喜欢你。"她昏头昏脑地说，这话简直不是这个岁数该说出来的，可笑又天真。

　　贺以诚把她的手一攥，她的声音都抖了，一双眼水汽浓重地望着他："你想干什么？"她有种小女孩的惊怯，又如此热烈。

　　贺以诚恶劣地低语："我想干什么？我什么都不想干，但我知道，你想干什么。"

　　宋笑顿时一僵，意识到被戏弄，她刚扬手便被他挡住，他说："你太心急了，火候还没到家，你要等到男人心痒难耐，满脑子都想着你时再出手，才是好时机。"

宋笑不死心，妩媚的眼直愣愣地看着他："你刚才明明有感觉的，我不信你对我一点儿感觉都没有。"

贺以诚眼里闪着揶揄，他没说话。

"我不为你的钱，我只是单纯地喜欢你，我比美娟好，不信你可以摸摸我——"她忍着羞辱，几乎是绝望地说道。

贺以诚拉开车门，请她下车。

"为什么展颜的妈妈可以？"宋笑被冷风激得打了一个寒噤，恼羞成怒，"你少装什么正人君子了，你包过女人。"

贺以诚突然变脸，一双眼寒光凛凛："你马上给老子滚！"

他会骂人，也会如此粗俗。宋笑像被烫红的钢丝插了嘴，说不出话，从车上下来，疾步踉跄着跑了。

不远处，贺图南看得一清二楚，宋如书的妈妈从爸的车子里下来，裹着大衣，裙摆在夜色里荡着远去。他仿佛一下被人按在黑油油的液体中，就要坠落。

因为早上走得急，他落下了一本资料，折回来也是为了陪他妈。他想，也许白天让妈有点儿伤心。

贺图南在冷风中站了许久，才等到他爸从车里出来，他的爸爸看起来依旧衣冠楚楚。他到底在愤怒什么呢？他不信爸爸是这种人，爸爸是有格调的。

风冷，可掌心是滚烫的。贺图南突然意识到，展颜的妈妈似乎就是另一个宋笑，一个更漂亮的宋笑，他没见过，但她存在过。

爸爸是哪种人，他真的了解吗？他不想见爸爸，也不想面对妈妈了。

贺图南跑出小区，风刺得眼睛疼，他来到路边，打了辆出租车，粗声大气地说："一中。"

他脑袋沉沉的，睁不开眼，瘫坐在后排，外头的灯光从脸上掠过，形成交错的影子。

一连几天，他都显得格外沉默，睡眠很差。同学请教题，他相当没耐心，对人家冷脸："不会。"

徐牧远私下问他："怎么了？最近你状态不太对。"

贺图南不说话时显得倨傲，他冷淡地瞥了瞥徐牧远："什么状态是对的？"

徐牧远思忖片刻，拍拍他的肩膀："打牌吗？要不要玩两把？"

男生寝室有时会打牌，贺图南总是赢，但规矩是谁赢谁请客。

他没打牌，寝室里几个人把小甜甜布兰妮的歌放得震天响，阳台上的衣服硬邦邦的，寝室长在叫："妈呀，这是开始结冰了吗？"

今年冬天来得很早。展颜是在食堂遇见贺图南的，她见他一个人，便挤过去，"嘿"了一声。因为她发的声调是四声，听起来像吓他。

即使他们在同一所学校，可见面的机会并不多，除非刻意去找，更何况，高三在大家心中，那是极忙的。

贺图南没被吓倒，只是转过脸，看看她。

"你怎么一个人？徐牧远呢？"

贺图南拿勺子拨着米饭："我必须和他一起才正常吗？"

展颜悄悄打量着他，他耳垂那儿那颗褐色的小痣像个顿号。

"你是不是还生我的气呢？"她说的是上次自己单独回校。

贺图南眼睫垂着："没有，你在乎这个吗？"他想，也许就没人在乎他什么。

"孙晚秋这学期才给我回了一封信，这次又迟了。"展颜没正面回答，聊起别的。

贺图南默默咀嚼，没反应。

展颜有些尴尬："你这么小气啊，看来还在生我的气。"

贺图南勺子一顿："那你希望我怎么说，怎么做？"他盯着她，试图通过她去想象她妈妈。

展颜抿抿唇，那个样子像含羞草被碰触时的一开一合："我只是想跟你说说话，随便说点儿什么。"

展颜不知道孙晚秋试卷做得怎么样了，隐约焦虑，孙晚秋不回信，让她觉得对标消失，这种消失带给她失衡感，她不知道该怎么说，又跟谁去说。

最近经期更为强劲的疼痛也让她羞恼，为什么要来这个东西呢？她按室友说的买了暖水袋，到晚上放在肚子上，像个蛤蟆。连经血也像蛤蟆，湿湿的、黏黏的，在夏天暴雨之后的夜晚，悄无声息地蹦到脚背上，它鼓着眼，不知道是看世界还是在看你。

展颜每晚睡觉前脑子里总会飘满各种各样的东西，她见了贺图南，很想和他讲话，好像他是个容器。

现在，"容器"对她笑笑，贺图南说："我今天有些不舒服，刚才没什么精神，不是生气。"他总是会心软，她说那话时显得很孤单。

"你吃药了吗？"展颜关切地看着他。

贺图南摇头："好些了，你再多跟我说几句话，我就全好了。"

展颜端详着他的脸色，问："真的吗？"

贺图南"嗯"了声："高一高二有英语口语比赛，你参加吗？"说着，他把自己餐盘里的炸鸡排夹给她。

展颜夹起吃了："不参加，我有口音，不像贺叔叔，一口伦敦腔。"

贺图南心里猛地沉了一下，他若无其事道："锻炼胆子而已，以前都没听你苦恼口音。"

205

"但这是比赛啊，上去不能给班级争光的话，我是不会去的。"

他终于笑了："看不出你集体荣誉感这么强。"

"我妈说，参加比赛不能光是自己想去逞能，要看自己有没有实力，如果是代表班级的话，就更要多考虑考虑了。"展颜想起妈沉默一瞬，然后伸出手指，上面凤仙花的颜色开始从指甲根褪去，"你看我的指甲。"

贺图南听她提她妈妈，眼神凝住，盯着她指甲上的那抹橙红，里头还藏着酷夏，可终究过去了。

"你妈妈——"他其实自己也不知道想问什么，声音很低。

展颜却已经抬脸跟别人打招呼去了："如书姐，你也来食堂吃饭吗？"

宋如书姗姗来迟，为了节省时间，她都是晚来，怕人多。她其实早就见到两人凑一起吃饭，想装看不见，展颜却开口了。

贺图南脸色不太好看，他瞟了眼宋如书，她只是点了个头，极快地，又转过脸往窗口去了。

他草草地扒拉几口，催展颜快些。

"吃饭快不好。"

"那天吃淮扬菜，我看你跟头猪似的。"

"你才是猪。"

"行，我是，你吃得也太磨叽了。"

"我想和你说话。"展颜平静地看着他。

贺图南微怔，他心里一阵打战，低声说："你还真把我当哥哥了？我以后够累的。"

展颜低头快速吃了，没再说什么，两人端着餐盘去倒。宋如书想跟他们错开，脚下一滑，手里的餐盘正巧不小心碰到贺图南的手臂，油乎乎的菜汁溅出些许。

宋如书窘着道歉，贺图南什么反应都没有，把展颜那份接过，弯腰倒了，向她讨纸巾。

出来后，展颜忍不住问："怎么你都不跟宋如书说话？"

"无话可说。"

她就不问了，用纸巾小心翼翼地给他擦胳膊，惋惜地说："得脱下洗洗了，这么一大块。"

"你给我洗？"贺图南促狭地一笑。

展颜当真："那也行，只洗袖子。"

贺图南手臂一撤："那还是算了。"

两人到岔路口分开，贺图南说："别那么节省，你看你连荤菜都不打一份，吃肉才有力气。"

展颜笑着说："我很有力气的。"

贺图南无奈："我是说真的，别那么省，听话。"

两人到路口要往不同的方向去，展颜缩着脖子，好像有点儿冷的样子。

"我把我那件毛衣给你，就是之前给你的，那件是纯羊绒的，暖和。"贺图南说。

展颜看着他笑，点点头。

等到了教室，宋如书单独把贺图南叫出去，两人在走廊尽头那儿说话。

"有事？"他依旧冷淡。

天知道宋如书是如何鼓起勇气的，她极力保持镇定："在食堂真是不好意思，要不然，我洗好还给你。"

贺图南见她的脸微微红着，细看腮肉竟在抖，他哼笑一声："你对我有好感吧？"

宋如书像被刀斧劈开了心脏，嘴巴微张，错愕地看着贺图南。

他淡淡地笑，不无讥讽："给我洗衣服，再还给我，这一来一回就是两次说话的机会，是遗传你妈了吗？"

宋如书一阵难堪，她听懂了，她早就觉得妈去贺叔叔家太勤，她什么都懂，可妈妈以为她不懂，她从小就知道妈在男人跟前是什么样。

"你是什么意思？"她的自尊心突然被人横刀一刺，第一反应自然是回击，"你少自作多情了！"

贺图南没想到她的反应这么激烈，他微笑着："好，是我自作多情，我只是想告诉你，我不会喜欢你的，你不要有事没事就找我说话。"

宋如书脑子嗡嗡的，她牙齿咬得作响："我没求着让你喜欢我，我也看不上你这种家伙！"唯有把刀尖刺向别人才能挽回自尊心，她太蒙了，几乎是口不择言地脱口而出。

贺图南果然变了脸，宋如书捕捉到了，这让她有种报复的快感，尽管这快感有些阴暗，令人不齿，她很想哭，她伤害了贺图南她知道，但她要保护自己。她觉得自己的青春仿佛在这一刻结束了。


宋如书以为事情就这么过去，可一到晚上，她就失眠得厉害，眼前一遍遍地再现那个令人心碎的场景。这严重扰乱了她的学习，她的自尊心，在夜里会格外膨胀，膨胀到她想自己当时为什么不死去。

宋如书已经说不清自己是出于什么意图了，哪种都不纯粹，她找到徐牧远，试探地问："我想问你一件事，你知道贺图南喜欢谁吗？"

徐牧远跟她交集不算多，大家是普通同学："没听说他喜欢谁。"

宋如书失望地看了看他，心跳不已："你是他最好的朋友，我觉得你有义务规劝他，他成绩那么好，不该做自毁前程的事，你说是不是？"她极力说得冠冕堂皇，并且告诉自己，她是为他好而已。

她把展颜是贺图南亲妹妹，以及那天在公交车上看到的告诉了徐牧远。

\* \* \*

一连几天，徐牧远都被这团火炙烤。

现在，宋如书似有若无地开始盯着他，偶尔目光碰撞，他都觉得她在期待着什么，又在质问着什么。可她又会立刻移开目光。

徐牧远同时发现，贺图南进教室，她再没抬过一次头。

啪一声，贺图南把真题卷丢到他桌子上，说："这套我不做了，你要用就拿去。"

徐牧远回神，仰头看了看他："周末回家吗？不回家的话，一起打球。"

"家"这个字刺得人神经跳，贺图南眼前荡了一瞬夜色，他点点头："不回。"

徐牧远沉吟："该让展颜请我们吃饭。"

贺图南敏感地一挑眉："怎么？"

"她不是得奖了嘛，不该请吃饭吗？"

"你脸皮真厚，这也想讹我小妹，她得奖，你出什么力了吗？"贺图南说到"小妹"时，眼睛柔和，家里乱糟糟的，但颜颜是净土，他一想到她就心平气和了。

徐牧远盯着他的眼睛："开个玩笑而已，展颜未必有你惊吓。"

"她那点儿钱留着还有大用，你小子馋了，是不是？我请你。"贺图南说。

徐牧远平静地接了句："好啊，喊上表妹。"

贺图南心里不大舒服，面上却淡："行。"他无意间瞥到靠南窗的宋如书，她埋头于书本，像往常一样毫不起眼。

贺图南忽然有些生妈的气，聪明人到底是怎么目盲的，他有种深深的无力感。

周末既然不回去，他便给他爸打了个电话，爸的声音如昔，他听得心突突跳，他真的想问爸，那天晚上为什么宋笑会从他的车上下来，却没有吗？

他心里对他爸疑问太多，先是一个女人，再是另一个女人，爸看起来清雅高洁，却总和女人纠缠不休，他许是不懂，一个人到底要怎样才能把心剖成几份，分出去。

"我带小妹下馆子。"

"那好，钱还够吗？"

"够。"

"颜颜喜欢吃什么就点什么，不要计较价钱。"

"我知道，你回家吗？"

"公司最近事多，我很忙。"

对话简洁如海明威体，贺图南从他的语气里听不出任何破绽。他心里发烫，天这么冷,却怎么都冷却不下来。

周五黄昏,展颜在教室里做习题,她戴着妈打的手套,款式老,很少有人戴了。她朝指尖呵气,余妍忽然递给她一封信:"我去传达室时顺便给你拿的。"

"谢谢。"她抬头。

余妍瞥见她的手套,问:"这不是买的吧?"

展颜笑着摇摇头,见信的字迹是孙晚秋的,却从米岭镇寄来,她回家了吗?

她正要拆,教室窗户忽然被人拉开,贺图南身子一靠,冲她笑:"出来吃饭。"

教室里人不多不少,不回家的都在此学习。

余妍笑:"你表哥找你。"

贺图南大方自然,表妹之名虽令人不痛快,但着实方便。

冬天宜喝羊汤,贺图南精于此道,对学校周边的吃食了如指掌,带着展颜、徐牧远钻进一家羊汤馆。

三碗汤、一份炒羊肚,再要一盘麻辣羊蹄,热气腾腾地端上来,店里玻璃上蒙了层水汽,雾蒙蒙的,从外头往里看,有种过年的温馨烟火气。贺图南很会点菜。

"孙晚秋给我写信了。"展颜拉拉他的衣角,这是悄悄话,令人高兴的悄悄话,她只跟他讲。

贺图南转脸,捏了下她的手,低声道:"回头再说。"

两人的亲昵昭然若揭,徐牧远看在眼里,不知是该为他们不把自己当外人而欣慰还是该黯然。

汤白,也浓,香气缭绕。展颜急于品尝,她太冷了,教室像冰窖。烫到了舌头,她轻呼一声。

"怎么了?"贺图南问,放下筷子。

展颜不好意思地说:"烫着了。"

贺图南笑她:"又没人跟你抢。"说着,他看了眼徐牧远,"老徐,你看我小妹是不是傻里傻气的?"

徐牧远看着两人的动作,微微一笑:"确实,展颜傻里傻气,你就太聪明了。"

展颜没想到徐牧远也说她傻,一脸倔强:"我成绩虽然不如你们,但一直在进步。"

徐牧远嘴角一扬:"你果然很傻。"

展颜不知他是怎么了,一个劲儿说自己傻,佯装生气:"都被你说得心情不好了。"

徐牧远给她夹了根羊蹄:"吃点儿好的,心情就好了。"

展颜扑哧一笑,问他:"徐牧远,我每次见你,你好像都心情很好,你有心情不好的时候吗?"

"有。"徐牧远想,现在他的心情就不好。

"是因为——"展颜话没说完,贺图南咳嗽了声,她看看他。

徐牧远倒坦荡,不觉得有什么:"你是想问是不是因为我爸妈下岗?"

展颜尴尬地说:"我不是故意让你难受的,我是想说,其实我跟孙晚秋小时候过得比你现在还要糟。"

"比惨吗?"徐牧远笑了。

展颜摇摇头:"会好起来的,等考上大学,日子会越来越好的。"

徐牧远点头,端起一次性塑料杯:"是,来,敬我们以后的生活。"

贺图南失笑:"你们干吗?吃顿便饭,搞什么?"

话虽这么说,但几人碰杯,一双双眼亮晶晶的。

"那你也吃点儿好的,心情就好了。"礼尚往来,展颜给他夹了一根羊蹄。

徐牧远说:"我心情不好时,不靠吃的,当然,也没什么可吃的,我会到废弃的厂区待一会儿,就是上次你们去的那个地方。当然,心情好的时候也会过去溜达溜达,那儿过年能偷偷放炮,你们今年要是想放炮,可以到我家那边。"

"颜颜只敢放小蜜蜂,嗡一下,飞没了的那种,你让她真去放炮,她会吓哭的。"贺图南边吃边打趣她。

展颜噘了下嘴,露出她不曾有过自己也没意识到的娇嗔。

徐牧远看着她,眉头不自觉地锁了锁。

他们出来时,贺图南把自己的围巾给展颜缠上,尽管她自己有。

"你这手套……"他刚开口,本想说"也该扔了,露着手指头",意识到什么,转口道,"看着不是很暖和,戴这个。"他把他的手套套在她的手上。

"你不冷吗?"展颜瓮声瓮气地问。

贺图南重重地吐出一串白气:"不冷,我抗冻。"

"那我明天还你。"

"回寝室吧,进被窝看书,教室人太少了,很冷。"贺图南提醒她。

展颜应了声:"我先回教室拿信。"

他们进了校园,展颜挥挥手,一溜烟跑向教学楼。

贺图南一直等到她的身影消失,才跟徐牧远说:"回教室吧?"

高三的晚自习正常上。

徐牧远却不动,路灯下,他的眼神黝黯:"你刚刚看什么?"

贺图南一时没反应过来:"嗯?"

"你刚才看你妹妹半天。"

"什么叫我看我妹妹半天,我看她怎么了?"

两人之间有种微妙的气氛。贺图南忽然被人拿捏,逆气上来:"老徐,你跟我说话,什么时候这么拐弯抹角了?"

徐牧远知道贺图南知道自己已经知道什么了，贺图南一下恼了："是不是宋如书说的？"

"你这算承认了？那就是说宋如书说的不假！"

"跟你们有关系吗？你们一个个的吃饱撑的！"贺图南恼羞成怒，两人就此争吵起来。

两人争吵的事当晚就传开。

展颜在寝室洗脚，余妍跑进来，说："你表哥跟徐牧远吵架了。"

展颜慌忙起身，怀里的信还没拆，掉进了盆里，被浸得湿透。这封信迅速洇开。本该此刻阅读她的主人已无暇顾及它。它在小展庄写就，从米岭镇发出。

展颜急着去找贺图南，捞出信，放在柜子上，跑出去时回头看了两眼，她不知道另一个空间里有人也在期待着自己。

家里院角的凤仙花早就被拔了，连根带起，原先这地方被明秀撒了点儿薄荷种子，一到春天，鲜绿一片，凉拌吃，去火清肺。如今，都变作新的水泥地。

展有庆的新媳妇儿给他生了个男娃娃，他起初念着明秀，心里空得很，像冬天的西山，裸着岩石，什么也不长。可这新媳妇儿来了，这日子又成了日子，将热烘烘的女人搂在怀里，他找到活着的感觉，等有了儿子，他看着小娃娃的脸，被一个小奶喝攥住了魂儿，这是他的儿子，他展有庆有儿子了！好像血液有了新的去向，骨骼也新长成，从里到外什么都换了，他浑身上下充满了劲儿。

这股劲儿感染了全家人。

新媳妇儿在家坐月子，裹着头巾，每天解开对襟小袄的排扣，给孩子嘬。奶奶看着大孙子，腰杆直了，眼也亮了，走路虎虎生风，再不用在跟人争地界时被人噎死："你家有庆连个儿也没有，就一个闺女，抢啥哟！"

她杀了鸡，新媳妇儿天天有老母鸡鸡汤喝。鸡汤下面条，新媳妇儿吃一大海碗，连汤带肉，看得奶奶心里欢欢喜喜，逢人就讲："我这媳妇儿有能耐得很。"

花婶儿说："福气来啦，我就说新媳妇儿像能生养的。"

女人腰细，屁股大，腿粗，又结实又有力气，三十八岁的人，跟先前死了的男人生了俩，第三个就这么顺顺当当地出来了。

奶奶挤眉弄眼："前头那个生那天就会叫唤，石头拉着过去的，一点儿苦头都不能吃，娇气得要死，是不？果然是个命不长的嘛，刚这么个数！"她手掌一伸，四根指头张了张。

她在说明秀，花婶儿也跟着讲"是"。

新媳妇儿这几天想吃玉米面馍馍，奶奶就去了磨坊。

磨坊老板说："放这儿吧。"

这家白面磨得细，不加漂白粉，吃得放心。奶奶笑眯眯的，跟老板闲说话，两只眼守着他磨。她来前在家称了斤数,等磨了面,再回去称称。

老板知道她是怕自己偷舀她的玉米,像只护食的老雀。

孙晚秋和她妈也到了磨坊,她妈腰疼,一袋小麦是孙晚秋扛进来的。

奶奶听说了孙家的事,孙家的顶梁柱喝了酒,被人撞成了傻子。因为是在晚上,散了酒局后一个人往家走,什么样的车,几时撞的,通通不知,有说拖拉机,有说三轮车,还有说听见摩托一踩油门响得很。总之,孙家的孙大军是废了。

期中考试前一周,孙晚秋就被妈喊回了家。妈哭得眼皮子肿,亮亮的,像淤了脓,怎么都褪不了。

奶奶一见她们娘俩,看那模样,很是痛快:"彩霞也磨面呢,哟,秋秋不念书了?"奶奶靠着门框,嗑起了兜里的炒花生,一张嘴,吐出个红皮。

李彩霞恹恹地翻了个白眼,她知道,这老太太刚得了孙儿,正摇着尾巴过呢。

"秋秋,这以后还念不念书啦?"奶奶眼睛眯着,泄出点儿精光。

孙晚秋不作声,只是狠狠地卖力气,把小麦弄上秤,不让老板帮忙。

老板说:"彩霞,你这闺女怪能干的。"

李彩霞说:"她不干谁干?我在厂子里头推车,皮子跟石头一样重,腰都要断了。"

奶奶接嘴,一脸惊讶:"我还当是你偷人家皮子,被人家拿棍夯着腰了。"

李彩霞想上去撕这老不死的嘴,若在平时,也就这么做了。当下,她没力气斗了,她哭也哭过,骂也骂过,恨自己命苦,人都说冤有头,债有主,谁撞的大军,上哪儿找去,草得发芽,杏得结果,这日子也还得过。

"放屁!"孙晚秋忽然把麦子一丢,叉起腰,两只眼瞪着奶奶,"你一张老嘴不说话能死是不是?"

奶奶惊了下,这女娃娃泼,她知道,这么泼,真是开了眼。

"放屁呢,瞧能耐的,还识文写字的呢,你上的狗屁学!"奶奶把花生壳一丢,极看不惯孙晚秋那个厉害劲儿,扯开嗓门继续骂,"你爹这回是真在床上挺尸,你还有空搁这儿——"

孙晚秋抓起一把麦麸,扬到奶奶脸上,奶奶叫了声,这就要扑过去薅她的头发,被老板拉开,说:"哎,哎,你们要打出去打,我这儿还做不做生意啦?"说着,他给孙晚秋使个眼色,示意母女俩赶紧走。

孙晚秋拉着妈就走。

李彩霞气得嘴直抖,出来后,火不知打哪儿泄,扬手给了孙晚秋一巴掌:"都是你,你要是不去县城里头念书,家里就不会这么倒霉!"

孙晚秋捂着脸,眼圈都没红:"你打我干吗?爸是自找的,见了酒比见亲爹还亲,他早晚得出事!"

李彩霞身上麻了半边,她拽过孙晚秋,劈头盖脸地打了起来,歇斯底里地叫着:

"我叫你说，我叫你说，我今天打死你这个不通人性的！"

孙晚秋任由李彩霞打，她看着远处的山，山上的景败了，一会儿清楚，一会儿模糊，她觉得自己不如一根草，尽管她能做对最难的数学题。老师的夸奖、同学们的羡慕、醒目的分数一下远去，成为另一个世界的事。世间的事休论公道，公道是书里的东西。

孙晚秋自始至终都没哭，她被李彩霞揉到地上，掌心擦破皮，她又爬起来，昂着头又一次问："我什么时候能回学校？"

李彩霞擤了把鼻涕，抹在鞋底："你死了这条心吧，我让你叔给你在化肥厂找了活儿，包吃包住——"

"我要念书，我必须念书！"孙晚秋大声打断李彩霞，她反应激烈，在大马路上跟李彩霞吵起来，引得人们观看。

李彩霞打她时，那些人就在那儿看，嘴里说着"别打孩子"，却没有一个真正出手拉劝的。

孙晚秋是村里最聪明的孩子，这是共识。这种共识既让村民嗤之以鼻，又觉得十分不高兴。念书有什么用？念书有什么了不起？但能得到那些穷酸教书匠的赞美似乎又代表着某种高人一等的荣誉，即使教书匠们买猪肉时也要讨价还价，没啥两样。

现在，这个最聪明的孩子不能念书了，大家松了口气，但嘴里替她惋惜。她不会再飞黄腾达。

李彩霞把孙晚秋拖回家，找来孙大兵——她二叔，她爸不能行使惩罚的权力，那么自然是轮到二叔，二叔拿皮带抽她，让她屈服。

孙晚秋满院子跑，小弟吓得哭了。爷爷奶奶让二叔打死她。家里这个样子了，她居然，她怎么敢还要念书？

做几道数学题，说几句洋文，比不上一个饼，小展村没出过一个大学生，一代代人也这么过来了，既然前人能过，后人就也能过。

孙晚秋被二叔抽得直哆嗦，还在大叫："我不念书，以后只能是你们这个样，骂孩子打孩子，一辈子就只能当井底之蛙！我不想一辈子烂在这儿！"

没人听得懂她说什么，她说得声嘶力竭，像秋天没能迁徙的鸟，要面对严冬。

鞭子再落下来时，孙晚秋脑子里只想夏天城里的样子，楼房高高的，马路宽宽的，一下班，自行车车流汹涌得很，也有小汽车在跑……她想到展颜的投稿被征用，而那时，她天不亮就上山刨药，薅地里的野草，摘棉花，做饭哄孩子，她累得睁不开眼，拉着风箱都能睡着。

"目之所及，诗意栖居。"这两句跳进脑海时，她才忍不住哭了。她像掉进沼泽的动物，无人援手，一定会被吞噬的。可有人会回她的信，她相信。

## 第十四章 一家人

*原来做一家人是这样难。*

高三教室的灯光比别处离未来近，明晃晃的，令人生出手可摘星辰的错觉。

展颜到后边窗户这儿，隔着玻璃看，玻璃上贴满报纸，分明不想被打扰。她刚扬手，便被人拽回来，贺图南洗了脸，额前的碎发湿答答的。

"怎么回事？"展颜问。

"你听人说了？"

展颜说："我不明白你怎么会跟徐牧远吵起来，你们那么好。"

"没有任何关系是完美的，出点儿问题很正常。"贺图南手指冰凉，微微泛红，他格外平静，"你不是要看孙晚秋的信吗？她说什么了？"

展颜凝视着他："我正洗脚，听说你跟徐牧远吵架，信不小心掉盆里了，还没来得及看。"

"那还不快去看？"贺图南的声调连起伏都没有了。他的眼睛明净、轻忽。

展颜低声说："你都不告诉我，为什么要吵架。"

"不重要，跟你没关系。"

"你们会绝交吗？"

"不会，我们好好的。"贺图南像休眠的火山，不冷淡，也不热情，说完，便催她快回寝室。

展颜觉得一顿饭后，贺图南就变了个人，这座城市总归是变化快的，昨天还是卖服装的商铺好像今天就成了文具店，昨天的荒草地是今天的新公园，不像小展村，可以千年不变。连人也是，展颜摸不透贺图南。

她慢吞吞地下了楼，贺图南在楼上走廊那儿看着她，玻璃上映着他沉默的剪影。他习惯目送她，尽管看起来只是在远眺夜景。

信湿透了，两天后，信纸变得发硬，上面字迹不清，断续的文字很难拼凑出什么。

展颜用电话卡给村头小卖部打了电话:"是铁叔吗?我是颜颜,我想问问,孙晚秋是不是回家了?"

铁叔在算账,夹着话筒,划拉起圆珠笔:"回来有段时间了吧,前天还见过她,"他用笔杆挠了两下头,头皮屑跟下雪似的,"大军喝酒出了事,成个憨子了,一家子鸡飞狗跳,我看她这书是念不成了!"

不能念书了。

展颜挂掉电话,走在校园里,学生们三五成群,来来往往,她注意看女学生,她们有的扎马尾,有的留齐耳短发,胸前抱着书,或者是在吃热乎乎的炸年糕,有说有笑。她从她们身边经过,听到零碎的词语、简短的句子,没有一个字和不能念书有关。

女学生们和她隔着透明的薄膜,她看得很清楚,但戳不破。

展颜是在千禧年的最后一个月里有了这种隔绝感。她在一中的校园里,孙晚秋不能念书了,她觉得自己和孙晚秋相同的部分也被什么毁坏,这让她恐惧。恐惧的重压下,女学生变了脸,她们变成米岭镇集市上偶遇的小学同学……她们全变成了小展村的人,孙晚秋就在里面。

…………

展颜从噩梦中惊醒,坐起来,为自己的无能而感到深深的挫败。她摸了摸柔软的被褥,非常漂亮、整洁,她也是第一次意识到这些东西其实很脆弱,一不留神,如果失去了,她就会成为孙晚秋。

孙晚秋是最聪明、最有办法的,她的毫无招架之力让展颜无比难受。

她认真思考了几天,又到周末,才去找贺图南,可贺图南回家了。他没有告诉她,也没有要求她一起回去。她有些失落。

贺图南回了家,家里冷冷清清,林美娟没有回来,贺以诚也不在。家里只有冰冷的空气等着他,展颜的房间上了锁,那是贺以诚锁的,怕妻子不冷静之余做出过分的举动。

门响时,他抬了抬头。

"你怎么回来了?"林美娟刚打完麻将,她摘掉围巾、手套,见到儿子,波澜不惊。

贺图南却问:"和谁?我记得你不会打麻将。"

林美娟说:"我以前不会的多了,学不就会了吗?"她脱掉羽绒服,倒了杯热水。

贺图南疑心她又跟宋笑在一起,试探地问:"宋阿姨教你的吗?"

林美娟想起灯光下宋笑的钻戒,格外闪,也格外大,牌桌上的女人总是要不经意卖弄珠宝首饰的,好像男人的真心是按克拉算的。

她风格清雅,要戴顶多戴一对圆润的珍珠耳钉,简洁大方,配她的身份,不像宋笑那么招摇,金手串碎冰似的撞响,大家都听得到。

那样也好,爱和钱总要抓一样在手,林美娟恨恨地想。她敷衍地说:"对,你宋阿姨是会享受生活的人,自己开心,怎么样都好。"她以前对宋笑多少有点儿鄙夷,如今心境大变,虽觉得宋笑依旧不如自己,但过日子的态度竟多少有可取之处。

贺图南忍不住说:"她那个人,我总觉得不太好。"

林美娟一笑:"怎么不好?"

"往别人家跑得太勤了。"贺图南尽量让自己的暗示不那么明显。

林美娟说:"你小孩子家高三了,不好好念书,总操心大人的事。"

"我也不想操心。"贺图南看了母亲一眼。

母子间有种说不出的氛围,林美娟低头,把手上的婚戒取下,上面刻着字母缩写。她盯着戒指,说:"你爸现在彻底不回家了,展颜也不回,你还回来做什么?"

"因为家里还有妈,爸忙完这段时间会回来的。"

"是吗?我看不出你对我还有真心,"林美娟对儿子也有讥讽,"我当你眼里只有你的小妹。"

"小妹并没有错。"贺图南闷闷地开口。

林美娟颔首:"那是我的错?"

"当然不是。"

"总要有个人来认这个错,你爸是不可能的,他那么骄傲,觉得全世界都错了,他也不会错。"

母子俩的对话,每每到真相边缘,便会撤回到安全距离,无人越雷池。好像再多走一步,谁也承受不了。

"你学习忙,功课紧,倒不必为了我刻意回来。"林美娟起身。

贺图南喊了一声"妈",目光闪烁不定:"别总跟宋阿姨玩了。"

林美娟笑得莫测:"你担心什么?她要把你爸爸抢走了?"

贺图南愣住,没想到她这么直白。

林美娟眼睛里有了抹轻蔑,这样子倒跟贺以诚有些夫妻相,那层轻蔑浅浅地浮着,像在眼睛外。她嘲笑别人也是隐蔽的,那样与教养不符。

"没人能抢走你爸爸,因为谁也争不过死人。"林美娟丢下这句,便去洗澡了。

贺图南一个人又回到学校。

寝室长说:"哎哟,表妹来找你,看你不在,伤心欲绝地走了。"

贺图南知道他说话浮夸,一抬头,正在阳台晒衣服的徐牧远转身,两人目光仅仅是交会一瞬,又错开了。

校门口多了个老汉给人修鞋,也会修拉链。老汉有浓密的眉毛,那么长,白了一半。他戴着黑皮子套袖,穿着围裙,老花镜架在鼻梁上,每次碰到顾客来,定要抬眉瞅一眼，请人坐他的小马扎。

展颜因意外发现他，留心起来。他长得像爷爷，也像三矿爷爷，还像石头大爷，也许老人都长得差不多，包括皱纹的走向、黧黑的肤色、被风霜雨雪吃透的一双眼。

她买完笔，从那儿路过，问："外套拉链坏了能修吗？"

"能！"

"皮鞋也能修吗？"

"能！"

"那我买双鞋带。"展颜的鞋子没有坏的，她绞尽脑汁，要照顾一下他的生意。

她坐在小马扎上晒太阳，跟老汉聊天，聊聊他多大岁数了，从哪儿来，为什么要到这里来讨生活。这让她有在家乡的错觉，哪怕只一点点，她对谈论美国没什么兴趣，也对诸如"民主自由"的概念很陌生，她其实一直很孤单，因为同学们谈论的内容多半是她不熟悉的，少年们说着远方，远方好像有一群雪白的鸽子，无与伦比地美丽。

展颜努力去适应过，一中对她而言就是在小展村时想过的"外面的世界"，老师说外面的世界是好的，她的确受到很大的冲击。

不管怎么说，念书是一件很神圣的事情。

神圣的学校里不断走出青春年少的学子，展颜眯起眼，看了会儿他们，然后目光转了个方向：修鞋的老汉，不远处推垃圾车的残疾阿姨，挎着掉皮黑包给学生们推销盗版碟的中年男人……

世界真的是个棱体，贺叔叔展示过的那个棱体折射出不同的光、不同的面孔和日子。

她渐渐明白，观察这个世界要比和同学们聊天等各种社交更适合她。如果是孙晚秋，她一定会去做最适合表现她长处的事情，同时毫不羞怯地面对自己的短处。

天哪，那么聪明的一个人不能念书……展颜想到这儿胃里一阵痉挛。

贺图南找到展颜时，展颜一张脸正被冬日的阳光晒得雪白剔透，只有一排睫毛密密地扑闪着，不知在看什么。

"你的外套可以拿来修，这个爷爷会。"展颜从马扎上站起来。

贺图南一偏头，见马扎黑乎乎、油光光的，问她："你要修鞋？"

展颜没问他回家的事，说："没有，你外套的拉链不是坏了吗？"

"不穿了，"贺图南岔开话，"你有事找我吗？"

展颜看他的态度不温不火的，心里犹豫，她在想，如果是孙晚秋处在自己的位置，会怎么做？孙晚秋会想要就开口，想做就去行动。

"孙晚秋家里出了很大的事，她不能念书了。"说完，展颜忽然觉得自己好像很可耻，因为贺图南的神情只是诧异了两秒，她开始怀疑自己深思熟虑的是不是极其错误。

"她跟你求助了吗？"贺图南问。

展颜没能拼凑出那封信，但信从米岭镇发出，她知道答案。

"我知道，要是跟贺叔叔开这个口，我就太厚脸皮了，"展颜的面孔迅速染上一层红晕，她局促不安地开口，看着贺图南，"我想的是能不能打欠条，孙晚秋以后会还的，她绝对不是会赖账的人，我保证。"

即使是面对贺图南，展颜也窘得想哭了，因为在求人，好像乞丐，风雪夜里要冻死街头，见到那金碧辉煌的庭院，只想着这家人一定是富裕的，哪怕被拒绝，也要试一试能不能暂避风雪。

这点儿钱在贺以诚那里是不算什么的，只要她开口，贺以诚一定会答应。但她不敢，只能先来问贺图南。她需要他给她分析分析，这个法子到底能不能行，还牵涉告不告诉林阿姨，怎么说？

贺图南一言不发地看着她，她跟他说话时胆怯、带着试探，眼神不够坚定。

"她跟你一样，学费、生活费再支出一年半就够了，大学可以勤工俭学，"他终于回应她，"你确定孙晚秋只需要这些就够了？"

展颜觉得贺图南像个大人，他现在和她说话的语气莫名地像贺叔叔，又不太一样，他几乎是毫无感情地阐述事实。

"应该够。"她其实没那么有底气。

贺图南没办法怪她又要给家里添乱，不是钱的事，却因钱而起："她家里出什么事了？"

"她爸喝酒出了事，人傻了。"

贺图南又问："她家里还有小弟，是不是？"

展颜点点头："她妈可能会让她进皮革厂挣钱，我不知道。"

展颜眼睛热热的，她低下头："如果贺叔叔没有把我接来，我也是那样，你放心，我会感激贺叔叔一辈子的，一辈子也还不清他的大恩。"

她们每个人长得不一样，性情不一样，或聪明，或愚笨，或木讷，或泼辣，但如果不念书，最终命运都一样，像无数条小溪流最终汇入到一条河中去，面目全非地混在一起，被浪潮裹挟向前，流到哪儿算哪儿。

今天的阳光非常好，虽然冷。有什么东西好像一下逼近眼前，贺图南一直知道她过去生活在另一个世界，他以为只是穷，穷是根，长出各种各样扭曲的枝叶，淳朴只是其中正常的一枝而已。

如果把孙晚秋替换成展颜，贺图南一下就能理解这种痛苦了。

"我有一笔压岁钱，炒股也赚了点儿，这样好了，你不需要跟爸说，我的钱就够孙晚秋的学杂费、伙食费。"贺图南压抑地看展颜一眼，他不想再跟她接触了，他要快些去上大学，离她远远的。

他说这话时没那么热情，却足以让展颜感激不尽。如果不用贺叔叔知晓出手，就更好了。

"云上地产给我的奖金，还有三百整没动，我先汇给孙晚秋，等过了年，高二下学期开学……"展颜声音发抖，她知道这事成了，"再用你的给她交学费，这钱会还你的，你看，你怎么算利息？我过年回家一趟，把欠条弄好，带回来给你。"利息她是懂的，小展村有搞高利贷为此家破人亡的。

只有在这样的时刻，贺图南才能清醒地认识到，展颜跟他们家是有隔阂的，她要跟爸算清楚，也要跟自己算清楚，好像一牵扯到钱，所有以往的温情脉脉都为假。

贺图南淡淡一笑，像个商人："好，利息我想想，回头再商量吧。"他知道自己对贺以诚来说没那么重要，对妈来说似乎也没那么重要。在她这里，他比不上她穷苦的同学，他天生只能当奉献者。

"你眼睛好些了吗？"展颜小心地收了尾，不住地打量着他。

贺图南便用一种自嘲又揶揄的目光看看她，好像这是顺手捎带的关怀，事情解决了，她便想起这么一茬了。他点点头："好多了。"

"你是不是心情不好？我总觉得你说话没什么力气。"展颜咬了咬嘴唇，"你可以跟我说。"

贺图南摇摇头，语气松散："可能是最近学习累的。"

展颜还想问，可贺图南显然没有再深谈的意思，展颜看着他走远，突然觉得很委屈。

\* \* \*

孙晚秋像守更人，等着展颜的回信。

苏老师把信送来时，她正坐在井边，拿臭胰子给孙大军洗衣服，奶奶搡他晚了一步，就拉裤子里了。冬天的井水不凉，但浸久了，她手指头通红。

苏老师是骑摩托车来的，揣着信，离老远就见孙晚秋头发半散着，吭哧吭哧地在搓衣板上使劲儿又揉又砸。他推了推大框眼镜，看了会儿才喊她，她跟小妇人一样，抬头起身，两手往身上一抹，跑了过来。

"苏老师——"孙晚秋有些意外，同时为老师看到自己这一幕而感到羞愧，她没有去念书。

苏老师把信给她："是展颜给你的，哦，还有这个，汇款单上有三百块钱，我在镇上的邮局给你取出来了。"

孙晚秋又抹了抹手，把苏老师拉到柴火堆后，不大自在地说道："别让我家里人看到了，苏老师，真麻烦您，这么冷的天还跑一趟。"

苏老师叹气："展颜都跟我说了，孙晚秋，我找你妈妈谈谈吧。"

这天，苏老师在她家里等到晚上，没人招呼他，爷爷奶奶都很冷淡。等李彩霞回来，他们在堂屋发生了激烈的争吵，再后来，二叔来了，事情变得更糟。

二叔十分粗鲁，几乎要打人，苏老师狼狈地疾步出来。师生二人目光交会，苏老师根本来不及说什么，后头酒气熏天的二叔拎着砖头。

孙晚秋让苏老师快走。苏老师一个教书先生，真打起来，一有辱斯文，二也不是对手，他匆匆骑上摩托车，消失在暮色中。

院子里，二叔还在骂骂咧咧，孙晚秋冷眼看着他。这里连空气都是贫穷、愚昧的，爸喝酒出了事，没有人会吸取教训，二叔还在继续喝。

"你把老师引到家里干啥？想干啥？！"李彩霞在皮革厂累了一天，她买通门卫，拿了更多的皮子回家。

孙家院墙里很快响起骂声、哭声。

晚上，孙晚秋睡在羊圈，地上铺了茅草，只有一床烂棉花套子，被罩都不套。二叔想的法子毒，不停折辱她，让她断了念书的盼头。如果她坚持，就一直和畜生待在一起。

羊圈臊烘烘的，几只山羊慢条斯理地咀嚼着干草。

夜深人静，她才把手电筒掏出，看展颜的信。等看完信，她从茅草堆里爬起来，悄无声息地离开了家。

夜很冷，远远地，有狗吠声传来，道路旁白杨树早就被隆冬剪光了叶子，在寒星下，黑黝黝的，土色新鲜的坟头在田野里也成了黑的。

孙晚秋仰起头，透过犬牙交错的枝干缀在夜幕上的星星，那么高，那样亮。她很快适应了黑暗，人被冻得发抖，但她知道走路会暖和起来的。那三百块钱被妥帖地放在小袄的兜里。

大地的轮廓、山的轮廓都是她熟悉的，她好像又回到了初中上早自习的清晨，也是这样黑。猫头鹰在叫，乌鸦扑棱棱地飞过去，她听见它扇动翅膀的声音。路上一个人都没有，一辆车也没有，有的只是黑夜的冷、漫天的星光，那么广袤的天地间就她一个人的身影，融在夜色里，像被吞噬。

孙晚秋走到米岭镇时，秋衣湿透了，她赶上第一班发往永安县的乡村巴士。

这个时候，已经临近期末考试。

彼时，元旦刚过，城里张灯结彩的氛围还在，一中的教室里，联欢会的窗花格外喜庆，会一直保留。

人们开始陆续准备年货。展颜主动往家里打了个电话，她得为过年打算。

是陌生女人的声音："喂？你找谁？"女人粗声大气，话说着，有婴儿的哭声传来。

展颜一时呆钝，以为自己打错了。那头，女人已经在喊："有庆，看看儿子是不是拉了。"

她一下把电话挂掉，重重地，像又冤又气。电话卡被攥在手里，卡得肉痛。

复习迎考，人人都忙，她晚上回寝室也很少和别人闲聊，不是在背文言文，就是在记单词，等熄了灯，在走廊昏暗的过道里靠着墙看书。还在洗漱的女生们从她身边经过，总要多看几眼。

就是这个时候，流言不知从哪里冒出，传她与贺图南是同父异母的兄妹。

流言之所以为流言，就是因为它不可考，偏又带点儿灰色的影子，不知打哪儿来，但注定要传往四面八方。连办公室的老师都听说了，跷着腿，说起贺图南家中光景，那样有钱的人家有些桃色新闻，或闹出私生子这种非常不光彩的事，倒不稀奇。只不过，发生在贺图南家里，令人扼腕。

贺图南知道时，是寝室长大嘴巴忍不住说出的。

"你是听谁说的？"他惊怒，眼睛像刀身一样雪亮，一身冷汗。

徐牧远喝住寝室长："没证据的话，瞎扯什么？"

寝室长无辜地说："我去办公室拿试卷，几个老师都在那儿议论。"

贺图南眉心乱跳，他看了眼徐牧远，两人吵架后，不如从前亲密，却也没有刻意疏远，此刻眼神一碰他就知道不是徐牧远，那就只有宋如书了。

他找到宋如书。宋如书极力保持镇定，说："不是我，你爱信不信，我不至于当小人。"

"老徐是怎么知道的？你已经做过小人了，装什么？"贺图南没跟她算这笔账已是宽宏大量，这会儿再找，一副要连本带利讨回的架势。

宋如书被他戗得脸滚烫："我没有恶意，除了他，我没告诉其他任何人！"

贺图南冷冷地瞧着她："你是真闲，宋如书，你是提前保送清华了还是北大？有那个时间不如多做两道题。"

她到底是女生，眼泪都要出来了："贺图南，你怎么说话呢？我做过的不会不认，可你不能把我没做的赖我头上，这样的事，我也不敢到处乱说。"她哭起来，嘴巴很大，像什么鱼，一张一合，因为隐忍着，更显滑稽。

"是你妈吗？"贺图南脑子转得飞快。

"林阿姨最近经常去麻将馆，麻将馆里那么多人，为什么就是我妈说的？"宋如书下意识地维护起宋笑，"你不想想，我妈要说早就说了，为什么等到现在？"

贺图南心思急转直下，他知道骂她也无益，流言出来了，人是管不住的。

这种事，学校下水道里的老鼠都知道了。

展颜在班里，没有一个人问她。女生们在背后议论，好像她的美貌也有了依据，肯定是她妈妈也如此，否则怎么会做贺图南爸爸的情人？大家知道贺图南家里有钱，他的爸爸据说是个极有风度、十分英俊的成功人士，但见过的很少。

"过了年开学，班主任说要开家长会，到时候看她家谁来就知道了。"

"如果是她妈妈来呢？"

这下大家犯傻了，好像失去一个绝佳的机会。

"她妈妈不敢轻易露面的吧。"

"那如果是贺图南爸爸来——"

"她有爸爸，真的，我还见过，是个又黑又土的乡下人，就在学校门口，那时我们都还不在一个班。"

这下热闹了，几人追问起发话者来龙去脉。余妍没有参与，她的爸爸在贺以诚的仓库里工作。

但她想到了一些事，比如为什么这两人会一起去北区，展颜穿着打扮昂贵，尤其是漂亮的眉眼，说贺图南跟展颜是亲兄妹，令人信服。展颜为何初分班时不在B班名单上，而后又多两分出现在B班，一切都说得通了。

有钱人就是可以左右一切。这样的认知让余妍愤懑，她算不上喜欢展颜，也不讨厌，甚至有时要刻意去讨好一下。

她在期末考试前的周末回了趟家，忍不住跟妈妈说这件事，她憋坏了，她不能也不太敢在学校里说展颜跟贺图南的事。但人就是这样，知道一个惊天秘密，总是要分享出去的，否则，一人怀揣，简直是暴殄天物。

"哎呀，就是那个漂亮的小姑娘？我记得呢，雪白的脸皮。"余妈惊叹。

余妍说："她一件大衣上千，那个牌子特别贵，真有钱。"

母女俩闲说话，斜对门被砸得咣咣响，余妍吓一跳，往她妈身边挨："有人砸门吗？"

余妈摸她的脑袋："别怕，是找你东子叔的，人家过年该要账了。"

外头的骂声难听至极，门要被砸穿了。

余妍默然，她长大了一定要带父母离开北区，离开这个令人恶心的地方。而当下唯有忍受，他们北区的孩子都在忍受，她越来越痛恨这种不公，有人靠漂亮的脸蛋当情人，有人钱多到养私生子，她的父母勤勤恳恳一辈子，最终得到的是贫穷、冷眼、皱纹和枯裂的手。

再回学校，余妍觉得展颜的脸、衣服都成了某种讽刺。展颜无论做什么，落在她眼里，好像都在炫耀着什么。

"最近有些女生在议论你，你听说了吗？"她在水房洗漱时不着痕迹地问。

展颜不知，因为无人敢当面说这话。她认真地刷着牙，一嘴泡沫："议论我什么？"

余妍有些心虚，她想给自己找点儿什么理由说服自己，这件事应当让展颜知道。她附在展颜耳畔，低声说了。

展颜像被人兜头泼了盆脏水，她表情冷淡，像被定住，和她惯常的模样很不一样，良久，泡沫里吐出两句话："我自己有父母，是谁说的，我要找她问清楚。"

她比自己想的还要镇定。

余妍忙改口:"我也不信,你别搭理那些人,都是乱传的。"她心怦怦跳,心想,原来展颜这样厉害。

期末考试最后一科刚结束,贺图南就来找展颜。他怕她听到流言蜚语,可如果她不知道,他几乎不知道该怎么开口问。

展颜在教室收拾书啊,资料啊,往寝室运。贺图南一来,大家纷纷扭头。

他知道那些目光的含义,像水淫淫的雨,追着人。可隆冬的天分明是一层薄薄的蓝,太阳还挂在那儿呢。

展颜比他想的平静,他一来,她就知道他想问什么,她只是想,如果不是这件事,你也不会来找我。

贺图南一双眼睛里全是犹豫。

展颜抱着书,抵住下巴:"你眼睛好了吗?"冬天的伤总归好得慢。夏天的伤,怕那热辣辣的天气,容易发炎,可见人要是受伤最好在春、秋两季。

贺图南疑心她什么都不知道。他有种困兽般的烦躁,点了点头。

"我爸又给我生了个弟弟,"她夸张地笑了下,显得自己毫不在意,"我这下彻底不好回家了,不过,你放心,我还是会回去一趟,把欠条给你带来。"

贺图南不知道她有了弟弟,他微怔:"你家里告诉你的?"

展颜下巴轻磕着书:"打电话知道的,没人告诉我,因为……大概是因为,"她忽地哽咽,拼命克制住了,才说,"没人记得我了,我也不必知道,确实,我也不想知道。"

"颜颜——"贺图南的心被人狠狠一揪,痛来得急遽。

展颜脸一抬,扭开,看远处教学楼的楼顶折射着阳光,集中的那一点,璀璨夺目、流光灿烂的感觉,像美好的未来:"我知道你来是想说什么,我听说了,你很生气,是不是?"

贺图南听她的语气又变得平静,像一条河突然静悄悄的了:"我是生气,但更怕你被影响。"

小展村也好,米岭镇也好,流言常有,谁出去几年不回来,那便是犯事死在外面了;谁生不出儿子,那便是祖上没积德。

展颜转过脸,说:"人就是这样,喜欢捕风捉影,因为他们自己太无聊了,只有说别人,才过得下去。你都高三了,难道那些人不知道?他们一定也知道,这样的话传出来会影响你,可他们才不会管你死活,所以,我们也不必管他们。"她把孙晚秋曾经劝她的话消化了,又反刍给自己,她也是说给自己听的。

贺图南本意是来安慰展颜的,他有些吃惊地看着展颜,展颜也看他,她很像刚来没多久的样子,静静的,不喜也不怒,他真怕看她的眼睛、她的样子,多停留那么一会儿,他的心就忍不住了:"你真的没事吗?"

展颜缓缓地摇头:"你是不是因为这个,上次我跟你说话你才没什么精神,也不太理我?"

贺图南语塞,含混过去:"你比我想的乐观,你长大了。"

展颜却接着说:"我猜是的,你也许会觉得要不是因为我,贺叔叔就不会被人乱猜疑。"

贺图南强按情绪:"这不关你的事,你不要往自己身上揽。"

"那你以后还会像以前那样吗?"展颜问。

贺图南心跳得乱七八糟,他胡乱地点头,说:"爸接我们时,你不要跟他说这件事,他那个脾气,坏起来是很坏的。"有上次运动会的教训,贺图南怀疑贺以诚真的会找散布流言的学生,再找对方家长。

"如果林阿姨也听说了怎么办?"展颜知道,林阿姨也许早就怀疑了,但她想,贺叔叔总是要澄清这种没影的事的。

贺图南终于拿出一副兄长的口吻:"你一个小孩子,别管大人的事情,有爸呢。"

等贺以诚来时,展颜果然不提,两人默契地坐在后排,守着共同的秘密,这竟让她有种奇异的满足。

贺以诚是知道展有庆有了儿子的,那头的人脸皮惊人,再次邀请他去吃喜酒。他打定主意,展颜的年关要在城里过:"颜颜,你爸爸他——"

"我知道,"展颜不让他为难,"我听见小孩子在电话里哭了,"她听别人说,有钱人都不止一套房子,因此试探性地问,"贺叔叔,您除了现在的房子,还有吗?"

贺以诚一皱眉头:"有,不过没人住,怎么了?"

"我想过年的时候去那儿住几天,行不行?"展颜低头绞手。

几人都沉默,贺以诚许久才说:"当然行,我陪你住。"

"贺叔叔!"展颜抬头,"过年您应该陪家里人,您这样,"她喉咙滚动不已,"求您别这样。"

贺以诚面无表情,他挣那么多钱,有这么好的条件,却没照顾好她。他让她小小年纪就得看人脸色,仰人鼻息,他让她这么小就得背负着精神负担,他怎么对得起明秀?她们母女太苦了,母亲吃透了苦,女儿还要吃……他真够窝囊的!

离婚,这是他第一次如此清晰而又果决地想到这件事,他必须和林美娟离婚。他打定主意,等展颜高考后结束婚姻。他做了这个决定,不容更改。

"好,这几天我让奶奶陪你住,除夕和初一你回来。"贺以诚做了让步。

展颜犹豫片刻,点了点头:"我想初二回一趟家,见一见孙晚秋、王静。"

"要在那儿住下吗?"贺以诚从内视镜看她一眼。

展颜摇头:"我当天就回来,我们说说话。"

贺图南在旁听着,没有作声。

街上气氛浓起来，徐牧远的爸爸给贺以诚家里送来了对联，父子一起来的，在贺家温暖如春的客厅里小坐片刻后起身告辞。

贺图南知道徐牧远进门后那双眼在找谁，他不点破，只是像以前那样招呼。

新房子只做了简单装修，没人住，因此冷冷清清，缺少人气。展颜住进来，有了一种全新的体验，如果是自己能拥有一套房子，只有自己，那该多好！她被这种自由的、无拘无束、想做什么就做什么的氛围震惊到。以前，她只是渴盼拥有自己的房间，可她发现拥有自己房子的话，那种快乐无与伦比。

除夕那天一大早，奶奶回去，给她留了饺子。等到下午，贺以诚来接她吃年夜饭，她恋恋不舍地离开书桌，状似无意地问："这几天，孙晚秋打电话找我了吗？"

贺以诚了然，他不舍得让她伤心，但又有种极其不磊落的快意："没有，你家里那边没人打电话过来。"

展颜平静地"哦"了声，心头好一阵酸苦。

家里只有贺图南，展颜暗暗松口气。他见她来，穿着新衣服，头上又扎起了艳艳的蝴蝶结，像个客人。

期末考试的成绩单已经寄到家，贺图南稳居年级第一。

"你的。"他把成绩单给她。

展颜洗了手，一脸虔诚地打开，一点儿一点儿看，像不敢相信似的。

"物理还是有点儿差，78分。"她轻轻嘘口气，把成绩单递给了贺以诚。

贺以诚因为她回来，精神尤其好，拈着成绩单轻快地说："只是不太突出，哪里差了？别担心，哥哥给你补补。"他看向贺图南，"别只顾自己，你自己考第一不算本事，让妹妹也考第一才算本事。"

"她？第一？那我可没这个本事，爸另寻高人吧。"贺图南觉得好笑道，意味深长地看着展颜，那个表情像揶揄她，78分只是不太突出。

展颜许久没见他用这种近乎亲昵的神情看她了，有些腼腆，嘴角却微微一翘："你能帮我补课吗？"

"可以啊。"

等贺以诚下楼去拿东西，她才对贺图南说："可我没钱给你。"

爸不在，贺图南脸上的笑意又淡下去："我有说要你的钱吗？"他把家里买的零食堆在茶几上，指着说，"看看喜欢吃什么。"

"初六是你生日，我给你准备礼物了。"展颜剥开一块巧克力，一口吞掉。

贺图南心头又突突地跳起来："难得，难为你还记得我生日，是什么东西？"

"不告诉你。"她偏头一笑，又去剥话梅糖。

"这么神秘？"

"提前说没意思，"展颜神情复杂地看着他，"你马上就十八岁了，就真的是大人了。"

贺图南挑眉："那又怎样？"

"我也想当大人。"

"急什么？当小孩子多好，只知道傻吃。"他下巴一抬，意指她眼前的包装纸。

贺以诚上楼，看见两人在那儿说话、吃零食。家里许久没有这样的气氛了。他觉得林美娟回娘家不在，真是件令人愉快的事情。

但黄昏时分，老丈人打来电话，他们已经在准备年夜饭了，把他父母也都请了过去，老丈人直截了当地告诉他几点到即可。

这打了贺以诚一个措手不及。今年本来说好的，林美娟回娘家过除夕，初一中午再聚。

贺以诚脸色阴沉地挂了电话，他没理由拒绝，但一大家人都在，他不好带展颜过去。那种场合，展颜待得也不好受。

可这样的大年夜，他怎能留她自己孤零零的？他心里又急又痛，他对妻子的厌烦程度无以复加。原来做一家人是这样难。

"颜颜。"他一张嘴像糊满了锈，很难启齿。展颜看过来，他想到她的孤单、失望，心都要碎了。

"今天晚上，我们不能陪你吃年夜饭了，你留在这儿，我给你切点儿牛肉，家里还有饺子。"贺以诚打开冰箱，他闭了一瞬眼，冷静一下，"水饺口味儿很多，我都贴了标签，你想吃什么就下什么，这里还有香肠、熏肉、盐水鸭……我每样都给你切一份。"

贺图南疑惑地看着贺以诚："爸——"

他转过身："你姥爷让我们过去，爷爷奶奶都到了。"

贺图南十分抗拒，压制着情绪，问："那颜颜怎么办？"

展颜愣了愣，她知道自己这回真的是一个人了，但一个人也并不坏啊，她不想让别人觉得自己可怜。

"我吃饺子呀，"她笑盈盈的，"还有这么多口味儿，我想吃哪种就吃哪种。"

贺图南心里一阵难过，他看着她，脸上挤不出笑："我们吃完会早点儿回来，一起看春晚。"

"好，我吃好了先看，我等你和贺叔叔。"她站起来。

贺以诚已经钻进厨房，匆匆给她准备晚饭。

贺图南穿上外套，缠绕围巾时，他那双眼到底又看了看她："你一个人害怕吗？"

展颜摇头："不怕，这有什么好怕的？"

"那你等着我跟爸。"

展颜冲他微微一笑。

贺图南还想说什么，嘴巴藏在围巾里，他跟贺以诚出了门。

这顿饭，父子俩吃得各怀心事，人太多，声音嘈杂，推杯换盏之际，贺以诚脸上有笑，眼睛里却没有。林美娟跟没事人一般，低声催他给长辈敬酒，他给她面子，不动声色地照做了。

饭桌上，老丈人问他税务问题，他不爱跟家里头说生意场上的糟心事，一语带过，又聊到本市新换的领导班子、市政建设诸类，他少不了要参与话题，他时不时低头看手表，极快地一掠。

贺图南被问起成绩，一桌人打趣，说："我们家定要出状元郎了，到时候要戴大红花游街的。"

开饭时已近八点，等散桌，快十点的样子，老丈人留人，又是一番周旋。

贺图南出来时深吸口气，肺腑都跟着清凉了，好像刚才那番热闹太逼人。车子发动，他跟贺以诚说："小妹也许歪在沙发上都睡着了。"

贺以诚面色不是那么好，开到家时，上楼敲门，却无人应，他只得掏出钥匙。

"颜颜？"客厅很安静，电视是关着的，饭桌上也被收拾干净了。每个房间里都没展颜，他甚至敲了敲卫生间的门。

展颜不在。

父子俩不由得交换了下眼神，贺以诚没说话，立刻下楼去门卫那儿询问，门卫自然记得展颜："八点多吧，我记得是八点多，你家那姑娘出去了。对，八点出头，我正好听见大家往家里赶，说春晚都开始了。"

## 第十五章
### 天塌了

❄ 她也不知道自己是怎么变作暴雨的，叫别人绝望。

他们到处都没有找到展颜。

新家没有，沿街没有，贺以诚带着贺图南甚至跑了一趟北区，徐工一家人，灯也不开，正打着哈欠坚持看春晚。

"我以为她可能会来找你。"贺图南吐出团团乳白的气，茫然四顾，北区住户少了许多，黑漫漫一片，零星的灯光像浮在夜色中的萤火虫。

天地不明，像迷失了一样。父子俩的脸冻得白里泛青。

徐牧远要跟他们一起找，贺以诚谢绝。

"颜颜还能去哪儿呢？"贺图南的声音不知是因为冷，还是怕，像风中飘忽的枯叶。

贺以诚不知。她走前毫无异常，那个时间点，往各个乡镇去的巴士也早都出发。

零点过了，春晚唱起"难忘今宵"。几个小时找寻无果，贺以诚去报了案。

"你回家，万一颜颜回去见没人，会害怕的。"贺以诚把贺图南送回来，灯一直都是亮着的，给人一种家里有人等待的错觉，贺以诚跟着跑上楼，他气喘吁吁地站定，除了人，什么都好好的。

如果今晚不吃这顿饭就好了。他脑子一下痛起来，像有无数条水蛭一起钻了进去。他逼自己不想前事，他得冷静。

贺图南已经恨起自己来了，爸必须去吃那个年夜饭，他呢？他怎么就不能找个托词，要把她一个人丢在家里！现在好了，她不见了，她要是出了什么事，他不知道要怎么再过下去。他坐在沙发上，抱着头，一声不吭。

贺以诚的手机突然作响，这时已是凌晨两点四十三分。是陌生号码，胸窝那儿忽地一阵沉，他皱眉接了。

"贺总，你闺女在我这儿，给你一天时间准备一百万，装到手提箱里，不要报警，报警我就撕票！贺总，你老实点儿，我初二会再打给你。"那头的声音再普通不过,就是个中年男人的声音。贺以诚听得通身冰凉。对方不容他说话,直接挂了电话。

几小时前,就在这栋房子里,他给她切牛肉,这会儿,竟远得不像话,如同梦里发生的一样。

"爸?"贺图南见他接了个电话,脸色就不知不觉变了。他霍然起身,又喊了声"爸"。

贺以诚不知自己是怎么冷冷地咬出这句话来的:"颜颜被绑架了。"

客厅是水晶灯,吊成一片宝光,映着人脸,贺图南像被什么击中,摇摇晃晃,一下又跌坐进沙发。他说不出话了,水晶灯上有团团黑影从眼前荡过去。

贺以诚心头怒意乱窜,窜得他太阳穴发紧,这歹徒是把颜颜当他孩子了!但这种事做出来,踩点也得一段时间。颜颜这学期几乎没回来过。

贺以诚想不通,她到底是怎么被盯上的,又是什么人?生意场上的人?那倒不至于,别人也摸不了那么清楚。

"不报警吗?"贺图南许久才抬脸,问贺以诚。

贺以诚没回答,自己关系网中的人物,他一个个地想。要一百万,这人胃口不小。他碾灭抽剩的半根烟,交代贺图南:"绑匪有事会再打我手机的,万一打到家里来,你不要说什么,让他给我打。"

贺以诚再次去报警,警方根据电话消息,确定来源,是某公园附近的公用电话亭打来的。刑警大队和市公安局分管刑侦的几人成立了专案组。

家里窗户紧闭,贺图南在消散未尽的烟草味儿中坐到天明。

楼下有小孩子大喊:"下雪啦,下雪啦!"

贺图南倏地起身,往窗外看。雪花飞扬四散,扑打着窗棂,映得满世界光明、茫茫然。

这天,以家里的习惯是要起得绝早,他需要规规矩矩地去给两对老人家拜年。

落雪了。小孩子总是最喜欢雪的。

一大早,徐工就起来把炮扔到石板上,市里不管这儿,北区的人们还放炮。噼里啪啦一阵响,碎红的炮皮飞到了白雪地里。

徐牧远早在爸起来的时候,便推出那辆"二八大杠",骑上走了。

他这一走,直到午饭点才回来。

徐工问他:"那孩子找到没?"见儿子摇头,他脸上那道最深的皱纹立刻将脸拧绞得干苦,"这可咋办好呢?"

徐牧远不作声,他鼻尖通红,雷锋帽上落了层雪。而那雪越下越大,像要把天地都给埋进去。

贺以诚在初二这天再次接到陌生电话,白眼球上爬满了蛛丝般的红,好像一夜间人就老了。

"中午十二点,把钱放在老纺织厂南头公厕那儿,只能你自己来,贺总,再一次提醒你,老实点儿,否则你就只能给闺女收尸了。等我拿到钱,自然会告诉你闺女搁哪儿了。"

"好,但你要让我先听听孩子的声音。"贺以诚的对面,专案组的人朝他比了个手势。

那头电话却毫不留情地挂掉。

老纺织厂没人了,工人下岗,成了片废弃之地。那里这会儿只有皑皑白雪覆盖的野草和破烂的砖头。雪停了,可天还没放晴,寒风一吹,雪沫子劈头盖脸地扑过来。

贺以诚一个人开车去老纺织厂,警方已提前埋伏,雪光映着脸,人人肃然。

雪下得厚,人走在上面,踩得咯吱咯吱响,这片连公厕都跟着荒凉,水泥墙斑驳,路在雪里,可脚底下的雪快要没过脚腕,一个人影也没有。贺以诚把铝合金文件箱放在了公厕前。

他回到车里,驱车离开,附近埋伏的警方等到天黑,都没见有人出来拿箱子,他们知道绑匪是不会来了。

电话再次从不一样的地点打过来,对方一开口,便是威胁:"贺总,你报警了,我早就说过让你老实点儿!你要是再不老实,那我就只能先给你送根手指头了!"

"难道你们暴露了?"贺以诚几乎要疯,他控制着自己,脑袋仿佛被劈作两半,不断撕扯,一边告诉他,不能先乱掉,一边却血肉模糊,他简直想杀了除夕夜的自己。

家里,贺图南一直没有出去,他在等爸爸、等展颜,年关电话总响,没有一声跟希望有关。他想拔了电话线,又怕错过最重要的事,以致,每一秒,他都听见电话响,不停地响。

他的嘴巴因为缺少水分,又干又裂,血的味道腥甜,肚子也不觉得饿,他所有的精力全在电话上,没法睡觉,精神出奇地好,一点儿都不倦。

等到夜里还是他一个人,他不知道爸在奔波什么,他就一个人,也不开灯,静静地坐在沙发上。

这事瞒着亲朋好友,他不要让任何人上门,贺以诚的朋友多,饭局也多,照惯例,年初二、初三就开始不断有约。

大街上人也多起来,雪被清扫,堆在路两边,开始变脏,像被一场黑色的雨砸了。北区的顽童们在堆雪人,偌大的厂区就是堆一万个雪人也够。

初三这天晌午,徐牧远再次秋衣汗湿地骑车回来,徐工每次都要问,问完,必是一声叹息。

小妹贪玩,还没回来,他去厂房门前找,果然,她脸蛋红红,胸前大褂被洇湿了大块，棉鞋前头也湿了。

"小妹！"他对她摆手。

小妹摇摇摆摆地跑过来。

徐牧远蹲下，张开双臂："你看，人家都回家吃饭了，就你还在这儿玩，回头坏人把你拐跑，看你怕不怕！"

小妹嘤咛一声，扑到他怀里，头发有静电，她两条小辫子撅得比天高，麦毛般飞着："我想给雪人找支枪，就去里头了。"她宝贝似的从前面妈给缝的小兜里掏出一样东西，小手通红，萝卜一样，"没找到枪，可我捡到这个！你给我戴！"

徐牧远浑身一紧，瞳仁雪亮，几乎是抢过小妹手里的蝴蝶结。

这是展颜的，他一眼就认出来了。运动会上，她戴了个很独特的蝴蝶结，又红又大，丝绒质地，用珍珠般的珠子做了一圈点缀，他只见过她戴。

蝴蝶结上的珠子掉了两颗，布面有泥，像被踩过，徐牧远盯着蝴蝶结，忽然攥紧小妹的肩膀："你在哪儿捡的？是什么时候捡的？"

小妹把徐牧远领进废车间，这是他暑假带贺图南几人来过的地方，冷冷的铁锈味儿扑鼻而来。

徐牧远的心剧烈地跳个不停，他像最警觉的兽，眼睛一点儿一点儿地扫过去。这里有人来过，地面有痕迹，拖得很长，像鞋底硬钩留下的。

这样冷的天，又下了那么罕见的一场大雪，废弃的车间里，连小孩子都不会进来玩。徐牧远对每个废弃车间都很熟悉，人走了许多，他一个少年时常像凭吊似的把每一间走遍。

他把小妹送回家，又迅速跑了过来。他往厂区深处走，越往里越空旷，家属院远了，人烟远了，只有没融化的雪、林立的烟筒、横着的管道。他好像又看见父辈们，一晃眼，就是一张张黧黑的脸，他们端着盆排队去浴室。

这里已经没人涉足了。

徐牧远牙齿打战，他突然定住，留心到一串脚印往前延伸，他徐徐往前看，直到脚印的尽头。

大雪掩盖了一切，但雪停了，又留下了踪迹。

徐牧远害怕了，不敢再往前，说不清是惧怕穷凶极恶的坏人还是怕难以承受的景象，他小心地转身，疾步跑回了家。

家里电话早已停用，他一口气跑到小卖部，嗓子又干又疼："喂？是贺叔叔吗？"

贺以诚的声音已经嘶哑："牧远？"

"对，是我，贺叔叔来一趟，来北区，我在公交站台这儿等你，你快来——"他声音抖得不成样子，打完电话，人几乎站不住。

门帘被掀起，老板娘进来，搓着手说："这场雪真要把人给冻死，活这些年没见过这么大的雪！"

男人问："要来了吗？"

老板娘一扯帘子，风灌进来，她朝雪窝里吐了口痰，立刻打出个浓黄的洞来。

"要个屁，东子这个年就没见到人影，他老娘他媳妇儿都不知道他死哪儿去了，这账啊，我看等下辈子吧！年前，要账的把他家那台破电视都搬走了，我刚去一看，真是光溜溜只剩墙了，一家老人孩子在那儿啃凉馍，我咋张嘴？一张嘴，他老娘倒先号起来，什么玩意儿这是，一个大男人连媳妇儿、孩子的腹都果不上，就知道赌赌赌，想着天上掉馅饼！我跟你说啊，你以后不要再跟我往那个什么福利彩票站跑！不要想着什么中大奖了，咱没那个命！老老实实能挣多少是多少。"

男人本想女人能闹，能拉下脸，听她这么说，可见张东子家真是山穷水尽了，他摆手说："我那又不是赌，算了算了，以后再也不买了！这店里啊，你也不要再赊给他家了！"

老板娘喊了声："我是这么打算的，可你说，在这儿住了几辈子的人，他老爹老娘都是老街坊，实在是过年没的吃，舍了老脸来赊点儿东西，我那不是心软吗？"

"咱们又不是开银行的，"男人拿出卷了边的脏兮兮的账簿，找到东子娘那一栏，用圆珠笔一勾，再一撮，手揣进棉袄里，"我看，东子要是不抢银行是还不清这高利贷了！"

"哎？牧远，你在这儿干吗？吃晌午饭了吗？"老板娘好像刚留意到他在店里站着。

徐牧远心在嗓子眼卡着，缩成团，他说："我有点儿事，等个人。"外头实在是太冷。

估摸着贺以诚差不多快到了，他出来，风一刀一刀割得脸都要麻了。

贺以诚的车出现在视线里时，他跑了过去。贺以诚只是将车放慢了速度，倾身一开车门，喊道："上来！"

"贺叔叔……"徐牧远嘴冻得发紫，"您看这个是不是展颜的？"他把蝴蝶结给贺以诚看。

贺以诚车没熄火，他那么讲究的一个人，这几天下巴胡须长了出来，头发也乱，眼睛本都黯了，见了蝴蝶结倏地变作雪亮。除夕那天，她戴的就是这个蝴蝶结，不是普通小店有的。

"贺叔叔，是我小妹在车间捡到的，那个车间，我看着不太对，像有人待过，但我不敢保证……我只是猜想，展颜会不会……会不会被人弄这儿来了，在最里头我看见脚印了，那儿本不该有人的……"徐牧远说得磕巴，他已经尽最大努力把想法说清楚了。

贺以诚已经几天几夜没合眼了，眼底乌青格外浓重，他这个样子好像才是个疲惫的中年人，两片嘴唇也是干得裂出血。他等绑匪的电话等到恍惚，每一秒都像凌迟,剔完肉,又剔骨头。

"走,我们过去!"他拧车钥匙,手在颤。

贺以诚一踩油门,冲了出去。

厂子里的雪是无人清扫的,积在那里,上了冻。两人往里走,渐入无人之境。

徐牧远指了指前方的脚印,又指了指另一边,示意他那里也可以出去,通往主路。

贺以诚眉骨紧紧地压着眼,他戴着皮手套,觉得碍事,丢给徐牧远,手一摆,徐牧远就往后退了退。

他自己往前走,每一步都落得很轻。走出七八米远,他看清了脚印是通往哪个车间的,额头的筋不受控制密集地跳起来。

突然,一个男人从里头走出,冷不丁见到贺以诚,扭头就往里跑。贺以诚追上去,两人一前一后地闯进车间里。

贺以诚一眼就看见地上的废纸壳上蜷着个人,头发乱蓬蓬的,身上盖了件破烂的军大衣。人被绑着,乱发下只露出两只眼。

"颜颜?"四目相对,贺以诚身上像被猛地蜇了一下。

男人听见他叫,知道坏了事,一把薅起展颜,从怀里掏出刀子往她的脖子间一抵:"你别过来,你过来我就捅死她,老子反正也不想活了。"

贺以诚只能看到展颜的眼,她眼里有泪,嘴巴被缠得紧,直勾勾地盯着他。

这是电话里的声音。

"想要钱是不是?可以,你先把刀放下,"他慢慢地举起双手,是个投降的姿势,"我可以给你很多钱,我给你的钱够你一辈子用,"他的声音低沉,他没往前,反倒一点点往后退,"既然是钱能解决的事,那何必搭上性命呢?你现在放了她,好日子还在后头。"说着,他缓缓摘下自己的手表,"你看,我什么都可以给你。我这块表是五万多块买的,不是便宜货,你先拿着。"他试探性地把表扔到了男人脚下。

男人钩过来,五万块,他一块表就五万块!这些人都该死!明晃晃的表就躺在跟前。

贺以诚余光瞥到窗外的徐牧远,他目不斜视,依旧不紧不慢地跟对方周旋:"你可以跟我说,你还喜欢什么,想要什么,我都可以满足你,你既然认得我,就应该知道我不是个小气的人。"

"放你妈的屁!贺以诚,你一个臭资本家,你要是大方,就该让我们都去你厂子里上班!你就该给我们捐钱!"男人突然被激怒,手里的刀晃了晃。

展颜熬了几天,已经到了极限,在见到贺以诚的瞬间她的脑子停止了运转,意志力也一下瓦解,她就只是看着他,大脑空空,甚至连恐惧也消失了。

"骂得好,"贺以诚脸上分毫未变,"我确实应该给你们工作的机会,应该把北区的人想办法招过去，你以前是做什么的？是什么工种？方便透露吗？"

"老子干什么不稀得告诉你！"

贺以诚点点头："不说我也大概猜得出，你是技术工，北区有很多不错的老师傅，不知道带你的是哪位？"

男人不耐烦地一扬眉："贺以诚，你别跟老子套近乎了，一百万，我拿到手，就放人，你现在去给我拿现金！我要现金！"

"好。"贺以诚不知不觉往前走了几步，从羽绒服里掏出车钥匙，丢到窗户上，"徐牧远，到我车子后备厢把那箱现金拎过来！"

男人一惊，仓皇间往外看去。隔着烂玻璃的一角，徐牧远看着他的眼，喊："东子叔！"

张东子显然没想到外头还有一个人，而且是他认识的人。

瞬息万变，贺以诚忽然扑上去，一脚踹开张东子，趁他倒地，过去反手一拧。咔嚓一声，他号叫起来："别，别——"

贺以诚一言不发，只有一双眼恨意滔天。他把张东子拖出来，顺手捞了根生锈的断钢筋，对惊魂未定的徐牧远吼道："你进去！不要出来！"

徐牧远跑了进去。

张东子手臂折了，痛得脸色如雪，他被踹到地上，滚了一身的雪："贺老板，贺总，饶了我吧，我被猪油蒙了心——"他疼得龇牙咧嘴，额头上一下冒出汗来，见贺以诚拎着钢筋，那眼神是要命来的，便拼命在雪地里往后爬。

贺以诚居高临下地看着他，弯下腰，一把揪住他的衣领，恶狠狠地说："你是什么东西，也敢打我的主意！"说着，把他一丢，一下便夯了下去。

这一下，贺以诚几天的情绪找到了出口。

张东子嘴里出血，叫得闷。冷风浸得贺以诚眼睛痛，他的脸已经扭曲了，脑子却是空的，只有动作，每一下都是下死手，先头还能听见张东子出声，再后来便没了声响。

徐牧远奔到门口时，看见的是满头大汗、整个人都虚脱了的贺以诚拎着钢筋，歪斜着往后踉跄了一下。

张东子死了。

\* \* \*

"别看！"徐牧远手一伸，捂住了展颜的眼。她双脚完全木掉，根本站不起来。

展颜没看到，她被刺目的雪照得像刚从地牢出来的鬼魂。

贺以诚扔掉钢筋，过来背她。她身上裹着徐牧远的棉袄，纸壳旁是一堆木屑灰烬。

"牧远，回家去，这一切跟你没关系，我会处理。"他冷静下来，脑子从没这么清楚过，他把展颜背起，不让徐牧远再跟着。

一大一小背影风尘仆仆，雪地里只有那么点儿颜色。

展颜脸贴在贺叔叔的肩头，她听见他说："回家了。"

雪在脚下，展颜好像又回到小时候，她跟孙晚秋去隔壁村看人放露天电影。人散了，爷爷不知从哪儿挤过来，背起她："回家喽！"爷爷身上是牛槽的味道，他一定刚铡过草。

她头痛欲裂，脸色苍白。贺以诚带她先去了医院，医生帮她做检查，他被挡在外面，到角落打了个电话："谭队长吗？我家孩子找到了。"对方细问，他没回答，继续说，"我把人打死了，把孩子送回家就去自首。"

展颜没有受到侵犯，她被打了几巴掌，有软组织损伤，轻微冻僵。医生给她做了复温，交代家属回去可以再多做按摩。

贺以诚带她回了家。

门一开，贺图南几乎跳起来。贺以诚把她轻轻放在沙发上，她依旧头疼，黑发蓬乱。

"爸！"贺图南声音不成样子，他太亢奋，以致不知道说什么。他蹲下来，摸了摸展颜的脑袋，看到她额头的伤，不由得抬头，刚张嘴，贺以诚便打了个手势，他便没吭声。

展颜很困倦，表情有些淡漠，贺以诚扯过毯子让她休息。他把贺图南叫到厨房："你听着，颜颜的外伤没多大问题，但后期可能需要心理疏导，现在什么都不要问。"

贺图南点头。

贺以诚接了水，拧开煤气灶："等她醒了，用温水给她擦擦手擦擦脚，我不能照顾她了。"他心里雪亮。

贺图南眼睛闪烁，满是征询。

贺以诚说："绑她的是北区的一个街油子，我看到颜颜那个样子，便把他拖出来后弄死了。"他像在亲自点的邪火里滚了一遭，烧毁了别人，也灼伤了自己，他波澜不惊地说完，目光定在一脸惊愕的儿子身上，"拘留期间，你们不能去探视，我会跟律师商量，这件事瞒不了颜颜，你缓一缓再告诉她。"

贺图南心脏紧得发疼，他说不出"爸，你真是太糊涂了"。

"你会坐牢吗？"他脸色发白，黑眼珠越发黑。

贺以诚望着他："不知道，如果我坐牢，你能照顾好妹妹吗？"

那目光像铁水刺进冰窝，这般烫，又这般冷，贺图南觉得自己从没被父亲这么审视过，仿佛某种秘密的交接，他觉得心肺都要裂了，在这一秒："能。"

"好，那就好，我该走了。"

235

"去哪儿？"

"自首。"

"我去喊颜颜。"

"不用，我不能让她看着我走。"贺以诚顺手关了火，去卫生间洗了脸，刮净胡子，出来时展颜在熟睡，他站在沙发前，看了看她，然后走出了家门。

门被带上，贺图南微微一阵眩晕。贺以诚不让他下楼，他就站在门口，保持着最后送父亲的姿势，直到沙发上有了动静。

"颜颜？你醒了？"他蹲下，膝盖跪地，伸手拨了拨她的头发。

展颜声音虚弱："我想喝水。"她没睡着，只是合着眼，脑子像快炸了。

"好，等一下。"

她一口一口吞下温水，贺图南端来水盆，打湿毛巾，一根手指一根手指地帮她擦。她蓬头垢面的，脸脏了，嘴巴也臭了，脑子稍微清晰点儿，就要去刷牙。

贺图南便给她挤好牙膏，拿着水杯，让她吐在盆里，可她胳膊抬不起来，摔得乌青，藏在衣服下头。

过了会儿，刷好牙，展颜吐了几口酸水，她胃里没东西，贺图南给她热了点儿玉米排骨汤喝。

"贺叔叔呢？"

"出去了。"

"那个人呢？"

贺图南心里狂跳："什么那个人？"

"就是——"

"我不清楚，别想了，这两天先好好休息，警察叔叔会找你问话的。"贺图南换了水，把她的袜子轻轻褪下，她的脚被冻伤了，他低头细致地把她每根脚趾洗了，指缝也洗，一边洗一边缓缓地搓揉。

"医生说，再冻久点儿就要截我的脚指头了。"展颜依稀记得医生说了这么一句，她脑子浑浑的，下意识地说道，水盆里砸起一朵小小的水花。

贺图南低头听着。

"我——"

他抬起头，不让她说话："别说了，先好好睡一觉。"

展颜问："你哭了吗？"

贺图南眼圈通红，他没回答。

展颜躺下，伸出手拉他："别走。"

他端着盆，说："我不走，我去把水倒了。"

"别走。"展颜哀求他。

贺图南把水盆放下，坐到沙发前的地毯上，握着她的手："我没走。"

展颜就看着他，她憔悴了，脸皱巴巴的，只有眼还是明亮的："我是做梦吗？"

"不是，你回家了。"他试图对她笑一笑。

展颜犹似呓语："我怕我是在做梦，我总是梦见妈还活着，跟我说话，我一睁眼，她就不见了，你也会不见吗？"

她但凡有一次在火堆熄灭时睡过去，就被冻死了。没人知道一个十几岁的少年是靠着怎样的毅力控制着躯体，不让它沉睡，一直晃动。她累到哭，没有眼泪地哭。

"图南哥哥，"她喊他，"我看不到你。"

贺图南攥住她的手腕，轻轻放下："睡会儿吧。"

"我不敢睡觉，我害怕。"她轻声说。

贺图南拢住她的手："别怕，这是在家里。"

"你别走。"

"我没走。"他看到她头发里的木屑，拈出来。

"我睁眼的时候还能看见你吗？"

"能，我跟你保证，你第一眼就能看见我。"他伸手在她的眼皮上轻轻一抹。

展颜闭上眼，缩在沙发上，像乡下小狗睡在棉花堆，那样软，那样暖和，简直能做一个甜甜的梦。

贺图南歪在沙发旁，他也到极限了，整个人垮下来，他是什么时候睡着的不知道，只知道是被一阵剧烈的敲门声惊醒的。

他霍然起身，透过猫眼，发现是爷爷和姑姑。犹豫刹那，他开了门。

"我要看看到底是什么人让你爸发了疯！"爷爷一双老眉几乎倒竖。

姑姑劝他："爸，您别气着自己。"

沙发上，展颜已经爬起来。

"就是这个孩子？以敏，"爷爷揉开贺图南，"人是打哪儿来的，你给我送哪儿去！"

姑姑忙拦着："爸，爸，这孩子刚找着，还得做笔录呢，这会儿送走，警察同志也不依的，爸，您等等，回头我一定送，我一定把她送走，行吧？您不心疼别人，您也心疼孙子，您看图南，您看这孩子都熬得脱相了！"

贺图南忍得眼睛如刀钻，抱住爷爷，不让他上前："爷爷，您先回去，求您了，您先回去，我几天没吃东西，也没睡觉，您让我喘口气！"

老头怒气未消的脸上突然就淌下了泪："糊涂啊，你爸他是真糊涂啊，他怎么就能……就能把人活活打死呢？我们贺家几辈子人都堂堂正正、清清白白，到他手里毁了，他把他自己毁了啊！我心疼我儿子，我心疼我的儿子——"

人老了，声音也是老的，那一双松耷耷的眼皮要萎到地上去。他那怒气彻底被什么击溃了，砸尽了，只剩苦。

姑姑跟着哭起来。

展颜愣愣地听着,她看见老辈人嘴中那场暴雨,不知哪年哪月哪天裂了口子,没日没夜地漏,太阳顶不透一丝云彩,就那么漏着,庄稼死完,没人管的孩子被淹死两个,鸡啊猪啊泡在雨里,房子泡在雨里,老天爷不给庄稼人一点儿活路。

她也不知道自己是怎么变作暴雨的,叫别人绝望。

爷爷被姑姑搀走,贺图南关上门,回头看展颜。展颜不吭声,他走到她身边,还没开口,她就哭了:"我不该念书的,我命里就不该念书的,妈,妈妈!"她声音忽然大起来,嘴里黏黏糊糊,她跪直了腰,也不知道对着哪儿,一声声喊着"妈",她像小孩子那样哭,什么都不顾了,只是哭。

她不要,她不要贺叔叔这样,她不要的多了去了,她不要妈死,她不要爸再娶,她不要小弟,她不要孙晚秋失学,可命把一样样送过来,硬塞给她,躲不开,甩不掉,她什么用处都没有,像蝼蚁,一搦就一把粉碎。

贺图南上前搂过她,她伏在他怀里,哭累了,肩膀一抽一抽的。他一句话都没说,只是抱紧她,等她平息。

"你这个妹妹吃过很多苦。"他想到这句话,他想,她只有他了,他这才知道爸看他的眼神里到底是什么。

楼下来了警察。

贺图南给展颜擦干净脸,拿过梳子,把她的头发束起来,套上自己的羽绒服。

"你是她……"警察问。

他平静道:"哥哥。"他说,"我小妹受到惊吓,还没恢复,不知道能不能晚点儿问案情?"

警察看看他:"我们会注意的。"

两人一起上了警车,贺图南攥着她的手,她靠在他的肩膀上。

贺以诚自首的同时,北区已有人报警,他即刻被刑拘。

"我在外头等你,别害怕。"贺图南捏了捏她的手。

展颜眼睫凝着泪,她又变得安静,摇摇头:"我没有怕。"

做笔录时,展颜声音不大,但足够清楚。

除夕夜,春晚开始前夕,她被楼下小孩子放不带响的烟花吸引,她一个人下了楼,走出小区,买了烟花。

"我想看看街上除夕夜是什么样,因为我没在城里过过年,走了一会儿,有一辆面包车突然停下,里头的人问我是不是余妍的同学,余妍和我同班,我看那人眼熟,想起他是在北区见过的一个人,刚说是,他就突然把我拽上了车,我嘴被捂着,不能说话。我不知道车开到哪儿,那人把我眼睛蒙上了,那天夜里,我是在车上过的。后来,他给我换了地方,我眼睛看不到,但我知道去的是北区废工厂,我闻出机房的味儿了,那个地方,我跟朋友去过。我想着,我留下点儿什么也许能被人看见，就故意把蝴蝶结蹭掉了。再后来，我只记得冷，那人给了我一个硬馒头，问我家里到底有多少钱，我说不知道，他就打我，我太冷了，后面只想着我不能睡着，他又问我什么，我记不清了，但我知道我叔叔来救我的时候是初三。"

警察有些惊奇，她很聪明。

"你叔叔是不是贺以诚？"

"对，他是跟我一个叫徐牧远的朋友一起到的车间。"展颜悄悄攥紧了拳。

"他们到时，绑匪在做什么？"

"他见我叔叔进来，好像很惊讶，就拿着刀，要杀我，还要钱，让贺叔叔给他一百万现金。"展颜有点儿发抖，她哭干了眼泪，现在很清醒，她知道她的每句话都很重要。

警察抬脸，把刀具给她看："是这把吗？"

她看了几眼："是，我叔叔见他要杀我，就边说话边和他周旋。"

"都说了什么还记得吗？"

"不记得了。"

"后面的事，你看见了吗？"

展颜沉静地看着警察："贺叔叔跟他说了很多好话，他不听，贺叔叔怕他害我，就扑过来跟他打起来，他们打着打着就去了外面，我当时站不起来，没看见后面的，但他手里拿着刀，一直拿着刀，乱喊乱舞，他要杀我，还要杀贺叔叔。我现在能见贺叔叔吗？"

警察看她几眼，说："不能。"

展颜一下咬破了嘴唇。

展颜出来时，看见门口穿警服的人正把徐牧远往里头领，那么远的路，他是骑车来的。两人目光一碰，展颜那双眼深深地看过去，徐牧远心头怦怦跳，他问警察，能不能跟她说几句话。对方否决。

两人错身而过，展颜再次深深地看他一眼。

贺图南把展颜带回了家。他把门反锁，决定除了警方，不再给任何人开门。

两人一夜无眠。

林美娟一直没露面，贺图南疑心，他想过往姥爷家打个电话，几次拿起话筒，又放下。新的一天一秒一秒地过去了。

"学校会提前开放寝室吗？"展颜问他。

贺图南两手插兜，他默然片刻，坐在了她对面："颜颜，我们说说话吧。"

头顶灯光大亮，两人又都不困了。

"爸的事，会请个很好的律师，爷爷那边也会想办法的，事情已经发生了，你不要这么自责，你没有错。"

"我不该跟那个人说话的。"她想起那晚，脑袋往下垂，成一片阴影。

239

贺图南握住她放在膝头的手："没有，你说不说话，他都早就打你的主意了，"他咬了咬牙，"是我跟爸不该去吃那顿饭，如果不吃那顿饭——"时间是没办法重新来一遍的。那种悔意不知是不是也时刻萦绕在爸的心头。

"你会恨我吗？"展颜忽然捏紧他的手指。

他勉强一笑："我只恨自己。"

"但是林阿姨，还有你的亲人们都会恨我的，"展颜头垂得更低，"我知道，我没有孙晚秋聪明，如果是她，一定会立即就跑开喊救命，只有我蠢，我还回应那个人的话，我是个蠢货。"

贺图南握住她的肩膀，让她抬头："颜颜？颜颜？"

她不吭声了，做笔录耗尽了她刚积攒的体力和精神。她觉得这很像梦，要是梦就好了。

电话铃声大响，两人都一惊，展颜猛地抬头，狠狠地哆嗦了一下。贺图南抱了抱她，轻抚她的后脑勺，柔声说："别怕，我去接。"

展颜用眼睛问他："会是谁？"她的手紧拽着他，好像一秒都不能分开。

贺图南便牵着她，去接电话。

电话是贺以诚律师打来的："你爸说，别担心他，他让我转达你几句话，你一直怀疑并且想问他的事，其实他知道，他现在可以告诉你，是，就是这个答案，你一定要好好照顾妹妹。"

"他还说什么了吗？"贺图南头顶的剑悬了太久，真正落下来这一刻，他竟觉得这样很好。

"贺总希望你妹妹能把一个佛坠戴着，别离身。"

贺图南知道展颜一直盯着他看，他有心避开，挂掉电话后，直接到她房间，把丝绒盒子里的坠子拿出来，帮她戴上。

"爸希望你一直戴着。"

展颜转过身，贺图南好像第一次看清她真实的样子，他跟她血脉相连，身体里有些东西是一样的，不容更改。

"是谁的电话？"

贺图南回神："律师。"

"贺叔叔会……"展颜顿了顿，"会吗？"她知道他懂。

贺图南伸出手，指腹摩挲着她的脸颊，稍作停留，又放开了："我不知道，颜颜，这件事我们得做好心理准备，你害不害怕开学？"

开学就要见人，有人的地方就有嘴，就有流言蜚语。

"不怕，"展颜热眼望着他，"我怕的不是这个。"

"我刚刚说了，发生的事已经发生了，不要再假设，以后无论遇着什么事，我都在，咱们一起。"贺图南随手翻了下日历，"初七开学——"他开始翻箱倒柜地找钱，家里现金不多，他的钱都放在贺以诚账户里存着。

爸的账户密码他知道，是760610。所有密码都一样，他简单地提过，那时他刚满十八岁，高中毕业，瘦瘦的、高高的，脸嫩腿长，是最好的年纪。

"回头取点儿钱，好交学费。"贺图南找到一张农行卡。

展颜跟在他身后，看他点钱，整钱不多，一堆零的。她看着钱，问他："我还能念书吗？"

人就是这么矛盾，她暂时忘却愧疚、自责，看到钱，想起顶要紧的事，她有种不能言说的恐惧，是所有恐惧中最深的一种，她甚至怀疑起自己是不是太冷血，她现在竟然这样忧心自己还能不能念书。一切都是念书惹的祸，可如果错了，那也得继续错下去，她觉得代价已经太大，容不得回头。

贺图南动作停下，他说："我能念你就能念。"

她脑子里闪过孙晚秋，心想，再等等，再等等。

* * *

很快，记者找上门，要采访展颜，贺图南冷冰冰地拒之门外，电话打得很频繁，他一听那声音，就立刻挂掉。

北方的冬天格外漫长，年关的一场雪几天没化透，市里尚好，北区废厂区里头冰溜子依旧如锥，太阳照着，时不时轰然一声，碎玻璃似的炸到地上来。

张东子被拉走进行尸检，家门口附近搭了棚，他爹妈和媳妇儿带着孩子在冷风里哭号，那声音被风刮得半个北区都能听到，一阵凄厉，一阵幽咽，冷不丁又起高音，定是他妈想起儿子猛然痛上了。

一群人有人劝，有人围着看，徐工来时灵棚里悄寂一瞬，他在贺以诚那里找到了活儿，很不错的活儿，惹人眼红。此刻见到他，众人神情泾渭分明，他们知道，贺以诚是徐牧远领来的。

"东子好歹跟你朋友一场，你也有儿的，你儿害了我儿！"东子妈扑上来，睁大了一双枯眼。

徐工任由她薅，她打。小孩子跟着哭，被妈死死地搂着。

北区只剩巨大的骨架，被腐蚀生锈，并着茫茫未融的冰雪，徐牧远在灵棚外站着，和里头的小孩一双黑亮亮的眼对上，他一激灵，他当小孩子时，被张家奶奶塞过饼干和糖。

这场雪落在了很多人的头上。

初六依旧刺骨地冷，展颜在厨房炒菜、下寿面，她让贺图南许愿。

贺图南的笑意像微弱的脉象，他闭上眼，沉默几秒。

"我抄了篇文章送你。"她把礼物给他，写的是蝇头小楷。

贺图南看了，是《逍遥游》，怔了好一会儿，想问她什么，却只是念出上头一句话："而后乃今将图南。"他又抬起头，把她的眼睛看了一遍。

"谁给你取的名字？是读了《逍遥游》起的吗？"

"我爷爷，是看《逍遥游》起的。"

"我是妈妈起的，我正好姓展，妈希望我能过得高高兴兴。"她说完，饭桌上安静一瞬，她为了写他的名字，把《逍遥游》抄了一遍。

"如果没有我，你就是逍遥游了，"她总想问一问，"这件事会影响你高考吗？"

贺图南说："不会，我们不是说好的吗？不提这个了。"

两人对视良久，屋里太静，只有外头风声呼啸，枯枝打在玻璃上。

"吃完饭，你给我讲物理好吗？"展颜终于开口。

贺图南说："好"。他认认真真地辅导起她，夜很深了，对面的人家漆黑一片。

"困吗？"贺图南问她。

"不困，我睡不着。"

"睡不着也该睡了，明天报到，还得早起。"他合上习题册，送她回房间。

展颜钻进被窝，侧过身，在黑漆漆的视线里悄悄喊他："图南哥哥。"

他不知道她现在怎么会这么乖顺地喊这个，心里很不是滋味儿，却又释然。他枕着双臂，说："明天开学，你准备好了吗？"

"嗯，我不怕，嘴长在人家身上，我管不着。"

"就当东风射马耳。"

"什么意思？"

"就是把流言蜚语当放屁。"贺图南解释得直白。

她攥紧被头："你准备好了吗？你会把人家的话当放屁吗？"

"会，这几天，"他看着黑魆魆的天花板，"我其实跟你一样，夜里睡不着，想很多，从你失踪那天起跟做梦似的。"

"如果没有我——"

"又来。"贺图南打断她，转过脸，看着她模糊不清的毛乎乎的脑袋，"你好好的，这比什么都重要，我想通了，就算爸的结果再不好，可他还有出来的时候，我们等他，我们好好等他。"

展颜心口蹿起一股热流，想着，什么都跟他一起，风来，雨来，她都不怕了。

黑暗让人的冲动变得强烈，她心里那些恐惧被贺图南几句话说得散开，是啊，好好等贺叔叔，一年不成两年，两年不成五年，这辈子早着呢，八年、十年，可贺叔叔老了怎么办？时间是赎不回来的，他大好的年华被她搞没了，谁都有理由恨她、怪她，那就恨吧，怪吧，但贺图南是和她一起的……

"你想回家吗？"贺图南又开口，"爸出了事，我都没问你是怎么想的。"他大概知道答案，但他想要一个明确的回复。

"不回，我要跟你一起好好等贺叔叔。"

"如果，我家里这边刁难你，你遇着难过的事，会不会想走？"

"不，我不走，只要你不赶我走，我就怎么都不会走。"她忽然觉得他在怀疑她什么，深呼吸一次，很坚定地说道。

贺图南放了心，他松弛下来："我不会赶你的，我会一直照顾你。"

"我也要照顾你。"展颜说。

他低笑一声："好，睡吧，我数一二三，闭眼。"

这是两人这些天以来睡得最沉的一次。

初七这天到学校报到。早上，姑姑赶来要送他去学校。

"爷爷奶奶都很挂念你，你爸的事，家里正在打听，"贺以敏当他是小孩子，安慰说，"你好好念你的书，不要总想着这事，你妈那边，你见到你妈了吗？"

贺图南摇头："报到结束，我去姥爷家看妈。"

贺以敏欲言又止，林美娟已去过公婆家，她没有大闹，听她父母讲，是在家里发了疯，他们养这个女儿四十年，从没见她这样痛苦过。那语气里有怨的，这边都听得出来。

人发起疯来自然是难看的，可她顾不上了，心脏都被撕开了，汨汨地冒着血，谁还在乎难看好看？她知道，他焐不热的，她焐了二十年也没焐热，他那颗热乎乎的心早就给了别人，那他娶她干吗呀？她都以为自己得到了爱情，到头来，两人不过是为了生孩子，跟动物似的，人这辈子那么短，可他们连夫妻也做不到头。如今他不仅心没了，整个人也都搭进去了，他那样的男人，前程、名声，甚至连自由都不要了，人的心就那么大点儿，没她跟儿子的空。她像个傻子，坐在井里头。

贺家老两口自然要赔罪，一面震惊，一面赔罪，贺以敏看着爸妈小心赔不是的样子，默然不语，当年，如果是大哥下乡，或者她去，也许今日又是另一番光景。可到底是二哥对不起嫂嫂，嫂嫂没有错。

贺图南要上楼把展颜带下来，贺以敏说："有件事，家里边都商量好了，这个展颜，不管她是什么身份，可她自己有家，这次走了，就不要再来了。还有，你最好也不要再跟她接触，你要想想你妈。"

贺图南沉默，许久才说："我知道这样很对不起妈，可妈有姥姥姥爷，有舅舅，我答应爸会照顾好小妹——"

"你闭嘴！"贺以敏发起火，"家里出这么大的事，你还在胡闹，你爸昏了头，你也跟着发昏，图南，现在这个时候，你要做的就是不给家里添乱，好好念你的书！"说完，她觉得对他太凶了，忍不住又搂过他的肩膀，"好孩子，姑姑劝你的话，你要听，懂吗？"

她最后那声叹息落在贺图南心头，久久不散。

243

贺以敏把两人送到学校，跟老师谈了会儿。

学校里人山人海，展颜一到寝室，大家就默契地闭嘴，她来得晚，人齐了。唯独余妍不太自在地跟她打了招呼。

余妍知道这事后，她很怕，慌慌地问她妈是不是往外说了什么，余妈也慌，说"一群人闲拉呱，哪里想到后面会有这样的事，说到底，是你东子叔造孽。这下可好，贺老板出了事，你爸和你徐叔能不能接着干就另说了"。话题最终变成讨伐东子叔。

余妍殷切中带着心虚，展颜听出来了，她也不自在，但又不能把这个当放屁，她跑了出去，贺图南还在楼下等她。

他可真勇敢，来来往往的学生都看着他。

"我去趟姥爷家，你行吗？"

"行，我收拾一下床铺，再去教室学习。"

"教室冷，在寝室待着吧，晚自习人多，起来再去。"

"你还来找我吗？"

"不一定，没什么事的话，就不过来了。"

"我也是这么想的，你不用总来找我，耽误学习。"

贺图南点点头："好，但你有什么事记得来找我，不要一个人瞎想，什么事我们都一起想办法，能答应我吗？"

"能。"展颜眷眷地看着他，"那你去吧。"

贺图南坐上了姑姑的车，一路上，姑姑狂轰滥炸，他都应着。等见到妈，他狠狠地吃了一惊，妈几天就变了样，她那样端庄、文雅的一个人，脸黄黄的，头发胡乱地一束，半点儿平时的气质都不见了。

姥姥姥爷对他还客气，林美娟却直截了当地告诉他："我以为你当我死了呢。"

贺图南心里愧疚得厉害，他上前喊"妈"。

"我不是你妈。"林美娟心平气和地说道，她的力气光是用来恨贺以诚都不够。

贺图南说："无论什么时候，你都是妈妈。"

林美娟看到他也烦，他像贺以诚，高高的个子，笔挺的鼻梁，有张英俊的能迷惑人的脸，可一想到她的儿子好像也跟贺以诚一样，被一个更小的妖精给缠住了，她就觉得恶心："你来得正好，我有事跟你说。我要跟你爸离婚，你别怪我怎么在你高三这个当口提这个，这都是你爸的错，他根本没想过你的死活。至于你，我看也未必跟我亲，从小到大，你更佩服你爸爸一些。你要跟谁，自己拿主意，哪头都亏不了你什么，当然，贺家更有钱。不过，你选不选我，我都得告诉你，她不准再住我的房子，就算离婚了，那房子也有我的一半，她要是还敢来，我就见一次轰一次。"她有条不紊地说到最后，情绪才又激动，甚至不愿提那个名字。

从头到尾，姥姥姥爷都没插话。

贺图南心里发麻，他们都等着他表态，别人的高三，爹妈都在忙着炖鸡汤大补，小心翼翼地问话，生怕哪句碰到孩子那根绷紧的神经。他不是，他所有的神经，谁想碰谁碰，可他锦衣玉食，连抱怨的资格都没有，也没意思。

他既不怪爸，也不怪妈，他只想着，要是磨难他都受着了，大家都好好的，也未尝不可，可他分担不了别人的痛，各人的苦各人担。

贺图南没表态，像小时候那样摸了摸她的手。他有种罪恶感，好端端的三口之家被展颜搅黄了，他本来应该恨她的，可他恨不起来。

没几天，贺以诚正式被批捕的消息传来，他是企业家代表，几个月前还出现在新闻座谈会上。这件案子被高度重视，闹得满城风雨。

就是在这个时候，市里接到举报，案子变得雪上加霜。

爷爷早就把烟戒了，这会儿又抽起来，烟灰缸里是厚厚一层灰。

"你大哥怎么说？"他问小女儿。老大不在本市，活动了这些日子，却没任何进展。

贺以敏摇摇头："只听说这回要拿二哥当典型，说他社会影响太坏。您也知道有些媒体的德行，添油加醋，把张东子说成英雄劫富济贫一样，二哥这两年没少帮上头安置北区那些人，这倒引火烧身了！"

"他那公司被人举报又是怎么回事？"爷爷简直透不过气。

贺以敏一脸黯然："二哥的厂子去年扩建，又兼并了一家供货商，再加上买新设备，这里里外外欠了银行不少贷款。年前税务的事还没清，他现在这样，我看是有人要落井下石了。"

"公司其他人呢？"爷爷对经商不大通，但人走茶凉，贺以诚这些年风头出了不少，不少人眼红，他这杯茶不知道多少人盼它凉透。

贺以敏说："这次说不定就是内鬼做的，账面上的漏洞谁清楚？现在他出了事，公司人心惶惶，以往哪一单不是二哥亲力亲为，哪份合同不是他在饭局上一杯杯喝出来的？他不在，本都谈好的事，人家也未必再给面子，就算这会儿别人接手，也是一团乱麻。"她偏了偏身子，拉着她爸的手，"昨儿律师带了话，二哥说，希望咱们一定要把两个孩子照看好。"

"孙子我自然是要管的，但那个什么什么，让他死了这份心！"爷爷啪一声摔碎了茶杯，惊得奶奶出来看："你看你，说好不生气的。"

"他弄出这些事，不说对不起爹娘，对不起媳妇儿、孩子，他混账！"爷爷气极，"我说不认就是不认，死都不认！美娟不是要跟他离婚吗？好啊，离，把他的钱分了，孙子我们养着，你去学校，告诉图南要是敢给她一分钱，我就把他的钱也断了！"

## 第十六章
### 高考

*人间发生了多少事，天地是不管的，该孕育孕育，该死亡死亡。*

　　林美娟铁了心要跟贺以诚离婚，她魔怔了，也想不起儿子，这件事把她打击得太厉害。

　　听到他公司也出事的刹那，她很快慰，快慰之中又夹杂着眼泪，她知道他的付出，消逝了的金色年华，那又怎样呢？这是他自作自受。

　　案件焦点在于本案的性质是防卫过当还是故意伤害，贺以诚的律师专程从北京赶来，一个春天如此短暂，本市茶余饭后的谈资便是模范企业家杀人事件。

　　草照样长出新芽，花照样开，人间发生了多少事，天地是不管的，该孕育孕育，该死亡死亡。

　　高三一模成绩出来，贺图南发挥得并不理想，他每天心事都很多，很沉默，室友们再也不像往常那样同他玩笑，气氛变得凝重，唯有徐牧远和他相处似从前。

　　"一次不代表什么，你稳住。"徐牧远在水房和他一起洗衣服，水声哗哗。

　　贺图南搓着袜子："我知道，徐叔怎么样了？"

　　徐牧远知道他想问什么，便说："厂子正常运转，就是有时安排会显得乱点儿。"他没说，经过这事，厂子对北区来的工人颇有微词。

　　贺以诚名下资产已被冻结，爷爷那儿，贺图南只能拿到自己当月的生活费，林美娟似乎跟贺家达成了什么默契，不给他一分钱。

　　他很快感受到了没钱的窘迫。那么高的小伙子，饭量大，他习惯吃肉，现在要省下一半给展颜，他频频想起孙晚秋吃饭的样子，他现在跟她一样。

　　他总是饿，饿得有时没办法集中注意力学习，肚子乱响，被人听到，总是会意味深长地看看他。

　　人短了钱，就不能再充什么大方。

　　展颜对钱很敏感，她一看贺图南给她送来的钱数，难免起疑心。之前贺叔叔给她的零花钱，她攒起来，又都给了贺叔叔，说要像贺图南那样存起来。如今，这些钱动也动不了，她后悔没把那些钱留下，没钱的难处，她清楚得很。

孙晚秋那边，她是帮不上忙了，她甚至不敢联系孙晚秋，自己背信弃义，她没脸。她害怕孙晚秋问她，钱呢？钱这个东西为难了她们十几年，到头来，还是要被它为难死。可她还是省下一顿饭钱，给王静写了封信。

回信里说，孙晚秋失踪了，谁也不知道她去了哪里，小展村没有，实高也没有。王静怀疑，孙晚秋躲了起来，也许，她坐上南下的绿皮火车，去了南方打工。

展颜捏着信，想起孙晚秋说的那些话，她是小船，既然离开了，就死也不会再停靠，回去。

她顾不上孙晚秋了，在命跟前，人人其实都只能顾自己，她再次怀疑是不是她们本就不配念书，老天爷走了神，她们就错误地踏上了不属于自己的那条路。她必须证明这条路是对的，千辛万苦是值得的。

两人日常生活的变化，同学们都看在眼里，有了闲话。

展颜看到一模成绩，跑来找贺图南，他跟她一起来食堂吃饭。打了份红烧肉，两人推让拉扯，展颜说："我不喜欢吃肥肉。"

"这不肥，五花肉做的，你喜欢吃五花肉的。"贺图南把几块肉全拨到她的饭缸里。

展颜还是不要，争执间，肉掉到地上，她后悔极了。

贺图南却一脸泰然地捡起，到水龙头那儿一冲，回来说："那我吃了。"肉沾了生水，他怕她吃了拉肚子。

展颜怔怔地看着他这一连串动作，说不出话。

他笑笑："香得很，你尝尝。"说着，他把剩的几块干净的夹给了她，"别再不要不要的，回头掉了，可都要被我吃光了。"

展颜看着他，便咬了一口，肉真好吃，肥而不腻，吸满了汤汁，她嚼得非常慢，好让肉味儿浸满整个口腔，渗透每个细胞，回味无穷。

贺图南笑她："还说不想吃，看你那表情。"

展颜是很心醉的样子。她有点儿不好意思。

旁边，有男生路过，往这儿瞄几眼，半真半假道："哟，贺大少今天吃肉了？"这语气微微含着讥讽，却因面上带笑，让人发不得火。

贺图南面色平静，淡淡地反问："改善一下伙食，不行吗？"

男生嘴角一翘："当然行，慢用，两位慢用。"

展颜看他那样子，说："我小时候邻居有个奶奶，特别长寿，人家都问她秘诀，她说秘诀就是少管别人的闲事。"她一张俏脸冷冷的，到底是太漂亮，生起气来，像花艳色上布了层霜，带着几分凌厉。

男生悻悻地走了。

贺图南有些吃惊地看着她，随即笑了："你长本事了，我不知道，你嘴巴也这么厉害。"

展颜有些严肃:"他说你,我听出来了。"

贺图南哼笑了声:"随他说,说的人多了去了,管得过来吗?当他放狗屁好了。"

"背地里要是说,反正也听不见,但他要是敢当面挖苦人,就不行。"展颜把最后一块肉又拨给他,声音柔软下来,"你吃一块嘛。"

贺图南点点头:"好,我吃。"他意味深长地看着她,"颜颜,你以前不这样说话的。"

展颜把菜汤浇到米饭上,一滴都不浪费:"我以前是怎么说话的?"

"你刚来时不爱说话,有点儿认生,后来……我记不清了,总之不是这样。"

展颜却幽幽地说:"你以前也不会吃掉在地上的肉呀。"她咬着米粒,想起旧事,"你去我们中心校那次,你喝剩的健力宝,丢在苏老师家门口,我给你拿过去,你直接扔了,我当时就想,这人真不会过日子。"

"看你土的,总说这种我听不来的土话。"贺图南一脸嫌弃,太阳透过玻璃照进来,睫毛根根分明,他眼底藏着笑。

展颜说:"我就是个乡下人嘛,我偏要说土话,不光要说土话,我还记了一堆骂人的话,以后谁惹我,我打算就用那种话骂人。"她说到这儿,冷不丁想起孙晚秋,她的心突然就密密麻麻地疼起来。

两人心有灵犀似的,贺图南想起她说过,孙晚秋顶厉害,跟她奶奶对骂过。他见她不提,就也只在脑子里转了一圈,说:"那我以后得注意,别招惹到颜颜小姐,免得被骂得狗血淋头。"

展颜扑哧一乐,很快想到什么,笑意又慢慢散去。她抬抬眼:"你一模没考好吧?"

"没事,一模而已,"贺图南语调轻松,"离高考还有时间。"

"贺叔叔他——"

"律师是北京来的王牌律师,你别操心这个,我们不是说好了吗?等着爸,你安心念你的书。"

展颜就不说这个了,看着他扒拉米饭吃得很香的样子,他以前吃饭总是显得懒懒的,有些挑剔,这个尝几口那个尝几口,剩的说丢开就丢开了。

"爷爷给的钱是不是不多啊?"她试探地问了句。

贺图南一脸自然地接道,"他给得多,只是我没好意思要,毕竟是老人的钱,"他唏溜几口把米饭吃得精光,放下筷子,手背胡乱地把嘴一抹,"我刚说你跟以前不一样了,你看你,还是爱想东想西的,别怕,等高考完了,我有法子挣钱。"

"什么法子?"

"人要是想挣钱,法子多了去了。"贺图南神情认真起来,"我对你有个要求,什么都听我的,别瞎操心,行吗?"

北方的春照例过得快。黑板上的倒计时变作两位数，学校里风言风语，连老师们也在议论贺家给人赔了多少钱。

"这顿牢饭，贺以诚是跑不了了，就看他自首加赔偿，最后能判几年了。"政治老师抱着杯子，把报纸翻得哗啦响。

贺图南的班主任总要叹气，语重心长，总是那几句话："糊涂啊，别的不说，这不是耽误孩子吗？"

"听说还闹离婚？"

"是听说闹着呢。"

"这就叫人无千日好，花无百日红，兴衰之道。"

话说到最后，总以唉声叹气收尾，大家起身，该上课的上课，该批作业的批作业，故事是别人的，日子是自己的。

贺图南二模成绩又上来，日头越来越暖，等到三模刚结束，贺以诚一审判决便下来了——有期徒刑三年。

春天远去，生命中的春似乎也跟着远了。

"三年，三年很快的，出来又是一条好汉！"爷爷慷慨激昂地给家人打气，大家称是。

贺图南沉默得像个影子，一大家子七嘴八舌地在那儿说个不停，每个人都急于发声，他却不想，他没什么好说的。他只是从饭桌上悄悄打包带走了烧鸡、牛肉，拿给展颜吃。

律师找到他，说："贺总的案子，这已经是最好的结果了，他让你们不要担心，问你跟妹妹的情况。"

贺图南很平静地扯谎："我跟妹妹很好，麻烦您转告我爸，我跟妹妹都说好了，会等他，让他自己保重。"

他说这话时太过老成，几乎没有情绪上的波动，律师很意外。

贺图南往学校走时，紧绷的身体才渐渐放松，他太久没见到爸了，爸的样子竟然都有些模糊。太荒谬了，至亲的家人，仅仅是几个月不见，他就想不起爸脸上的细节了。

树上的叶子变得油亮、绿幽幽的，天是那么蓝，初夏的好天气，悠长、忙碌，贺图南仰头看看天空，心里空得厉害。

他把消息告诉展颜，她不太懂，急切地问："我们能见贺叔叔了吗？"

"要等二审结束。"

展颜的心又沉下去。她想了许多话要对贺叔叔说，她不知道真正见着他那天是否能说出来，那就写给他。

等到四模结束，天气一下热起来。

男生们又开始在寝室里光膀子，门敞着，里头的人快马加鞭似的用着功。教室里也热，有吊扇，可那么多人，屋里总是热气腾腾的，加上汗气、脚臭，那气味儿把人熏得麻木，大家怕高考，又盼着高考。

奶奶开始给贺图南送饭，这段日子经常有家长来送饭。

隔着一道栅栏，从底下塞进来，奶奶拿了个小马扎，看孙子啃排骨："慢点儿，你别噎着了。"奶奶看他狼吞虎咽，眼圈红了，她这个孙子什么时候这么馋过？

贺图南总要用自己的饭盒留些菜，他告诉奶奶，这是等晚上吃的。

老人心知肚明，没戳破，然后偷偷给他塞钱。

贺图南犹豫片刻，接过了钱。

高三生高考要占教室，贺图南提前想到展颜的问题。他们一学期没回家了。他考试的话，展颜去哪里呢？他也很久没见到林美娟了，姥爷说，她请了假，跑出国散心去了。

"回头我在哪个考场考试，你就在附近住宾馆。"贺图南把菜给她时安排道。

展颜端着他的饭盒，坐在实验楼门口的台阶上。她一听这话，压根儿没问为什么要住宾馆，只是说："会不会很贵？找个最便宜的招待所吧。"

"钱够用的，"贺图南安抚她，"你在宾馆里等我就行。"

展颜筷子停下了："不，我要在考场外边等你。"

"那么毒的太阳，你晒什么劲儿？"贺图南伸出手，指腹在她的嘴角按下去，揩掉油渍。

展颜说："7月初不算热，三伏天里还都去地里割草呢。"

贺图南看她细皮嫩肉的，洁白的脸、亮亮的眼，摇摇头："不行，你老实在宾馆待着。"

展颜拗起来："我要等你，你出来时不想看见我吗？人家都有爸妈在那儿等，就你孤孤单单。"

两人都是一阵沉默，展颜知道，林阿姨好像没来学校看过贺图南，她想过，也许林阿姨是要离婚的，林阿姨恨透了她，想必也不会再等贺叔叔了。她一想到这点就非常难受，她的难受几乎都在贺图南身上，她让他孤零零的，没了依靠。

她顾不得想自己是不是混球了，只知道心疼贺图南、贺叔叔，她就是小白眼狼，林阿姨难不难受，她的心已经腾不出空去忧思了。

"我还有很多亲人，看你说的，好像我多可怜似的。"贺图南笑了笑，摸摸她的脑袋，揉了两把，"快吃吧。"

展颜却定定地看着他："我知道你有很多亲人，所以，你也不会需要我的。"

贺图南闻言手一滞，停在她后颈子那儿，她那神情，好像说得蛮认真，他可真想掐死她："我什么时候说这话了？"

"你不让我在外头等你。"

"我是怕天热，晒着你。"

"我自己都不怕,我们说好的要一起。"

贺图南又被她气笑,手指摩挲着她的肌肤:"孩子气,我进考场,你也要跟着进吗?"

"我进不去,但我要在外面等你,我在宾馆待不住,可在考场外边不一样,我会觉得离你很近,陪着你。"她语气十分坚定,开始耍赖,"反正你到时候管不了我了,我在外面等,你也不能出来赶我走。"

午后的实验楼空无一人,石阶上被大半的树影遮出荫凉地,碎的光照得她脸上一片晶莹,有微微的细汗闪烁。

贺图南有些痴迷地看着她的脸出神,他一点儿都不觉得什么孤孤单单,这样很好,他会一辈子都这么心甘情愿:"那行,我不让姑姑过来了,你等我,只让你等着我。"

\* \* \*

一进 7 月,那个热便开始变味儿,一早一晚一整夜空气都是热的。每年都有这么个黑色 7 月。

考试的前几天,学校开始模拟真实考场,预演了一次。

贺图南非常平静,像一摊死水,5 日学校布置考场时,很多同学都回了家。留在学校里的是那些住校生,离家远的。

贺图南带展颜到二中附近订了家宾馆。

"你晚上换地方睡会不习惯吗?"展颜进了屋,开始帮他摆放东西。

贺图南坐在床边,看着她忙:"这儿离考场近,走着几分钟就到了,很多同学都在这附近找宾馆住,没事。"

她没怎么住过宾馆,还是去年贺叔叔带着他们去北京……她一想到去年的事情,就感觉杳杳的,像隔了山河那么远。

贺以敏知道他们在这家宾馆住,过来送饭,展颜见了她,喊了声"阿姨好"。贺以敏那表情,虚虚的,像戴了面具,不过是不想贺图南考前有什么波动。

"我再订一间房。"贺以敏觉得这很不妥,贺图南到底成年了,再看展颜,这女孩子腰细细的,胸脯挺着,完全是个玲珑有致的大姑娘,就算是兄妹,也是要避嫌的。

第二天,展颜陪他一起去考场,人山人海的,警察在维持秩序。考点大门口拉着鲜红的横幅,她静静地看着周遭一切,一张张的脸,心想,明年就是她了,想到这儿,心扑腾扑腾地跳。

贺图南没让任何人来,可远远地,长辈们早都到了,瞧见他挨着一个女孩子,知道是展颜,爷爷很生气。

"爸,您再气也等图南高考完了再说。"贺以敏劝他。

门口大喇叭宣布考生可以进场，展颜不由得抬头，她从书包里把冬天戴的红帽子拿出来，说："我挥挥这个，你就看见了。"

贺图南笑笑："好得很，你是我的坐标。"

展颜觉得这话听着稀奇，心窝莫名地一振，她目送他进去，直到人影交错，把他淹没，再也不见。

考点外的家长都不回去，在警戒线外头找个树荫，天南海北地聊。展颜拿着书来的，可看不进去，她一会儿透过茂密的枝叶望天，一会儿又分神听大人们说话，后来发觉听别人聊天倒有趣，便支起耳朵。她手里拿着发传单的送的小扇子，摇啊摇，身上汗津津的。

第一场语文考完，家长们一下围上去，展颜被挤来挤去，一张脸成了粉桃儿，她踮着脚，拼命摇手里的红帽子。

贺图南个头儿高，白白净净一张脸，在人群里好显眼。

展颜喊他："图南哥哥！图南哥哥！"她就这么喊了两天，像过了两年似的。

贺图南平稳地结束了高考。

"你……感觉怎么样呀？"全部考完，展颜才敢问他。

贺图南轻笑："你看我感觉怎么样？"

展颜不知道。她觉得贺图南变了，还是这张脸，还是这个人，可他说话的语气、神情都越来越让人猜不透，他整个人像艘大船，触礁也不会被人瞧见似的。换句话说，他变得喜怒都没了分界线。

"我看着应该比较好吧。"她迟疑地说道。

贺图南眼睛深邃："你都给我摇旗呐喊了，我不敢不好。"

展颜那颗心瞬间落地。

学校里已经欢闹得不成样子，也不晓得哪年开始，毕业生要乱撕东西，鬼哭狼嚎的，高一、高二的学生返校后，有门路的赶紧来借笔记。

寝室也乱，暮色降临，收破烂的还没走，在那里跟学生讨价还价。

贺图南见李瑞把自己的水壶拿去了，便拦下来："我没说要卖。"

"卖了好吃散伙饭呢！"李瑞踢了一脚门口的杂物。

"我还有用。"贺图南说。

李瑞瞄他一眼："贺图南，你这也不卖，那也不卖，合着只有我们把什么都卖了。"

贺图南沉默两秒，说："我单独补钱。"

"别了，用不着打肿脸充胖子哈。"李瑞阴阳怪气地说完，又踢了脚不要的书本。

寝室长呵斥了李瑞："哎，哎，这都毕业了，最后一顿饭了，干吗呢？"

"我是好意，这不是照顾咱们贺大少吗？怕他不知道人间疾苦。"

"李瑞，你有完没完？"徐牧远过来，把热水瓶拿回来。

李瑞没发挥好，一肚子邪火："得了，老徐，都这个时候了，你还巴结他，他爸都蹲局子了，你们一个个的，真用不着再巴结他了。"

贺图南站着，没什么表情，也没反驳。

徐牧远神情严肃："李瑞，贺图南平时对大家怎么样，你也清楚，你这会儿说这种话是什么意思？"

贺图南冷冷地看着。

李瑞恼了："我就是看不惯你们一个个都巴结贺图南，不就是平时多吃两口、多玩点儿什么吗？你们当他爸那钱多干净，你们跟着花赃钱还特神气，是不是？"

贺家的事在这座北方城市似乎无人不晓，像一棵树，不断添枝加叶，衍生出种种流言。

"李瑞，你以前吃的时候怎么不见你这么正义？"寝室长说了他一句。

李瑞立刻反唇相讥："得了吧，你背后是怎么说贺图南的要不要我学给大家伙听听？还有你，你，你们看什么看？除了老徐，你们哪个背后没说过他，说啊，你们有种在他面前说他爸是杀人犯啊！"

寝室一瞬寂静。最富裕的同龄人出事，大家心理微妙。这种微妙突然被扔到台面上，让刚刚成年的少年们默契地闭嘴，没有一个说话的。

周遭依旧喧哗，夹杂着欢笑。

徐牧远在寂静中开口："以后，大家各走各的，人无完人，贺图南也没欠在座任何人什么，做人还是要厚道一点儿。"

"老徐……"寝室长讪讪地看了看他，"那这散伙饭——"

徐牧远摇摇头："到此为止吧，谁也不会一辈子一帆风顺，我祝大家都有一个美好的未来。"

"图南，你——"寝室长又看看贺图南，似乎想解释点儿什么。

贺图南竟微微一笑："我也希望诸位前程似锦。"

这段青春戛然而止。


高一、高二的期末考试开始，离展颜放假不远了，贺图南一边估分，一边找房子。

家里的房子已经被贴上封条，林美娟申请后，拿走了自己的私人物品。

贺图南匆匆见了她一次，她态度疏离，好像他一下子不是儿子了，而是陌生人，又得打起精神客套、寒暄，考试考得怎么样？打算报考哪里？

在儿子心里，她是不如贺以诚的，贺以诚如果在，这种事轮不到她操心，她只隐约记得，儿子要去北京。那是自然的，对北方人而言，最拔尖的成绩，只有去北京才不会被辱没。

他长大了，像鸟，有了自己的天空，林美娟看着他，有种深深的虚无的感觉，养了孩子又怎样呢？他只有幼儿园之前属于自己，他念了书，学校就是他的天地，他越长越大，当初那个胖墩墩、圆滚滚的小婴儿忽然就成了个男人。他早就不再那么依恋自己，她的怀抱也早就不是他愿意栖息、安睡的地方。

房子便宜的倒有，筒子楼。

没人会接纳展颜，他不能不管她。他跟徐牧远两个人走了许多地方。筒子楼比记忆里的更破旧，凌乱的线纠缠成团，墙面上贴满了各种各样的小广告——开锁、修下水道、无痛人流……过道里灯光昏黄，布满灰尘。

贺图南脸白，个儿高，是俊俏后生的模样，筒子楼里鱼龙混杂，老人、女人都在探头看他，楼梯间有浓重的尿臊气。

"其实北区那边好找，有些房子空着。"徐牧远看到这条件也皱眉头，他知道，贺图南现在手头缺钱，缺的其实是展颜那一份，否则不至于窘迫得出来租房子。

"不去北区。"贺图南回绝。

如果不想住筒子楼，只能往郊区，那儿有自建房，两层小院，但还是破。最终，他还是决定租筒子楼。

两人把房子打扫了，灰头土脸的，一擦汗，汗都是黢黑的。

他从徐牧远家借了辆脚蹬的三轮车，他没骑过，上手还有点儿生，似乎没赛车方向感好，他蹬了几圈，习惯了，便回家拉东西。

展颜是坐公交回去的，远远地，见有人戴着污糟糟的草帽骑着三轮车过来，以为是收纸壳、酒瓶的。

等近了，这人一刹车，她才知道是贺图南。他浑身脏兮兮的，只有脸，草草洗了两把，还算干净。

过往的居民难免要多看几眼，认出两人，悄声议论着走开。

"我刚刚差点儿没认出你，还以为是个老汉。"展颜勉强笑笑，跟他一起上楼，他的T恤以往雪白，现在污了，皱巴巴的，横着几道脏印，像是谁踹上去的。

她知道他本不必这样的。

家陌生又熟悉，没了人气就荒凉，展颜最懂这个。在小展村，有一户人家，男人在外头又有了女人，家里的婆娘带着孩子也走了，院子便没了人。铁窗生了锈，木门被日晒雨淋，剥落成枯白，她好奇地朝里张望过，草长得老高，比她还高，堂屋门前的石条上长满苔藓，绿幽幽的，摔破角的瓦片汪了片雨水，上面蜉蝣乱动。她忘不了这个场景，这里有过的喜怒哀乐和哭声、笑声都消失了。

只要是房子，哪怕再破，有人住就有热乎气。可装修得再好，没了人，它就是死的。

她收拾了几件衣服，拿走一些日用品、折叠书桌，还有自己一书包资料，最后把白木箱子搬下来。

贺图南往上头扔了两个凳子。

三轮车一趟拉不完，贺图南让她在家等着。

"我想跟你一起。"她什么都没来得及问他呢，她忙考试，他在忙什么她却不知道。

贺图南白净的脸被晒得发红："我送趟东西，还回来呢。"

展颜静静地瞧他半天，说："我暑假回家，你去爷爷奶奶家吧。"

"你还有家吗？你爸再婚了，还有了儿子，如果你奶奶知道现在我爸出了事，你觉得你还能回来吗？"贺图南一针见血，见她别过脸，扳了扳她纤薄的肩膀，"颜颜，你坐公交到三七广场那儿下，我们会合，好不好？"

"你是因为我才吃苦的。"

贺图南笑："什么苦不苦的？你是小妹，我答应爸要好好照顾你的。"

展颜眨眨眼，像深究似的："只是因为贺叔叔吗？你还念着书，可以不管我的。"

贺图南把手放下来："爸是一方面，我自己也愿意照顾你。我知道，你还挂心着孙晚秋，等分数下来，爸的二审也差不多了，我想办法帮你打听打听孙晚秋，好不好？"

展颜心口一阵跳："你什么事都想好了吗？"

"对，这个暑假我有安排，你什么都不要管，听我的就行了。"

他把她哄上公交，自己蹬着三轮车在大太阳底下往南去，他腿长，骑得极不舒服，没出过力气，一会儿就手软脚软，一脖子的汗。遇到个缓坡，他本来蹬得费劲儿，可突然一阵轻巧，竟上来了。

贺图南转身，见展颜正垂着脑袋推车，两只纤白的胳膊直发颤。他心里也跟着直发颤，咬着牙，蹬过这段才回身，脸上不太好看："你怎么下车了？"

展颜气喘吁吁："我……我想帮你，太重了。"

阳光透过密密的叶子，在贺图南脸上映着不规则的光圈，他的眼被汗浸得发疼："累吗？"

"还好。"展颜脸红扑扑的，"你能骑到地方吗？"

贺图南抹了把汗，微微一笑："我不会叫你一直这么跟着我受罪的，就忍这一个暑假，相信我。"

展颜摇摇头："是你受罪了。"

两人到筒子楼下，贺图南把东西扛上去，肩膀通红，又痛，他闷闷地受着，等彻底忙完，肩膀火辣辣一片，已经微肿。

那时，太阳都已西沉，大地上热气往上蒸，滋味儿并不比正午时好受多少。

这里没有独立卫生间，展颜接了水，角落里有个油腻腻的煤气罐，她烧热了，才拿毛巾浸了给贺图南擦身体。

"我妈说，夏天凉水不解乏，热水才行。"她一板一眼地说，让他脱了短袖。

贺图南避嫌地说："我自己来，我又不是小孩子。"

他脱衣服时，轻嗞一声，展颜忙过来看，他笑着躲开："你干吗？"

"我看看你怎么了。"

"刚刚扛东西压着了，小事情，去，转过脸去，不准偷看，你一个女生不害臊啊。"贺图南把她推一边，对着电扇摁坐下去，"凉快一会儿。"

他买了旧电扇，确实够旧的，噪声很大。

展颜被贺图南说得脸微微热，径自坐着整理东西。

外头传来吵架的声音，骂得难听，一阵锅碗瓢盆叮叮当当跟着热闹起来，又热，又闹。

这儿住的人让展颜觉得像回到小展村，可又不太一样，她进来时，有男人含蓄又放肆地打量她，像要剥了她的衣裳，这是她在小展村不曾见过的。

她心跳很快，觉得这声音令人心烦，只有贺图南是干净的、可靠的，他的肩膀因为她受了伤，她真对不起他，她好像命中注定要对不起姓贺的，先是贺叔叔，又是他。

徐牧远来找两人，带着报考指南，还带了个大西瓜。展颜很高兴，接了盆凉水，往那儿一泡，坐在两人身边听他们说报专业的事情。

两人估分，不相上下，老师说，要是估得准，那状元一定是他们中一个。

展颜翻着报考指南，问东问西。

"你们还要做同学。"她心情很微妙，觉得贺图南有老朋友相伴。

徐牧远说："我们在北京等你，你想去北京吗？"

她看看贺图南，不知怎的，偏要说反话："我不去，图南哥哥照顾我都要烦死了，好不容易喘口气，我还是不要再麻烦他了。"

贺图南很快地看她一眼，不理会，继续跟徐牧远说："现在热门，日后未必，但经济类，比如说金融，肯定是有前途的，我听爸说过，中国加入世贸组织后，社会要变很多，学计算机、学金融都是能赚钱的专业。"

"你真不打算学数学，或者物理？"徐牧远笑，"我还以为，你是冲着基科班去呢。"

贺图南眉头轻拧："我没资格，我现在需要搞钱，搞多多的钱，"他瞄了瞄展颜，很快又看向徐牧远，"你比我更适合基科班。"

徐牧远摇头："谁不想挣钱，多多益善，以后，我要留在北京，把我爸妈和小妹都接过去，我要是学数学，将来出路也许不外乎搞科研或者当老师，其实我都不喜欢。"

贺图南笑里带点儿揶揄："是吗？我一直是把老徐你当祖国科研后备力量看的。"

气氛轻快几分。展颜插了句嘴，歪头看贺图南："你要留在北京吗？"

"不知道。"他深深地看她两眼，又收回视线，跟徐牧远说，"那我建议你报计算机，相信我，这专业有前途，也有钱途。"

"你自己呢？也报这个吗？你接触这些东西比我早，也比我精通。"

"我学金融，你留意到从去年开始市里新楼盘多了吗？房地产会发展起来的，到时候离不开金融支持，无论是地产商人还是要买房子的。"

徐牧远看他的目光略显复杂："图南，你这些都是从贺叔叔那里听到的？"

贺图南道："不完全是，家里订了很多财经杂志，有时翻翻。"

"我就算分数高过你，眼界也不如你，"徐牧远手里折着报考指南的书边，一遍又一遍，"我是说真的。"

"那又怎样呢？我现在觉得一切都是未知的，会变的，知识学学就有了，眼界也会有的，本来有的东西，不知哪天又会变成没有，"贺图南神情里带出一丝戏谑，忽然看向展颜，她一直安静地听着呢，"是吧，颜颜？颜颜这两年也开了眼界。"

展颜见他冷不丁地开自己的玩笑，便说："这儿和米岭镇不一样，我们就想离开米岭镇，如果能住在城里就好了，可我发现你们都想去北京。"

"人往高处走，水往低处流，正常。"贺图南说。

贺图南又问："你现在想去哪儿？有想去的地儿吗？"

展颜看看屋里发霉的角落，说："我不知道，但我想让大家都能住更好的房子。"

"想学建筑啊？"贺图南跟徐牧远交换了个眼神，托腮看着她，"建筑可不是好学的，得有点儿天赋吧，你——"他不是打击她，以她那个成绩，考到北京去不太容易。

"我还有时间想，继续说你们的吧。"展颜又沉默下来。贺图南说起专业，她觉得很陌生，连带着他这个人也很陌生，她没和他聊过这些东西，他侃侃而谈，好像什么都懂，她是井底之蛙，只知道用功学习，她什么也说不出来。

徐牧远走后，展颜问："什么时候能见贺叔叔？"

"大概8月底，我到时候带你去。"

展颜把西瓜皮装进买西瓜的塑料袋里，一只手红红的、黏黏的："我要是想学建筑，等你上大学了，能帮我选选相关的书吗？我先了解了解。"

贺图南蹲下来，要弄垃圾，被她挡住了："你别沾手了，我反正待会儿要洗。"

"当然能，我先帮你把把关？"他挑眉看看她。

展颜嘴角一翘："好，你们分数什么时候出来？"

"下旬。"

贺图南每天都要出去，他交代展颜不要乱跑，自己则满世界跑起来。

毕业生们挤在办公室，汗流浃背地填完了志愿，老师走来走去，人心动荡。

贺图南没时间和别人闲聊，先是去印刷厂印了一沓小名片，留了手机号，内容为可上门做系统，这种小名片只能往高档小区投放，因为电脑尚未普及，贺图南拿着姑姑的旧手机，挨家挨户地往门缝里塞名片。

出分的这几天，他跟徐牧远到商场发传单。人来人往，被熟人见到的概率很大。

宋如书远远地看见他，很诧异，他被晒黑了，好像不过几天的工夫，他就有了点儿年轻男人的味道，那么高的个子，跟徐牧远两个人戳在那儿朝过往路人手里塞传单，碰到不耐烦的，人家会一把推开，他也没什么尴尬的反应。

宋如书却看得尴尬，她还是中学生的思维、中学生的心理，下意识地想，天哪，贺图南竟然干这个！她替他害羞，又难过，她一直想找个机会说声对不起，却又觉得不关自己的事，没什么好对不起的，她怕被他戗，热脸贴人家的冷屁股。

宋笑却若无其事地跟他打招呼，像什么都没发生过："哎呀，出来挣点儿零花钱蛮好的。"她甚至问两人在这儿站一天能挣多少钱。

贺图南很淡然："二十吧。"

宋如书脸快掉地上了，僵僵的，她说："你们发传单啊？"她没奢求贺图南搭理他，所以是看着徐牧远说的。

贺图南比她想的平和，他波澜不惊，又像从前那样当她是普通同学的状态："嗯，你买东西？"

宋如书觉得这句回应简直可歌可泣，她结结巴巴："陪我妈……那个……"她想问两人报了什么专业，其实她知道，只不过是找点儿话，但贺图南已经客客气气地给人发传单去了，嘴里喊着"阿姨""大哥"什么的，她想哭，心里空荡荡的，像一阵风，把什么都给刮走了，他那么骄傲一个人，他是贺图南啊！他要挣二十块钱，二十块钱……

可她什么也做不了，只能被妈牵走，魂儿却留这儿了。

分数出来当天，贺图南被叫到学校，办公室里，徐牧远已经到了，两人从老师们狂喜得扭曲的表情中似乎知道了什么。

徐牧远全市理科第一，贺图南跟他只有两分之差。

贺图南不失望是假的，他知道他失去的不仅是理科状元的头衔，更牵动心肠的是状元的奖金，甚至状元的头衔都没奖金来得重要。他很有风度地祝贺了徐牧远，随后打了几个电话。

高兴的感觉竟是淡的，他没工夫多想，立刻找旧纸壳，在上头写了自己的姓名、分数、手机号，请有意找一对一家教的联系自己。

他从学校的热闹中抽身，到门口书店，跟老板谈事情。

"你这是什么意思？"老板听得还不太明白。

"我跟今年的状元出几本习题集，数理化和英语分开，名字嘛，起大点儿，一套丛书捆绑卖，您看能不能联系书商，书商他们应该都有自己的渠道，往底下县城书店都能供货，我敢保证，你们不愁卖不出去。"贺图南耐心地解释，他随意地翻着摊子上的资料，笑了声，"老板，您帮我们搭个线，钱好说，大家到时坐下来谈。"

老板上下打量他："你跟状元？你考了多少啊？"

"我是第二名，比状元少两分，您不信的话，回头我把状元带来，今天我先跟您说一声。"

"成！"老板眉开眼笑，"你们这脑子就是好使，我这就想办法联系，不过，你们这几本习题集多久能编出来？"

"一个月吧，开了学不耽误您卖书。"

贺图南这事早就和老徐商量过，老徐听他的，他天生是经商的头脑，他婉拒了爷爷，不愿回去住。因为他没告诉爷爷租房住址，惹得老人又是一顿生气。

黄昏时分，贺图南才风尘仆仆地回去。

他买了点儿卤菜，香喷喷的，在过道里迎上展颜，她正系围裙，见了他，她没说话，只用眼睛看他。

楼道昏暗，无论早晚都亮着昏黄的灯，两旁堆满杂物、纸箱子、塑料桶、半自动洗衣机，并排走两人都费劲儿。她觉得她看不清贺图南的表情。

他说："老徐是状元，我没考过他，少两分。"

展颜喉咙狠狠地哽了下，她知道他肯定很遗憾，他从高二开始便很少在徐牧远之下，高三寒假他还是第一。

"那……那……不影响你报的志愿吧？"展颜好半天才说出话。

贺图南笑笑："当然不影响，饿了吧？我做饭。"

厨房是公用的，要排队。展颜把他往屋里推："我做，我下去买肉！"

她把卤菜接过来，她心疼他，替他委屈，她完全忘了徐牧远，甚至有些恼徐牧远抢走了他的状元。她觉得她该安慰他，但不知道说什么。

她仰头看他："你是不是很难过？没考第一。"

贺图南在水盆里洗了手，拿毛巾绞着："多少有点儿吧，高考很重要，但以后的路长着呢，也不是说一次高考就决定一辈子了，对吧？"

展颜心里茫茫然。

贺图南走过来，说："颜颜，你也是，学习尽力了就好，你看你，我真担心一年后你会紧张成什么样。"他跟她说话，完全是兄长做派了。

展颜听得不舒服，她察觉得出来，他说这话的语气非常像徐牧远，很端方很正经，她不高兴，从抽屉里拿了钱，扭头出去买肉。

贺图南要跟她一起，她却跑了。他跟在她后头，看她挑肉，跟人讲价。

"你这肉都不新鲜了，过夜了怎么卖啊？这样吧，我都要了，你留我个整头。"

"哪儿不新鲜了？你瞧，多漂亮的后腿！这是刚送来的，小美女！你要是喊声哥哥，我倒能给你便宜点儿！"卖猪肉的跟她开玩笑。

贺图南把她一把拽到身后，她险些跌倒。

她见他又什么事都管了，气鼓鼓的，把钱往他身上一丢，先跑上了楼。

水房里只有一个妇女在洗碗，展颜端着菜盆，在旁边洗葱、洗辣椒。

妇女是什么时候走的，她不知道。背后忽然有双手抱住了她，她尖叫，盆丢了，菜也翻了。

"别叫，别叫，"男人捂住她的嘴，把她往旁边的公厕拖。

展颜乱扑腾起来，脚蹬到墙，拼了命一挣，从男人的掌下逃开，连他长什么样也没看见，便飞奔回屋。

她的心快跳出来了，人傻了片刻，贺图南敲门时，她剧烈地哆嗦了下。

"颜颜？"

展颜开了门，脸通红，刚才激烈地挣扎闹的。

"怎么了？"贺图南发现她的异样。

展颜摇头。

贺图南见她的裙子皱了，领口那儿纽扣掉了一枚，雪白的肌肤隐隐透着，有几道红印。他立刻把她拽到眼前查看，问："到底怎么了？谁欺负你了吗？"

展颜以为自己会被吓哭的，但她没有，只把他的手拿开："你不要碰我。"

贺图南略显急躁："你是怎么回事？刚刚一声不吭就跑了，是不是有人……"他的脸倏地涨起来，"谁，你告诉我是谁。"他晃她的肩膀，逼她开口。

展颜闷闷地把刚才的事说了一遍："没看清。"

太阳穴那儿猛地蹿过去一阵疼痛，他就知道，她容易出事，她太漂亮了。

"我再找新房子，不住这儿了。"贺图南说。他觉得自己太蠢了，怎么就贪图便宜找了这么个地方，这儿人太杂，人心也不可测，什么牛鬼蛇神都有，她要是再出事，他就只能去死。

展颜下意识地不肯："要去哪儿？还有更便宜的吗？"

"安全第一，我明天就去找，尽快离开这儿。"

"你有钱吗？"她看着他黑了的皮肤，变硬了的骨骼，知道他很累，一天天往外跑，她呢，却只能坐在这儿等他，悬着一颗心，她温书都不能集中注意力。

"你不要管钱的事，坐着吧，别害怕，我去做饭。"贺图南把门从外头带上。

这顿饭，她吃得寡言少语。

"你这样，我就像个废人，你连饭都不让我做，我没那么娇气，我是乡下人，什么都会。"她连香喷喷的卤菜都没兴趣吃了。

贺图南声音柔和下来："换个地方住，我就让你做，行不行？"

展颜不吭声，把他脱掉的短袖泡在了盆里。她搓揉了几下，等起身，才发现他歪在椅子上睡着了。

　　展颜不禁弯腰，凝视着他，他黑了许多，不像个少年了，真奇怪，好像昨天还不是这个样子，今天就变了。

## 第十七章
### 相依为命

那是2001年的8月，太阳底下没新鲜事。

屋里破电扇响着，外头过道上时不时有人声。展颜坐在桌前做题。

"颜颜。"贺图南开口，"别急着做题，我有话跟你说。"

贺图南说："你长大了，但在我心里你还是那个小妹妹，我乐意照顾你，就像老徐一直都很爱护他的小妹一样。"

"你为什么老喜欢扯徐牧远？"展颜咬起笔，不乐意地斜睨他一眼。

贺图南说："我只是打个比方，可我们终究是要分开的。"

"你有喜欢的女生，是不是？"展颜捏紧笔。

贺图南抬眉，"嗯"了声。

"那天我问你留不留在北京，你说不知道，是你不知道人家去哪儿吧？"她一下就酸了，酸得心里冒泡，咕嘟咕嘟全开了。

贺图南看着她，点点头："对，以后她在哪儿我就在哪儿，你问完了吗？"

他这么说，展颜心里更难受了，她说不出，形容不来，像走到悬崖边，本来想叫人拉一把，可这人抬脚一下把她给踹下去了，坠个不停。

屋里安静一会儿，贺图南把钱交给她，说："放盒子里，你收好。"他都是凑够整的，就去银行存起来。

在乡下管钱的就是当家的，展颜闷闷地看了眼，想说什么，但贺图南坐到一旁去弄习题集的事了，这件事他需要老徐，但得先搞个目录出来。

夜里，展颜热得睡不着，想起1999年的阳历年，天可真冷，三矿爷爷的毛驴车消失在光里，她那时总担心三矿爷爷看不到路，爸的摩托车只给他照了一段路，巧合而已。

人总归要自己走的。她想到这儿，心里狠狠地一揪。

两三天后，贺图南找到了新房子，搬家麻烦，他一趟趟地往下扛东西，热得脸发红。可这样的热，他习惯了，这次徐牧远也来帮忙，忙活半天。

展颜却有些依依不舍，她并不怕什么，她念旧，看看桌子，看看床，一想到她跟贺图南在这儿留下过痕迹，就有些伤感。但贺图南很坚持，她必须听他的。

新住处离一中不远，是 20 世纪 80 年代遗留的教职工宿舍。现在住那儿的基本都是退休老教师，人员没那么杂。贺图南租了个两间带厨房的，稍微贵些，这房子的主人下海经商，出租的事交由一位老姑奶奶负责。

老姑奶奶很挑剔，提了一二三四五一堆条件，贺图南都说好。前头有菜园子，里头种了辣椒、豆角、大葱等时令蔬菜，当然不准偷。用水也很方便，院子有水龙头、有水槽，这里宿舍最高也就两层。

展颜来到这儿又高兴起来，她哼着沂蒙小调，把原来的窗帘拆下洗了，又洗了几块抹布，锅碗瓢盆拿钢丝球顶卖力地蹭得能当镜子。天太热，她头发湿得一缕一缕，远远看着，像谁家勤劳能干的小媳妇儿。

贺图南他们两人下来，胡乱地洗了把脸，又上去了。

"别给高中女生当家教，"他提醒徐牧远，"瓜田不纳履，李下不整冠，大家同龄人要是单独相处，最好避嫌，找男生。"老徐之前的补习班里是有女生的，但一对一显然已经不合适。

徐牧远默契地点头："我知道，最近联系我的不少，你呢？"

"我也是，挑那种家里有钱的。"贺图南跟他会心地一笑。

徐牧远瞄了瞄窗外："颜颜跟着你，你们都还习惯吗？"

"我不会一直让她这样的。"贺图南低头翻他送来的笔记，岔开话，"你按我写的目录把数理化分分，我先弄英语。"

"你去了北京，颜颜怎么办？"徐牧远还是问。

贺图南手下一滞："她住校，问题应该不大，我现在能做的就是搞钱存钱。"

"她那个……原来的家里找她吗？"

"不找，没人管她，"贺图南胸口发闷，"她原来的家里只知道管我爸要钱，不知道拿了我爸多少钱，跟卖她似的。"

徐牧远说："我也可以帮忙。"

"不用，我自己可以。"

"我不是帮你，我是想帮颜颜。"徐牧远又说清楚一步，"高考奖金不少，你们需要的话，可以当借我的。"

贺图南微微一笑："老徐，我妹妹我负责，你有奖金，我没有吗？"两分之差，他的奖金比状元少一半。

贺图南接了两份家教，一个初三男生，一个高一男生，他大清早就骑着几十块买的"二八大杠"出门，中午不回来，人家管一顿午饭。

展颜嘴角烂了，是吃的，每天中午一个人吃辣椒就大馍。这天贺图南回来，见她歪着脑袋，嘴对上水龙头喝凉水，她热，又不想浪费钱用煤气罐烧水，不是生理期，就逮着这个喝。她觉得有个人影过来，看到是贺图南，打了个嗝。

他让她进家。他把背包一放，将买的西瓜放在桌子上，问：“你喝生水啊？回头不会肚子疼吗？展颜，你多大的人了，这种事还得我提醒你吗？”他有些生气。

桌上放着她烧开的水，冷却了，那是给他留着的。这儿不像家里，水是井水，烧饭用柴火，也就一个月几块钱电费而已。可城里不一样，一片菜叶子都要钱。

"你热不热？"展颜把水碗递给他，水质硬，水碱很重，她滤了一大碗干净的、不噎嗓子眼的，她知道，他现在是不会再喝健力宝了，也不会买矿泉水。

贺图南轻轻地推开："以后不准再喝生水，你听见没有？"

"我以前跟孙晚秋经常喝井水，井水比这凉，而且带点儿甜味儿，只不过没这个干净，井水里头有时会带出一只虫什么的。"展颜跟他解释。

"可是你现在大了，是大姑娘了，一样吗？"他教育起她，语气却已经软下来了。

展颜一边应，一边给他浸湿了毛巾擦汗，他掌心发红，攥车把硌的，他单趟得骑四十分钟才能到人家里去，中午赶另一家，太阳热辣辣，刺得柏油路都要化掉。

贺图南被晒得更黑，一身铜色，那身板几乎再也寻不见半点儿少年的影子，他变成了一个结实有力的男人。

他看看家里，锅台白瓷砖上的千年老灰都被她刮得锃亮，水泥地面也干净，他的球鞋摆在台阶那儿，用卫生纸细心地包着边，鞋带被洗得雪白，打了结，挂在绳上，她除了看书、做题，把这个本来一股霉气的房子打扫得一尘不染。

林美娟知道他和她住一起，没给他考上大学的红包，家里人都知道他这个样子，没一个给他红包的，像说好了要一起晾着他，看他能坚持多久。

贺图南不去想这些事。他每天都很累，做家教之外，他总想再倒腾点儿什么，偶尔有人联系他，上门给人家电脑做个系统，挣一二十块钱，家教一天下来一百块。他总觉得这样来钱太慢，他满脑子都是钱，他投了稿，问一家知名杂志社有没有意向研发网络版软件，对方毫无兴趣。

每天晚上吃完饭，他都要把钱拿给展颜，家教的钱，他坚持日结。

展颜就摊开一个小本子，记下他每天的收入、家里的开销。

"你好厉害呀，我真想也去给人当家教。"她满眼崇拜。

贺图南点她的脑门："你管好自己就行了，傻子。"

"我什么时候能挣钱？"

"自然有那一天，急什么？"

"我可想挣钱了。"

"那就先安心学习，今天卷子做完了吗？我一会儿给你看看。"

"老姑奶奶那天来，说我们一点儿也不像学生。"她提了一嘴。

贺图南不接她这个话，只是算日期："我通知书快到了，你也快开学了，到时候你住校吧，我问过了律师，大概月底就能见爸。"

"我不住校，等你走了，我再住。"她立刻拒绝。

"你这样早晚自习都要浪费时间。"贺图南没有让步，"我走前，你周末可以回来。"

"你这么快就讨厌我了？"展颜一阵委屈，上次的架没吵起来，她还记着。

贺图南往藤条沙发上一躺，揉起太阳穴，声音倦怠："又开始胡扯。"

展颜看他那个样子，把话里的刺又咽下去。

贺图南道："开学前，我带你下趟馆子，我们吃顿好的，再去植物园逛逛，好不好？玩一玩，也不能老学习。"他这语气非常像爸，他有意无意间将爸做的一切都又复现。

"好，你衣服脏了，我给你洗洗吧。"

他懒懒地一笑，不想动："没事，不用洗那么勤。"

展颜道："你讨厌我吗？"她一直不懂贺图南的心思，他对她好，好得不能再好，就像贺叔叔，可他又好像很厌恶她，只要她跟他有一丁点儿接触，他都要发火，好像两人只能隔着空气相处。他给她买了雪糕，她让他尝一口，他死活都不尝。

"我怎么会讨厌你呢？"贺图南也觉得自己刚才声音大了，跟她解释，"我有点儿累，现在不想动，过会儿吧，过会儿我洗完澡就把衣服换了，让你洗，行吗？"

展颜注视着他，良久才说："我不会去北京念书的，我也考不上你的学校，你不用担心，我总有一天会离你远远的。"

贺图南听到这话默不作声。

展颜把钱小心地收好，她站了会儿，心想，她跟贺图南赌气做什么呢？他一天够累的了……可他是出于什么管自己呢？贺叔叔逼他了，还是他自己道德水平高，觉得自己有责任？

她心里乱七八糟的，再回头，贺图南正盯着她的背影看，他的黑眼睛那样深，那样沉默，她心里跳了跳，脑子还在转："我开了学就住校，不再麻烦你了，等过年的时候，我回我自己家。我知道，你这样对我已经仁至义尽，等以后我会尽量还你人情的。"

贺图南还是没说话，一双眼像要把她看透了。

她很镇定，声音却不自觉地抖："我猜，你可能要谈恋爱了，我老在你跟前晃，会妨碍你，我刚才没想明白你为什么让我住校，现在想明白了，你放心，我不是那种没眼色的人。"

他嘴唇微张："你站这儿半天，脑子里想的就是这个吗？"

展颜捏着裙子："我说错了？"

"我跟你说过,你大了,等老徐的小妹像你这么大时,老徐也不会跟她拉拉扯扯的,大家长大后都会跟妹妹避嫌,这跟我恋爱不恋爱没关系。"贺图南说。

"可我又不是你妹妹!"

贺图南见她那两道秀气的眉毛猛地一动,凶起来了,他咬牙道:"我把你当妹妹,懂了吗?"

展颜被他说得一下委顿,她倔强地咬着唇,头昂着,在努力憋眼泪:"你骗我,你说我们会在一起的,你现在有了喜欢的人,就跟我讲道理了。"她眼圈通红,说完,就跑进了卧室。

\* \* \*

天说变就变,远处,墨色里滚了几声闷雷,转眼近了,窗子一刹那雪亮,闪电劈了进来。

停电了。展颜猛地坐起,在乡下停电是常事,尤其是暑假,刮大风,下大雨,线串电,变压器烧坏,整个村庄瞬间陷入黑暗。她习惯这种黑暗,又慢慢躺下去。

贺图南敲了敲门,他拿着打火机,一抹幽蓝映得他的轮廓有巨大的阴影。"颜颜?"他偏头看看她。

展颜翻了个身,背对着他。

打火机的光在他手里灭了,他坐到她身边:"以后都不理我了吗?"

外头电闪雷鸣,照得人影幢幢,贺图南轻轻握住她的肩膀,疑心她在哭,手指伸过去,脸是干的。

展颜转过身,在黑暗中说:"我讨厌你,你走,不要烦我。"

贺图南却说:"停电了,你怕不怕?"他手里拿了把蒲扇,是隔壁送的,扇起来,风蛮劲道,展颜身上的衣服被吹起来。

"我怕不怕和你有什么关系?"她声音忽然低下去,她想到很多,贺图南是要去北京的,他会认识更多的人,见更大的世界,她算什么呢?她到时候更不算什么了,囿于高中校园,日夜苦读,重复地过每天,和全国数以万计的中学生一样,做题,做题,做题。

"我要怎么说,你才能明白呢?我没有骗你什么,我答应你的事就一定会做到。"贺图南徐徐地给她摇着蒲扇,"你看,自从爸出事,我们一直都在一起,不是吗?我没别的意思,只是觉得你大了,该避嫌一下,你想不通这个道理吗?"

"想不通,"她的声音跟雨点子一起落下,窗户大响,"你连跟我一起住都烦了,你有喜欢的人了,人家去哪儿你就去哪儿,我呢?"说到这儿,她心里是迟钝的,她觉得看不到希望,她失去,又得到,再失去,她受够了一双无形的手对她的捉弄。

"我又没说不管你，对不对？"贺图南试图让气氛缓和一下。

展颜茫然地坐起来，只是茫然，不懂自己，也不懂任何人。

她有个罐子，不是存钱的，是用来存时间和记忆的，只有过去安全，所有好的快乐的过去都被她妥帖地放进去了，难过的时候，脑子会自动找那么一段过往出来，来抵御当下。

"颜颜？"贺图南又喊她，"你既然还想住这里，那等你开学，晚自习下了课，我去接你，骑快点儿也就十分钟的路程，不算耽误多少。"

"不要了。"

"怎么？"

"我不要你勉强，你根本不想。"

"这也不行，那也不行，你到底想怎么样呢？"贺图南用扇子打了打她的小腿，"我真拿你没办法。"

展颜不动："如果不是停电，你就不会进来找我说话，会觉得我就是小孩子脾气，闹一闹，就过去了。"

"我一直在想怎么跟你说，你生那么大气，我得想想，是不是？"

"你到客厅去睡吧，再忍几天，我就开学了。"

贺图南觉得好笑道："还生气啊？哄不好你了，是不是？你听，外头雨多大。"他起身，开了窗户，雨斜斜地漏进来，很凉爽，窗帘被吹得飘起。

展颜再次躺下，安静地看着模糊的蚊帐，想起小时候。

"妈走了，爸有了新媳妇儿，没有人要我。"她脑子终于清醒点儿，思路也顺了，"贺叔叔因为我成这样了，我本来想着我还有你，可你说你有喜欢的人了，你让我住校，我也找不到孙晚秋，她不见了，我觉得全世界好像只剩我一个人了。"

贺图南走过来，犹豫了下："我不喜欢别人。"

"真的吗？"她仰起脸看着他。

"真的，你有我，会一直有我。"


两人似乎又和好如初，贺图南通知书下来了，展颜高兴地炫耀，见了院子里的人，不着痕迹地提一句，对方惊叹，她很得意。

贺图南把奖金拿给展颜，一张张红钞票，展颜数了好几遍，又闻闻味儿，说："钱好香啊！"他带她下馆子，她馋了，吃得满嘴油光，还吮手指头。

日子这么过，展颜觉得又活过来了，她觉得夏天也十分美好，不能照蝎子、打松子、刨草药，但有他，她学习都很有劲儿。

等中旬开学，贺图南很守约定，晚自习在门口等她，大家都知道两人是兄妹，在门口碰到贺图南，都要议论几句。

展颜总是飞奔着出来，她坐后面，跷着脚，跟贺图南说一天都干了什么，话很稠，聒噪得像小树林里的蝉。

天太热，出奇地热，贺图南脖子那儿被晒伤了，红了一片，一脱短袖，上半身好几个色儿。

"周末就能见到爸了，我教你的，都记住没？别说岔了。"贺图南边刷牙边说，一嘴泡沫，头顶灯泡那儿聚了一堆蚊虫，嗡嗡地乱转。

啪一声，展颜拍死了一只蚊子，她易招蚊子，洗漱这一会儿一腿的包，她时不时蹦跶几下："知道，不会说漏的。"

他忙着习题集的收尾，他该去跟书商谈价格了，这事，老徐得在场，不过老徐是书生气，这种事都听他的，但账总该掰扯掰扯。

"我这几道题不会，你给我讲。"展颜看他不怎么搭理自己，便拿出卷子，往他跟前一丢。

贺图南抬头，拉过板凳示意她坐。讲完了题，他才说："你想学建筑，最好的当然是清华建筑学院，这里头还有细分，你有什么想法吗？"

展颜说："没有，我考不上呀，但我会努力冲同济的。"

贺图南很想说，同济也悬，他比她更了解她的水平，一年下来，她大概能到哪个程度，他给她估摸过了："尽力就好，压力不要太大，"他笑笑，"怎么想学这个？"

"我以前在家里，睡觉时，老鼠总在大梁上跑来跑去，很烦人，我就想着城里的房子是什么样，见到你家，我觉得这房子真好，盖得真好看。等我工作了，我也设计好看的房子，给我们村改造改造。"她想起石头大爷，又想起爷爷，觉得有点儿遥远。

"颜颜的理想是这么来的啊？"贺图南跟她开了句玩笑。

她不好意思地瞪他，又问："你觉得我能学好吗？"

贺图南点头："能，能学好，我回头给你留意着这方面。"

"那我要是学不好呢？"展颜杞人忧天地看着他。

他笑："你先把高三过了再说，想太多老得快。"

"我有时确实觉得自己好像很老了。"她认真地说道。

贺图南摇头："那我不是更老？"

"你变了很多。"展颜把手伸出来，又收了回去。

贺图南看在眼里，问："哪儿变了？"

她目光开始移动。"你的皮肤黑了，鼻子也更挺了，我有时候觉得你很熟悉，离我很近，有时候又觉得你离我很远，很陌生，我猜不透你在想什么。"她有点儿腼腆地说。

贺图南轻笑了声。

"你不是要弄那个习题集吗？你坐那边，我在这边。"

贺图南微微一笑，说"好"。

展颜做完题，站起来，在房间里走动，背了会儿英语，又背了会儿文言文、古诗词。两人无意间对上目光，她就慢吞吞地说："背负青天，而莫之夭阏者，而后乃今将图南。"

贺图南浓密睫毛下的眼便动了动。

见贺以诚的前一天，传达室有展颜的信，来自永安县，是王静写来的。

她看完心跳很快，一整天都魂不守舍。等贺图南来接她，她老实地坐后面，心事重重："王静给我写信了，她说，她在永安县城见到了孙晚秋，孙晚秋跟一个男的住一起，不念书了，这是什么意思？"

贺图南说："不知道，你想去看看吗？"

"想。"展颜抬头看看天，星星真亮，夜风也是热的，贺图南的衣服被吹得鼓鼓的，拂过她的脸颊，她想贺叔叔，想孙晚秋，去年的夏天明明不是这样的。他们都不在她身边了，只剩贺图南。

贺图南道："等看完爸，我陪你去趟永安县城。"

车铃铛响了，留下一串清脆的声音，她像只鸟，拢紧了翅膀，栖息在他身旁，天地又变得辽远、深邃，夜幕沉沉，万家灯火从眼前掠过。

一夜睡得并不好，两人有一搭没一搭地说了很久的话。

第二天，他们被律师带过去，展颜紧挨着贺图南，她情怯，脑子里轰隆隆的。

"颜颜，见了爸，好好跟他说会儿话，不要一直哭。"他下车时揽过她的肩膀，一抬头，森严的高墙旁写着几个刺目的大字，他看到一丛绿，那大概是这里唯一的生机。他有种不真实感。

"我……我有点儿喘不动气。"展颜攥着贺图南的手，她本来没那么怕的，可见了监狱，她觉得它像个怪兽，它不说话，可它吞下了贺叔叔，贺叔叔本来不该在这种地方的，他那样一个人，因为她，她觉得蛰伏的痛又起来了，贺图南也按不住。她看着那些树，贺叔叔连树的自由都没有，她没有眼泪，只是痛，痛得她迈不开步子。

"颜颜，我领着你，别怕。"贺图南牵紧她，往前去了。

\* \* \*

贺以诚被剃了光头，穿着囚服，坐在了他们面前。他失去了名字，被一行数字取代，展颜刚明白，方才他们叫的就是贺叔叔。

那么多话，却没法起个头，展颜一双眼只是看着他，不知几时含了一泡滚烫的泪，贺叔叔怎么成这个样子了？她以为见错了人。

"颜颜，你长高了，头发也长了。"贺以诚的声音从话筒里传过来。

展颜恍惚了下，喊他："贺叔叔，我跟图南哥哥来看你了。"

贺以诚再次见到了她，这是真的，虽然隔着玻璃，她多漂亮啊，那么美好，是他的希望，人到中年纯洁的希望。他那么多悔意、痛苦，深陷泥潭里的心，一见到她，像又挨了场雪，被洗得干干净净。

"你想我们吗？"她握紧话筒，生怕那边的声音丢了，匆匆掠一眼身边的贺图南，又去看贺以诚。

贺以诚微笑："想，我总是想你们吃得好不好，睡得好不好，到学校里还自不自在，我想了很多，想继续照顾你们，却不能了。"

展颜一下被这话弄得肝肠寸断，她坐在这儿，却好端端的，真是讽刺啊。她泪眼模糊，哽咽地说："是我对不起你，你恨不恨我——"

贺以诚笑着掉眼泪，兜兜转转，像是宿命，这话他问过垂死的明秀，现在轮到她女儿来问他。他现在才知道明秀的回答是真的，他总是怀疑她恨过他，他情愿她恨一恨他。

"傻孩子，你觉得我恨你吗？"他那样温柔，还像从前，"你妈妈把你托付给我，我没照顾好你是我的失职，你十七岁生日过了，这么重要的几年，我却不在，等百年之后要是能跟你妈妈重逢，我真不知道要怎么讲这段，她要是问我，我该怎么说呢？说我几十岁的人了，做事情还那么不计后果，你妈妈也要笑话我的。"他心里发疼，他一想到明秀临死前哀哀的眼，就疼得厉害，睡不着，像船搁浅，没办法再往前了。可展颜才十几岁，她没个依靠，他这艘船还是得继续行驶，往海里去。

展颜忽地捂住嘴，肩膀那儿搭上来一只手，贺图南什么都没说。

"我跟图南哥哥等你，我想过，不管多久都等你，"她平息了下自己的情绪，很坚决地说，"等你回家了，我们还一起旅游，要是你老了，我们会照顾你陪着你的。你现在在里面要保重身体，三年很快的，我听图南哥哥说，如果表现好，还会减刑，我们以后还跟以前一样，一样过日子。"

贺以诚静静地听着，所有块垒全都消失了，他非常幸福，也很满足："你会觉得贺叔叔丢脸吗？"

展颜神情一凛："没有，你跟图南哥哥是对我最好的人，你不是故意犯罪，我知道，一个人犯了错难道不能改吗？"她目光灼灼，希望他能知道，"你在我心里还和以前一样，无论发生了什么事，都不会变。别人怎么看是别人，我是我。"

贺以诚真想摸摸她的脸，揽她入怀，她是他人生后半场最好的礼物："好，我听你的，好好保重自己，这半年，你跟哥哥还好吗？"

展颜这才转过脸，看了眼贺图南，她笑起来："我们很好，你看哥哥都被晒黑了，他在给别人当家教，特别抢手，连我想找他补习都得排队。"

贺以诚看看儿子，父子对视，没有言语。

"爷爷奶奶对你怎么样？"贺以诚问她。

展颜面不改色："你要听实话吗？刚开始可能不太喜欢我，后来就慢慢好多了。"

你看，这是阿姨给我买的裙子。"她指着贺图南买的新衣服说。

贺以诚若有所思地看着她，缓缓地点了点头："那就好，学习上有困难的话，多请教哥哥，也不要给自己太大压力。"

"你吃得好睡得好吗？"展颜贴紧话筒，盯着贺以诚，像要把他刻进脑子里去。

贺以诚说："都好，刚开始也许不习惯，但人总是能适应的，犯错了就要付出代价，这很公平。"

展颜眼睫微颤："我知道，你后悔吗？"

"后悔。"他没有迟疑地说，那个场景总在深夜折磨他，令人作呕，他可以不必如此，但他选择了最蠢的方式，好像人这辈子总要犯一次贱、做一回蠢货似的。

"我们会等你。"她重申了一遍，然后把照片拿出来，那是去年暑假去北京她跟贺图南的合影，不能直接给他，隔着玻璃，晃了晃，交给了狱警。

"以后我们要多照相，每年都在一样的地点照，存起来。"展颜说完，顿了顿，声音压得很低，"贺叔叔，你在我心里永远是最好的，我相信这件事打不倒你，对吗？"她格外沉静，两只眼凝视着玻璃后的他。她很担心他意志消沉，她的心情很深地藏在眼底。

贺以诚也看着她，翘起嘴角，像每一次冲她微笑那样平和、从容："对，颜颜，谢谢你还这么信任我。"

展颜嘴唇嚅动，她有些害羞的话说不出口，她把话筒塞给贺图南，脸红红的。

贺图南目光沉沉地看着父亲，喊了声"爸"。

"我刚看见你时都没认出来是你。"贺以诚面对儿子心境复杂，自己从没太认真地关注过他，他就这么长大了。

贺图南很平静，刚才的等待已经让他能用一种更好的姿态去面对爸，不让爸担忧："我被晒黑了是不是？我在给别人当家教，钱不是那么好挣，现在我知道了。"

贺以诚说："我亏欠你很多，你要怪我也是应该的。"

贺图南不易察觉地稳了稳呼吸，摇头："我跟颜颜一样，从没怪过你，我要说的跟她一样，我们会等你。"

贺以诚点点头："是不是缺钱？"

贺图南否认："不缺，只不过我想知道挣钱是怎么回事，早点儿体验有益无害。"

"你去北京，照顾好自己。"

"我知道，你也是，有时间我会带颜颜再来看你。"

"我跟你妈离婚，这是大人的事，很多事情导致了今天的局面，但我希望你不要觉得男女之间就只能这样，到了大学，如果遇到喜欢的女孩子，"贺以诚忽然止住话，"我这样，是拖累你了。"

贺图南道："你不要自责，我很好，也不会就为这个自卑或者别的什么，我没那么脆弱，来日方长，我跟颜颜等着你。"

贺以诚浑身彻底松弛下来，他有这样一双儿女，夫复何求？老天爷一点儿都没薄待他。

"做事要稳，不要像爸一样。"

贺图南说："你只破例一次，我知道。"

"怪我吗？"

"不怪，如果换作我，我也可能会跟爸一样。"

贺以诚眼睛闪烁，听他语调冷静，便说："那你更不能犯错，我已经错了。"

"知道，她只有我。"

"你这么懂事，我就放心了，照顾好妹妹，照顾好自己。"

父子间的对话像没有修辞的文章，简洁地收了尾。

贺图南跟展颜起身后，又回了次头，走出了监狱。

热风吹到脸上，总觉得带着灰尘，两人许久都没说话，展颜把脑袋靠在贺图南的肩膀上，公交车轰隆隆地开着。有一只大鸟从眼前掠过，展颜动了动，心里变得宁静起来。

"你见到贺叔叔心里难受吗？"她问。

贺图南说："难受，但现在没那么难受了，他还会出来的，很快。"

"我今天还有好多想说的都没说，现在又想起来了。"

贺图南："没事，下次再说。"

"你跟贺叔叔好像没说几句，你没话跟他说吗？"

"该说的都说了。"

"我以为你会哭。"

贺图南看着远处："我是男人，爸也是男人，有事说事，哭什么？"

展颜沉默了片刻，说："贺叔叔哭了，我看见他流眼泪了。"

"他是见着你高兴的。"

"所以，我也忍不住哭了。"

贺图南心想，他确实没见他爸哭过："哭也哭过了，这事就算过去了，我们该干吗干吗。"

"我知道，这样贺叔叔才能放心。"

他们要趁周末去永安县。他开学在即，没时间了。

三伏天坐汽车真是太糟，又热又挤又脏，车里还臭烘烘的，有人脱了鞋，随地吐痰，瓜子皮弄得满座位都是，人蹭来蹭去，像肥腻腻的猪肉从身上滚了过去。

贺图南护着她，到了永安县城，打摩的去王静的学校。

摩的开得飞快，上面贴满小广告，布帘子很脏，一颤一颤的，能看到外头尘土飞扬。北方的小县城多半如此，脏、破，但又如此热闹，到处是做生意的，到处是一脸饥渴的人，等着客人上门。

展颜被颠得脸发白，好半天没缓过来。

王静见到他们很惊喜，她又黑又瘦，觉得两个人就像神仙一样漂亮，展颜是白雪公主，贺图南就是黑武士，她很容易崇拜别人。她带他们去了家废旧的塑料造粒加工厂，厂子在郊区，挨着条臭水河。

"孙晚秋好像被学校开除了，"王静说，有点儿胆怯地看着展颜，"你要是见着她了，别告诉她是我说的。"

展颜有些茫然："怎么会呢？"

"我听我奶说，她爸瘫了，她叔给她说了个对象，要了好几万彩礼，过年时都见过面了，可孙晚秋跑了。"

"她回实高了？"

"没有，她好像认识了一个男的，被她妈逮着，就去实高跟领导说——"

"别说了。"展颜忽然打断王静。

王静讪讪的："展颜，孙晚秋的事，我也不大清楚，我那次见着她，她跟见鬼似的，跟我说话可凶了，让我少管闲事，可我还是没忍住跟你说了，你见着她，劝劝她吧。"

"劝什么？"展颜看着黑乎乎的河，这里臭气熏天，上头长脚蚊子正飞速地移动。

王静不语，也跟着茫然，一点儿办法都没有。

展颜拎着个大塑料袋，里头装着一中的试卷。

正是晌午，工厂宿舍里有男人光着膀子出来，见几个人往这边看，毫不避讳，直接就尿。

王静尴尬地挪开眼，说："我不敢过去。"

展颜捏了捏袋子。贺图南看看她，说："还去找她吗？"

她不知道，眼前的臭水河从眼睛流到心里来，她一阵窒息。

"我去吧，在这儿等我。"贺图南接过塑料袋，走了过去。

午睡的点，工人们被吵很烦，一个妇女穿着碎花裙子，蓬头垢面的，她挠着胳膊，一脸不耐烦："找谁？"

"有没有叫孙晚秋——"

"没有！"女人趿拉着拖鞋进去了。

贺图南被晒得头皮都要化了似的，刚转身，就见到个女孩子。

孙晚秋脸白了，在高温车间熏的。

两人去年暑假见过，那时，贺图南还是个白净的少年，孙晚秋认出他，她很冷淡，往河边看了几眼。

"颜颜给你的。"贺图南开口，"孙晚秋，一年没见，看来大家都发生了不少事，你的隐私，我不好打听，但别怪颜颜，我们家出了点儿事，所以她一直没联系你。"

孙晚秋接过袋子,那边,展颜跟王静过来了。展颜还是那么漂亮,更漂亮了,孙晚秋盯着走近的展颜,有些麻木地想。

"我们找个地方说说话吧?"展颜像小时候那样跟她商量。

孙晚秋往树下站了站,打开塑料袋,笑了声:"我不需要了。"

"我——"

"贺图南帮你解释过了,没什么好说的。"孙晚秋把袋子还给她。

展颜不要:"这是一中这几次考试的卷子,你做做。"

"我做这个干吗?"孙晚秋看看她,又看看贺图南,"你们都有光明的未来,这儿不是你们该待的地儿,走吧。"

"你不打算跟我说说吗?"

"说什么?说我有多惨?不能念书了?"孙晚秋讥诮地一笑,"我没你这么好命,我没一个漂亮的妈,也没一个有钱的贺叔叔。"

展颜全然不顾她的嘲讽,只是很难受:"我觉得,我还是想跟你说说话,我这半年——"

"我没时间听,我下午还得进车间,午休就这么短,你们走吧。"孙晚秋拒绝沟通,"我没有怪你,展颜,大家各走各的路,这就是我的命,赖不着你。"

展颜怔住。她摇头:"你那么聪明,我们肯定还能想其他——"

"我有男朋友了,"孙晚秋淡漠地说,"我们攒几年钱,在县城买房,也许我们很快就会结婚、要孩子,你们考大学不就是为了工作挣钱吗?我现在就能挣了,一样的,我没有回农村就是胜利。"

展颜觉得她陌生起来。

"你们走吧,不要再来找我。"

"孙晚秋!"

"好意我收下了。"她面无表情地攥紧了袋子,便往屋里走去。

展颜要追,贺图南拦住她。她眼睁睁地看着孙晚秋走进低矮的宿舍,一次也没回头。

"走吧,你尽力了,她的事不是给几百块学费就能解决的。"贺图南牵她的手。

她的心一下空了,她们离开小展村、米岭镇,就是为了在臭水沟边的工厂里当女工,就是为了在县城买房子、生孩子?难道这样就跨越了阶层?她们就不再是农民了?她心里完全失控。

等他们到河边,孙晚秋突然又出现,展颜看得很清楚,她把试卷丢进了垃圾堆。展颜终于绷不住了,大声喊:"孙晚秋!孙晚秋!"

孙晚秋没理她,无动于衷的背影再次消失。

那是 2001 年的 8 月,太阳底下没新鲜事。